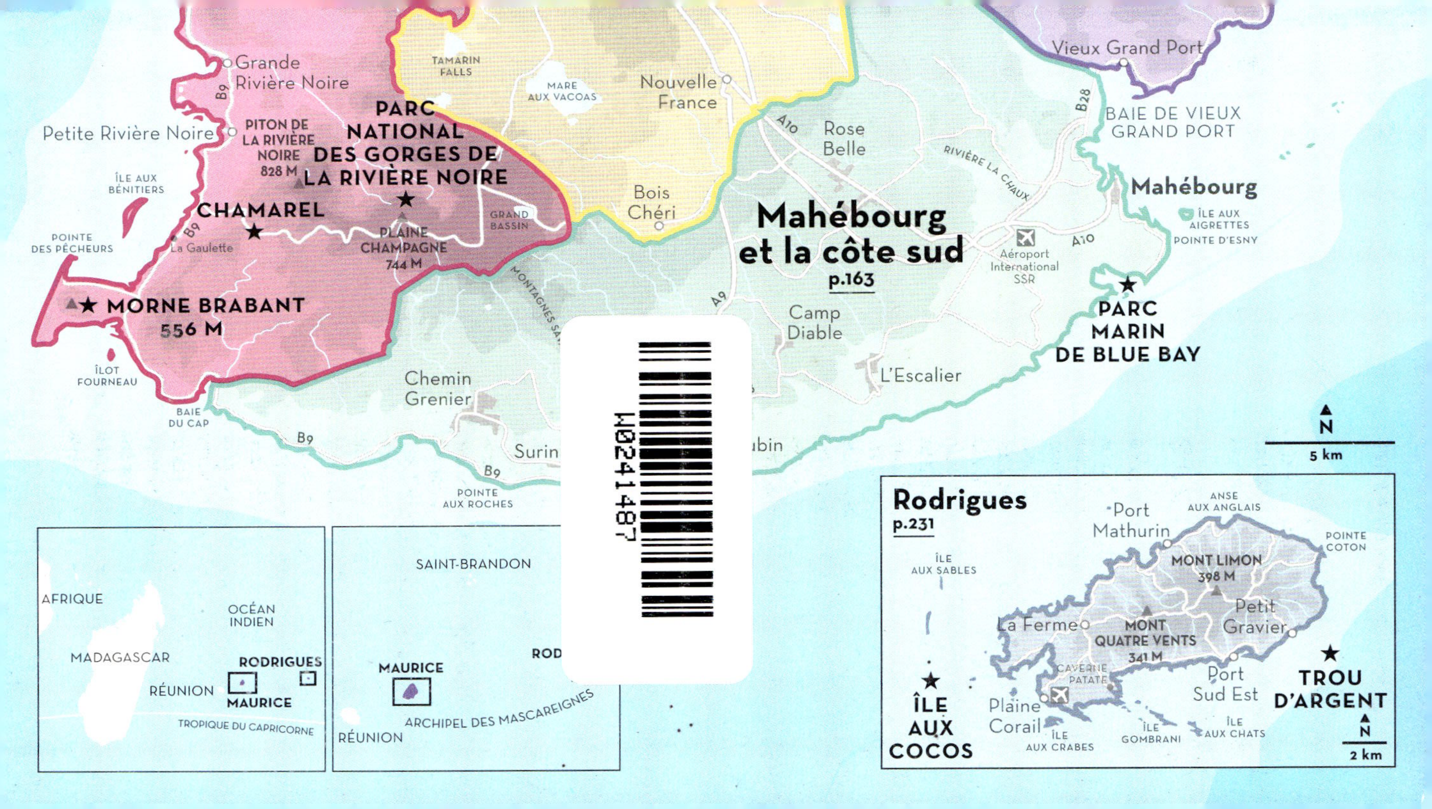

Grande Rivière Noire
Petite Rivière Noire
PITON DE LA RIVIÈRE NOIRE 828 M
PARC NATIONAL DES GORGES DE LA RIVIÈRE NOIRE
ÎLE AUX BÉNITIERS
CHAMAREL
POINTE DES PÊCHEURS
La Gaulette
PLAINE CHAMPAGNE 744 M
GRAND BASSIN
MORNE BRABANT 556 M
ÎLOT FOURNEAU
BAIE DU CAP
TAMARIN FALLS
MARE AUX VACOAS
Nouvelle France
Bois Chéri
Rose Belle
RIVIÈRE LA CHAUX
Mahébourg et la côte sud
p.163
Aéroport International SSR
Camp Diable
L'Escalier
Chemin Grenier
Surin
POINTE AUX ROCHES
Vieux Grand Port
BAIE DE VIEUX GRAND PORT
Mahébourg
ÎLE AUX AIGRETTES
POINTE D'ESNY
PARC MARIN DE BLUE BAY
B9
B28
A10
A9
N
5 km
AFRIQUE
MADAGASCAR
OCÉAN INDIEN
RODRIGUES
RÉUNION
MAURICE
TROPIQUE DU CAPRICORNE
SAINT-BRANDON
MAURICE
ARCHIPEL DES MASCAREIGNES
RÉUNION
Rodrigues
p.231
Port Mathurin
ANSE AUX ANGLAIS
POINTE COTON
ÎLE AUX SABLES
MONT LIMON 398 M
La Ferme
MONT QUATRE VENTS 341 M
Petit Gravier
CAVERNE PATATE
Port Sud Est
ÎLE AUX COCOS
Plaine Corail
ÎLE AUX CRABES
ÎLE GOMBRANI
ÎLE AUX CHATS
TROU D'ARGENT
2 km

Avis aux GEOVoyageurs

Entre l'enquête faite sur le terrain
et la parution du guide, les établissements proposés
peuvent avoir disparu et certaines informations peuvent
avoir été modifiées : n'hésitez pas à nous faire part
de vos commentaires et de vos corrections !

Boîte aux lettres GEOGuide

5, rue Gaston-Gallimard 75328 Paris Cedex 07
www.geo-guide.fr contact@geo-guide.fr

GEOGUIDE

Maurice

Vincent Noyoux

ont également collaboré à cet ouvrage
Claude Fauque
Soraya de Zorzi

MAURICE

GEOPANORAMA

GEOPRATIQUE

GEOREGION

MAURICE

Maison traditionnelle, sur le plateau central (p.215).

Voyagez à la carte

GEOGuide a sélectionné pour vous des lieux de séjour, des sites à visiter, des adresses-plaisir et des activités multiples. Choisissez ce qui vous ressemble et goûtez pleinement votre voyage...

... au gré de vos envies

À deux

Main dans la main, tout est aimable - allée plantée de palmiers, îlot perdu, lagon turquoise... -, tout a une âme - bungalow coiffé de chaume, atmosphère indienne, chambre de style colonial... -, mais tout doit préserver votre intimité.

En famille

Baptême avec palmes et masque, découverte des secrets de la fabrication du sucre, long entretien avec des tortues géantes, traversée de la forêt tropicale sur un pont de singe... : ils vous en parleront encore l'année suivante...

Activités et loisirs

Marcher, plonger, pêcher, naviguer, putter... : conjuguez le plaisir à l'infini !

Nature et paysage

Vous êtes aussi un contemplatif ? L'île Maurice vous étonnera et vous ravira.

... au fil de nos itinéraires

GEOPLUS En une journée

GEOPLUS En un après-midi

GEOPLUS En une matinée

MAURICE

Quatre Bornes (p.225), fête traditionnelle hindoue.

GEOPANORAMA

COMPRENDRE L'ÎLE MAURICE

Géographie et paysages

Les brochures touristiques ont coutume de présenter l'île Maurice comme un banc de sable paradisiaque perdu au milieu de l'océan Indien. Ce n'est pas faux, mais tout de même un peu court… Ce qui frappe d'emblée quand on cherche l'île sur une carte, c'est son isolement. Ancrée dans l'hémisphère Sud (juste au nord du tropique du Capricorne), elle est située à 9 500km de Paris, 900km à l'est de Madagascar et 220km au nord-est de la Réunion. Elle fait partie des **Mascareignes** (du nom du navigateur portugais Pedro Mascarenhas), avec Rodrigues, Saint-Brandon, Agaléga (territoires mauriciens) et la Réunion (terre française). Ces îles ne sont en fait que la partie émergée d'une vaste chaîne volcanique reliant les Seychelles, au nord, à la Réunion, au sud. L'île s'est formée voici huit millions d'années. Le volcan créateur s'est éteint il y a deux cent mille ans, et on n'y enregistre plus aucune activité volcanique, contrairement à la Réunion, de formation plus récente. L'île Maurice est à peine plus grande que l'Essonne : 1 865km^2 (65km de longueur sur 45km de largeur). Elle possède 330km de côtes, le plus souvent sableuses et bordées d'eau claire : les brochures n'ont pas tort !

Carte d'identité

Situation Océan Indien, archipel des Mascareignes, 220km au nord-est de la Réunion. Rodrigues se trouve à 560km à l'est de Maurice
Superficie 1 865km^2 (330km de littoral). 108km^2 pour Rodrigues
Point culminant Piton de la Rivière Noire (828m)
Statut République de Maurice depuis 1992 (régime parlementaire). Rodrigues, autonome, dispose d'une assemblée régionale depuis 2002
Capitale Port Louis (148 000 habitants). La capitale de Rodrigues est Port Mathurin
Population 1,25 million d'habitants (2011)
Langues Anglais (officielle), créole (usuelle) et français (parlé et compris)
Religions Hindouisme (majoritaire), catholicisme, islam et bouddhisme

LES CÔTES Les eaux mauriciennes doivent leur tranquillité à la **barrière de corail** qui cerne presque toute l'île (hormis à proximité de Flic en Flac et d'une partie de la côte sud). Cet obstacle naturel freine les ardeurs de l'océan, et le lagon forme une étendue d'eau calme, tiède, transparente et poissonneuse, paradis des baigneurs et des plongeurs. La côte nord-ouest étend ses baies et ses rubans de sable de Trou aux Biches à Cap Malheureux (pointe nord de l'île). La côte nord-est est plus rocheuse. On retrouve des plages idylliques sur le littoral est, plus venté mais bien protégé des marées par la barrière de corail et bordé de belles îles (île d'Ambre, île aux Cerfs). Ses hautes falaises volcaniques battues par les vagues donnent à la côte sud un caractère sauvage. Le Morne Brabant la sépare de la côte ouest, plus accueillante.

L'INTÉRIEUR Son relief est assez doux. Les terres plates et fertiles du nord et de l'est accueillent de vastes plantations de canne à sucre. Au cœur de l'île se dresse l'ancien socle d'un volcan gigantesque. Ce plateau central (autour de 600m d'altitude) est fortement urbanisé : les agglomérations de Curepipe, de Phoenix, de Quatre Bornes et de Rose Hill se succèdent pratiquement sans interruption. Cette région, la plus arrosée, regorge de cascades (Tamarin Falls) et d'anciens cratères, comme le Trou aux Cerfs (à Curepipe) ou, plus au sud, Grand Bassin. Autres reliques du volcanisme insulaire, les montagnes qui cernent le plateau central, notamment dans le sud-ouest. Leurs formes élancées et curieusement torturées sont trompeuses : le Piton de la Rivière Noire, point culminant de l'île, ne dépasse pas 828m. Au sud de Port Louis, la capitale, une ribambelle de petits reliefs jouent aussi les montagnes russes : le Pouce (812m), le mont Pieter Both (823m), la chaîne de Moka et, plus loin, la pittoresque montagne des Trois Mamelles. Rien de commun avec les cirques vertigineux de la Réunion. Cependant, une excursion dans le Parc national des gorges de la Rivière Noire (Black River Gorges National Park) permet de mesurer le caractère accidenté du sud-ouest de l'île. La végétation primaire y est, par ailleurs, remarquablement préservée.

RODRIGUES Ancrée à 560km à l'est de Maurice (1h30 de vol et plus de 24h de bateau), la plus petite des îles de l'archipel des Mascareignes (18km de longueur sur 8km de largeur) offre des paysages variés et plus sauvages que Maurice. Ses collines entaillées par des vallées profondes, ses terres brûlées par le soleil, son littoral découpé et les îlots coralliens de son lagon apparaissent à l'état brut. Le climat, moins doux qu'à Maurice, et le passage destructeur des cyclones n'y sont pas étrangers.

Climat et saisons

Le bonheur ! Il fait beau et chaud presque toute l'année à Maurice. Le climat tropical est tempéré par l'océan Indien douze mois sur douze. On distingue néanmoins deux saisons : l'été et l'hiver, inversés par rapport à nos saisons (nous sommes dans l'hémisphère Sud). L'**été austral**, chaud et humide, court de novembre à avril. Les températures moyennes oscillent de 27°C à 33°C, avec des pointes de janvier à mars. Cependant, rien à voir avec la canicule ! Les pluies sont abondantes, surtout sur le plateau central (notamment en février-mars), mais ne durent jamais longtemps. C'est la meilleure période pour la plongée (de décembre à mars) et la pêche au gros (de septembre à mai). Durant l'**hiver austral**, de mai à octobre, le temps est plus sec, mais les températures descendent de 25°C à 17°C (août est le mois le plus frais) sous l'effet des alizés, vents frais soufflant d'est à sud-est. La côte est y est particulièrement exposée en juillet-août. L'hiver est la saison préférée des surfeurs. À noter que le thermomètre affiche toujours de 3°C à 5°C de moins sur le plateau central que sur le littoral. La mer est un délice : la température de l'eau oscille toute l'année de 20°C (août) à 27°C (mars) en surface.

LES CYCLONES Maurice et Rodrigues reçoivent régulièrement la visite de cyclones de décembre à mars (surtout en janvier-février). Les conditions nécessaires à la formation de ces monstres naturels sont réunies dans les zones intertropicales à la saison chaude : une mer à plus de 26°C et des flux d'air frais. Le choc thermique génère des formations nuageuses qui, entraînées par la rotation de la terre, se mettent à tourner sur elles-mêmes. Poussés par les alizés, les cyclones se déplacent à faible allure (20 ou 30km/h) sur des centaines de kilomètres sans que les météorologues puissent toujours déterminer leur trajectoire. La petite vitesse de déplacement de ces ouragans n'empêche pas les vents qu'ils génèrent de souffler jusqu'à 280km/h. Un cyclone transporte aussi des masses d'eau colossales qui peuvent se muer en pluies diluviennes. Il faut attendre qu'il s'aventure au-dessus d'une terre pour le voir, privé de son énergie, faiblir puis mourir. Qu'on se rassure : ces phénomènes dotés de prénoms masculins ou féminins ne frappent Maurice ni tous les ans, ni chaque fois avec la même violence. En janvier 2002, cependant, Dina a dévasté l'île, faisant plusieurs morts et provoquant d'importants dégâts matériels. En mars 2003, Rodrigues a subi les violents assauts de Kalundé : cases démolies, arbres arrachés, lignes coupées, cultures saccagées… En février 2007, des radiers ont été submergés et des arbres couchés par le cyclone Gamède. Les Mauriciens sont parfaitement conscients du danger que représentent les cyclones, classés par seuil d'alerte de 1 à 4 – cf. Météo (p.52) –, et respectent à la lettre les consignes de sécurité données à la radio (se barricader chez soi, faire provision de nourriture, etc.). Ironie du sort, l'arrivée d'un cyclone a tendance à ressouder la nation : on s'entraide, on se soutient et, après la tempête, on répare ensemble. Nulle crainte à avoir dans les hôtels : les constructions sont désormais conçues et équipées pour résister à ces catastrophes naturelles.

Faune

L'île Maurice abrite aujourd'hui assez peu d'espèces animales. À l'instar de la flore, la faune indigène a subi de plein fouet l'importation de concurrents. Sur la cinquantaine d'espèces présentes sur l'île avant l'arrivée de l'homme, la plupart ont disparu, comme la tortue géante de Maurice (les énormes tortues terrestres qu'on peut voir viennent d'Aldabra, aux Seychelles), le râle (un échassier) et… le fameux dodo (cf. encadré, ci-après).

OISEAUX ET CHAUVE-SOURIS Par chance, il reste de beaux spécimens à plumes dans l'île, notamment dans le parc national des gorges de la Rivière Noire et sur le Domaine de l'Anse Jonchée-Kestrel Valley. La superbe crécerelle de Maurice a été sauvée in extremis de la disparition dans les années 1970, tout comme le pigeon rose (ou pigeon des mares), l'un des oiseaux les plus rares au monde. Le cardinal de Maurice et la perruche de Maurice (ou grosse cateau verte), perruche la plus rare du monde, font eux aussi l'objet d'une protection rigoureuse. Bien plus répandus (et introduits) : le moineau, le cardinal de Madagascar (ou foudi rouge, au beau plumage rouge intense), le tisserin gendarme (au plumage jaune vif), le "picpic" (zostérops des Mascareignes, un petit oiseau gris au croupion blanc, endémique), le paille-en-queue, le bulbul orphée (reconnaissable à sa houppette noire), le serin du Cap (jaune et gris) et le martin, mainate importé d'Inde au XVIIIe siècle pour aider l'homme dans sa lutte contre les sauterelles. En mer, on peut observer fous, sternes, noddis, pétrels, goélettes, mariannes et, sur le littoral, d'élégants phaétons à brins rouges… Avis aux ornithologues amateurs, les îles côtières de Maurice (île aux Aigrettes, île Plate, île Ronde) et de Rodrigues (île aux

DODO ÉTERNEL Emblème de l'île Maurice, le dodo (ou dronte), oiseau dodu au bec crochu et aux ailes atrophiées, fut exterminé dès le XVIIe siècle. Incapable de voler, ce gros pigeon inoffensif, d'environ 25kg, représentait une proie facile pour les hommes, les chiens, les rats et les sangliers. L'espèce s'éteignit vers 1680, ne laissant que quelques restes fossilisés (un squelette complet est exposé au Mauritius Institute de Port Louis), peut-être un œuf et des descriptions peu flatteuses. Notons qu'à Rodrigues, le solitaire, un oiseau proche du dodo, a connu le même sort...

Cocos) font de très bons postes d'observation. À cette faune volante s'ajoute la roussette noire de Maurice, l'unique mammifère indigène. On peut voir cette chauve-souris frugivore à la Vanille-Réserve des Mascareignes de Rivière des Anguilles, dans les chaînes montagneuses et les vallées de l'île et à Rodrigues, notamment du côté de Port Mathurin.

FAUNE TERRESTRE Elle est plutôt réduite. On rencontre de nombreuses mangoustes, introduites au début du XIXe siècle pour lutter contre les rats qui ravageaient les plantations de canne. On peut également apercevoir quelques colonies de macaques vers la Plaine Champagne, des cochons marrons (sangliers) et même des cerfs de Java, une espèce importée au XVIIe siècle par les Hollandais. Depuis, le cerf de Java est élevé et chassé pour sa viande – on la retrouve, assez chère, au menu de maints restaurants de l'île. Côté reptiles, pas de serpents venimeux à Maurice (mais de petits boas des Mascareignes à l'île Ronde !), d'imposantes tortues terrestres originaires des Seychelles... et une pléthore de geckos, petits lézards translucides amateurs de moustiques, qui affectionnent les plafonds des varangues. Enfin, on ne recense pas moins de 3 000 espèces d'insectes, des plus beaux (superbes papillons multicolores et libellules) aux plus désagréables (guêpes, “mouches jaunes”, moustiques).

FAUNE MARINE Maurice a de la chance : ses reliefs étant moins abrupts que ceux de la Réunion voisine, ses fonds marins excèdent rarement 15m de profondeur. Ces petits fonds sont baignés de lumière, une bénédiction pour les polypes coralliens, invertébrés coloniaux qui ne peuvent vivre sans la photosynthèse réalisée par les microalgues qu'ils hébergent dans leurs tissus. Les polypes s'enferment chacun dans un donjon calcaire. Cimenté à un support stable (roche, épave, etc.), le récif se construit lentement par la croissance de ces squelettes superposés, et seule sa surface est constituée d'organismes vivants. Aujourd'hui, les **récifs coralliens** forment une gigantesque barrière autour de l'île Maurice, hormis dans le sud-est (de Souillac à Blue Bay) et sur une petite portion du littoral au nord de Flic en Flac, sur la côte ouest. Cette barrière récifale isole un lagon azuréen large de 50m à près de 10km, décor paradisiaque des interminables plages mauriciennes et formidable terrain de découverte pour les plongeurs novices. Sous la surface, dans certaines zones, le spectacle est plus triste. Endommagés par la pêche aux explosifs, par le prélèvement de sable nécessaire à la construction des bâtiments et des infrastructures routières, par la pollution, par les ancres des bateaux et par la pression des plongeurs, les biotopes coralliens se dégradent lentement. Le long de la pente externe du récif, la vie foisonne. Là, face au grand large, le spectacle est prodigieux. Différentes espèces de madrépores (coraux) assurent gîte et couvert à des milliers d'animaux. Dans les mers tropicales, où le plancton est rare, la vie dépend de la bonne santé et de la richesse des coraux… Profitant de l'architecture très variée des reliefs immergés, l'écosystème au centre duquel se trouve le récif mauricien est constitué d'un grand nombre de biotopes. Les passes en sont un : au travers de ces voies de communication entre le lagon et l'océan, le courant et la houle, très puissants, drainent des milliers d'animaux, les précipitant parfois dans la gueule d'un grand pélagique (requin, barracuda, carangue, etc.) en maraude, là où la profondeur est suffisante, comme c'est le cas à Belle Mare. Au large de Flic en Flac, ce sont plutôt des cétacés que l'on croise. Mais il n'existe plus aucune chance de rencontrer un dugong, placide mammifère marin, proche cousin du lamantin, qui aime brouter algues et herbes sous-marines à très faible profondeur. Les derniers des dugongs qui peuplaient jadis les lagons de l'île Maurice et de Rodrigues se sont réfugiés dans le canal du Mozambique, au large de Madagascar. L'écosystème sous-marin de **Rodrigues** est presque vierge. Le lagon, de 200km^2, est deux fois plus vaste que l'île, totalement encerclée par sa barrière de corail. Guère touristique, peu visité par les plongeurs, peu troublé par une pêche essentiellement familiale, le monde sous-marin rodriguais est une merveille !

Flore

FORÊT, ARBRES Dépaysement garanti… Qui, en arrivant là, s'attend à une telle explosion de formes, de couleurs et de parfums ? Certains arbres ont des silhouettes inédites, tel l'arbre du voyageur (ou ravenala), dont le feuillage, déployé en un éventail immense, servait à couvrir le toit des maisons et dont le cœur contient une réserve d'eau, d'où son surnom. Le flamboyant n'est pas en reste, avec ses magnifiques grappes de fleurs rouges (visibles de novembre à février). Admirable pour ses volumes majestueux, le banian, aussi appelé multipliant en raison de ses branches qui, telles des lianes, retombent pour s'enraciner dans le sol. Plus courant, le filao (casuarina), sorte de pin élancé aux légères et fines aiguilles, borde la plupart des plages de l'île, ses racines étant censées fixer le sable. Autres essences bien représentées : le badamier, arbre dont la noix, riche en tanin, possède des vertus médicinales ; le vacoas, sorte de grand yucca, utilisé en vannerie ; le palétuvier et ses curieuses racines aériennes ; le frangipanier odorant… sans compter une grande variété de cocotiers et de palmiers, tel le latanier, qui font la richesse du jardin de Pamplemousses. Rarissime mais très curieux : le tambalacoque, ou arbre à dodos, donne de grosses graines qui sont à l'origine d'une fable. On dit que seul le célèbre oiseau disparu au XVIIe siècle (cf. Faune), en les ingurgitant, puis en les rejetant dans ses excréments, leur permettait, ramollies, de germer… Dans les années 1970, le dindon a été utilisé pour remplacer le dodo. On peut donc toujours rencontrer des tambalacoques dans certaines forêts d'altitude, comme celle de Macchabée, au sud-ouest de Mare aux Vacoas. La forêt naturelle qui couvrait jadis la majeure partie de l'île a pratiquement disparu. La faute en revient au développement de la canne à sucre (comme on peut le constater sur une carte animée au musée de l'Aventure du sucre de Pamplemousses (p.89) et à l'exploitation pour l'exportation de bois d'œuvre comme le teck, le palissandre, le bois d'ébène, le bois de natte et le tambalacoque. Cette exploitation s'est poursuivie jusqu'au début des années 1970. Résultat, il ne reste que 3% de la forêt primitive. Les pentes de l'île ont été replantées de conifères, d'eucalyptus, de camphriers et d'acajous, essences à croissance rapide, toutes importées. Quelques sites difficilement accessibles et protégés comme ceux du parc national des gorges de la Rivière Noire, réputé pour sa belle forêt tropicale, l'île Ronde et l'île aux Aigrettes, constituent des conservatoires de la flore.

FLEURS C'est sur le littoral que s'épanouissent les plus belles : les lauriers-roses, lilas, bougainvilliers multicolores, hibiscus, orchidées, anthuriums rouges ou blancs que Maurice cultive pour l'exportation (cette fleur se conserve pendant trois semaines et voyage bien en avion), poinsettias rouge et vert, oiseaux de paradis, alpinias rouges, trochetias (fleur endémique et emblématique de l'île), les fleurs mauves du jacaranda, celles, jaunes, de l'alamanda... Un feu d'artifice de couleurs. L'intérieur, plus humide, est le domaine des fougères arborescentes (fandia), des lianes, des bambous et des goyaviers de Chine et de France. Au total, on estime que près de la moitié des espèces végétales de l'île n'existent nulle part ailleurs. La richesse de cette flore tropicale ne doit cependant pas faire oublier qu'elle est le produit du mélange de la végétation d'origine et des espèces introduites par l'homme depuis le XVIe siècle.

Canne à sucre

Plus que sur la côte, c'est dans les champs de canne à sucre de l'intérieur que bat le cœur de Maurice. Le visiteur qui s'écarte des plages rencontre de vastes champs de canne, rideaux de tiges vert vif ou forêts de plumets argentés lors de la floraison, que ponctuent, de-ci de-là, une cheminée d'usine à sucre ou un monticule de pierres volcaniques déterrées des champs. Tôt le matin, il n'est pas rare de croiser des équipes de coupeurs, bottés, chapeautés et gantés. De juin à décembre, l'air se charge des lourds effluves émanant des usines où l'on transforme la canne. Un parfum de mélasse flotte alors sur l'île au sucre... Le musée de l'Aventure du sucre (p.89), près de Pamplemousses, et le domaine Les Pailles (p.82) – de façon plus anecdotique –, près de Port Louis, présentent la fabrication du sucre de canne, et permettent de comprendre le rôle joué par la plante, à la fois moteur de l'économie et symbole de l'aliénation des esclaves noirs puis des "engagés" indiens.

UN RÔLE SOCIAL HISTORIQUE L'histoire de Maurice est étroitement liée à celle de la canne, de son introduction par les Hollandais, en 1639, à son exploitation industrielle, du XIXe siècle à nos jours. C'est autour de la canne que l'identité insulaire s'est forgée. Les Créoles descendent des esclaves africains et malgaches amenés de force dans l'île au XVIIIe siècle pour assurer sa mise en valeur. Les Indo-Mauriciens doivent leur présence aux "engagés", coolies recrutés sous contrat en Inde (où sévissaient chômage et pauvreté) au milieu du XIXe siècle par les émissaires des colons mauriciens. Quant aux Franco-Mauriciens, la plupart ont pour ancêtres des Européens débarqués au temps de Mahé de La Bourdonnais et dont certains créèrent aux XVIIIe et XIXe siècles les domaines et les "établissements" qui allaient faire de l'industrie sucrière le fer de lance de l'économie de l'île, lui apportant une certaine prospérité. La culture de la canne reste aujourd'hui encore un atout pour l'île : la multifonctionnalité de l'industrie sucrière est une réalité qui pèse son poids dans les pays de tradition monosucrière. Les différents rôles de la canne dans la vie de l'île entrent en compte dans les négociations avec l'Organisation mondiale du commerce : préservation de l'environnement (lutte contre la sécheresse, par exemple) ; développement rural (rééquilibrage entre zones urbaines et rurales) ; diversification des sucriers, qui investissent dans le textile et le tourisme, deux secteurs générateurs d'emplois ; exploitation des sous-produits de la canne ; production d'énergie verte ; savoir-faire – l'Institut de recherches de l'industrie sucrière (le MSIRI, installé dans un superbe domaine au Réduit) est à la pointe de l'expertise mondiale dans la culture de la canne et la connaissance environnementale. Cependant le démantèlement progressif du Protocole sucre, conclu entre l'Union européenne et les pays ACP, devrait avoir des lourdes conséquences pour l'économie du pays (baisse des prix de 36% applicable entre 2008 et 2012).

LA CANNE, SOURCE DE DEVISES La culture de la canne occupe encore 89% des terres arables et couvre 36% de la superficie de l'île. Elle reste le quasi-monopole d'une poignée de familles franco-mauriciennes. Les "petits planteurs", descendants d'engagés sous contrat indiens, sont nombreux, mais ils vendent toutes leurs cannes aux sucreries franco-mauriciennes. Avec une dizaine d'usines, l'industrie sucrière a produit 420 000t en 2011 et représente actuellement 15% des exportations insulaires. C'est une importante source de devises et le troisième employeur de l'île (8% de la main-d'œuvre mauricienne). Tous les sucres produits à Maurice sont commercialisés par le **Syndicat des sucres** (Mauritius Sugar Syndicate). Cet organisme établit et paie aux producteurs un prix moyen tiré de la recette totale des ventes. La majeure partie des ventes à l'exportation s'effectue dans le cadre d'accords préférentiels avec certains pays, garantissant à ce sucre des débouchés et des prix stables. Aussi est-il plus rentable, en cas de production insuffisante, d'avoir recours aux importations pour satisfaire la demande locale : c'est pourquoi il est pratiquement impossible d'acheter du sucre mauricien sur place (sauf au musée de l'Aventure du sucre !). L'île s'est spécialisée dans la production de "**sucres spéciaux**" : sucres roux de consommation directe, contenant plus ou moins de mélasse selon le type et traités sans additif. Les ventes de sucres spéciaux dépassent 120 000t ; les principaux acheteurs en sont l'Union européenne et les États-Unis. Dans un souci de diversification, l'industrie sucrière valorise les sous-produits de la canne : l'alcool, la mélasse et surtout la bagasse destinée à la production d'énergie. Les progrès techniques et l'exigence de rentabilité poussent à la fermeture des usines les moins productives. Ces plans de restructuration assombrissent les possibilités d'embauche. Aussi les autorités tentent-elles de promouvoir d'autres cultures, comme celles du thé, du tabac, de la pomme de terre, du maïs et de la tomate. Toutefois, le commerce en gros de fruits et de légumes demeure confidentiel.

LA FABRICATION DU SUCRE De fin juin à fin novembre, la canne est coupée à la serpe ou, quand la configuration du terrain le permet, à la machine. Arrivée à l'usine, elle passe sur un tapis roulant pour être débitée en menus morceaux. La première opération importante consiste à **broyer** les cannes pour en recueillir le jus à travers un train de "moulins", sorte de batterie de cylindres mus par l'électricité (et qui ont remplacé la meule de jadis entraînée par des hommes, puis par des bœufs). Après plusieurs broyages, les résidus de la tige forment la bagasse, utilisée depuis toujours pour alimenter les chaudières des usines et qui sert aujourd'hui de combustible aux centrales électriques des sucreries. Ces dernières fournissent plus de 40% de l'électricité de l'île : cette "énergie verte", l'une des conversions importantes de la canne, représente d'ailleurs un fort potentiel pour l'île. Après le broyage vient la **clarification** : le jus de canne est mélangé à du lait de chaux puis chauffé à plus de 100°C, ce qui a pour effet de retenir au fond du décanteur les substances non sucrées, impures (les "boues", ou "écumes"). Le jus de canne "propre" doit être débarrassé de son eau pour pouvoir **cristalliser**. 80% du jus va s'évaporer dans une série d'énormes cylindres boisés. Puis, pour isoler les cristaux de sucre en suspension dans le jus condensé, on chauffe cette "massecuite" dans des "vides", ou appareils à cuire. Cette opération transforme le sirop en cristaux. Pour favoriser la dépose des cristaux lors du refroidissement, la massecuite est ensuite malaxée, puis "essorée" dans des centrifugeuses. Ces machines évacuent le sirop et gardent dans leurs paniers les cristaux qui, une fois séchés, donneront le **sucre**. Le résidu sirupeux, ou mélasse, non transformable en sucre, est utilisé dans les distilleries pour la fabrication du **rhum**. Il entre aussi dans la composition de médicaments, de parfums et de vinaigres. Rien ne se jette dans la canne puisque ses feuilles servent d'aliment au bétail. Quant aux déchets accumulés au cours de la purification du sucre, ils sont utilisés comme engrais.

Environnement

Déforestation massive, espèces éteintes ou menacées et, depuis peu, urbanisation galopante… L'environnement mauricien a déjà beaucoup souffert et risque de souffrir encore. Une grande partie de la faune endémique est menacée d'extinction et 15% de la flore est déjà irrémédiablement perdue. Huit espèces d'oiseaux endémiques à Maurice sont ainsi en grand danger… Comme le sont les deux endémiques rodriguais, la rousserole et le foudi de Rodrigues. Cependant, la faune et la flore endémiques font l'objet de soins attentifs de la part de la Mauritian Wildlife Foundation, en étroite collaboration avec le parc national des gorges de la Rivière Noire. C'est ainsi que des programmes de reproduction ont permis de sauver des espèces comme la crécerelle de Maurice (passant de 4 spécimens en 1974 à plus de 500 actuellement), le pigeon rose de Maurice (ou pigeon des mares, de 12 en 1986 à plus de 400 aujourd'hui) et la perruche de Maurice ou grosse cateau verte (de 20 dans les années 1970 à 280 aujourd'hui). Côté flore, quelques sites présentent une nature encore préservée, comme le parc national des gorges de la Rivière Noire (6 574ha, soit 3,5% de la superficie de l'île), la montagne du Pouce, l'île aux Serpents, l'île Ronde, l'île aux Aigrettes (toutes deux déclarées réserves naturelles strictes) et, dans un cadre plus domestiqué, le jardin botanique de Pamplemousses, Casela Nature & Leisure Park, le domaine de l'Anse Jonchée-Kestrel Valley et La Vanille-Réserve des Mascareignes. Plusieurs projets de réserve sont également à l'étude. En dehors des zones protégées, hélas, la nature est moins à la fête. Le pays commence juste à prendre conscience du problème écologique. Les Mauriciens eux-mêmes n'ont pas la culture du "geste vert". Jusque dans les années 1990, complexes hôteliers et immeubles se construisaient dans la plus grande anarchie – heureusement sans barre bétonnée. La région de Grand Baie (côte nord) porte d'ailleurs les stigmates de cette urbanisation excessive. Trop de béton, pas assez de sable !

Histoire

Après avoir été tour à tour hollandaise, française puis britannique, l'île Maurice a obtenu son indépendance en 1968. Ses plages riantes, ses belles plantations de canne et ses somptueuses demeures coloniales dissimulent une histoire mouvementée, longtemps animée par la course aux épices et marquée au fer rouge par la traite des esclaves.

Conquêtes portugaises

On pense que la découverte de l'île, alors vierge et inhabitée, revient à des navigateurs arabes du **Xe siècle** ; mais il faut attendre 1502 pour voir apparaître les Mascareignes sur une carte portugaise signalant Maurice sous le nom arabe de Dinarobin. Les Ottomans ayant assis leur contrôle sur les routes caravanières de la soie, les Portugais ont ouvert, en 1488, une voie maritime vers les Indes, tant convoitées, en contournant l'Afrique par le cap de Bonne-Espérance. L'île Maurice se trouve en plein sur cette route et c'est à la course aux épices que les Mascareignes doivent avant tout leur peuplement et leur développement. Les Portugais reconnaissent ainsi l'île au début du XVIe siècle. Toutefois, les historiens hésitent à trancher : est-ce Diego Fernandes Peteira qui débarque le premier à Maurice en **1507**, ou son compatriote Pedro Mascarenhas (qui a donné son nom aux Mascareignes) en **1512** ? L'île est, en tout cas, rebaptisée ilha do Cirne ("île du Cygne"), sans que l'on sache vraiment si ce nom fait référence à celui du vaisseau de Fernandes Peteira, ou au dodo, gros oiseau pataud qui impressionne les navigateurs. Les Portugais ne s'installent pas pour autant, l'ambition poussant Vasco de Gama vers l'Extrême-Orient. Ils trouvent tout de même le temps de découvrir l'île de Rodrigues (Don Diego Rodrigues en 1528).

Une escale pour les Hollandais

Mais les Hollandais ne vont pas laisser les Portugais devenir les maîtres du monde. En 1595, Jan Huygen Van Linschoten, un Marco Polo néerlandais, confident de l'archevêque portugais de Goa, en Inde, trahit le secret des routes suivies par les pilotes portugais pour rallier les Indes et la Chine dans une *Relation de voyage* qui ouvre l'Extrême-Orient aux autres Européens. Sa carte de l'océan Indien est exposée à Port Louis, au Blue Penny Museum, musée d'Art et d'Histoire. Ainsi, en **1598**, alors qu'il fait voile vers les Indes, l'amiral hollandais Van Warwyck débarque à son tour dans l'île du Cygne, qu'il rebaptise Mauritius, en l'honneur de Maurice de Nassau, stathouder de Hollande et de Zélande. Il installe une base sur la côte sud-est, dans la baie de Grand Port (le fort Frederik-Hendrik), mais il faut attendre 1638 pour voir les Hollandais s'établir à Mahébourg. Il s'agit pour les colons d'exploiter les ressources de l'île pour permettre aux navires hollandais en escale d'y faire le plein de vivres. Ils exploitent les bois précieux, comme l'ébène, chassent les tortues pour leur chair et leurs écailles, introduisent le cerf de Java, plantent du tabac, des citronniers, des bananiers et surtout de la canne à sucre. Ils sont aidés dans leur tâche par des esclaves africains et malgaches. En 1642, Mauritius sert de base à l'expédition d'Abel Tasman, découvreur de la Tasmanie (Australie), de la Nouvelle-Zélande et des îles Fidji. Mais la vie des colons est rude : cyclones, sécheresse, maladies, raréfaction des vivres, naufrages (celui du gouverneur Pieter Both dans la baie du Tombeau), attaques de pirates et des esclaves fugitifs devenus brigands, invasions de sauterelles… C'en est trop pour les Hollandais, qui quittent l'île en 1658, après soixante ans de présence. La seconde tentative d'implantation, qu'ils lancent en 1664, échoue en 1710.

La période française

En ce début de XVIIIe siècle, les nations européennes, notamment la France et l'Angleterre, se disputent les mers et la route des Indes. Les Français, maîtres de l'île Bourbon (actuelle Réunion) depuis 1649, s'emparent de Mauritius en **1715** pour affermir leur établissement dans l'océan Indien. C'est Guillaume Dufresne d'Arsel, capitaine du *Chasseur*, qui en prend possession pour la Compagnie des Indes orientales et qui la rebaptise **Isle de France**, le 20 septembre. En 1721 s'y installe un petit contingent envoyé de Bourbon par la Compagnie, pour essayer d'acclimater quelques caféiers. Mais, compte tenu de l'éloignement de la métropole et des conditions climatiques, ces débuts sont difficiles. En 1735 toutefois, alors que l'Isle de France compte 838 habitants (190 Blancs et 648 Noirs), sa colonisation entre dans une ère nouvelle avec **Bertrand François Mahé de La Bourdonnais**, nommé gouverneur du territoire (et de Bourbon) par Louis XV (cf. encadré). Sous sa férule, l'île, encore sauvage et inhospitalière, s'engage sur le chemin de la prospérité. Sur la côte ouest, on entreprend de drainer les marécages et d'aménager un port susceptible d'accueillir flottes marchandes et militaires : c'est Port Louis (l'actuelle capitale), qui acquiert ainsi une importance stratégique sur la route des Indes. Des chantiers navals se montent, un hôpital sort de terre, les premières routes sont tracées, des fortifications élevées. Mahé de La Bourdonnais encourage également la mise en valeur des terres et pourvoit largement la colonie en main-d'œuvre servile. On cultive le blé, le coton, le café, l'indigo. Cet administrateur remarquable promeut la culture de la canne et crée la sucrerie de La Villebague (Grande Rosalie) et celle de Port Sud-Est (l'actuel Ferney). Les difficultés

LE "PÈRE DE L'ÎLE"
Amiral français, Bertrand François **Mahé de La Bourdonnais** (1699-1753) se consacre de 1735 à 1746 au développement des Mascareignes, et de Maurice en particulier, avant de porter la guerre contre l'Anglais en Inde : il triomphe de l'escadre de l'amiral Peyton à Negapatam, sauve Pondichéry et emporte Madras. Mais traîné dans la boue et accusé de trahison par Dupleix (pour avoir accepté de restituer Madras aux Anglais contre rançon), il est embastillé en 1748, puis libéré et réhabilité en 1751, avant de mourir deux ans plus tard. Bafouée par son pays, sa mémoire reste bien présente pour nombre de Mauriciens.

ne découragent pas les pionniers et, en 1755, La Villebague produit assez de sucre pour ravitailler les nombreux voiliers de passage et pour satisfaire aux besoins des habitants de l'île et de ceux de Bourbon. Signe de l'essor de l'île, sa population, qui dépassait à peine 130 habitants en 1677, atteint 59 020 habitants au recensement de 1797, dont 6 237 Blancs, 3 703 "Noirs libres" (principalement des Indiens) et 49 080 esclaves, originaires d'Afrique et de Madagascar. Pendant tout le "temps margoze" (le temps de l'esclavage), les mauvais traitements suscitent révoltes et fugues parmi la main-d'œuvre servile. Les Noirs "marrons" (fugitifs) sont traqués, et durement châtiés quand ils sont repris. Certains arrivent à survivre en formant des communautés clandestines dans des régions reculées de l'île, telles les hauteurs du Morne Brabant. En 1764, le royaume de France rachète les Mascareignes à la Compagnie des Indes. Ainsi, il espère pouvoir dominer l'Angleterre sur mer, effacer ses échecs aux Indes et asseoir sa position aux Seychelles, en sa possession depuis 1756. Près de 15 000 marins et soldats, dirigés par Suffren, sont envoyés à Port Louis. Ils sont relayés par les corsaires, encouragés à attaquer les navires britanniques entre l'Afrique et l'Orient.

RÉVOLUTION ET EMPIRE De 1789 à 1794, le Malouin Surcouf s'illustre par son courage héroïque et ses prises spectaculaires, qui lui valent la protection de l'administration royale et une grande popularité auprès des commerçants locaux. Malgré l'éloignement de la métropole, la Révolution française touche l'"Isle de France" et les colons se voient libérés de la tutelle royale. Mais l'esprit des Lumières trouve ses limites : l'abolition de l'esclavage, décrétée par la Convention en 1794, se heurte à l'opposition des planteurs. Napoléon Ier répondra à leurs attentes en 1802, en rétablissant l'esclavage (seule la traite est abandonnée) et en envoyant un nouveau gouverneur, le général Decaen, aux Mascareignes. En août 1810, la flotte napoléonienne remporte devant Vieux Grand Port son unique victoire sur mer face aux Anglais. L'exploit est gravé sur l'Arc de triomphe, à Paris. Une victoire de courte durée, cependant. Quatre mois plus tard, les Britanniques débarquent à Cap Malheureux et s'emparent de l'île.

Dans le giron britannique

La capitulation signée par Decaen le 3 décembre 1810 assure aux insulaires le respect de leurs lois, de leurs coutumes et de leurs convictions religieuses. C'est un vrai Gentlemen Agreement régi par la formule célèbre : "My word is my bond." En 1814, le traité de Paris officialise la cession à l'Angleterre de l'Isle de France, de Rodrigues et des Seychelles. La France conserve la Réunion. L'île reprend le nom de Mauritius, mais la population peut continuer à parler le français ; le code Napoléon et le système juridique français restent en vigueur. Paradoxalement, les Anglais (notamment le premier gouverneur britannique, Robert Farquhar) préservent une bonne part de l'héritage culturel français. Les colons britanniques sont, il est vrai, très minoritaires par rapport aux Franco-Mauriciens. Une classe nouvelle, celle des sucriers et des entrepreneurs, va graduellement supplanter celle des commerçants et des "bourgeois de marine" de la période française, les Anglais axant le développement de l'île sur une économie de plantation. L'île Maurice connaît un essor certain tout au long du XIXe siècle : le réseau routier s'étoffe, le libre commerce prend de l'ampleur, notamment avec l'Inde et l'Australie, et la culture de la canne atteint son apogée. Vers 1858, on ne recense pas moins de 259 sucreries, qui produisent 133 000t de sucre et dressent leurs cheminées dans la campagne mauricienne.

ABOLITION DE L'ESCLAVAGE Décidée en 1833 et appliquée en **1835**, elle marque un tournant. L'affranchissement des esclaves africains et malgaches (plus des deux tiers de la population locale) pose le problème de l'exploitation du sol. Qui va cultiver les terres ? Les affranchis préférant vivre de peu plutôt que de trimer sur les plantations pour des salaires de misère, on décide de recruter des "travailleurs sous contrat" (de cinq ans) en Inde. De 1835 à 1909, ils sont 450 000 à débarquer, des rêves de richesse plein la tête. Leur désillusion sera à la mesure de leur espoir. Dans un premier temps, avant que les autorités se décident à dépêcher une commission d'enquête (1872), ces coolies sont parqués dans des camps sur les domaines sucriers et guère mieux traités que les esclaves qu'ils ont remplacés. Au fil des années, ils arriveront néanmoins à s'organiser et, petit à petit, après avoir rempli leur "contrat", ils acquerront des terres pour devenir "petits planteurs". La seconde moitié du XIXe siècle est difficile. Le cours du sucre de canne (concurrencé par celui de la betterave européenne) joue au yo-yo, des cyclones et des incendies ravagent l'île, la malaria et le choléra déciment ses habitants. En 1867, une épidémie de choléra emporte plus de la moitié de la population de Port Louis. Les conséquences sont lourdes pour l'industrie sucrière : morcellement des domaines après décès, regroupement des usines sucrières pour une meilleure production. En 1869, l'ouverture du canal de Suez compromet le rôle stratégique des Mascareignes dans le commerce maritime entre l'Europe et l'Asie.

L'indépendance

En 1936 est créé le parti travailliste (à majorité indienne), qui ne tarde pas à militer pour l'indépendance. Le mouvement de décolonisation s'accélère après la Seconde Guerre mondiale. En 1947, le droit de vote est accordé à tous les Mauriciens sachant lire et écrire, et le suffrage universel est instauré en 1958. En 1965, le parti travailliste franchit le pas en réclamant l'indépendance de l'île lors d'une conférence constitutionnelle à Londres. Elle est accordée trois ans plus tard, le **12 mars 1968**. L'île Maurice, à laquelle Rodrigues est rattachée, reste un dominion britannique au sein du Commonwealth, administré par un gouverneur au rôle honorifique mandaté par la Couronne. **Sir Seewoosagur Ramgoolan** ("SSR"), chef du parti travailliste, devient le premier Premier ministre mauricien. Avec lui, l'île effectue de grandes avancées sociales, inspirées du *welfare* state britannique (éducation et soins gratuits). Malgré la création d'une zone franche, en 1970, et une politique visant à diversifier l'activité économique, cette dernière reste fragile. Après treize ans passés au pouvoir, le "père de la nation", qui a donné son nom, entre autres, à l'aéroport international de l'île, cède la place en 1982 à Sir Anerood Jugnauth, leader officiel du Mouvement militant mauricien (MMM), allié au Parti socialiste mauricien (PSM). Confronté à un fort taux de chômage, le nouveau Premier ministre parvient à redonner une impulsion à l'économie nationale et les secteurs du textile et du tourisme décollent dans les années

1980. Néanmoins, la vie politique reste tumultueuse. Dans un véritable jeu de chaises musicales, au gré des alliances et des stratégies, les responsables politiques alternent au pouvoir : le Franco-Mauricien Paul Bérenger, chef du Mouvement militant mauricien, Gaëtan Duval, charismatique leader créole du Parti mauricien social-démocrate (PMSD), et Sir Anerood Jugnauth. La vie politique semble trouver son rythme dans cette succession des représentants des différentes communautés.

LA RÉPUBLIQUE Le **12 mars 1992**, c'en est fini de la tutelle britannique : Maurice devient une république. Le gouverneur général laisse la place au premier Président de la République, Cassam Uteem. En réalité, le pouvoir reste entre les mains du Premier ministre, désigné par le Parlement, constitué de 70 députés élus tous les cinq ans au suffrage universel. En février 1999, la mort du très populaire chanteur de seggae **Kaya** met l'île en ébullition. Arrêté pour possession de cannabis, il est retrouvé mort dans sa cellule. Le décès de l'idole, survenu après un interrogatoire supposé musclé, met le feu aux poudres. Poussés par un sentiment d'exclusion, jeunes et déshérités créoles s'en prennent à la communauté hindoue, jugée complice (les Indo-Mauriciens sont nombreux dans la police). Des temples hindous sont saccagés, des magasins pillés, des bâtiments, des bus et des voitures de police incendiés. Pendant plusieurs jours, l'île est en proie aux émeutes, du jamais vu depuis l'indépendance ! Les tensions entre les diverses communautés deviennent plus palpables. En septembre 2000, le Mouvement socialiste militant de Sir Anerood Jugnauth et le MMM de Paul Bérenger remportent les législatives. Il est décidé que les deux partis se partageront le pouvoir, chaque leader devant se succéder au poste de Premier ministre. En 2002, Cassam Uteem ayant démissionné, le Parlement élit Karl Offman Président de la République. Il est cependant remplacé en 2003 par Sir Anerood Jugnauth. Nommé Premier ministre en juillet 2005, Navin Ramgoolam, le fils de Sir Seewoosagur, a été reconduit dans ses fonctions après l'élection de 2010.

Architecture

La beauté de l'architecture locale ne se révèle pas immédiatement. Les villes et villages mauriciens offrent le spectacle terne et banal de maisons en béton à un ou deux étages, qui se succèdent sans grâce le long d'axes routiers. En matière d'urbanisme, l'île peut revoir sa copie : dans les agglomérations, on ne trouve pas de place centrale, pas vraiment de points de ralliement et pratiquement aucun trottoir. Par chance, Maurice a gardé de son passé colonial des témoins superbes. Mais pour combien de temps encore ?

Architecture coloniale

VILLES Depuis l'essor économique des années 1970, l'île Maurice construit, lotit, aménage… au détriment de toute une partie de son patrimoine architectural. Les cases créoles du XIXe siècle et les somptueuses villas des domaines sucriers, coûteuses à entretenir, peinent à résister à l'urbanisation croissante de l'île, comme à Port Louis où les maisons traditionnelles font place à de bien tristes immeubles. Mais la fièvre bâtisseuse n'explique pas tout. Les vieux édifices en bois doivent résister autant à la puissance destructrice des cyclones qu'aux incendies et aux termites. Seule consolation : conscients de voir s'évanouir ce patrimoine, les architectes ont remis le style créole à l'honneur. Certains hôtels imitent le style colonial, tandis que d'autres multiplient les clins d'œil à l'architecture locale (lambrequins, toits de couverture végétale, vérandas ouvertes…). Plusieurs villes, comme Port Louis, Curepipe et la région de Moka, ont conservé quelques vestiges de leurs quartiers coloniaux des XVIIIe et XIXe siècles : bâtiments publics en sombre pierre volcanique (comme le château du Réduit, l'hôtel du gouvernement et celui des postes à Port Louis et l'hôtel de ville de Curepipe), cases de commerçants (avec boutique au rez-de-chaussée et logement à l'étage derrière une galerie à balustrade en fer forgé) et belles maisons coloniales nichées au fond de jardins et souvent protégées par un mur ou un portail. Port Louis a conservé quelques-unes de ces maisons anciennes, notamment rue Saint-Georges.

CAMPAGNES Dans les campagnes, le style colonial apparaît dans toute sa splendeur avec les maisons de maître des domaines sucriers. Leur charpente en bois peint est coiffée d'un toit de bardeaux (rangées parallèles de lames de bois dur clouées sur des planches et se chevauchant comme des tuiles), tandis qu'une galerie couverte, ou varangue, rythmée par une colonnade ou par une balustrade, court autour de la maison. Espace de vie, la varangue permet de trouver repos et fraîcheur à l'ombre de ses "voiles" (sorte de stores en fibres végétales). Sur le plateau central, elle est parfois vitrée pour protéger les occupants de la maison de l'humidité et des pluies fréquentes. Les plus belles demeures sont agrémentées de lambrequins (frise dentelée en bois ou en tôle soulignant les auvents), de tourelles, de dépendances et de jardins exotiques plantés d'arbres tropicaux. Les Franco-Mauriciens, qui possèdent la plupart de ces petits bijoux, les gardent jalousement à l'abri des regards. Heureusement quelques belles villas se visitent, tels les domaines de la route du Thé (Saint-Aubin et les Aubineaux) et la célèbre maison Eurêka, près de Moka. On peut aussi admirer de belles demeures coloniales, à travers les grilles de leur portail, à Rose Hill, sur le plateau central.

Architecture rurale

Au détour de routes de campagne, surtout au milieu des champs de canne, surgissent des cheminées en brique et en pierre – carrées, rondes ou cylindriques –, parfois couronnées d'une végétation saugrenue. Ce sont les vestiges des 250 sucreries qui couvraient l'île au début du XXe siècle. Tout à fait modestes, les **cases** de campagne affichent des couleurs vives et se composent généralement de deux pièces (chambre à coucher et salle à manger) et d'une varangue, qui fait office de pièce principale. Bien souvent, un auvent à lambrequins protège la case des intempéries tandis que de la tôle recouvre les toits en pente et les façades. Certaines cases se limitent à quatre cloisons et à un toit de tôle, prêts à s'envoler au premier coup de vent. Ces cases créoles sont en majorité habitées par la partie la plus modeste de la population. Les plus aisés occupent généralement des maisons en béton plus modernes, plus solides, mais sans charme. Sur la côte, on peut observer de nombreux "**campements**", résidences secondaires bâties à la fin du XIXe siècle et au XXe par les familles aisées pour passer l'hiver loin de la fraîcheur et de l'humidité du plateau central. Construits de ravenala (arbre du voyageur), de paille et de tôle, les campements étaient au départ assez spartiates. Aujourd'hui, l'appellation désigne aussi bien un simple bungalow qu'une belle villa ou un ensemble cossu du bord de mer. Enfin, typique du paysage mauricien, la **boutique chinoise**, épicerie établie en bord de route ou au cœur du village est une case en pierre ou en béton peint au toit de tôle rouge vif : on y trouve de tout... parfois même un barbier !

Économie

L'euphorie qui régnait sur l'économie dans les années 1970 et surtout dans les années 1980 est retombée dernièrement. La croissance annuelle oscille maintenant autour de 4%. Le chômage, lui, touche en 2012 près de 8% de la population active. Plus préoccupante est l'inégalité sociale chronique qui pèse sur la minorité créole, reléguée dans des emplois faiblement qualifiés. L'économie locale repose sur le **textile**, le **tourisme**, le **sucre –** cf. Canne à sucre (p.15) –et les **services**, l'île tentant également de développer fortement le secteur des technologies de l'information.

Le textile

Le textile occupe une place de choix dans l'économie mauricienne. Depuis la création, en 1970, d'une **zone franche** d'exportation offrant des avantages fiscaux et douaniers aux investisseurs étrangers, nombre de grandes marques de prêt-à-porter font confectionner leurs vêtements sur l'île. Maurice figure en tête de liste des exportateurs mondiaux de maille. Signe qui ne trompe pas, l'île exporte plus de textile que de sucre... Nous conseillons d'ailleurs aux visiteurs d'acheter pendant leur séjour des polos, pantalons, tee-shirts et pulls à des prix bien plus intéressants qu'en Europe. Attention, toutefois, à la contrefaçon ! Les "Ralph Lauren" que l'on trouve dans d'innombrables boutiques locales sont tous des faux – dont la fabrication devrait cesser bientôt, la marque ayant obtenu justice. Le textile mauricien subit la concurrence de plus en plus rude des usines malgaches et mozambicaines, qui emploient une main-d'œuvre meilleur marché. Lancée pour diversifier l'économie locale, la zone franche a également permis le développement d'autres secteurs : l'électronique, le travail du bois (confection d'objets et de meubles rustiques destinés au marché local), le jouet, la chaussure, la joaillerie, l'horlogerie, l'imprimerie... Au total, quelque 500 entreprises manufacturières ont vu le jour, assurant près de 65% des exportations.

Le secteur tertiaire

TOURISME Le secteur tertiaire a véritablement explosé dans les années 1980, en témoigne le tourisme, première source de devises du pays. Île oubliée dans les années 1960, destination confidentielle dans les années 1970, l'île Maurice a gagné ses galons de destination de luxe au début des années 1980. Depuis une quinzaine d'années, la fréquentation touristique augmente d'environ 5% par an. Le gouvernement fait tout pour préserver l'image de paradis exotique pour *happy few* qui est celle de l'île. Les vols charters sont bannis, les hôtels de milieu de gamme peu encouragés. Le message est clair : les touristes fortunés sont les bienvenus, les baroudeurs un peu moins ! Principaux visiteurs de l'île : les voisins réunionnais, les Sud-Africains, les Français, les Britanniques, les Allemands, les Australiens… En 2012, on a recensé 965 000 touristes, dont près d'un tiers de Français. Les Européens représentent d'ailleurs deux tiers des visiteurs, les Africains 24%. Aspect positif du tourisme, il fournit directement ou indirectement à près de 16% de la population active des emplois dans l'hôtellerie, la restauration, les transports, la fabrication de maquettes de bateaux, la vente ambulante… Aspect négatif, la construction galopante d'hôtels (qui "confisquent" le littoral), de restaurants et de complexes touristiques grignote chaque jour un peu plus de terrain et menace l'environnement. Même Rodrigues guette avec appréhension l'arrivée en nombre croissant de visiteurs en mal d'exotisme. L'île mise depuis peu sur un tourisme vert, axé sur la sauvegarde de la nature, mais son succès reste timide. On y vient encore avant tout pour les plages.

CYBER-MAURICE À Ébène, près de Quatre Bornes, surgissent depuis 2003 tours et espaces de bureaux futuristes : ce projet de cybercité, sorte de Silicon Valley à la mauricienne, attire activités offshore, centres d'appels délocalisés, et NTIC (nouvelles technologies de l'information et de la communication). L'ensemble de ce complexe, posté au milieu d'un espace vert, est relié au très haut débit, le tout pour des loyers dérisoires…

AFFAIRES ET SERVICES Le secteur des affaires et des services, en pleine expansion, contribue aussi, pour une large part, aux revenus du pays. Les exonérations fiscales ont attiré nombre d'entreprises et de banques étrangères (en majorité européennes, sud-africaines et, depuis peu, asiatiques) et ont fait de Maurice une place financière incontournable dans l'océan Indien. Pour preuve, 46% des investissements directs étrangers à destination de l'Inde ont transité par l'île en 2012. Elle se donne des airs de paradis fiscal depuis la création du port franc de Port Louis, le seul de tout l'océan Indien. Enfin, le gouvernement place beaucoup d'espoir dans le secteur des communications et des services informatiques, en plein boom, avec la création de véritables cybercités (cf. encadré). Après le sucre et la zone franche, l'avenir économique de l'île Maurice passera-t-il par les nouvelles technologies ?

Démographie

L'île Maurice compte 1,25 million d'habitants en 2012, ce qui lui vaut l'une des plus fortes densités de population du monde (633hab./km², contre 119hab./km² en France métropolitaine). La plupart des Mauriciens résident dans les villes du plateau central (Curepipe, Rose Hill, Quatre Bornes) et à Port Louis, la capitale.

DIVERSITÉ DES ORIGINES Ce qui caractérise avant tout la population locale, c'est sa diversité. Les groupes ethniques de différentes origines qui la composent se sont installés sur l'île en plusieurs vagues de peuplement successives : européenne, africaine, puis asiatique (cf. GEOPlus, ci-après). Les **Mauriciens d'origine indienne** (Indo-Mauriciens, qui sont généralement hindous, tamouls, musulmans ou athées) représentent 68% de la population. Ils descendent, pour la majorité, des "engagés" du XIXᵉ siècle. La plupart des Indo-Mauriciens sont hindous. Majoritaires (52% de la population totale), ils tiennent aujourd'hui les rênes du pouvoir politique et, dans une moindre mesure, de l'économie. On les retrouve en masse dans l'administration, la police et les professions libérales. On rencontre aussi parmi eux des Tamouls, venus du sud de l'Inde, dont la pratique religieuse diffère légèrement de l'hindouisme. Les musulmans (16%), originaires du nord de l'Inde, du Bihar, du Gujarat et du Bengale, sont souvent de petits commerçants ou de petits propriétaires terriens. Deuxième grand "groupe" ethnique : les **créoles** (27%). Contrairement au sens qu'il recouvre aux Antilles, ce terme ne désigne pas les Blancs nés à Maurice, mais les descendants d'esclaves noirs et les métis. Cette communauté est restée relativement en marge du développement de l'île. Une partie de cette population vit dans de modestes cases en tôle. Bien que très minoritaires (2%), les **Franco-Mauriciens** occupent encore un rang important. S'ils ont reçu en héritage plantations et sucreries, ils ont su diversifier leur activité et investir dans le tourisme, le textile et les services. Aussi détiennent-ils une bonne part du pouvoir économique (les deux tiers des richesses insulaires). Les Blancs d'origine britannique sont moins nombreux. Il n'empêche que les Anglais ont donné à Maurice sa langue officielle et une partie de leur culture (organisation de la vie politique, écoliers en uniforme, conduite à gauche, associations caritatives, rigueur et professionnalisme...). Les Français, quant à eux, ont légué à l'île un certain art de vivre et une langue parlée et comprise par tous. Au fil des décennies, le rôle des Mauriciens de souche européenne tend cependant à se réduire. Très discrets (pratiquement absents de la scène politique), les **Sino-Mauriciens** représentent 3% de la population. Ils sont installés sur l'île depuis les années 1840 (les premiers étaient des travailleurs recrutés à Singapour et à Penang) et se distinguent dans le commerce et le secteur tertiaire. La plupart des Sino-Mauriciens sont originaires du sud de la Chine (Guandgong, Fujian). Pour la plupart convertis au catholicisme, les Sino-Mauriciens restent attachés à leurs valeurs et à leurs rites ancestraux. Port Louis possède son quartier chinois.

L'EXIL DES CHAGOSSIENS

Également appelés les Îlois, les Chagossiens forment la plus petite communauté mauricienne. Ces habitants des Chagos, un archipel dépendant de Maurice, ancré à 2 000km au nord-est, ont été chassés de leurs îles à la fin des années 1960 par les Anglais, qui ont loué ces îles aux États-Unis. L'une d'elles, Diego Garcia, a été transformée en base militaire américaine. Depuis, quelques milliers d'Îlois vivent pauvrement près de Port Louis, attendant toujours de pouvoir retourner aux Chagos.

COEXISTENCE Une telle mosaïque d'ethnies donne à l'île Maurice des airs de tour de Babel. Mais qu'on ne s'y trompe pas. Si les différentes communautés ethniques coexistent en (presque) parfaite harmonie, elles se mélangent peu. Pour preuve, les mariages mixtes demeurent rarissimes, ce qui n'est pas le cas à La Réunion. Plus inquiétant, depuis quelques années, des tensions interethniques se font sporadiquement jour, brouillant quelque peu l'image idyllique du pays. Les disparités sociales (près de 8% de la population active est au chômage) et la répartition inégale des fruits de la croissance attisent frustrations et rancœurs. Dans ce contexte, les tentations de repli communautaire ne sont jamais bien loin. Mais ne noircissons pas trop le tableau ! Les Mauriciens se montrent malgré tout très tolérants et accueillants. Les touristes ne sont, du reste, jamais pris à partie. Les autochtones préféreront faire votre connaissance en discutant sur la plage, sans arrière-pensée mercantile. Il est fréquent de se voir demander dans quel hôtel on séjourne. N'y voyez aucun calcul déplacé, mais une curiosité naturelle. Pour nourrir la conversation avec un Mauricien, rien de tel que d'évoquer l'une des trois passions nationales : les courses hippiques, véritable folie qui s'empare du pays de mai à novembre (les parieurs, ou *zougadères*, sont alors légion), le football anglais (l'île se divise entre supporteurs de Liverpool et fans de Manchester) et la politique.

Langues

L'île Maurice se présente volontiers comme une nation formée d'une population capable de s'exprimer couramment en français et en anglais. La réalité est un peu plus complexe. Certes, les Mauriciens ont des bases d'anglais et une solide maîtrise du français, héritages de la colonisation, mais c'est en créole qu'ils communiquent entre eux. Les médias s'expriment majoritairement en **français**, avec des bribes d'autres langues. Il n'est pas rare de trouver un article rédigé en français, avec un titre en anglais et des citations en créole ! Le **créole** est parlé par toutes les communautés de l'île. Rappelant un peu le créole antillais par ses sonorités coulantes et zézayantes, et très proche du créole haïtien, le créole mauricien s'est formé au temps de l'esclavage. Né au XVIIIe siècle du besoin des colons français de communiquer avec les esclaves de diverses origines, il a donc une base lexicale française. Le créole s'enrichit au XIXe siècle de termes et d'expressions dérivés du hindi des immigrés indiens, de l'anglais et des parlers chinois. Il forme aujourd'hui une sorte d'espéranto savoureux, très direct et imagé. Désormais reconnu officiellement et enseigné depuis janvier 2012 à l'école primaire mauricienne, il demeure la langue de la vie quotidienne, assurant un lien solide entre les différents groupes ethniques de l'île. Curieusement, c'est l'une des langues les moins parlées, l'**anglais**, qui a le statut de langue officielle. Héritage des derniers colons européens, il est surtout employé dans l'administration, la politique, les affaires et à l'école (avec le français). Bref, pour tout ce qui est sérieux et institutionnel ! Point besoin donc, pour le touriste, d'être bilingue, même si l'anglais s'immisce parfois dans la vie quotidienne, par le biais de la toponymie, de la signalisation routière ou de certaines expressions usuelles (*Right ! Sorry*...). On entend bien d'autres langues à Maurice : des **langues indiennes** (le hindi et l'ourdou, enseignés à l'école, le bhojpuri, sorte de créole indien, le tamoul, le telegou, le marathi ou le gujarati) et **chinoises** (mandarin, cantonais, hakka).

La population mauricienne, une mosaïque ethnique

par **Claude Fauque**, journaliste, écrivain et muséologue, spécialiste de l'île Maurice, et de l'histoire de l'esclavage en particulier

Vieux de seulement trois cents ans, le peuplement de l'île Maurice présente les caractéristiques de toute terre d'immigration : la diversité et le dynamisme.

C'est une bande dessinée qui clôture la visite du pavillon de l'Histoire à l'Aventure du Sucre, près de Pamplemousses. On y voit un couple de touristes qui, intrigués, passe successivement devant un club – le "dodo club" – où rentre un élégant couple de Blancs, devant un temple hindou où des Indiennes en sari se précipitent, devant une pagode où se pressent des Chinois, et enfin par la plage où des Noirs dansent le séga… Interloqué, le couple se tourne vers un petit chien : "Mais où sont les Mauriciens ?" demandent-ils, effarés ! "Oh ! ils s'appelaient des dodos, répond le chien malin, et les Hollandais les ont mangés…" La population mauricienne ne s'explique pas autrement que par les aléas que lui a fait subir l'Histoire, et il faut savoir, pour mieux appréhender le présent, se laisser pénétrer par le passé, et comprendre ce qu'est aujourd'hui ce peuple mauricien, source de rencontres étonnantes.

Histoire d'un peuplement La population mauricienne était estimée en 2012 à 1,25 million d'habitants, soit une densité très forte de 633 habitants au km^2, composée d'une mosaïque d'ethnies, de cultures et de religions. Et pourtant, c'est à l'origine une île vierge de toute population qui accueille à partir du milieu du XVIIIe siècle les bateaux faisant escale sur les routes maritimes vers les Indes et la Chine. On y renouvelle les provisions d'eau, de vivres frais et de bois à feu, mais on y soigne aussi les malades et on carène les vaisseaux : l'île devient rapidement un havre idéal sur le parcours. Repérée, avec La Réunion, par les Arabes et les Portugais, Maurice tombe pourtant en 1598 dans l'escarcelle des **Hollandais**, qui la baptisent Mauritius et en exploitent les ressources pour leurs navires. D'où la chasse aux dodos – ces gros oiseaux maladroits qui se laissent rôtir sans coup férir –, aux tortues et autres sources de nourriture, sans oublier l'eau abondante. Les Hollandais n'installent pas de colonie proprement dite, mais introduisent de la volaille, du bétail, et surtout les cerfs toujours très appréciés sur l'île aujourd'hui ! Ce qui explique pourquoi en bord de plage, dans certaines villas "campements", il n'est pas rare de voir fleurir quelques têtes de cerf ornementales et inattendues au bord du lagon bleu…

L'heure française Le peuplement proprement dit va commencer en 1715 lorsque le Français Guillaume Dufresne, capitaine du vaisseau *Le Chasseur*, prend possession de l'île qu'il constate inhabitée et nomme derechef "Isle de France". Les débuts français furent chaotiques, l'île accueillant des aventuriers de tous types ainsi que des esclaves capturés de Madagascar et de divers points d'Afrique. C'est avec l'arrivée de **Mahé de La Bourdonnais** en 1735 que va cesser l'anarchie : organisateur né, avec un esprit d'entreprise civil et militaire, il s'active sans relâche jusqu'à son départ en 1747, afin d'apporter une prospérité économique à l'Isle de France. Il aménage le port, construit un chantier naval, planifie le réseau routier, encourage l'exploitation de toutes les terres cultivables, en favorisant l'arrivée de nouveaux esclaves. Pour toutes ces réalisations, son souvenir est toujours célébré dans l'île. De cette période date l'arrivée de nombreuses familles françaises qui ont fait souche. En quelques décennies, l'île passe d'un état de défrichage à un art de vivre raffiné calqué sur le XVIIIe siècle européen.

La période anglaise Mais cette prospérité ne peut laisser longtemps indifférents les Anglais : le 29 novembre 1810, une flotte anglaise de 70 navires mouille au nord de l'île. Dix mille hommes – soldats anglais et cipayes indiens – débarquent sans rencontrer de résistance dans la région de Mapou, entre Poudre d'Or et Grand Baie. Une très honorable capitulation est signée le 3 décembre 1810, laissant aux habitants français l'usage de leur langue, leurs coutumes et leur religion (ce qui explique la permanence de l'influence française dans l'île). Les Anglais vont développer l'île, rebaptisée Mauritius, en colonie de production, sachant mettre en avant l'exploitation de la canne à sucre. En 1835 se produit un grand bouleversement : l'abolition de l'esclavage. Libres, les anciens esclaves se retrouvent apprentis ou sans travail et sans aucune aide. Depuis cette date, la population créole (l'expression qualifie ici les Noirs et les métis) a eu toutes les peines du monde à se sortir de cette situation. Il semblerait que le gouvernement actuel essaie cependant de valoriser la culture créole à travers diverses manifestations afin de mieux la replacer dans une perspective mauricienne.

L'engagisme Profitant de leurs relations privilégiées avec l'Inde, les Anglais vont organiser un relais… C'est l'appel à l'immigration indienne. Car il faut toujours des bras pour le travail de la terre. On a retenu la date du 2 novembre 1834 comme celle de la première arrivée "officielle" des immigrants indiens, et le début de la grande période historique que fut l'engagisme pour l'île Maurice. Après quelques années sans réglementation – ce qui amena l'Inde à interdire l'immigration de 1838 à 1842 –, le gouvernement anglo-mauricien organise un système d'accueil à Port Louis : le Dépôt, dont l'Aapravasi Ghat (placé en 2006 sur la liste du patrimoine mondial de l'Unesco) constitue aujourd'hui le principal témoignage. Il était stipulé qu'à leur débarquement les "laboureurs" engagés devaient être logés, nourris et recevoir des soins médicaux après leur long voyage en mer. Le véritable essor survient au milieu du XIXe siècle avec l'afflux de quelques centaines de milliers de personnes destinées à l'industrie sucrière, en pleine expansion à cette époque. Entre 1843 et 1923, l'engagé est sous le contrôle

➤ du gouvernement : il signe un contrat de plusieurs années où il consent à des gages fixes, contre garanties de voyage payé, logement, nourriture et assistance médicale. Les planteurs viennent au Dépôt avec leurs surveillants, les sirdars. Le nombre d'immigrants auquel chaque planteur a droit est calculé selon la quantité de sucre produit par son établissement. Bien que ces contrats concernent principalement des hommes, on trouve également des femmes et des enfants immigrés contribuant aux travaux des champs à titre de journaliers. Des familles arrivent alors avec leurs coutumes et leurs religions : rites, cérémonies, festivités, foi et croyances constituent les boussoles de ces petites communautés, souvent à jamais éloignées de leurs racines. Les anciens propriétaires sucriers permettent non seulement la construction des temples et des autels près des sucreries, mais y contribuent en apportant une aide matérielle, trouvant certes leur intérêt dans l'acclimatation de cette main-d'œuvre. Aujourd'hui, les descendants de ces Indiens forment 70% de la population mauricienne. Enfin, au cours de la dernière moitié du XIXe siècle, la colonie connaît un afflux de Chinois. Ces migrants, célibataires, qui se spécialisent en général dans le commerce de l'alimentation, constituent des familles avec des jeunes filles créoles, enrichissant le métissage mauricien d'une nouvelle lignée : les "créoles chinois".

Un seul peuple ? C'est avec ce passé si divers, si riche mais lourd à porter que la population mauricienne accède à l'indépendance le 12 mars 1968, tout en demeurant dans le Commonwealth britannique. Sous l'impulsion du "père de la nation", Sir Seewoosagur Ramgoolan, le mot d'ordre, pour la construction du pays, est alors "*enn sel Le pep, en sel nasyon*" ("un seul peuple, une seule nation"). Le mythe de la nation arc-en-ciel vantée par les dépliants prend naissance, mais qu'en est-il réellement ? Une constatation : s'il y a un mélange extraordinaire d'origines diverses, il existe fort peu de métissage. Même si les jeunes générations semblent davantage ouvertes, rares sont les mariages mixtes. Les Mauriciens que l'on rencontre lors d'un séjour sur l'île sont un peu issus chacun de "leur monde". Chacun aura sa vérité à vous raconter s'il le veut. En effet, les Mauriciens sont très accueillants et parlent facilement : le vendeur de souvenirs sur la plage, le garçon d'hôtel ou le chauffeur de taxi engagent la conversation par plaisir. Ici, un visiteur n'est pas suivi par des importuns, et peut sans crainte répondre et partager. Mais c'est ce peuple tout entier qui a construit l'île d'aujourd'hui, bien différente de celle de 1968, uniquement consacrée à la canne à sucre. À l'époque, les grandes familles franco-mauriciennes (descendants des Français et des Anglais) possédaient l'ensemble des domaines sucriers (grandes plantations et usines). Par leurs alliances et la diversification de leurs investissements, elles ont contribué à dessiner les grandes lignes de l'économie du pays : les services hôteliers pour le tourisme, l'industrie textile et les grandes entreprises commerciales. Elles ont aussi accaparé une bonne partie du pouvoir économique : aujourd'hui, les deux tiers des richesses de l'île sont entre les mains de 1 à 2% de la population…

ce qui peut expliquer certaines aigreurs. En revanche, le pouvoir politique et administratif est indien, traduction de la majorité démographique détenue par cette population. Des travailleurs de la terre qu'ils étaient, ils sont devenus propriétaires (ce sont les "petits planteurs"), médecins, avocats ou fonctionnaires : on s'en aperçoit d'ailleurs dès l'arrivée à l'aéroport, au comptoir de l'immigration ! Si la grande partie de cette communauté est de confession hindoue, on rencontre aussi des Indiens musulmans, en majorité commerçants (ils sont nombreux, notamment, au marché de Port Louis), qui représentent un sixième de la population totale. Plus mal lotie est la communauté créole : l'hôtellerie heureusement offre travail et formation, mais les travailleurs des champs, et les pêcheurs, ont souvent des emplois précaires. C'est en sortant de l'univers protégé des hôtels et en se promenant dans l'île que l'on peut se rendre compte de cette riche diversité. En descendant vers le Morne Brabant – montagne mythique au sud-ouest de l'île qui a abrité les esclaves "marrons" échappés des plantations –, on découvre une île Maurice africaine, avec des villages entièrement créoles. Dans Port Louis, c'est une ville chinoise importante qui se dévoile, où les Fils du Ciel tiennent des commerces étonnants, entre grottes et cavernes, emplies de ferblanterie, objets ménagers, etc. À Curepipe et à Rose Hill, derrière les grilles des jardins, on aperçoit les belles maisons des Franco-Mauriciens, ou bien de riches Indiens qui peuvent s'offrir des constructions nouvelles sur le plateau central. Autour de Grand Baie, au nord de l'île, cœur du premier développement touristique, s'étirent les longs villages typiquement indiens tels Triolet ou Goodlands, très peuplés, créés à la fin de l'engagisme lorsque les "laboureurs" libérés se regroupèrent entre eux sur les terres qui longent les plantations de canne à sucre. Soudée dans les années de boom économique, comment la population mauricienne va-t-elle évoluer dans le contexte actuel, plus difficile ? Les dangers du communautarisme sónt réels – attisés parfois par les luttes politiques –, mais la douce humeur fondamentale et légendaire restera peut-être la règle… Souhaitons-le !

Religions

Comme "populations", "cultures" et "cuisines", "religions" s'écrit ici au pluriel. Les différentes communautés venues d'Europe, d'Afrique et d'Asie ont conservé leurs pratiques religieuses, qui cohabitent en assez bonne intelligence. On recense ainsi près de 90 rites différents à Maurice. Combien de territoires aussi petits peuvent-ils se targuer d'accueillir les principales religions de la planète ? Les fêtes religieuses (surtout hindoues) font l'objet de cérémonies spectaculaires – cf. Fêtes et manifestations (p.46).

L'HINDOUISME Il est pratiqué par plus de la moitié de la population. On dénombre plus de 150 temples sur l'île… Moteur fondamental dans l'organisation du tissu social, l'hindouisme apparaît sous une forme moins stricte qu'en Inde (s'il est bien présent, le système des castes est plus souple). Cette religion s'articule autour de la croyance en trois principes fondateurs : la *maya* (réalité illusoire des apparences), le *karma* (rétribution des actes) et le *samsara* (cycle des réincarnations). Le panthéon hindou compte trois grandes divinités (Brahma le créateur, Vishnu le protecteur et Shiva le destructeur et régénérateur, qui sont en fait trois aspects de la même divinité), leurs *shakti* (énergie féminine, parèdre), des divinités secondaires et des avatars (incarnations de Vishnu). Tous font l'objet d'un culte fervent et passionné, qui mêle le spirituel à la vie quotidienne, où transparaissent des croyances animistes. L'hindouisme ne s'embarrasse pas de dogmes intangibles et laisse aux fidèles une grande liberté de pratique. On distingue tout de même les hindous des tamouls (groupe ethnique du sud-est de l'Inde). Les temples de ces deux obédiences présentent d'ailleurs de notables différences architecturales : les temples hindous se composent de bâtiments pâles, rehaussés de quelques couleurs vives et surmontés d'imposants dômes blancs, tandis que les temples tamouls (les *kovil*) croulent sous des montagnes de statuettes bariolées (comme on peut le constater à Grand Baie, sur la côte nord, par exemple). Les visiteurs présents sur l'île en février ou en mars ne sauraient manquer la fête de Maha Shivaratree (la grande nuit de Shiva), sur les bords du lac de Grand Bassin. En octobre ou en novembre, lors de Divali, fête qui célèbre le triomphe de la lumière sur les ténèbres, l'île scintille de mille lumières pendant toute une nuit.

LE CATHOLICISME Les Franco-Mauriciens, les Créoles et une majorité de Sino-Mauriciens sont des catholiques fervents. Les fêtes religieuses, comme Noël, Pâques, la Toussaint ou l'Assomption, sont célébrées en plus grande pompe qu'en France. Le catholicisme jouit d'une bonne image sur l'île grâce à l'action du très populaire **père Laval**. On raconte que ce missionnaire normand débarqué à Maurice en 1841 aurait converti près de 70 000 personnes, dont beaucoup d'esclaves affranchis, et rendu à la vie des malades condamnés… L'"apôtre des Noirs" a été béatifié par Jean-Paul II en 1979, et son tombeau, à Sainte-Croix, faubourg du nord-est de la capitale, fait l'objet, la nuit du 8 au 9 septembre, d'un impressionnant pèlerinage, qui rassemble des Mauriciens de toutes les confessions.

L'ISLAM Les visiteurs peuvent être surpris de rencontrer des mosquées sur l'île, comme celle de Jummah à Port Louis. Les Arabes n'ont pourtant jamais colonisé l'île… C'est d'Inde que viennent les Mauriciens de confession musulmane. Leur pratique de l'islam se veut plus souple et tolérante que sur les continents africain et asiatique. La majeure partie de cette communauté très active sur le plan religieux et très soudée se réclame d'un sunnisme modéré.

LES RELIGIONS CHINOISES Si la plupart des Sino-Mauriciens se sont convertis au catholicisme, nombre d'entre eux pratiquent encore les trois religions des Chinois : bouddhisme du Grand Véhicule (mahayana) – la quatrième religion de l'île –, taoïsme et confucianisme. Tous, enfin, rendent un culte privé à leurs ancêtres.

Séga

MUSIQUE ET DANSE Bienvenue au pays du séga ! À la fois musique et danse, le séga est né dans les champs de canne au début du XVIIIe siècle. Un peu à la manière de leurs frères d'Amérique, les esclaves noirs de Maurice improvisaient des mélodies simples et mélancoliques sur un rythme envoûtant. Fabriqués avec les moyens du bord, les instruments se comptent sur les doigts de la main : la ravane (gros tambour tendu d'une peau de chèvre), la maravane (boîte ou tube rempli de graines sèches) et le triangle métallique. Sorte de blues de la canne à sucre (mais bien plus dansant), le séga évoquait à l'origine la vie rude des champs… et les plaisirs de la chair. Ce n'est pas pour rien que la danse qui accompagne la musique se pratique "collé-serré" sur la plage ! On peut déplorer que le séga soit devenu une attraction touristique. Les grands hôtels proposent des spectacles folkloriques qui n'ont plus de séga que le nom. Guitare, synthé et batterie ont progressivement remplacé les instruments traditionnels. Le rythme aussi a changé : le blues lancinant a évolué vers une sorte de lambada festive… Il est néanmoins possible d'entendre du vrai séga le week-end, quand les familles mauriciennes investissent les plages pour y pique-niquer et y passer la nuit. Le soir, bien souvent, on sort la guitare, une ravane et on entonne des mélopées tantôt langoureuses, tantôt grivoises. Ainsi, il n'est pas rare de reconnaître les accords d'*Ambalaba*, célèbre air du folklore mauricien popularisé en France par Maxime Le Forestier.

INTERPRÈTES Alphonse Ravaton (1900-1992), alias Ti-Frère, est considéré comme le roi du "séga typique". Ce musicien et poète, improvisateur de génie, a ressuscité et remis le séga à l'honneur, au début des années 1950. Il laisse derrière lui plusieurs tubes, dont *Anita* et *Roseda*. Jean-Marie Le Clézio écrivait à son propos : "Le séga de Ti-Frère n'est jamais mièvre, il n'a que faire des ritournelles de vacances. Il est âpre et vrai, sensuel et païen." À bon entendeur… Autres chanteurs et groupes notables : Serge Lebrasse, Marclaine Antoine, les Windblows et le groupe Cassiya, Jean-Claude Gaspard, Sandra Mayotte, Roger Clency et Jean-Claude Monique.

SEGGAE Croisement entre le séga et le reggae, le seggae fait fureur chez les jeunes. Le chanteur engagé Kaya, alias Joseph Reginald Topize, sorte de Bob Marley local tragiquement décédé au cours d'une garde à vue dans un commissariat (cf. Histoire, La République), était le père de ce courant. Les populaires Ras Natty Baby et Racine Tatane ont, depuis, repris le flambeau. À Rodrigues, le séga présente deux variantes, le séga kordéon et le séga tambour – cf. Rodrigues (p.234).

Littérature

Jusqu'ici, l'île Maurice était surtout présente en littérature comme toile de fond. C'est le cas dans **Paul et Virginie**, le célèbre roman de Bernardin de Saint-Pierre. Écrit en 1788 (l'île s'appelait alors Isle de France), ce livre au romantisme exacerbé rencontra dès sa parution et pendant tout le XIXe siècle un succès phénoménal. L'un des premiers best-sellers français fait de l'île Maurice le théâtre exotique de l'amour impossible de deux adolescents, sur fond du naufrage du *Saint-Géran* (cf. encadré). Désireuse d'exploiter le filon, toute une littérature populaire s'attacha ensuite à la narration d'"amours lointaines". Quelques plumes célèbres évoquent aussi la terre mauricienne après y avoir fait escale : Baudelaire (ses poèmes *Parfum exotique* et *À une dame créole*), Alexandre Dumas, Joseph Conrad (*Fortune, Entre terre et mer*) et, dans les années 1930, le poète Paul-Jean Toulet, surnommé le Mauricien Toulet. L'île a enfanté peu d'écrivains célèbres, mais le nom de **Jean-Marie Le Clézio** lui est fréquemment associé. Lauréat du prix Nobel en 2008, l'auteur, né à Nice en 1940, est issu d'une grande famille franco-mauricienne installée depuis le XVIIIe siècle. Les Le Clézio ont d'ailleurs un temps possédé la célèbre maison Eurêka, près de Port Louis. L'écrivain évoque la terre de ses ancêtres mais aussi Rodrigues dans plusieurs ouvrages : *Le Chercheur d'or* (1985), *Voyage à Rodrigues* (1986), *Printemps et autres saisons* (1989), *Sirandanes* (1990) et *La Quarantaine* (1995). Moins connu, l'original **Malcolm de Chazal** (1902-1981) mérite quelques mots. Natif de l'île, ce poète, peintre et philosophe excentrique a signé des œuvres surréalistes remarquables après la Seconde Guerre mondiale : *Sens-plastique* (1948), *Sens-magique* (1957), *Petrusmok* (1958), *Poèmes* (1968), *Sens unique* (1974). Incompris de ses compatriotes dont il décrivit avec férocité une certaine étroitesse d'esprit, encensé en son temps par les surréalistes français, Malcolm de Chazal commence tout juste à être reconnu. Son écriture mystique et son style, d'inspiration panthéiste, ont pourtant marqué Jean-Marie Le Clézio. Depuis une trentaine d'années, une **nouvelle littérature mauricienne** émerge. On assiste à l'arrivée d'une vague d'auteurs francophones comme Ananda Devi (*Moi, l'interdite, Pagli, Ève de ses décombres, Le Sari vert*), Carl de Souza (*Le Sang de l'Anglais, Les Jours Kaya*), Barlen Pyamootoo (*Bénarès, La Tour de Babylone, Salogi's*), Shenaz Patel (*Sensitive, Le Portrait*

DRAME HISTORIQUE ET LITTÉRAIRE

Le 18 août 1744, le *Saint-Géran* arrive en provenance de France au large de l'île d'Ambre, et s'échoue sur la barrière de corail avant de sombrer. Sur les 205 personnes à bord, seules 9 survivront au naufrage. Le drame inspirera Bernardin de Saint-Pierre pour la rédaction de *Paul et Virginie* : l'écrivain fera de Virginie l'une des victimes de la catastrophe, la jeune fille étant sur le point de retrouver Paul, qui l'attendait sur la côte.

Chamarel, Le Silence des Chagos), Natasha Appanah (*Blue Bay Palace, Le Dernier Frère*) et Abhimanyu Unnuth (*Sueurs de sang*). Du roman de ce dernier, Jean-Marie Le Clézio dit qu'il "est un chant, une musique profonde, enracinés dans le passé le plus lointain de l'humanité". Mais exception faite des contes de René Noyau et des pièces de Dev Virasawmy, le créole reste assez marginal en littérature.

Peinture

Les plus beaux paysages ne font pas forcément les plus beaux tableaux... Les toiles et les sculptures exposées dans les galeries de Port Louis (Art Gallery), de Grand Baie (galerie Hélène de Senneville) et de Rose Hill (Max Boullé Gallery) présentent le bon et le moins bon. L'île Maurice a bien inspiré quelques artistes, surtout au siècle passé (Malcolm de Chazal, Hervé Masson, Xavier Le Juge de Segrais, Max Boullé), mais leurs œuvres peinent à trouver une reconnaissance internationale. L'inévitable Vaco Baissac (il possède une galerie à Grand Baie), qui s'exprime avec des couleurs très vives cernées d'un trait noir, joue les Douanier Rousseau du cru : ses œuvres illustrent aussi bien des cartes postales que des enseignes. En matière d'art contemporain, signalons les travaux de Véronique Le Clézio, Hervé Decotter, Khalid Nazroo, Nalini Treebohun, David Constantin et Henry Koombes, également illustrateur d'une série d'albums pour enfants relatant les aventures de *Tikoulou*, un petit garçon des îles.

Artisanat

Les **maquettes de bateaux** constituent assurément le fleuron de l'artisanat insulaire. Depuis les années 1970, des centaines d'ateliers fabriquent et vendent des répliques de vieux gréements (frégates, galions, goélettes...) de toute beauté. C'est à José Ramart que l'on doit l'essor de cet artisanat. L'île Maurice est ainsi un des premiers pays constructeurs de modèles réduits du monde. Dans les ateliers, le travail est généralement réparti entre hommes et femmes. Les premiers travaillent le bois, tandis que les secondes s'occupent d'assembler les voiles et les cordages. C'est dans les usines et ateliers de Curepipe, de Floréal et de Goodlands que l'on a toutes les chances de trouver son bonheur. Attention, toutefois, aux achats d'impulsion : certaines maquettes mal finies ne résistent pas au voyage en avion – cf. Douanes (p.45). Hormis ces maquettes, l'artisanat local est assez pauvre. En effet, les paniers, les vanneries, les objets en cuir ou en bois et les nappes brodées viennent essentiellement de Madagascar, sur commande de petits commerçants mauriciens. Les quelques vanniers talentueux de Maurice sont installés dans l'est de l'île. En revanche, on peut trouver en chinant sur les marchés de superbes tissus indiens, des bijoux en argent très intéressants et, à Rodrigues, des chapeaux et paniers... de confection locale, cette fois. Il faut aussi souligner le travail du fer galvanisé : dans les échoppes des ferblantiers, on découvrira pots, seaux, arrosoirs et lambrequins vendus au mètre pour décorer les maisons.

Gastronomie

Les gourmands peuvent se rassurer : on mange très bien à Maurice, si l'on aime la cuisine exotique, et à relativement bon marché. Il n'existe pas à proprement parler de cuisine locale, chaque communauté ethnique ayant apporté ses produits et ses recettes… Le visiteur a donc le choix, sur presque toute l'île, entre les restaurants indiens, chinois, créoles et européens. Viandes, poissons et fruits de mer sont généralement accommodés en cari, en *vindaye* ou en rougail. Les plats sont souvent accompagnés de riz blanc, d'achards (fruits et légumes râpés, pimentés et marinés dans diverses épices dont le curcuma), de chutneys (ou *chatini*, préparation indienne à base de fruits ou de légumes avec des piments et des oignons). Plat local d'origine malgache, les brèdes – feuilles de plantes potagères diverses, cuisinées à l'étouffée ou en bouillon – sont servies en accompagnement. De quoi satisfaire les appétits voraces comme les palais délicats. Le soir, il est conseillé de s'offrir une table gastronomique pour goûter aux produits de "luxe" de l'île (langouste, marlin, cerf de Java…).

Différents types de cuisine

CUISINE CRÉOLE Le **rougail** (ou rougaille) est une spécialité créole servie couramment dans les restaurants. Ce plat assez épicé fait mijoter une viande (souvent des saucisses) ou du poisson dans une sauce rouge à base de tomates, de piment, d'ail, d'oignon, de gingembre et parfois de bringelles (aubergines). On trouve également beaucoup de viandes et de poissons en daube.

CUISINE INDIENNE Le **cari**, inspiré du curry indien, arrive en tête des plats les plus populaires de l'île. La sauce safranée (jaune) qui fait son originalité est assez relevée. On y trouve divers ingrédients, comme l'oignon, l'ail, le gingembre, le thym, les pommes d'amour (petites tomates) et, bien sûr, les épices (cf. encadré, ci-après). Le **vindaye** de poisson est préparé à partir d'un mélange de graines de moutarde, d'ail et de curcuma. Certains restaurants indiens servent du *biryani* (ou *briani*), spécialité musulmane du nord de l'Inde à base de riz sauté garni de légumes, de poisson et parfois de viande.

LES EN-CAS

Au déjeuner, on pourra se contenter des petits plats vendus dans la rue quelques roupies : essayez les *samoussas* (beignets triangulaires à la viande ou aux légumes), les *dholl puri* (prononcez "dalpouri", galettes à base de farine de lentilles jaunes, fourrées aux légumes et aux curry), les *faratas* (sortes de *dholl puri* à base de farine de blé), les *roti* (proches des *faratas*) et les "gâteaux piments" (boulettes frites plus ou moins pimentées).

CUISINE CHINOISE Certains la disent plus inventive et fine que les autres. Elle tient en tout cas une place à part à Maurice puisqu'elle ne s'accommode d'aucun mélange avec les autres cuisines. Les cartes des restaurants chinois battent souvent des records de longueur. Plats populaires par excellence, le **mine frit** (nouilles sautées) et le **bol renversé** (riz, viande ou crevettes et légumes servis dans un bol renversé) remplissent à bon compte les estomacs. Tout aussi copieux : le *meefoon* (vermicelles), le *chop suey* (savoureux mélange de légumes) et le *foo yang* (omelette au crabe, aux crevettes ou aux légumes). Au menu figurent également les traditionnels beignets de crevettes, soupes aux ailerons de requin et fondues asiatiques, mais rarement des pâtés impériaux. L'île compte quelques restaurants japonais, plutôt satisfaisants mais assez chers.

CUISINE EUROPÉENNE Ce vocable désigne aussi bien les plats de tous les jours servis dans nos contrées (steak-frites, pizzas, etc.) que les mets délicats proposés par les grandes tables de l'île. La gastronomie mauricienne utilise généralement des produits assez onéreux, comme le cœur de palmier, dont on fait de rafraîchissantes "salades de palmiste" (ou "salades du millionnaire"), considérées comme l'entrée mauricienne la plus noble. Il est parfois gratiné avec du crabe ou accompagné, en salade, de marlin (espadon) fumé, lui aussi réputé. Les amateurs de viande peuvent goûter au cerf de Java. Cette espèce, introduite par les Hollandais au XVIe siècle, est élevée pour sa chair qui peut être… assez coriace et très chère ! Le cari de cerf est servi de juin à septembre. Lorsqu'ils ne sont pas cuisinés en cari ou en *vindaye*, les poissons sont grillés et parfois arrosés de *limon* (citron vert). On trouve du thon, de la dorade, du rouget, du sacréchien, du bourgeois, de la carangue, du barracuda et, plus chic, du marlin et du capitaine. On peut se régaler de crabes, de calamars (ou mourgates), de homards, de langoustes, d'huîtres, de *cono cono* (coquillage de Rodrigues, dont le nom s'écrit parfois *kono kono*) et surtout d'ourites (poulpes) de Rodrigues aussi. Enfin, il faut goûter aux camarons grillés, savoureuses crevettes d'eau douce, élevées en bassin à Maurice.

Fruits et légumes

Il peut être utile de connaître certains fruits et légumes, qui ne poussent pas sous nos latitudes : chouchous (ou christophines, légumes verts grumeleux), giraumons (potirons), pâtissons (courges), bringelles (aubergines), lalos (légumes en forme de poivron), margozes (proches du chouchou), patoles

Plus ou moins relevé

Les palais délicats risquent de souffrir un peu au début. Si les plats européens et chinois restent assez doux, les épices relèvent la plupart des recettes indiennes et créoles. Pas de panique pour autant : les restaurants mauriciens forcent peu la dose dans les plats servis aux touristes. On retrouve le plus souvent le curry, qui est fait avec un mélange de plusieurs épices appelé *massala* (curcuma, coriandre, petit anis, poivre, cannelle, clou de girofle…) que les femmes indiennes écrasent traditionnellement sur la "roche cari". Citons les autres épices : piment, gingembre, safran, coriandre, cumin, curcuma, cardamome, poivre vert, caripoulé (feuille utilisée pour rehausser le goût du curry), quatre-épices (feuille qui mêle naturellement les senteurs de girofle, cannelle, poivre et muscade).

(sorte de long concombre), calebasses, fruits à pain (gros fruits farineux)... Outre les bananes, ananas, papayes et noix de coco qu'on trouve toute l'année, nous conseillons aux visiteurs estivaux de goûter aux litchis, longanes (proches du litchi), mangues, corossols (gros fruits verts hérissés de pointes tendres), avocats, fruits du jaquier (leurs graines entrent dans la composition de certains chutneys), goyaves (de Chine, rouges, et de France, jaunes) et caramboles (tranchées, elles forment des étoiles).

Desserts

Déception ! Avec de si beaux fruits, comment expliquer que si peu de recettes les mettent en valeur ? En dessert, on doit souvent se contenter de glaces ou de salades de fruits (parfois en conserve !). Si on le peut, mieux vaut acheter des fruits au marché pour clore les agapes de belle manière. Les restaurants indiens servent parfois de bons *kulfi* (crèmes glacées).

Boissons

Peu de rhum au pays de la canne à sucre ! On attribue cette défaillance au colonisateur britannique, qui lui préférait le whisky, et surtout à la législation, réservant jusque dans les années 2000 tout le jus de canne au sucre, le rhum mauricien provenant alors de la mélasse – mais la loi a changé et plusieurs rhumeries dignes de ce nom se sont développées. Du rhum, on fait du rhum arrangé (rhum dans lequel macèrent épices et fruits tropicaux) et du ti-punch, mais les Mauriciens lui préfèrent d'autres boissons alcoolisées : la bière locale, honnête et pas chère (essayez la Phoenix et la Blue Marlin), le whisky importé ou les vins français (assez chers, ils voyagent mal) et sud-africains. L'île produit même, à partir de raisins sud-africains, quelques vins dont le bouquet laisse parfois à désirer... Autres curiosités, d'origine indienne : l'*alouda*, un lait frais aromatisé au basilic indien (graine appelée localement "tocmaria"), et le *lassi*, lait caillé sucré ou salé. Tout au long de la journée, les Mauriciens consomment du thé à la vanille, spécialité de l'île, avec un nuage de lait. Le café de Chamarel, produit en faible quantité, est très parfumé. Au restaurant, l'addition est souvent accompagnée d'un bonbon à la menthe. Si l'eau du robinet est potable dans toute l'île, par précaution, on lui préférera l'eau minérale, vendue partout.

GEOPRATIQUE

INFORMATIONS UTILES DE A À Z

ALLER À L'ÎLE MAURICE

Les vols réguliers et directs vers l'île Maurice sont assurés par Air France, par la compagnie nationale mauricienne Air Mauritius et par Corsair, au départ des grandes villes européennes.

de France

Air Mauritius La compagnie mauricienne assure chaque jour des liaisons directes AR entre Paris-Roissy-CDG et l'aéroport Sir Seewoosagur Ramgoolam de Maurice (11h30 de vol env.). Les tarifs varient selon la durée du séjour. Hors vacances scolaires, le billet coûte environ entre 1 200 et 1 500€ (séjour de 14 jours minimum sur place). Pendant les vacances, les prix des billets vont croissant d'avril à décembre. Comptez environ 1 200€ pour un départ en avril et 1 800€ en décembre. *23, rue de la Paix 75002* ***Paris*** *Tél. 0890 710 315 www.airmauritius.com*

Air France Air France assure deux vols directs AR par jour vers Maurice au départ de Paris-Roissy-CDG. Comptez en moyenne 1 100 pour un billet à tarif réduit et 1 300€ à plein tarif. Les nouveaux Boeing 777 déployés sur la destination offrent un confort amélioré, notamment en classe "Premium Economy" (classe intermédiaire). *49, av. de l'Opéra 75002* ***Paris*** *Tél. 36 54 (0,34€/min) www.airfrance.fr*

Air Austral La "compagnie aérienne française de l'océan Indien" propose des vols avec escale à La Réunion. Liaison quotidienne Paris-La Réunion entre 900 et 1 800€ selon la saison, et 2 à 4/j. entre La Réunion et Maurice, entre 200 et 300€. *Tél. 0825 01 30 12 www.air-austral.com*

Corsair Trois vols hebdomadaires entre Paris et l'île Maurice (le dimanche, le mercredi et le vendredi). Acheminement de Lyon et de 15 autres villes de France, avec l'offre TGV Air (TGV+Avion+Navette). Comptez autour de 1 000€ le billet. *Tél. 0820 042 042 www.corsairf.fr*

de Belgique

Aucune liaison directe entre la Belgique et l'île Maurice. Renseignez-vous pour un vol ou un TGV pour Paris et une correspondance vers Port Louis.

Air Mauritius *Tél. 02 716 00 69 www.airmauritius.com*

Air France *Rue de France Gare du Midi Hall sud 1060* ***Bruxelles*** *Tél. 070 222 466 www.airfrance.be*

de Suisse

Pas de vol direct entre la Suisse et l'île Maurice.

Air Mauritius La compagnie assure des vols Genève - Paris et Paris - Maurice. Tarifs très variables (au minimum 1 000€ pour un départ hors vacances scolaires). *Rue de Chantepoulet 1-3* ***Genève*** *Tél. (022) 732 05 60 www.airmauritius.com*

Air France *Tél. 0848 747 100 (informations et réservations) www.airfrance.ch*

du Canada

Il n'y a pas de vol direct au départ du Canada : il faut toujours transiter par l'Europe.

Air Mauritius *Tél. (416) 972 1534 www.airmauritius.com*

Air France *Tél. (1) 800 667 2747 www.airfrance.ca*

mesures de sécurité pour le bagage de cabine

Rappelons que, lorsqu'ils passent aux points de contrôle de sécurité des

aéroports européens et canadiens, les voyageurs peuvent avoir en leur possession des produits liquides (gels, substances pâteuses, lotions, contenu des récipients à pression, dentifrice, gel capillaire, boissons, potages, sirops, parfums, mousse à raser, aérosols...) à condition que les contenants ne dépassent pas, chacun, 100ml ou 100g et qu'ils soient regroupés dans un sac en plastique transparent à fermeture par pression et glissière, bien scellé, d'une capacité maximale de 1l (environ 20cm x 20cm). Les articles ne doivent pas remplir le sac à pleine capacité ni en étirer les parois. Un seul sac est permis par personne. Les aliments pour bébé et le lait, quand les passagers voyagent avec un enfant de deux ans ou moins, de même que les médicaments vendus sur ordonnance et les médicaments essentiels en vente libre ne sont pas soumis à ces restrictions. Nous vous conseillons donc de placer dans vos bagages de soute, avant l'enregistrement, tous les produits liquides dont vous n'aurez pas besoin en cabine.

AMBASSADES ET CONSULATS

en Europe

Ambassade de Maurice *127, rue de Tocqueville 75017* ***Paris*** *Tél. 01 42 27 30 19 www.gov.mu*
Ambassade de Maurice *68, rue des Bollandistes Etterbeek 1040* **Bruxelles** *Tél. 02 733 99 88*
Mauritius Mission to the UN *37-39, rue de Vermont 1211* **Genève** *Tél. 022 734 8550*

à Maurice

Ambassade et consulat de France (plan 1, A4) *14, Saint Georges Street* ***Port Louis*** *Tél. 202 0100*
Consulat du Canada (plan 1, B3) *Blanche Birger Co Ltd 18 Jules Koenig Street* ***Port Louis*** *Tél. 212 5500*
Consulat de Belgique (plan 1, B3) *Ireland Blyth Ltd 10, Dr Ferrière Street* ***Port Louis*** *Tél. 203 2002*

ARGENT, BANQUES ET CHANGE

monnaie

L'unité monétaire est la **roupie mauricienne** (Rs). Elle se divise en 100 sous (cents). On trouve des pièces de 5, 10, 20 et 50 sous, de 1, 5, 10 et 20 roupies et des billets de 25, 50, 100, 200, 500, 1 000 et 2 000 Roupies.

change

En 2013, 100Rs = env. 2,50€ (1€ = 40Rs env.). Les roupies ne s'achètent que sur place. On trouve plusieurs bureaux de change à l'aéroport Sir Seewoosagur Ramgoolam (SSR), au départ et à l'arrivée des vols internationaux : le taux de change est partout le même, et les commissions varient peu. Dans le reste de l'île (villes principales et grands hôtels), le taux de change varie, et l'on doit payer une commission.

cartes de crédit

Les cartes de crédit (American Express, Diners Club, Master Card, Visa et Visa Premier) sont acceptées par les banques et la plupart des hôtels, restaurants et boutiques touristiques. Certains hôtels acceptent les règlements en euros. On trouve des distributeurs automatiques de billets dans les grandes villes et les stations balnéaires.

CARTE VOLÉE OU PERDUE Il existe un serveur interbancaire ouvert 7j./7, qui oriente chaque appel vers le centre d'opposition compétent. *Tél. 0892 705 705 (0,34€/min)*

American Express France *Tél. (33) 1 47 77 72 00* **Belgique** *Tél. (32) 26 76 21 21* **Suisse** *Tél. (41) 1659 66 60* **Canada** *Tél. (00 1) 819 346 22 77 ou 905 474 0870*

Eurocard Mastercard *Tél. (1) 636 722 7111*

Visa *Tél. 0892 705 705 (numéro international)*

chèques de voyage

Les chèques de voyage s'échangent à l'aéroport, dans les banques et les hôtels.

TVA et pourboire

La TVA (VAT) de 15% appliquée aux services et aux biens est rarement comprise dans les prix affichés des hôtels, restaurants et boutiques. En revanche, l'addition inclut toujours le service. Le pourboire n'est pas obligatoire.

ASSURANCE

Il est conseillé de souscrire une assurance qui vous dédommagera en cas d'annulation du voyage, de perte ou de vol des bagages et d'éventuels frais médicaux et de rapatriement sanitaire (s'ils ne sont pas compris dans le prix du billet d'avion, le forfait du voyagiste, ou déjà pris en charge par un contrat de carte bancaire ou une mutuelle). Les meilleures couvertures sont offertes par les cartes Visa Premier et American Express. Dans tous les cas, vérifiez que l'assurance couvre les accidents liés aux sports à risques comme la plongée et la randonnée.

Mondial Assistance *Tél. 01 42 99 82 81 www.mondial-assistance.fr*

Europ Assistance *Tél. 01 41 85 93 65 www.europe-assistance.fr*

AVA (Assurance Voyage et Assistance) Pour des séjours de courte durée, la carte santé et, plus complète, la Tourist Card. *75009 Tél. 01 53 20 44 20 www.ava.fr*

BUDGET ET SAISONS TOURISTIQUES

C'est encore le billet d'avion qui grève le plus le budget d'un séjour à Maurice. Excepté dans les hôtels de luxe et les tables gastronomiques, le coût de la vie n'y est pas aussi élevé qu'à La Réunion et aux Seychelles. On peut loger à des prix abordables et se sustenter pour quelques roupies. Il est donc erroné de considérer Maurice comme une destination réservée aux touristes aisés. Les baroudeurs ont leur place, n'en déplaise aux autorités locales, qui promeuvent un tourisme de luxe (aucun vol charter, aucun terrain de camping).

restauration

Les prix indiqués dans le guide pour les restaurants sont ceux d'un repas à la carte (entrée + plat ou plat + dessert) hors boisson, ou celui du premier menu. Pour les tables gastrono-

GAMME DE PRIX	RESTAURATION	HÉBERGEMENT
Très petits prix	moins de 200Rs	moins de 1000Rs
Petits prix	de 200 à 450Rs	de 1000 à 1700Rs
Prix moyens	de 450 à 700Rs	de 1700 à 2700Rs
Prix élevés	de 700 à 1300Rs	de 2700 à 4000Rs
Prix très élevés	plus de 1300Rs	plus de 4000Rs

miques, nous mentionnons parfois le prix d'un repas complet (entrée + plat + dessert). Les prix indiqués n'incluent pas les 15% de TVA, à l'instar des cartes des restaurants de l'île.

hébergement

Le prix des chambres d'hôtel et des locations varie du simple au double selon la saison. On distingue généralement la **basse saison** (mai-août), la **moyenne saison** (sept.-oct.) et la **haute saison** (nov.-avr.) avec des pics pour cette dernière vers Noël et le Nouvel An (mi-déc.-début jan.), ainsi qu'à Pâques. Les prix s'envolent durant ces deux dernières périodes, mais les semaines précédant Noël (du 1er au 21 décembre) sont souvent considérées comme une basse saison. Les budgets serrés loueront des bungalows afin de jouir, pour un prix raisonnable, d'un excellent confort, d'une vue sur la mer, d'une piscine collective et d'un calme parfois absent des hôtels, même de standing. Par ailleurs, on peut y cuisiner, ce qui permet de goûter aux produits locaux à moindres frais. Sauf indication contraire, nos prix indiquent le coût d'une chambre double standard avec petit déjeuner en haute saison (nov.-avr.). Pour les grands hôtels, il s'agit des tarifs publics : on paiera bien moins cher en passant par une agence de voyages (qui couple les nuitées avec un billet d'avion) ou en réservant soi-même bien à l'avance (nombreuses promotions sur les sites Internet).

transports

Les **cars**, peu rapides, sont également peu chers (25-40Rs le ticket). L'utilisation d'un **taxi** à la journée coûte environ 2 000Rs (50€), une **voiture de location** environ 1 800Rs (45€ env.).

marchandage

Dans la rue, le marchandage est de mise. Certains commerçants doublent leurs prix quand un touriste se présente ; n'hésitez donc pas à "discuter", mais toujours avec le sourire et dans la limite du raisonnable. L'arrogance d'un Européen mégotant pour 20Rs n'est pas toujours bien vue !

CARTES ROUTIÈRES

La carte *Île Maurice* de l'IGN (www.ign.fr) est la plus complète. Elle indique toutes les routes et s'accompagne des plans de Port Louis et de Curepipe. La carte Globe-Trotter est un peu moins précise mais inclut elle aussi des zooms sur les villes. Sur place, les éditions Le Printemps proposent la *Tourist Map of Mauritius & Rodrigues*, régulièrement remise à jour. Les hôtels, agences de voyages et offices de tourisme distribuent également des cartes et plans de villes, mais moins détaillés et parfois obsolètes. La route côtière qui fait le tour de l'île se nomme tour à tour "route royale" (Royal Road) et "route côtière" (Coastal Road). L'unique autoroute de l'île relie l'aéroport international SSR, au sud-est, à Grand Baie, au nord, en passant par Port Louis et les villes du plateau central (Curepipe et Quatre Bornes).

DÉCALAGE HORAIRE

Maurice vit à l'heure GMT + 4, soit **2h d'avance** sur la France de fin mars à fin octobre, et **3h** de fin octobre à fin mars. En hiver, il fait jour de 6h45 à 17h45, et en été de 6h à 19h. La nuit tombe en quelques minutes. Mieux vaut le savoir si l'on ne veut pas être surpris par l'obscurité en montagne ou sur la route, la conduite nocturne étant périlleuse.

DOUANES

bagages et souvenirs

Chaque passager peut transporter 23kg de bagages en soute et 10kg en cabine. Sur Air France, l'excédent de bagage de soute est taxé d'un forfait de 100€ pour un poids total maximum de 32kg (payable à l'aéroport). Les passagers âgés de plus de 16 ans peuvent importer à Maurice, sans acquitter de droits de douane, 250g de tabac (cigares et cigarettes), 1l de spiritueux, 2l de vin ou de bière, 25cl d'eau de toilette et 10cl de parfum. Les visiteurs qui souhaitent rapporter une maquette de bateau peuvent la transporter en bagage à main. Si le modèle est trop gros, le colis voyagera dans la soute (à la discrétion du chef d'équipage), avec les risques de casse que cela implique. À l'aéroport d'arrivée, il faut s'acquitter d'une taxe douanière, qui varie en fonction du modèle de la maquette. Dans tous les cas, il est conseillé de garder la facture d'achat.

animaux et végétaux

Toute importation d'**animaux** nécessite l'autorisation du vétérinaire en chef du ministère de l'Agriculture. L'animal doit être présenté aux douaniers, accompagné d'un certificat sanitaire délivré par le pays d'origine. À leur arrivée, chiens et chats sont mis en quarantaine pendant un mois, les autres espèces pendant deux mois. Une autorisation du ministère de l'Agriculture est également requise pour l'introduction de plantes, de fleurs, de bulbes, de semences, de fruits et de légumes frais. Tout **végétal** doit être déclaré à l'arrivée. Renseignements au bureau du ministère, à l'aéroport international Sir Seewoosagur Ramgoolam.

Bureau du ministère de l'Agriculture
Tél. 637 6232
Service vétérinaire aéroport
Tél. 627 7896
Inspection vétérinaire *Tél. 454 1016*
www.gov.mu/portal/site/moa

ÉCOTOURISME

L'île Maurice a longtemps joué sur son image de paradis balnéaire au détriment de l'intérieur des terres. Depuis quelques années, la tendance s'inverse au profit du **tourisme vert**. Les vacanciers délaissent de plus en plus leurs serviettes de plage pour explorer les forêts et les montagnes de l'île, et les acteurs écotouristiques se multiplient. Si Maurice n'a pas le potentiel de La Réunion (les montagnes sont moins hautes, les sentiers moins variés et moins spectaculaires), elle offre néanmoins une gamme d'activités de plus en plus étoffée. À commencer par les **"chassés"**, ces anciens domaines de chasse privés qui proposent au visiteur des randonnées guidées à la découverte d'une nature préservée, où gambadent troupeaux de cerfs de Java et "cochons marron" (sangliers). Certains domaines mettent également en avant d'autres activités : randonnée équestre, VTT, tir à l'arc, chasse, quad, etc. Pour les plus sportifs, les **treks** dans les montagnes de l'île (le piton de la Rivière Noire, le Pouce, le Pieter Both, la Montagne du Lion). Le principal regret vient de l'absence de balisage clair et complet le long des sentiers de randonnée, à Maurice comme à Rodrigues. Le plus sûr pour profiter de la nature est encore de confier l'organisation de son excursion à un vrai professionnel. Enfin certains **îlots** protégés, comme l'île aux Aigrettes ou, à Rodrigues, l'île aux Cocos, permettent d'observer des oiseaux endémiques du pays. Pour compléter l'offre verte, des "écolodges" et divers hébergements en pleine nature proposent une alternative attrayante aux hôtels de luxe les pieds dans l'eau, mais les propositions dans ce domaine restent cependant très limitées.

Parc national des gorges de la Rivière Noire *Centre d'information* **Le Pétrin** *Tél. 507 0128 ou 258 0057*

Mauritian Wildlife Foundation *Grannum Road* **Vacoas-Phoenix** *Tél. 697 6097 www.mauritian-wildlife.org*

ÉLECTRICITÉ

Comme en France, le voltage est de 220V.

EXCURSIONS ORGANISÉES

Plusieurs tour-opérateurs et agences de voyages locales organisent des excursions et des visites guidées de l'île. La plupart sont représentées dans les grands hôtels et disposent de bureaux à l'aéroport et dans les villes principales. En général, elles assurent le transfert à l'aéroport et offrent un service de location de voitures. Pour une excursion, comptez entre 60 et 100€ la journée, déjeuner compris. Ci-dessous, quelques adresses à Port Louis, Grand Baie et sur le plateau central.

Mauritours *5, rue Venkatesananda* **Beau-Bassin-Rose-Hill** *Tél. 467 9700 mauri-tours.com*

White Sand Tours *10, rue Robert Edward Hart* **Curepipe** *Tél. 605 1500 www.whitesandtours.com*

Grand Baie Travel and Tours *Route Royale* **Grand Baie** *Tél. 263 8771 www.gbtt.com*

MTTB-Mautourco *84, rue Gustave-Colin* **Forest Side** *Tél. 670 4301 www.mautourco.com*

Bonny Air Travel & Tours *Fon Sing Building Edith Cavell Street* **Port Louis** *Tél. 294 9509 www.bonnyair.com*

Cap Soleil *5, impasse des Ibis* **Quatre Bornes** *Tél. 427 7454 www.capsoleil-maurice.com*

Summer Times *5, av. Bernardin de Saint-Pierre* **Quatre Bornes** *Tél. 427 1111 summer-times.com*

FÊTES ET MANIFESTATIONS

Issues de trois continents (Asie, Afrique, Europe), les communautés de Maurice ont chacune leurs propres temps forts. Les fêtes hindoues sont les plus nombreuses et les plus spectaculaires. En revanche, les fêtes musulmanes se résument à des prières et des repas en famille. Les visiteurs qui séjournent à Port Louis en début d'année pourront assister aux festivités du nouvel an chinois. Enfin, les fêtes chrétiennes sont suivies avec ferveur par la population créole.

fêtes hindoues

Thaipoosam Cavadee (jan. ou fév.), aussi appelée Cavadee, est une fête tamoule très impressionnante, qui peut choquer les âmes sensibles. Les pénitents en transe se flagellent le dos, se piquent le corps d'aiguilles, s'embrochent la langue et les joues tout en portant le *cavadee*, une arche de bois couverte de fleurs et d'offrandes. Ce processus de souffrances est destiné à élever l'âme.

Teemeedee (déc. à fév.) est une autre cérémonie tamoule, qui signifie "marche sur le feu". Les pénitents se purifient pendant dix jours par le jeûne, la méditation et la prière avant de se rendre au temple. Là les attend un brasier de charbons ardents qu'ils doivent traverser à pas lents en implorant la clémence divine. Ils trempent ensuite leurs pieds dans du lait pour apaiser la douleur.

Maha Shivaratree (fév.-mars) est l'une des fêtes les plus populaires de l'île. C'est aussi la plus importante fête hindoue au monde célébrée en dehors de l'Inde. Pendant trois jours, les fidèles convergent vers le lac sacré de Grand Bassin. Après avoir veillé et jeûné jusqu'à l'aube, près de 500 000 pèlerins vêtus de blanc, venus de toute l'île, portent en procession des arches de bambous appelées *kanvar*, décorées de serpentins, de miroirs et de clochettes. Dans une atmosphère qui rappelle les rituels pratiqués sur le Gange, la foule silencieuse et fervente envahit la grève et multiplie les offrandes. La fête s'achève par la grande nuit de Shiva, commémorant la victoire de cette divinité sur Brahma et Vishnu.

Holi (fév. ou mars), aussi appelée "fête des couleurs", est en Inde la grande fête de l'équinoxe de printemps glorifiant la fécondité et l'amour. Durant toute une journée, hommes et femmes s'aspergent joyeusement de poudres colorées, symbolisant le renouveau de la vie. Ce jour-là, il n'est pas rare de croiser des fidèles ruisselant de rouge, de vert, de bleu et de jaune.

Ganesh Chaturthi (4e jour du mois lunaire d'août-sept.) marque l'anniversaire de la naissance de Ganesh, dieu à tête d'éléphant, fils de Shiva et de Parvati. Les fidèles confectionnent des statuettes du dieu qu'ils portent en procession jusqu'à la mer ou la rivière la plus proche et qu'ils immergent avant le coucher du soleil.

Divali ou fête de la lumière (oct. ou nov.), qui se déroule en une nuit, est la plus joyeuse et la plus animée des fêtes hindoues, à laquelle participe une grande partie de la population mauricienne. Elle marque la victoire du dieu Rama, incarnation de Vishnu, sur le roi démon Ravana aux dix têtes, soit le triomphe de la lumière sur les ténèbres spirituelles. À la tombée de la nuit, les maisons de l'île s'illuminent de petites lampes de terre cuite, les *diyas*, pour éclairer le chemin de Rama. Portes et fenêtres restent ouvertes pour laisser entrer la bonne fortune. En l'honneur de Lakshmi, épouse de Rama, chaque famille prépare des friandises, offertes aux uns et aux autres.

Ganga Asnan (nov.) rend hommage au Gange, fleuve sacré qui se jette dans l'océan Indien. Les fidèles se baignent dans l'océan et pratiquent des cérémonies religieuses au lac sacré de Grand Bassin qui, selon la légende, serait relié au Gange par une voie souterraine.

fêtes musulmanes

Eid ul-Adha (10e j. du 12e mois lunaire) marque le sacrifice du prophète Abraham. Moutons, cabris et bœufs sont immolés et découpés et, selon la tradition, distribués à la famille, aux proches et aux pauvres.

Ghoons (10e j. du 1er mois lunaire) est célébrée par la minorité chiite de Maurice. Elle commémore le martyre de l'imam Hussein, petit-fils du Prophète. Les pénitents en procession portent le *ghoon* (structure en bambou ornée de papiers et tissus multicolores) et s'infligent des flagellations pour expier leurs péchés.

Yaum Um Nabi (12e j. du 3e mois lunaire) célèbre la naissance du prophète Mahomet. Les fidèles se rassemblent à la mosquée pour écouter le récit de la vie du prophète.

Ramadan (9e mois de l'année lunaire) est la période de jeûne qui dure un mois.

Eid ul-Fitr (1er j. du 10e mois lunaire) marque la fin du ramadan. Les musulmans festoient et visitent leurs proches.

fêtes chinoises

Pour la **fête du printemps**, ou **nouvel an chinois** (1er j. du 1er mois lunaire), les

familles nettoient leur maison de fond en comble, déposent des aliments sur les autels afin d'invoquer l'abondance pour l'année à venir, s'échangent des gâteaux de cire et lancent des pétards pour chasser les esprits malfaisants.
La **fête des lanternes**, ou **fête du dragon** (15e j. du 1er mois lunaire), clôture les célébrations du nouvel an. Elle évoque le dieu Taiyi, chargé du destin de l'humanité, qui dispose de 15 dragons. Le quartier chinois de Port Louis et les villes du plateau central s'animent : lanternes allumées, défilés et danses du dragon, concerts de pétards.
La **fête de Ching Ming** (10e jour du 3e mois lunaire) entretient le culte des ancêtres. À cette occasion, les Sino-Mauriciens brûlent de l'encens et déposent fleurs et nourriture sur les tombes des aïeux.
La **fête de la lune**, ou fête de la mi-automne (15e j. du 8e mois lunaire) commémore la victoire des Chinois sur les Mongols au XIVe siècle.

fêtes chrétiennes

Noël est fêté par une bonne partie de la population, toutes religions confondues.
Carême avant Pâques est observé par de nombreux croyants. Le lundi de Pâques est chômé.
Toussaint (1er nov.) est largement respectée. Les chrétiens ont l'habitude de laver, de repeindre et de fleurir les tombes des cimetières.
Fête du Bienheureux père Laval (nuit du 8 au 9 sept.) mobilise les Mauriciens de toutes confessions. Ils sont plusieurs milliers à se recueillir sur la tombe de ce missionnaire français enterré dans le faubourg de Sainte-Croix, à Port Louis. Au XIXe siècle, le père Jacques-Désiré Laval évangélisa bon nombre d'esclaves affranchis (d'où son surnom d'"apôtre des Noirs") et procéda à des guérisons miraculeuses. Il fut béatifié par le pape Jean-Paul II en 1979. Le pèlerinage donne lieu à des messes et à des concerts dans une ambiance très animée.

jours fériés

1er-2 janvier Nouvel an
1er février Anniversaire de l'abolition de l'esclavage
12 mars Anniversaire de l'Indépendance (1968) et jour de la République
1er mai Fête du Travail
1er novembre Toussaint
2 novembre Anniversaire de l'arrivée des premiers immigrants indiens à Maurice
25 décembre Noël

jours fériés mobiles

Janvier-février Thaipoosam Cavadee et Fête du printemps (nouvel an chinois)
Février-mars Maha Shivaratree
Mars-avril Ougadi (nouvel an hindou)
Août Eid ul-Fitr
Septembre Ganesh Chathurti
Octobre-novembre Divali

HÉBERGEMENT

Destination touristique par excellence, Maurice ne manque pas de possibilités d'hébergement. Telle une deuxième barrière de corail, une ceinture d'hôtels festonne le littoral de l'île, exceptées certaines portions de côte encore sauvage, au nord-ouest et dans le sud de l'île. On trouve des complexes de luxe mais aussi des structures plus petites et moins chères, des pensions de famille et des locations de bungalows, ces derniers représentant une formule très économique. Les B&B (Bed & Breakfast), gîtes et chambres d'hôtes peinent à percer (si ce n'est à Rodrigues), et l'on ne trouve aucun terrain de camping sur l'île. Les **tarifs** sont souvent dégressifs en fonction du nombre de nuitées, mais tous n'incluent pas la TVA de 15%. Même si l'on finit toujours par trouver une chambre une fois sur place, il est conseillé de réserver, surtout en haute saison. La plupart des hôtels, pensions de famille et agences de location d'appartements proposent le transfert à l'aéroport international SSR, ainsi qu'un service de location de voitures. Bon nombre d'établissements ont leur site Internet. Il est possible de visiter les pages en ligne avant le départ pour se faire une idée du lieu. Mais attention, certaines photos sont plutôt flatteuses !

hôtels de luxe

Prisés par une clientèle fortunée, les hôtels de luxe restent tout de même abordables à condition d'effectuer une réservation par le biais d'une agence de voyages (formule "billet d'avion + hébergement") ou de voyager en basse saison. Plusieurs **chaînes** se partagent l'offre hôtelière haut de gamme : Sun Resort, Apavou, Beachcomber, LUX, Oberoi, Constance, Attitude. Les plus grands hôtels de Maurice – parmi les plus luxueux du monde – ont pour nom Prince Maurice, Royal Palm, Saint-Géran, Touessrok et Four Seasons at Anahita. Ensuite, viennent les grands hôtels plus classiques : Oberoi, Le Paradis, Dinarobin, Sugar Beach, Hilton, Telfair, Sofitel etc. Il est difficile de les départager, car ils offrent les mêmes services et le même niveau de confort, excellent.

PRESTATIONS Généralement, les palaces installent leurs chambres dans de beaux pavillons, campés dans un parc tropical, face à la mer. Quelques pas suffisent pour gagner la plage bordée de cocotiers et équipée de transats. Chaque hôtel de luxe se doit de posséder une immense **piscine**, plusieurs **restaurants** (du buffet au repas gastronomique) et un **centre nautique** proposant diverses activités (planche à voile, kayak de mer, etc.), dont certaines payantes (plongée, pêche au gros et ski nautique). On trouve très souvent un centre de fitness, un miniclub, des courts de tennis, un parcours de golf, des boutiques et un spa. Les grandes chaînes rivalisent d'efforts pour offrir à leur clientèle les plus beaux **centres de soins** et de massage de l'île. Les voyageurs peuvent compter sur le professionnalisme d'un personnel hôtelier impeccable, souriant, efficace et dévoué. Ils ont parfois la chance de trouver dans leurs chambres des fleurs d'hibiscus flottant à la surface de l'eau du bain. Attention toutefois aux "extras" (boissons, repas hors forfait, wifi), souvent exorbitants.

hôtels

Au-dessous de quatre étoiles, les hôtels perdent en élégance et en raffinement. Les pavillons sont parfois un peu datés, la robinetterie moins brillante et la plage voisine plus rocailleuse. Mais c'est souvent dans ces hôtels de milieu de gamme que l'on retrouve l'intimité qui fait défaut aux luxueux établissements de chaîne. Ils accueillent moins de monde et moins d'animations, et offrent donc des vacances plus calmes. Cela ne les empêche pas de programmer chaque semaine une soirée séga, spectacle folklorique local plus ou moins convaincant. **Attention :** ces établissements incitent de plus en plus aux séjours en demi-pension ou en formule "tout compris". Les visiteurs sont donc confinés à l'hôtel devant de grands buffets sans saveur. Nous déconseillons cette formule à tous ceux qui souhaitent découvrir la cuisine du pays.

pensions de famille

Assez nombreuses à Rodrigues, les pensions de famille sont plus rares à Maurice. On en trouve quand même à Flic en Flac, à Tamarin, à Mahébourg, à Trou aux Biches et à Grand Baie. On y bénéficie d'un confort correct – certaines pensions mauriciennes disposent même d'une piscine – à des prix tout à fait abordables. La décoration des chambres est parfois hasardeuse, mais cette formule permet de rencontrer des Mauriciens, qui connaissent la région comme leur poche et organisent des excursions à des prix défiant toute concurrence.

bungalows et appartements à louer

Bungalows, appartements, "campements", studios, villas... L'île regorge de ce type de locations qui offrent, selon nous, le meilleur rapport qualité-prix. Il s'agit souvent de pavillons constitués d'une ou plusieurs chambres à coucher, d'un salon, d'une cuisine équipée et d'une salle de bains. Il arrive que l'on puisse partager la piscine avec les locataires voisins. Avant de réserver, il est conseillé de se renseigner sur l'emplacement de la location (sur la plage ou de l'autre côté de la route côtière ; grève sableuse ou rocheuse), sa superficie, son équipement (cuisine, draps, clim., piscine), sa proximité avec les commerces et les lignes de cars. Il faut également savoir si le propriétaire loge sur place ou à proximité. En cas de problème ou de litige (fuite d'eau, perte de clé, vol), il vaut mieux pouvoir compter sur lui. Il ne faut pas hésiter à négocier les prix en fonction de la durée du séjour. On se voit parfois proposer les services à prix plus qu'abordables d'une femme de ménage.

HORAIRES

typologie

Administrations Du lundi au vendredi de 9h à 16h et parfois le samedi de 9h à 12h.
Bureaux Du lundi au vendredi de 8h à 16h30 et le samedi de 9h à 12h.
Banques Du lundi au jeudi de 9h30 à 15h30, le vendredi de 9h à 17h et le samedi matin pour la plupart.
Bureaux de poste Du lundi au vendredi de 8h15 à 11h45 et de 12h à 16h et le samedi de 8h à 11h45.
Magasins À Port Louis : du lundi au vendredi de 9h30 à 17h et le samedi de 9h à 12h ; sur le plateau central : tous les jours de 10h à 18h sauf jeudi et dimanche après-midi.
Marchés permanents Du lundi au samedi de 6h à 18h.
Musées nationaux Du lundi au vendredi de 9h à 16h et le samedi de 9h à 12h.

INTERNET

accès Internet

Les cybercafés ne sont pas légion à Maurice. On n'en trouve guère qu'à Port Louis, Grand Baie, Flic en Flac et Curepipe. De plus en plus d'hôtels proposent un accès wifi.

sites

ile-maurice.com/fr Un site (en français) plutôt complet : panorama géographique et économique, formalités de départ, informations pratiques, annuaire téléphonique, forum et liens utiles vers d'autres sites.

www.maurice-direct.com Des chroniques assez objectives sur des restaurants, des hôtels, des événements culturels et des idées de sorties à Maurice.
www.mauritius.net Très sobre, ce site (en anglais) donne des informations utiles avant de partir.
www.tourism-mauritius.mu Le site de l'office de tourisme offre un panorama complet de l'île (informations pratiques, festivités, démarches à accomplir, etc.).
www.tourism-rodrigues.mu Le site officiel de l'OT de l'île de Rodrigues recense les coordonnées des prestataires ainsi qu'une liste des principaux hébergements de l'île.
www.association-france-maurice.net L'association France-Maurice propose une présentation historique et géographique de l'île très intéressante.
www.ambafrance-mu.org Le site de l'ambassade de France à Maurice (démarches consulaires, présence des entreprises françaises, activités culturelles, etc.).
www.lemauricien.com et www.lexpress.mu Deux grands quotidiens (en français) qui couvrent toute l'actualité locale. Utiles pour parler politique avec les Mauriciens, qui raffolent de ces discussions.
membres.multimania.fr/starquit/cuisine.htm Tout sur la cuisine mauricienne, de l'entrée au dessert, avec photos à l'appui.

MARIAGE

Si l'île Maurice n'est pas Las Vegas, elle reste l'une des destinations prisées des jeunes mariés en voyage de noces. Pour se marier à Maurice, il suffit d'un certificat de non-résident (10 j. de délai auprès des autorités locales) et d'une photocopie des passeports et des actes de naissance. Certains hôtels se sont d'ailleurs spécialisés dans les séjours de lune de miel et se chargent des démarches administratives et de l'organisation de la fête. Les couples se marient sous un gazebo, kiosque romantique dans le jardin de l'hôtel, face au lagon. Au programme, champagne, fleurs et dîner aux chandelles... Plus fantaisiste, le mariage célébré à 40m de profondeur, que propose l'agence Blue Safari Submarine. Les témoins peuvent assister à la noce depuis un deuxième sous-marin. On peut aussi se marier religieusement, dans une église catholique.
Registrar of Births, Deaths and Marriages *Emmanuel Anquetil Building, 6e étage* **Port Louis** *Tél. 201 1727 civstat@mail.gov.mu*
Blue Safari Submarine *Route royale* **Trou aux Biches** *Tél. 263 3333 www.blue-safari.com*
Diocèse de Port Louis *13, Monseigneur Gonin Street* **Port Louis** *Tél. 208 6607 www.dioceseportlouis.org*

MÉDIAS

radio et télévision

Radios et chaînes télévisées diffusent essentiellement leurs programmes en français, en anglais et en hindi. La **Mauritius Broadcasting Corporation** (*http://mbc.intnet.mu*) émet des programmes télé et radio dans ces trois langues. Les hôtels offrent un large panel de chaînes étrangères, qui diffusent autant de films indiens que de programmes anglais (BBC) ainsi que des émissions françaises (TV5 Monde). À la radio, **Radio Plus, Radio One, Kool FM** et **Top FM** diffusent des programmes mi-français mi-créoles. MBC Radio retransmet des émissions de France Inter sur **One World FM**.

presse

La presse mauricienne est variée. La majorité des journaux sont écrits en langue française, avec des citations en créole et de temps à autre des articles en anglais. ***Le Mauricien*** (www.lemauricien.com) avec son hebdomadaire ***Week-end*** et ***L'Express*** (www.lexpress.mu) arrivent en tête des quotidiens nationaux. Certains partis politiques ont leur propre organe de presse, notamment à Rodrigues. Chaque communauté de Maurice (indo-mauricienne, franco-mauricienne, sino-mauricienne et créole) édite dans sa langue de petits journaux. Les visiteurs pourront trouver des mensuels touristiques comme ***Islander***, distribué sur Air Mauritius.

MÉTÉO

numéros utiles

Prévisions météorologiques *Tél. 686 1031 www.meteomaurice.com*
Informations sur les cyclones *Tél. 96 meteo-maurice.page4.me/40.html*

classification des cyclones

Force 1 Faible (vents de 118 à 153km/h)
Force 2 Modéré (vents de 154 à 177km/h)
Force 3 Fort (vents de 178 à 210km/h)
Force 4 Très fort (vents de 211 à 249km/h)
Force 5 Dévastateur (vents supérieurs à 250km/h)

OFFICES DE TOURISME

La Mauritius Tourism Promotion Authority (MTPA) compte un bureau central à Port-Louis et des comptoirs d'information à l'aéroport international et à Trou d'eau douce, également un office de tourisme à Port Mathurin (Rodrigues). Pas d'office de tourisme mauricien en en Belgique et au Canada.

Office de tourisme de Maurice en France *Interface Tourism 11bis, rue Blanche 75009* ***Paris*** *Tél. 01 53 25 04 28 ilemaurice@interfacetourism.com www.tourism-mauritius.mu*

Mauritius Tourism Information Service *PRW Public Relations + Werbe AG Kirchenweg 5 8032* ***Zürich*** *Tél. 044 388 4100 info@prw.ch www.tourism-mauritius.mu*

PÊCHE AU GROS

Avec plusieurs records mondiaux, Maurice est une destination de pêche au gros renommée. En saison (sept.-mai), les eaux mauriciennes foisonnent de **marlins** (bleus et noirs), de **requins** (requins bleus, requins-marteaux, requins-tigres), de **thons jaunes**, d'**espadons voilés**, de **bonites**, de **barracudas** et de **dorades**. Le poisson roi reste le *blue marlin* (marlin bleu). Certains pêcheurs gardent le souvenir de combats héroïques de plusieurs heures pour venir à bout de ce géant de l'océan, aussi puissant que résistant. Les thons jaunes, dont certains spécimens atteignent les 90kg, et les **wahoos** (barracudas) constituent aussi de belles prises. L'île Maurice offre de très bonnes zones de pêche. Passé la barrière de corail, quelques minutes de bateau suffisent pour gagner la pleine mer et les hauts fonds poissonneux. La côte ouest, où se trouve le centre de pêche au gros de Rivière Noire, est la plus réputée de l'île. C'est là que se déroule chaque année en janvier la Marlin World Cup. Rodrigues réserve aussi de belles surprises, malgré des conditions plus difficiles et un nombre limité de bateaux. Certains grands hôtels possèdent leur propre flotte ; les centres nautiques de l'île organisent des parties

de pêche en mer, allant de la demi-journée (6h) à la journée entière (9h). Les bateaux peuvent emmener plusieurs personnes, ce qui permet de partager l'addition mais limite le nombre de prises personnelles. Les poissons reviennent toujours au propriétaire du bateau. Il est possible de les lui racheter pour les cuisiner ou les faire empailler en guise de trophée. Attention, une partie de pêche ne se prend pas à la légère : l'attente en mer peut être longue et éprouvante, en raison du soleil ou d'une mer agitée.

Corsaire Club-Killer Sport Fishing *Trou aux Biches Tél. 265 5209 ou 729 3400*

La Pirogue Big Game Fishing *Hôtel La Pirogue* ***Flic en Flac*** *Tél. 453 8054 ou 728 7891 www.lapiroguebiggame.com*

La Carangue Ltée *Route côtière* ***La Preneuse*** *Tél. 729 9497 rv4fishing@yahoo.com*

Sport Fisher *Sunset Bd* ***Grand Baie*** *Tél. 263 8358 ou 423 5015 www.sportfisher.com*

Rod Fishing Club *Rodrigues Tél. 875 0616 www.rodfishingclub.com*

PLAGES

Les 330km de côtes de l'île Maurice n'offrent pas uniquement des plages de sable fin. Les falaises volcaniques du sud et la mangrove de la côte est (Vieux Grand Port) rendent la baignade difficile, voire dangereuse. Parmi les plus belles plages, celles de **Trou aux Biches**, **Mont Choisy** et **Pereybère** (Nord-Ouest) arrivent en tête, suivies de près par celles de **Belle Mare** et de **Palmar** (Est), celles de **Blue Bay** (Sud-Est) et celles de Flic en Flac et du **Morne Brabant** (Ouest). Les plages mauriciennes sont renommées pour la beauté du lagon et pour les rangées de filaos et de cocotiers qui les bordent. En revanche, elles sont assez étroites et leur sable est moins fin qu'il n'y paraît. Dans l'eau, il convient d'être prudent en raison des morceaux de coraux, des oursins et des *bambaras* (holothuries, gros concombres de mer, inoffensifs). Des chaussures en caoutchouc pour se protéger les pieds sont en vente partout. On sera certainement surpris de trouver peu de fond dans le lagon, notamment à Flic en Flac où l'on peut rejoindre la barrière de corail avec de l'eau jusqu'à la taille à marée basse. De nombreux sports nautiques se pratiquent sur les plages de l'île : planche à voile, kayak de mer, dériveur, ski nautique, parasailing et parfois surf et kitesurf. Sur la côte nord, méfiez-vous des bateaux à ski nautique, peu soucieux des baigneurs : des accidents surviennent tous les ans. Le **nudisme** est interdit dans l'île.

PLONGÉE

Le vaste **lagon** de Maurice et celui, gigantesque, de Rodrigues sont idéals pour les apprentis plongeurs. Les plongeurs confirmés trouveront, quant à eux, des reliefs, des profondeurs, des "dérives" et, à Rodrigues, une faune pélagique susceptible d'augmenter leur taux d'adrénaline. L'**île Maurice** présente deux visages. À l'ouest, les sites distribués le long du littoral sont bien protégés de la houle et du vent et se visitent à peu près toute l'année. À l'est, les reliefs sous-marins sont très découpés et l'action du vent et des courants se fait bien plus sentir. En hiver (mai-oct.), les alizés soufflant depuis le sud-est lèvent une forte houle. Les sites de plongée de l'est et de **Rodrigues** sont alors impraticables (surtout juil.-août). L'été, l'eau est plus calme et plus claire, car les dépressions installées sur les Mascareignes apaisent la mer de novembre à avril (attention, entre janvier et mars, elles évoluent parfois en cyclones). Une qua-

sites de plongée

Site	Accès	Profondeur	Intérêt
L'Aquarium	Flic en Flac	6-20m	Poissons de récif, carangues, perroquets, capitaines, raies aigles, etc. Un véritable aquarium... 100% naturel !
La Passe ou Passe Saint-Jacques	Baie du Cap	15-32m	Idéal pour les amateurs de requins et de grands pélagiques.
La Cathédrale	Flic en Flac	22-35m	Beaucoup de relief, une faune abondante, mais beaucoup de dommages en raison des cyclones.
Manioc	Flic en Flac	33-45m	Des colonies de corail noir et rose.
Rempart Serpent	Flic en Flac	25m	Un nombre écologiquement inexplicable de murènes et de poissons venimeux chassant à l'affût (poissons-pierres et poissons-scorpions), aussi extraordinaires que dangereux.
Kei Sei 113, L'Orient, Le Saint-Gabriel et **Tug II**	Flic en Flac	36m 47m 38m 20m	Quatre bateaux coulés dans les années 1980 destinés à servir de récifs artificiels. Couverts d'invertébrés, ils sont gardés par des légions de poissons camouflés.
Stenopus Reef	Trou aux Biches	30-37m	Des reliefs et du corail noir.
Holt's Rock	Trou aux Biches	dès -15m	Rendez-vous avec des murènes javanaises de 2m de longueur et des balistes titans !
Stella Maru	Trou aux Biches	22m	La plus célèbre épave de Maurice, coulée en 1987. Les pélagiques viennent tourner autour des mâts.
L'Aquarium	Grand Baie	8-21m	Un grand fond poissonneux, très pratique pour les baptêmes.
The Wall	Grand Baie	20-40m	Tombant et escalier couverts par endroits de massifs de corail noir.
La Passe	Belle-Mare	10-23m	Une large faune pélagique.
Colorado Canyon	Mahébourg	10-42m	Un canyon vaste et compliqué.
Les roches Zozo	Mahébourg	12-40m	Tunnel, failles, cavités et surplombs.
Le Sirius	Mahébourg	10-25m	Une épave coulée en 1810 dans la passe.
Le parc marin	Blue Bay	8m	Un jardin de corail merveilleux, idéal pour les baptêmes.
Le Canyon et la Basilique	Rodrigues	5-15m	Tout est exceptionnel sur l'île, notamment ces deux sites extraordinaires.
Karlanne	Rodrigues	10-18m	Un vivier naturel où se frôlent des centaines d'espèces de poissons sur un habitat de madrépores en très bon état.

rantaine de structures se partagent la clientèle. On vous demandera de payer 5€ la fiche fédérale, qui permet de bénéficier d'une couverture d'assurance en responsabilité civile limitée (à hauteur de 50 millions de Rs), valable deux mois.

évaluer la qualité d'un club

Tous les clubs sont affiliés à la **MSDA** (Mauritius Scuba Diving Association). Ils reconnaissent les diplômes validés par la **Cmas** (Confédération mondiale des activités subaquatiques), à laquelle sont affiliées les fédérations européennes, dont la **FFESSM** française (Fédération française d'études et de sports sous-marins), ainsi que ceux délivrés par les structures commerciales américaines (**Padi, Naui, SSI**). La plupart des clubs sont sérieux. Ils respectent et font respecter les règles de sécurité, bien que la VHF et l'oxygène ne soient pas toujours présents à bord et que l'état du matériel soit parfois médiocre. Certains clubs sont sous contrat avec plusieurs hôtels et les bateaux passent dans chaque établissement avant de se rendre sur le site, il faut donc s'armer d'un peu de patience. À l'inverse, les petites structures sont beaucoup plus conviviales (on ne trouve qu'elles à Rodrigues). Quoi qu'il en soit, le moniteur doit en premier lieu inspirer la confiance. Les plongeurs "autonomes", souvent moins exigeants, doivent se méfier si on ne les met pas en garde contre l'envie de descendre à 60m et si on ne leur explique pas la plongée qu'ils s'apprêtent à réaliser. Fuyez les clubs sales et sans vestiaires, les responsables qui ne demandent ni justificatif de niveau ni certificat médical, les bateaux bondés et dépourvus de bouteilles d'oxygène en état de marche. En cas d'accident, en effet, le caisson de recompression est à Vacoas, à une heure des plages ; l'hôpital le mieux équipé de la région est à Saint-Pierre de La Réunion. Côté budget, comptez 30-50€ la plongée (sans location d'équipement) et 40-70€ le baptême de plongée.

débuter en plongée

Contrairement à tout ce que l'on peut entendre, la plongée est un sport dangereux car il se pratique dans un milieu auquel la physiologie humaine n'est pas adaptée. Les plongeurs connaissent ce danger et les accidents sont donc très rares. Le baptême se fait obligatoirement dans moins de 5m d'eau, et doit durer une quinzaine de minutes. Pour tester votre motivation, vous pouvez au préalable demander une simple initiation : quelques rudiments de base, la tête sous l'eau, sont proposés, gratuitement, par les clubs. À Maurice, votre baptême ou votre diplôme de jeune plongeur sera délivré par la fédération locale de plongée, la MSDA, reconnue dans le monde entier (sauf aux États-Unis), par la Confédération mondiale des activités subaquatiques (à laquelle sont affiliées les fédérations européennes) et très souvent aussi par Padi. Cette dernière structure est américaine et propose l'un des meilleurs "produits" pour les voyageurs souhaitant s'initier à la plongée, malheureusement à un prix élevé. La formation théorique minimale offre néanmoins une excellente initiation à l'environnement sous-marin (que ne propose pas la FFESSM – Fédération française de plongée) ; la formation pratique permet de suivre un moniteur dans quelques mètres d'eau pendant une vingtaine de minutes. Le contenu et les objectifs restent donc d'un niveau très moyen pour qui veut ensuite plonger dans des eaux plus froides et plus agitées comme celles de La Réunion. Si vous voulez vous former plus solidement, deux clubs tenus par des Français délivrent des diplômes de la FFESSM : Blue Water à Trou aux Biches, Abyss à Flic en Flac.

Mauritius Marine Conservation Society *C/o MUG Railway Road* **Vacoas-Phoenix** *Tél. 696 5368 www.mmcs-ngo.org*

Mauritian Scuba Diving Association *209, Route royale* **Beau Bassin** *Tél. 454 0011 www.msda.mu*

Police Diving Unit *Port Louis Tél. 597 0624*

POSTE

À Maurice le service postal est fiable et chaque bourg possède son propre bureau de poste. Mieux vaut poster son courrier au bureau de poste central ou à la réception des hôtels (qui vendent parfois des timbres) plutôt que dans une boîte aux lettres. Le tarif du timbre varie selon la taille de la carte postale (env. 25Rs). Les philatélistes connaissent bien l'île Maurice, cinquième pays émetteur de timbres au monde. Les "Post Office" sont des timbres d'une valeur inestimable, imprimés en 1847 et exposés au **Blue Penny Museum** de Port Louis. La capitale compte aussi le **Mauritius Postal Museum** (p.79), musée entièrement dédié au timbre.

QUAND PARTIR ?

L'île Maurice est une destination d'hiver, parfaite pour oublier la grisaille et le froid : logique, nous sommes dans l'hémisphère Sud, quand c'est l'hiver en France, c'est l'été à Maurice. De **novembre à avril**, le thermomètre atteint les 30°C et les rares et courtes ondées tropicales sont plus rafraîchissantes que gênantes. La période de **Noël** attire chaque année de nombreux visiteurs et nous vous conseillons alors de réserver longtemps à l'avance ; le seul inconvénient est le risque éventuel de croiser la course de cyclones, notamment de **décembre à mars**. Durant l'hiver austral, de **mai à octobre**, les températures redescendent mais il fait plus sec et l'on se baigne toujours dans le lagon. En résumé, **avril**, **mai**, **juin**, ainsi que **septembre**, **octobre** et **novembre** restent les mois idéaux pour découvrir l'île (cf. tableau du climat).

RESTAURATION

De l'avis de tous, on mange bien à Maurice. Les cuisines créole, chinoise, indienne et européenne sont toutes représentées. À midi, on déjeune pour quelques roupies d'un bol renversé ou d'un *mine* frit, plats chinois basiques, ou de copieux *faratas*, de *dholl puri* et de *roti*. Le soir, les bonnes tables permettent de goûter aux plats locaux, comme le rougail, d'origine créole, le cari et le *vindaye*, d'origine indienne – cf. Lexique, glossaire (p.262). Dans l'ensemble, les restaurants restent abordables, à l'exception des tables gastronomiques de certains hôtels de luxe. Il faut songer aux 15% de TVA, qui ne sont pas toujours inclus dans les prix (sauf dans les petits restaurants). Depuis quelque temps, le gouvernement encourage la création de tables d'hôtes, comme celles de Chamarel et de Rodrigues. Nous les conseillons vivement car on y goûte une cuisine locale, copieuse et parfaitement épicée (trop de restaurants édulcorent les sauces au curry qui en deviennent insipides).

climat

Températures moyennes	Février	Juillet
maximales	33°C	24°C
minimales	23°C	17°C
Précipitations	240mm	130mm
Ensoleillement	7h/jour	6h/jour
Température de l'eau	27°C	23°C

SANTÉ ET DÉSAGRÉMENTS

Il n'existe aucun risque de paludisme à Maurice et à Rodrigues. Cependant, un certificat de vaccination contre la fièvre jaune doit être présenté par tout voyageur en provenance des régions concernées. On recense très peu de problèmes d'ordre médical parmi les touristes séjournant dans l'île. Il existe des possibilités de tourista, mais celle-ci est rarement violente. Chaque ville – et même chaque gros bourg – possède une pharmacie, voire plusieurs, où l'on trouve une gamme complète de médicaments nécessaires ainsi que de la crème solaire.

SÉCURITÉ ET DANGERS

Maurice est un pays sûr, bien qu'un peu moins qu'autrefois. Si la sécurité des biens et des personnes est assurée, quelques précautions élémentaires sont nécessaires : garder ses objets de valeur en lieu sûr (passeport, billet d'avion, bijoux dans le coffre de l'hôtel), ne pas laisser ses affaires sans surveillance sur la plage ni trop en évidence dans une voiture, éviter les quartiers mal éclairés la nuit (notamment à Port Louis, à Grand Baie et à Pereybère). Dans le lagon, la prudence est de rigueur : les piqûres d'oursins sont redoutables et les morceaux de coraux peuvent être coupants. De même en plongée, la piqûre des poissons de la famille des scorpénidés est dangereuse, voire mortelle en ce qui concerne le poisson-pierre. Il est fortement recommandé de louer les services de prestataires agréés pour les excursions et les sorties en mer. Enfin, nous recommandons la plus grande attention sur les routes, surtout la nuit.

SHOPPING

textiles et vêtements

Gardez un peu de place dans votre valise pour rapporter des souvenirs. L'île Maurice s'est spécialisée dans le textile ; les vêtements de confection locale sont souvent bon marché. Plusieurs marques occidentales (Gap, La Redoute, Les 3 Suisses, etc.) font confectionner jeans, pulls, chemises et tricots à Maurice, où l'importation et la transformation des matières premières sont exemptées de taxes. Si on trouve moins de magasins d'usine que par le passé, les textiles restent très abordables pour les devises étrangères. Les surplus, les anciennes collections et les articles avec de légers défauts sont vendus à des prix très intéressants. On trouve des vêtements pour enfants, de grandes marques internationales (Hugo Boss, Versace, Max Mara, Harris Wilson, Café Coton) et des marques locales (Équateur, Fast Forward, Habit). Les boutiques de **Port Louis** (Caudan Waterfront), de **Grand Baie**, de **Floréal** (Floréal Square) et de **Bagatelle** (Mall of Mauritius) font le bonheur des amateurs de shopping tandis que les galeries commerçantes de **Curepipe** charment flâneurs et curieux. Sur les marchés hebdomadaires, comme à **Quatre Bornes**, **Mahébourg** ou **Goodlands**, on fait d'excellentes affaires : tee-shirts à prix sacrifiés, tissus indiens en soie ou en coton vendus au mètre, chemisettes, serviettes-éponges, etc.

maquettes de bateaux

En matière de maquettes de bateaux la réputation de Maurice n'est plus à faire. Depuis les années 1970, de nombreux ateliers fabriquent sur plans des reproductions de bateaux historiques (navires de guerre, caravelles, clippers, vieux gréements). La plupart arborent voiles et cordages, sur des coques ventrues flanquées de canons. On trouve également des pirogues mauriciennes, plus modestes et moins chères, et bien d'autres types d'embarcations. Il faut être attentif, mais quelques visites d'atelier permettent de se faire une idée de la qualité du travail. Quelques **conseils** avant d'effectuer un premier achat : tout d'abord, évitez les modèles en camphrier (ils résistent mal à la différence de taux d'humidité entre Maurice et l'Europe), ainsi que ceux dont les coques en plastique sont peintes dans une couleur imitant le bois. Il faut toujours passer un doigt sur la coque pour vérifier que les languettes de bois ne se décollent pas. Plus généralement, les maquettes vendues à petits prix cachent souvent des imperfections rarement visibles au premier coup d'œil. Beaucoup de taxis sont commissionnés pour conduire les touristes dans les grandes boutiques, qui présentent des maquettes de qualité inégale, produites dans différents ateliers. Il en est même qui refusent de se rendre chez certains artisans, prétextant qu'ils n'existent plus... Les meilleurs d'entre eux sont installés à **Goodlands** (Historic Marine), dans les environs de **Curepipe** (Comajora, La Pirogue) ainsi qu'à **Mahébourg**. Ils affichent généralement leurs prix, preuve de transparence, qui varient entre 2 500 et 4 000Rs pour un navire de guerre "classique". Le prix d'expédition d'une maquette de taille et de poids moyens commence à 150€ par bateau et à 200€ par avion. Une maquette d'environ 60cm de longueur passera en cabine.

souvenirs

Les gourmands pourront rapporter de nombreux produits locaux, comme des **épices**, des **sucres spéciaux** (p.89), des **confitures**, du **café** de Chamarel et des **thés parfumés**, produits à l'usine de Bois Chéri (p.223). Sur les marchés, les fleuristes vendent des **anthuriums** magnifiques. Ces fleurs exotiques voyagent très bien. On les achète déjà empaquetées au kiosque de l'aéroport. Vous pouvez aussi rapporter du **rhum** local, on en trouve désormais de très bonne qualité. Dans les boutiques hors taxes des villes du plateau central vous trouverez, à prix intéressants, des **bijoux en or** ou ornés de pierres précieuses et de diamants.

SPORTS ET LOISIRS TERRESTRES

chasse

On peut chasser le cerf de Java et le cochon marron (sanglier) de juin à septembre sur le domaine public, et toute l'année dans les chasses privées.

Domaine des 7 Vallées *Ligne Barrique* ***Mare aux Vacoas*** *Tél. 631 3317 ou 631 3341 www.domainedes7vallees.com*

Domaine de l'Anse Jonchée-Kestrel Valley *Anse Jonchée Vieux Grand Port Tél. 634 5011 www.kestrelvalley.com*

équitation

Les écuries du domaine Les Pailles organisent des randonnées équestres dans le domaine et les montagnes de Moka. Le centre équestre Horse Riding Delights vous fera galoper dans le nord de l'île. Certains hôtels proposent des balades sur la plage ou dans les "chassés" (domaines privés).

Domaine Les Pailles *Tél. 286 4225 www.domainelespailles.net*

Horse Riding Delights ***Mont Choisy*** *Tél. 265 6159 ou 421 1166 www.horseridingdelights.com*

golf

L'île dispose de golfs superbes sur le littoral, propriété des hôtels de luxe.

PARCOURS DE 18 TROUS

Belle Mare Plage Deux golfs : le Links et le Legends, d'un niveau supérieur. *Poste de Flacq Tél. 402 2600 www.belle mareplagehotel.constancehotels.com*

Four Seasons at Anahita *Beau Champ Tél. 402 3100 www.fourseasons.com/ mauritius*

Le Paradis Golf Club *Le Morne Brabant Tél. 401 5050 www.paradis-hotel. com*

Touessrok Golf Course *Île aux Cerfs Tél. 402 7400 www.letouessrokresort. com*

Tamarina Golf *Tamarin Tél. 401 3006 www.tamarinagolf.mu*

Golf du Château *Bel Ombre Tél. 623 5522 www.domainedebelombre.mu*

PARCOURS DE 9 TROUS

Maritim Hotel *Balaclava Tél. 204 1000 www.maritim.de*

Saint-Géran *Belle Mare Tél. 401 1688 www.oneandonlylesaintgeran.com*

Shandrani *Blue Bay Tél. 603 4343 www.shandrani-hotel.com*

Golf du Château *Bel Ombre Tél. 623 5522 www.domainedebelombre.mu*

randonnées

Les sports et loisirs de l'île ne se cantonnent pas aux activités nautiques. Même si Maurice n'offre pas un relief montagneux exceptionnel, il est possible de faire de belles randonnées dans le parc des gorges de la Rivière Noire, et dans d'anciens "chassés", domaines de chasse désormais reconvertis dans l'écotourisme. Le **parc national des gorges de la Rivière Noire**, dans le Sud-Ouest du pays, a balisé une quinzaine de sentiers qui descendent du haut plateau de la Plaine Champagne vers les gorges profondes de la Rivière Noire ou les forêts indigènes de Macchabée et de Bel Ombre (qui abritent une flore encore bien préservée). Les points de vue sont magnifiques et le niveau est facile (nous ne sommes qu'à 700m d'altitude). C'est aussi du parc que l'on peut grimper sur les petits sommets de l'île, comme le piton de la Rivière Noire, point culminant de Maurice (828m). Non loin, vers Flic en Flac, la **réserve de Yemen** organise des marches nordiques. Un peu plus au nord, les **Tamarin Falls** régaleront les randonneurs, récompensés de leur marche sportive par une baignade au pied de l'une des sept chutes d'eau. Près de Port Louis, faites l'ascension du **Pouce** (812m). Dans l'**est du pays**, on peut arpenter le domaine de l'Étoile, la Kestrel Valley à Anse Jonchée, la vallée de Ferney et la **réserve naturelle de Bras d'Eau**, qui offrent des panoramas splendides sur la montagne du Lion et sur la baie de Vieux Grand Port. Plus au **centre**, le domaine des 7 Vallées et le domaine de Lagrave élargissent la palette du tourisme vert. Au **sud**, la réserve naturelle de Valriche permet de se balader parmi les cerfs de Java, à l'instar des autres domaines. Enfin **Rodrigues** constitue une excellente destination pour les marcheurs avec de nombreuses randonnées non balisées.

Direction des Parcs nationaux Pour en savoir plus sur les itinéraires de randonnée. *Tél. 464 4016 www.gov.mu/ portal/site/npcs*

Yemaya Adventures Randonnées pédestres (et VTT) dans toute l'île, également des sorties en kayak de mer. *Tél. 752 0046 www.yemayaad ventures.com*

VTT

Le relief relativement plat de Maurice, surtout le long des côtes, se prête bien à la pratique du VTT. La route

PRATIQUE

côtière, surtout dans le nord-ouest, l'est et le sud-est, permet d'agréables promenades en bord de mer, avec arrêts baignade à volonté.

SPORTS NAUTIQUES

À Maurice, les sports nautiques sont rois : voile, planche à voile, ski nautique, kayak de mer, pédalo, kitesurf, plongée en apnée (masque et tuba) et plongée sous-marine. Les véliplanchistes préfèrent les côtes ventées du sud-est (Blue Bay) et du sud-ouest (le Morne Brabant), tandis que les surfeurs guettent la vague parfaite à l'ouest, dans la baie de Tamarin et au Morne Brabant. Quant au kitesurf (le kitesurfeur évolue sur une planche tirée par un cerf-volant), les sportifs de bon niveau peuvent s'y essayer à Grand Baie, sur la côte est, à Rodrigues et, avec prudence, au Morne Brabant.

centres nautiques

Ceux des hôtels fournissent gratuitement aux clients des planches à voile, dériveurs, kayaks de mer, pédalos, masques et tubas. Le tour en bateau à fond de verre, qui permet d'admirer les fonds du lagon, est souvent compris dans le prix du séjour. En revanche, la plongée, la pêche au gros, les balades en catamaran et le ski nautique sont généralement payants. Les clients extérieurs ont parfois accès à ces activités. À Grand Baie, dans le nord, des **agences** comme le Centre nautique louent également du matériel (kayak, hobby cat, dériveur, etc.) et organisent des sorties en mer vers les îlots du Nord. C'est également dans le nord que l'on découvre le lagon de trois façons originales : en sous-marin par plus de 30m de profondeur et en scooter des mers, en scaphandrier pour une marche sous-marine et en semi-submersible, bateau à fond de verre amélioré.

Blue Safari Submarine Sorties en sous-marin dans le lagon. *Tél. 263 3333 www.blue-safari.com*

Captain Nemo's Undersea Walk Marche sous-marine. *Tél. 265 7676 www.underseawalk.8k.com/home.html*

Le Nessee Excursions sous l'eau en semi-submersible. *Tél. 263 8017 www.coralbreeze.mu/mauritius/sea-activities*

TAXE D'AÉROPORT

Elle est généralement comprise dans le prix du billet (environ 45€/pers.).

TÉLÉPHONE

appels internationaux

Les appels internationaux passés depuis l'hôtel sont assez coûteux. Mieux vaut se procurer une **carte téléphonique** et appeler d'une cabine publique. Les cartes s'achètent dans les agences Mauritius Telecom, les supermarchés, les stations-service et de nombreux magasins. Orange étant le partenaire de Mauritius Telecom pour la **téléphonie mobile**, il y a désormais 20 boutiques Orange à Maurice, où l'on peut acheter des recharges de téléphone.

Indicatif téléphonique de Maurice *Tél. 230*

De la France vers Maurice *Tél.* 00 230 (+ numéro à 7 chiffres)

De Maurice vers la France *Tél.* 020 33 *(+ numéro à 9 chiffres sans le 0)*

Mauritius Telecom Corporate Office *Telecom Tower Edith Cavell Street Port Louis Tél. 203 7000*

Boutiques Orange *Tél. 8900 www.orange.mu/info/contact-us.html (coordonnées des boutiques)*

Renseignements nationaux *Tél. 150 www.teleservices.mu (Pages Jaunes)*
Renseignements internationaux *Tél. 100 90*
Renseignements touristiques *Tél. 152*

téléphone portable

Les utilisateurs de téléphones portables peuvent souscrire auprès de leur opérateur une option internationale. Sachez néanmoins que vous paierez également un complément pour les appels reçus de l'étranger depuis Maurice. Il est plus intéressant d'acheter sur place des recharges Orange (le meilleur réseau à Maurice) après avoir pris soin de débloquer votre carte SIM avant votre départ.

TRANSPORTS INTÉRIEURS

cars

Les transports en commun sont bien développés sur l'île et permettent de se déplacer facilement. Le car reste le moyen de transport le plus économique pour circuler, notamment de Port Louis à Grand Baie. Mais mieux vaut ne pas être trop pressé, en raison des arrêts fréquents et des ralentissements importants, surtout aux abords des grands centres urbains. Toutes les **villes principales** comportent une gare routière. Port Louis en compte deux : la gare routière de Victoria, qui dessert le Sud (Mahébourg), l'Ouest (Flic en Flac) et les villes du plateau central (Curepipe, etc.) ; et celle d'Immigration Square (appelée gare du Nord), qui dessert le nord et l'est de l'île (Pamplemousses, Grand Baie, etc.). Le service de cars qui suit les grands axes routiers (route côtière, autoroute aéroport-Grand Baie) dessert essentiellement les régions touristiques. Pour explorer le **plateau central** à sa guise, mieux vaut prendre un taxi ou louer une voiture. Les cars circulent en zone urbaine de 5h30 à 20h et en zone rurale de 6h30 à 18h30. Le ticket s'achète à bord. Le passage du contrôleur, armé d'un curieux composteur à roulette, constitue une attraction pittoresque. **Attention :** à Rodrigues, le dernier bus a tendance à passer à 16h30.

voitures

Avec plus de 2 000km de route asphaltée, l'île se prête bien à la conduite automobile. Pour un court séjour, un taxi à la journée peut suffire. Pour un long séjour (une semaine et plus), une voiture de location permet d'explorer l'île en profondeur et à son rythme. Quelques mises en garde sont néanmoins nécessaires. Tradition anglaise oblige, **on roule à gauche** à Maurice. Le volant est placé à droite et les commandes du klaxon et des essuie-glaces sont parfois inversées. En revanche, la priorité reste à droite. Les distances semblent courtes sur les cartes, mais sont longues sur le terrain. En effet, la vitesse est limitée à **50km/h en ville, 80km/h sur la route** et **110km/h** sur certaines portions de l'**autoroute**, l'état des routes est médiocre et la conduite des Mauriciens est parfois approximative, ce qui dissuade le conducteur d'appuyer sur l'accélérateur. Nous recommandons la plus grande prudence sur les petites routes, où le dépassement des piétons et vélos expose le véhicule à de brusques écarts, et lors de la traversée d'agglomérations. Si possible, évitez la conduite de nuit (qui tombe vite) car les routes ne sont pas éclairées, pas plus que les piétons, les vélos et certains véhicules. La signalisation laisse parfois à désirer, ce qui oblige à demander son chemin. Les distances sont indiquées indifféremment en km et en *miles* (un *mile* est égal à 1 609m). L'île compte une seule voie rapide, dite autoroute, reliant l'aéroport international SSR à Grand Baie en passant par Port Louis. Depuis 2008, une portion de cet axe continue vers l'est jusqu'à Ferney, permettant d'éviter la fastidieuse traversée de Mahébourg. La route côtière, aussi appelée route royale, offre de beaux points de vue.

VOITURES DE LOCATION

Les agences de location exigent du conducteur d'être âgé de 21 ans et d'être titulaire du permis de conduire depuis plus d'un an. Les principaux loueurs possèdent un comptoir à l'aéroport international et dans les grands hôtels. Les petites agences locales appliquent des tarifs plus attractifs. Dans tous les cas, il convient de vérifier l'état du véhicule (rayures, phares, freins, roue de secours, climatisation), le contrat de location et la police d'assurance. Comptez de 30 à 100€/j. selon l'agence et la durée de location.

Hertz *Tél. 670 4301 www.hertz.mu*
Europcar *Tél. 637 3240 www.europcar.fr*
Budget Car Rental *Tél. 679 2104 www.budget.com*
Avis *Tél. 210 6335 www.avis.com*
ABC Car Rental *Tél. 637 6189 www.abc-carrental.com*
Ada *Tél. 675 2626 www.ada.fr*
First Car Rental *Tél. 213 9290 www.firstcarrental.mu*

deux-roues

On peut louer des motos, des scooters et des vélos dans les régions les plus touristiques de l'île, notamment dans le nord-ouest, vers Grand Baie, et dans le sud-est, vers Mahébourg et Blue Bay. Ils constituent un moyen de locomotion parfait pour flâner le long du littoral. Motos et scooters doivent être loués avec un casque et faire l'objet d'une assurance.

taxis à la journée

Prendre un taxi à la journée reste sans doute la meilleure façon de visiter l'île pour ceux qui ont peu de temps. Une seule journée suffit, par exemple, pour explorer le jardin de Pamplemousses, la ville de Port Louis et les boutiques de Curepipe et de Floréal. De plus, une voiture avec chauffeur permet d'admirer sereinement le site de Chamarel et les gorges de la Rivière Noire. Avant de monter dans le taxi, il faut toujours **négocier le prix** de la course et définir fermement le programme de la journée. En effet, certains taxis sont commissionnés auprès des magasins (notamment ceux de maquettes de bateaux) et les incluent d'office dans le programme de visite. Quelques-uns allant jusqu'à boycotter des sites peu appréciés par le commanditaire. On trouve néanmoins des taxis très compétents sur l'île. Converser avec les chauffeurs avant la course permet de juger s'ils feront de bons guides. Leurs suggestions peuvent être tout à fait intéressantes. Les **taxis officiels** sont dotés d'une enseigne jaune sur la portière, de plaques minéralogiques noires sur fond blanc et de compteurs, souvent inutiles puisqu'on négocie le prix de la course. Ils se trouvent la plupart du temps à l'entrée des hôtels. Mieux vaut ne pas s'aventurer avec les "taxis marron", qui ne détiennent pas de licence. Comptez env. 2 000Rs/j. (1 500Rs est un bon prix).

hélicoptères

Trois hélicoptères d'Air Mauritius assurent le transfert à l'aéroport et le survol de l'île. Tarifs selon la distance parcourue et le temps de vol.

Air Mauritius Helicopter Service *Tél. 603 3754 www.airmauritius.com/helicopter.htm*

TRANSPORTS VERS LES ÎLES

les îlots de Maurice

Presque toutes les petites îles qui environnent Maurice se visitent. Les excursions organisées affichent à peu près le même programme : balade en mer, pique-nique, baignade et plongée en apnée (ou farniente). Sur le bateau, les organisateurs servent souvent du ti-punch sur fond de séga. Au **nord** de Maurice, l'île Plate et l'îlot Gabriel offrent un lagon magique et des plages de rêve. On s'y rend pour la journée en catamaran depuis Grand Baie. Certains pêcheurs vous emmènent à l'île d'Ambre, située au nord-est. À l'**est** et au **sud-est**, l'île aux Cerfs, la plus touristique de toutes, se rejoint en quelques minutes par les nombreux bateaux qui partent de Trou d'Eau Douce. La réserve naturelle de l'île aux Aigrettes permet quant à elle d'observer quelques spécimens de la faune et de la flore indigènes. La Mauritian Wildlife Foundation organise des visites, uniquement sur réservation. Les bateaux au départ de Blue Bay font le tour des îlots du Sud-Est (île de la Passe, île Marianne, île aux Fouquets, île au Phare). La visite de l'île des Deux Cocos est réservée aux clients des hôtels du groupe LUX Island Resorts. Au **sud-ouest** de Maurice, l'île aux Bénitiers se visite au départ de La Gaulette.

Rodrigues

L'île est reliée à Maurice par avion 2 à 3 fois/j. (1h30 de vol, Air Mauritius) et par bateau 3 à 5 fois/mois (de 24 à 36h de traversée, navires cargos *Mauritius Pride* et *Trochetia*). Il est conseillé de réserver le billet d'avion un mois à l'avance, et le billet de bateau dès son arrivée à Maurice. Les agences locales organisent des excursions à la journée sur l'île aux Cocos, une réserve naturelle ornithologique et, depuis peu, sur les îlots situés au sud de Rodrigues (Chats, Hermitage, Gombrani) : barbecue sur la plage, pêche à la traîne et plongée en apnée.

Air Mauritius *President John Kennedy Street (Air Mauritius Centre)* ***Port Louis*** *Tél. 603 3019 www.airmauritius.com*

MSC Coraline Services *Nova building 1, Route militaire* ***Port Louis*** *Tél. 217 2285 www.mauritiusshipping.intnet.mu*

MSC Rodrigues *Rue François Leguat* ***Port Mathurin*** *Tél. 831 0640 www.mauritiusshiping.intnet.mu*

les autres îles de l'océan Indien

Si vous rejoignez un pays étranger, munissez-vous de votre passeport.

LIAISONS MARITIMES Attention, les liaisons maritimes sont susceptibles d'être annulées durant la période cyclonique (nov.-avr.).

MSC Coraline Services Le navire cargo *Mauritius Pride* et le luxueux *Mauritius Trochetia* relient Port Louis au Port à La Réunion (8 AR/mois, 12h environ de traversée). Les tarifs varient entre 125 et 175€ AR (dîner et petit déj. inclus), suivant la saison et la classe (cabine ou fauteuil). Le *Mauritius Trochetia* dessert aussi Madagascar (3 nuits et 2 jours de traversée, escale à la Réunion ; 2 AR/mois). *Nova building 1, Route militaire* ***Port Louis*** *Tél. 217 2285 www.mauritiusshipping.intnet.mu*

LIAISONS AÉRIENNES Au départ de Maurice, vols pour les îles de La Réunion, Madagascar, des Comores, des Seychelles… Comptez entre 200 et 300€ l'aller-retour Maurice-La Réunion (45min).

Air Mauritius *President John Kennedy Street* **Port Louis** *Tél. 603 3019 ou 207 7575 www.airmauritius.com*

Air Austral *IBL House Caudan* **Port Louis** *Tél. 202 8050 maurice@air-austral.com www.air-austral.com*

URGENCES

Bien que les hôpitaux publics dispensent des soins gratuits, les visiteurs choisissent souvent des cliniques privées payantes, moins fréquentées. Une pharmacie de garde est toujours ouverte et il est aisé de trouver un médecin en cas d'urgence.

Police *Tél. 999 ou 112*

Pompiers *Tél. 995 ou 115*

Samu *Tél. 114*

Gardes-côtes urgences *Tél. 212 2747*

Ambulance privée *Tél. 426 8888*

Hôpital SSR *Pamplemousses Tél. 243 3661*

Hôpital Victoria *Candos Tél. 425 3031*

Hôpital Jawaharlal Nehru *Rose Belle Tél. 627 49 51*

Clinique du Bon-Pasteur *Rose Hill Tél. 464 2640*

City Clinic *Port Louis Tél. 242 0486 ou 241 2951*

Clinique Darné *G. Guibert Street Floréal Tél. 601 2300*

Clinique mauricienne *Le Réduit Tél. 454 3061*

Clinique du Nord *Baie du Tombeau (route côtière) Tél. 247 2532*

Med Point Clinic *Sayed Hossen Avenue* **Vacoas-Phoenix** *Tél. 426 7777 ou 8888*

US ET COUTUMES

Le sourire, la politesse et la patience des Mauriciens sont légendaires. Toutefois, veillez à respecter quelques consignes élémentaires de savoir-vivre. Le nudisme est interdit à Maurice, et l'usage veut qu'on ne se baigne pas en monokini sur les plages publiques. En dehors des plages, évitez de vous promener en maillot de bain ou torse nu. Une tenue décente est de mise dans une enceinte religieuse et le visiteur se déchaussera à l'entrée d'un temple ou d'une mosquée. La sécheresse touche souvent Rodrigues : les visiteurs veilleront à surveiller leur consommation d'eau, à l'hôtel comme chez l'habitant. Enfin, rappelons que la chasse sous-marine et la collecte de coquillages et de coraux sont strictement interdites.

VALISE

La valise est légère ! Maillots de bain, vêtements d'été et cotonnades suffisent pour passer une semaine au soleil. On peut d'ailleurs les acheter dans les nombreux magasins de vêtements bon marché de l'île – cf. Shopping (p.57). Durant l'hiver austral (mai-oct.), une petite laine pourra servir car les soirées sont parfois fraîches. Emportez aussi un vêtement de pluie, un masque et un tuba, un chapeau ou une casquette, des lunettes de soleil (indispensables), ainsi que des sandales en plastique pour éviter les coupures de coraux, les piqûres d'oursins et de certains poissons venimeux. Dans la trousse à pharmacie, prévoyez une crème solaire à fort coefficient (également disponible sur place), une crème anti-moustiques, un antiseptique, un réhydratant et un antidiarrhéique (Ercéfuryl, Immodium).

VISA ET PASSEPORT

Pour les ressortissants des pays membres de l'Union européenne, de la Suisse et du Canada, un visa n'est

PRATIQUE

pas nécessaire. En revanche, tout visiteur doit justifier d'un billet de retour, d'un passeport (ou d'un document de voyage reconnu internationalement) dont la validité devra être postérieure à la date de retour, d'un hébergement (réservation d'hôtel confirmée ou adresse de résidence) et doit disposer de moyens financiers pour couvrir ses frais de séjour.

Bureau des passeports et de l'immigration (plan 1, C4) *Sterling House 9-11, Lislet Geoffroy Street* **Port Louis** *Tél. 210 9312*

VOYAGISTES

Séjour, circuit, croisière ou aventure... à vous de définir les critères de votre voyage suivant votre budget et vos envies. Deux options : vous pouvez commander une formule sur Internet auprès d'une centrale de réservation ou contacter une agence de voyages.

spécialistes de l'océan Indien

Thomas Cook voyages Séjours, circuits, activités sportives dans les îles de l'océan Indien. *11, rue Dupuytren 75006* **Paris** *Tél. 01 53 63 84 40 www.thomascook.fr*

Beachcomber Tours Circuits, séjours et voyages à la carte vers l'océan Indien et l'Afrique australe. *49, rue Réaumur 75003* **Paris** *Tél. 01 44 94 72 70 www.beachcombertours.fr*

Beaux Songes Séjours haut de gamme avec le spécialiste de l'océan Indien : Maurice, Rodrigues, La Réunion, Seychelles, Mayotte. *105, rue Lafayette 75010* **Paris** *Tél. 0800 004 003 ou 01 53 43 80 80 www.beauxsonges.fr*

Exotismes Spécialiste de l'océan Indien, des Caraïbes et de la Polynésie. Séjours à la carte, croisières, circuits et voyages haut de gamme. Séjours sur l'île Maurice. Circuit combiné : Maurice-Réunion. Points de vente : Paris, Marseille, Lyon, Nantes, Bordeaux, Nice, Toulouse, Nancy et Strasbourg *Tél. 0826 96 5000 www.exotismes.com*

Meltour Propose des voyages programmés ou à la carte, seul ou en groupe, ainsi que des tours du monde. *103, av. du Bac 94210* **La Varenne-Saint-Hilaire** *Tél. 01 48 89 85 85 www.meltour.com*

One Way Bleu Location de villas privées et séjours en résidence ou hôtel sur les îles de l'océan Indien. *Espace Gambetta 2, rue Gambetta 77210* **Avon** *Tél. 01 60 39 53 30 www.onewaybleu.fr*

Solea Vacances Une agence spécialisée dans les vacances de luxe, séjours et circuits sur l'île Maurice, à La Réunion, aux Seychelles, aux Bahamas et à Dubaï. *21, rue du Faubourg-Saint-Antoine 75011* **Paris** *Tél. 0826 282 000 www.soleavacances.fr*

Tourinter Spécialiste des îles à la carte : La Réunion, Maurice, Seychelles, Polynésie française, Nouvelle-Calédonie, Antilles, République dominicaine et Maldives. *42, rue de l'Université 69007* **Lyon** *Tél. 0825 161 501 www.tourinter.com*

Tropicalement Vôtre Circuits et autotours, séjours sportifs, location de bungalows, villas ou chambres d'hôtel sur les îles de l'océan Indien (Maurice, Rodrigues, Réunion, etc.). *www.tropicalement-votre.com* **Paris** *43, rue Basfroi 75011 Tél. 01 43 70 99 55* **Lyon** *96, rue Pierre-Corneille 69003 Tél. 04 72 32 26 89*

séjours sportifs

Blue Lagoon Voyages de plongée en Égypte, dans l'océan Indien, en Asie du Sud-Est, dans les Caraïbes ou en Méditerranée. *www.blue-lagoon.fr* **Paris** *29, rue Mogador 75009 Tél. 01 48 74 58 51* **Marseille** *72, rue Paradis 13006 Tél. 04 91 19 98 12*

PRATIQUE

Fun & Fly Voyage autour de la glisse (kitesurf, windsurf et surf) à Maurice, mais aussi sur d'autres îles océaniques. Possibilité de passer des brevets de plongée. *27, bd des Minimes 31200* ***Toulouse*** *Tél. 05 61 13 00 03 www.fun-and-fly.com*

Jerrycan Travel Dans sa brochure "Sensations glisse", ce voyagiste suisse propose des séjours sportifs avec pratique du kitesurf et du windsurf (un club à Rodrigues). *11, rue Sautter 1205* ***Genève*** *Tél. (022) 346 92 82 www.jerrycan-travel.ch*

Sport Away Voyages Séjours sportifs toutes destinations (kitesurf, windsurf). *Immeuble Néréis - Saumaty Seon CS 30109 13322* ***Marseille*** *Tél. 04 95 06 12 20 ou 0826 88 10 20 www.sport-away.com*

Ultramarina Voyagiste de plongée sous-marine : Méditerranée, Atlantique, Moyen-Orient, Caraïbes, Amériques, Asie, océan Indien et Pacifique. *www.ultramarina.com* ***France*** *29, rue de Clichy 75009 Paris (autres points de vente à Nantes, Marseille et Lyon) Tél. 0825 029 802 ou 0825 02 98 02* ***Belgique*** *1, rue aux Frênes 4020 Liège Tél. 04 34 43 430* ***Suisse*** *Rue des Eaux-Vives, 76 1207 Genève Tél. (022) 786 14 86*

Voyages Aquanautes Spécialiste canadien de plongée en croisière. *30, Montée Robert (suite 201) J3N1L7* ***Saint-Basile-le-Grand Québec*** *Tél. 450 461 0519 ou 800 461 2028 www.aquanautes.com*

PRATIQUE

GEOREGION

PORT LOUIS ET SES ENVIRONS

V

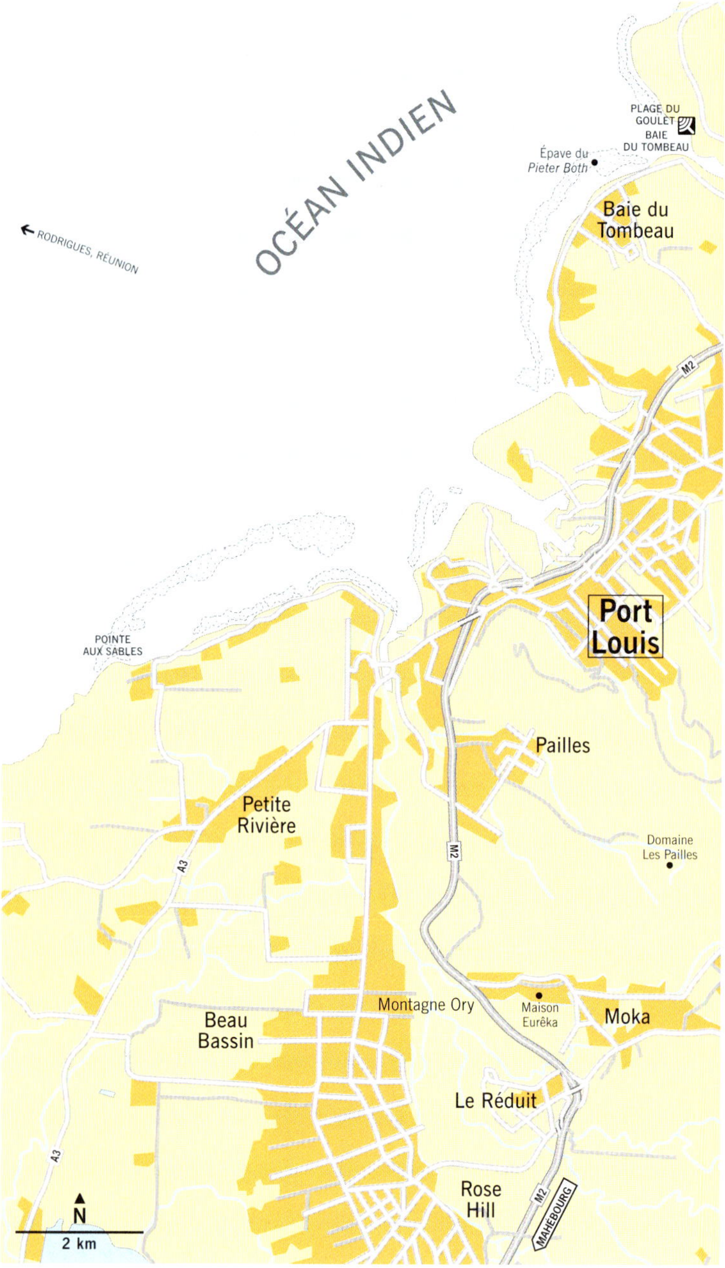
OCÉAN INDIEN
RODRIGUES, RÉUNION
PLAGE DU GOULET
BAIE DU TOMBEAU
Épave du Pieter Both
Baie du Tombeau
M2
Port Louis
POINTE AUX SABLES
Pailles
Petite Rivière
A3
Domaine Les Pailles
Montagne Ory
Maison Eurêka
Moka
Beau Bassin
Le Réduit
Rose Hill
MAHEBOURG
N
2 km

GRAND BAIE
A4
Beau Plan
L'Aventure du sucre
Moulin à Poudre
Pamplemousses
Jardin botanique Sir Seewoosagur Ramgoolam
M2
A2
Mont Goût
A2
B20
B19
A2
Sainte-Croix
Caveau du père Laval
Notre Dame
Valton
LA NICOLIÈRE
B34
PIETER BOTH 823 M
Nouvelle Découverte
Malenga
LE POUCE 812 M
B49
B47
Saint-Pierre
Espérance
B51
Helvetia
A7
B48
Quartier militaire
Grand Baie
Port Louis
Curepipe
Mahébourg

★PORT LOUIS

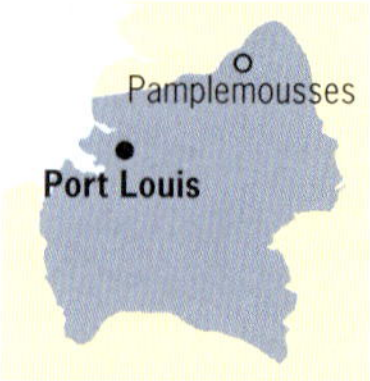

Les visiteurs consacrent généralement peu de temps à Port Louis : on y va pour faire du shopping en espérant repartir avant les bouchons qui paralysent quotidiennement la ville aux heures de pointe. Mais la capitale de Maurice mérite mieux que ça. Adossée à une chaîne de montagnes que domine l'étrange silhouette du Pouce (812m), elle aligne ses petites tours modernes face à la rade. Bref, une ville administrative et financière dans un décor tropical... Ici, tout se mélange : les anciennes maisons créoles côtoient les buildings, les étals d'épices du vieux marché rivalisent avec les vitrines dernier cri du front de mer, les cols blancs croisent les marchands ambulants. Une ville hétéroclite aux multiples facettes qu'on tentera de découvrir en flânant dans les allées du marché central, dans les boutiques du quartier chinois ou le long de la paisible rue Saint-Georges, bordée de belles villas créoles, l'une des richesses de Port Louis. Des trésors menacés : les bâtiments coloniaux, en ruine, cèdent la place à de nouvelles tours de verre.

HISTOIRE Port Nord-Ouest n'est qu'un port de commerce lorsque le gouverneur français François Mahé de La Bourdonnais décide d'en faire la capitale de l'île Maurice, dans le courant du XVIIIe siècle. Il le baptise alors Port Louis, en hommage au roi Louis XV. Sous son impulsion, la ville se développe, devient le siège administratif de la colonie, la principale base navale de l'île ainsi qu'un port important de la route des Indes. Cette croissance ne se dément pas jusqu'en 1865, année où une épidémie de malaria décime plus de la moitié de la ville. Une grande partie de la population fuit alors les rivages malsains pour s'installer sur les hauteurs du plateau central (à Curepipe, Quatre Bornes, Rose Hill...). En 1869, l'ouverture du canal de Suez signe le déclin de Port Louis, en mettant l'île Maurice sur la touche. Aujourd'hui, la capitale reste néanmoins active grâce à son port franc, qui draine le fret le plus important de l'océan Indien.

MODE D'EMPLOI

accès

DE L'AÉROPORT

Aéroport international SSR se trouve à Plaisance (à 50km de Port Louis). Comptez de 45min à 1h de route pour rejoindre le centre-ville, selon la circulation. Le trajet en **taxi** coûte environ 2 000Rs. Les **bus** de la ligne Mahébourg-Port Louis desservent l'aéroport toutes les 15-20 min, de 6h15 à 18h. Prévoyez de 60 à 80min de trajet, en fonction des bouchons. L'arrêt de bus se situe de l'autre côté du parking, au rond-point qui marque l'entrée de l'aéroport.

EN CAR

Port Louis est très bien desservie. On y trouve deux gares routières.

Gare routière de Victoria Square (plan 1, A3) Liaisons avec le sud (Mahébourg), l'ouest (Flic en Flac, le Morne Brabant) et le centre (Curepipe, Quatre Bornes, etc.) de l'île. Le service de cars de Port Louis à Curepipe (via Rose Hill), Quatre Bornes et Vacoas est assuré dans les deux sens jusqu'à 19h30 toutes les 15 minutes.
Gare routière d'Immigration Square (plan 1, B2) Liaisons avec le nord et l'est de l'île (Trou aux Biches, Grand Baie, Pamplemousses, etc.).

orientation

Le quadrillage en damier de Port Louis rend l'orientation facile. Toutefois, attention aux cartes : les rues changent souvent de nom ! Le **centre-ville**, situé entre les deux gares routières, réunit les principaux points d'intérêt – les musées, la place d'Armes, l'hôtel du Gouvernement, le marché central... Il se parcourt facilement à pied. Les axes principaux sont Royal Street et Sir William Newton Street. Les **quais** de Port Louis ont été aménagés en deux fronts de mer (Waterfront), où se rassemblent la majorité des restaurants, cinémas et boutiques : le Caudan Waterfront et le Port Louis Waterfront (ou Astrolabe), plus petit, en face de l'office de tourisme. Au sud du centre-ville, légèrement excentrées, des **maisons coloniales** longent Edith Cavell Street et Saint Georges Street. Le **port**, très actif, commence derrière le Caudan Waterfront et ne présente guère d'intérêt.

circulation

N'oubliez pas qu'il faut rouler à gauche ! Attendez-vous à des bouchons importants aux heures de pointe (de 7h30 à 9h et de 16h à 17h30). Le vieux Port Louis étant saturé, autant garer votre voiture dans l'un des parkings du Caudan Waterfront (ouvert 7h-23h) et visiter la ville à pied. Ils sont surveillés et à l'ombre. Parking non couvert 30Rs/4 h., parking couvert 50Rs/4h. Le parking du casino, toujours sur le Caudan, est ouvert 24h/24.

informations touristiques

MTPA bureau central (plan 1, A3) Le Mauritius Tourism Promotion Authority propose quelques brochures aux 4e et 5e étages de l'immeuble Victoria House *Rue Saint-Louis Tél. 210 1545 www.tourism-mauritius.mu Ouvert lun.-ven. 9h-16h30*
MTPA Aéroport Aéroport international SSR (arrivée des vols internationaux) *Tél. 637 3635*

adresses utiles

Banques, bureaux de change et distributeurs de billets se concentrent surtout le long de Sir William Newton Street, entre la place d'Armes et le marché, et sur l'avenue Queen Elizabeth. On trouve également des bureaux de change et des distributeurs sur le Caudan Waterfront. Attention aux horaires d'ouverture :

Tableau kilométrique

	Port Louis	Pamplemousses	Curepipe	Grand Baie
Pamplemousses	12			
Curepipe	23	35		
Grand Baie	21	16	44	
Flic en Flac	21	34	22	42

Plan 1 Port Louis

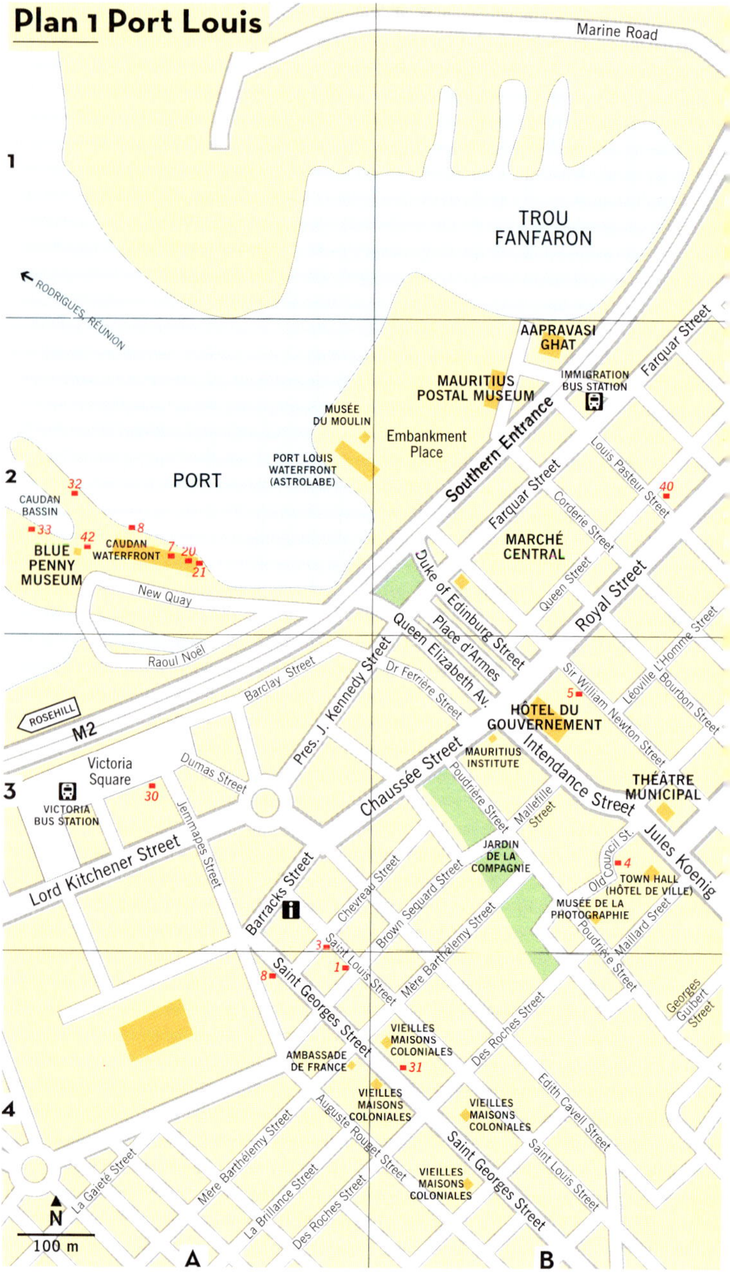

Restauration (n°1 à 8)

Café du Vieux Conseil **4** B3
Canton **2** C2
La Bonne Marmite **5** B3
La Rose des vents **8** A2
Lambic **8** A4
Le Café de l'Atelier **1** A4
Le Courtyard **3** A4
Namasté **7** A2

Lieux de sortie (n°20 et 21)

Casino* **21** A2
Keg and Marlin Pub* **20** A2

Hébergement (n°30 à 33)

Hôtel Saint Georges **31** B4
Labourdonnais Waterfront Hotel **32** A2
Le Suffren **33** A2
Tandoori Hotel **30** A3

Shopping (n°40 à 42)

Chinese Store **41** C2
Jhurry* **40** B2
Siro Piké **42** A2

*À RETROUVER DANS LA PARTIE DÉCOUVRIR

lun.-ven. 9h-15h (la MCB ferme à 17h le vendredi).
Barclays (plan 1, B2-3) *Sir William Newton Street Tél. 207 1960*
Mauritius Commercial Bank (plan 1, B2-3) *Royal Street Tél. 202 5000*
Poste principale (plan 1, B2) Accès Internet 10Rs par tranche de 15 min. *Sur le quai, à côté du bâtiment Astrolabe Tél. 208 2851 Ouvert lun.-ven. 8h15-16h, sam. 8h15-11h45*
Bookcourt (plan 1, A2) Une librairie très complète et bien fournie en beaux livres, littérature et presse internationale. *Caudan Waterfront Old Pavillon Street Tél. 211 9262 bookcourt@intnet.mu Ouvert lun.-sam. 10h-18h, dim. 10h-12h30*

hôpital et urgences

Dr. Jeetoo Hospital *Volcy Pougnet Street Tél. 212 3201 Fax 212 8958*
Urgences *Tél. 999*
Police *Line Barrack Street Tél. 208 1212 ou 112 ou 999*
Samu *Tél. 114*

DÉCOUVRIR

☆ **Les essentiels** Le marché central, la maison créole Eurêka **Découvrir autrement** Déambulez entre les maisons créoles de Saint Georges Street, baladez-vous dans le quartier chinois pour découvrir une pharmacie étonnante, randonnez sur le Pouce

Port Louis

Le centre-ville

C'est autour de la place d'Armes (plan 1, B3), vaste esplanade bordée de palmiers royaux, que s'articule la ville. La statue qui fait face au port est celle de Mahé de La Bourdonnais, ancien gouverneur de l'île. Au fond de la place se dresse l'**hôtel du Gouvernement** (plan 1, B3). Ce bâtiment, le plus ancien de Port Louis (XVIIIe s.), ressemble à une austère maison coloniale de deux étages, peinte en gris et à peine égayée d'une varangue à colonnades. L'hôtel fut construit au temps du gouverneur Nicholas de Maupin (1729-1735) mais fut transformé à partir de 1738 par Mahé de La Bourdonnais pour recevoir les puissants de passage. Aujourd'hui siège du Parlement, il ne se visite pas. Derrière sa grille, notez que domine toujours la statue de la reine Victoria ! Derrière l'hôtel du Gouvernement, Jules Koenig Street, le **théâtre municipal** (plan 1, B3) est reconnaissable à sa belle façade jaune pâle et à ses colonnes en pierre volcanique. Il fut construit en 1822, pendant la période coloniale britannique, afin d'amadouer les Mauriciens. Ironie du sort, le théâtre fut l'un des premiers lieux de la résistance culturelle antibritannique ! C'est là aussi que furent projetés les premiers films en noir et blanc en 1909 et que se jouèrent dans les années 1930 quelques grands opéras. Entre le théâtre et le musée de la Photographie, engagez-vous dans la petite **Old Council Street** (plan 1, B3). De curieuses citations ornent chaque lampadaire : "La couleur, c'est le soleil en décalcomanie" ; "Les vallées sont le soutien-gorge du vent" ; "L'œil est la plus belle salle de rendez-vous"… Surréaliste ? Normal, ces aphorismes sont l'œuvre de l'écrivain et peintre insulaire, Malcolm de Chazal (1902-1981) – cf.

Littérature (p.34). Port Louis rend ainsi hommage à l'un de ses fils les plus illustres. En revenant vers le port, à l'angle de **Louis Pasteur Street** et **Royal Street** (plan 1, B2), observez l'enfilade de maisons délabrées, typiquement port-louisiennes, avec leurs échoppes en rez-de-chaussée. Coincées entre les immeubles, elles paraissent bien fragiles… Exemple d'architecture coloniale, la chambre de commerce et d'industrie, dans l'édifice vert d'un étage avec varangue, **Royal Street** (plan 1, B2).

☆☺ **Marché central (plan 1, B2)** Étape incontournable pour les visiteurs en quête d'exotisme : sous de vastes halles, les étals débordent de fruits et de légumes tropicaux, les senteurs poivrées et épicées explosent, les passants se bousculent… Un vrai marché ! Les maraîchers et les vendeurs de *dholl puri* occupent le rez-de-chaussée, tandis que l'artisanat, les épices et les souvenirs pour touristes sont à l'étage ou sous une partie couverte. Arrêt obligatoire chez l'un des célèbres marchands de tisanes : on y trouve des remèdes miracles contre toutes les maladies, plus quelques élixirs aphrodisiaques. Les chapeaux, sacs et paniers viennent en majorité de Madagascar (on les reconnaît à leurs coloris vifs), tandis que les paniers en vacoas aux couleurs naturelles sont de Rodrigues. Quant aux épices, elles sont surcotées. Mieux vaut faire quelques pas vers le quartier chinois ou vers les épiciers indiens de Queen Elizabeth Avenue. Notez que le samedi matin, c'est tout Port Louis qui se transforme en un vaste marché : de part et d'autre de la place d'Armes, les trottoirs sont investis par tee-shirts divers et autres babioles : une abondance irrésistible ! *Queen Street Ouvert avr.-sept. : lun.-sam. 6h-17h, dim. et j. fér. 9h-12h ; oct.-mars : lun.-sam. 5h-17h, dim. et j. fér. 9h-12h*

Musée de la Photographie (plan 1, B3) La mémoire de l'île en photos. Ce musée privé est l'œuvre de Tristan et Marie-Noëlle Bréville, un couple de passionnés qui sillonnent Maurice pour sauver d'anciens clichés. L'île Maurice est venue très tôt à la photo, grâce à la curiosité d'un jeune Mauricien qui rapporta de Paris, en 1839, l'un des premiers daguerréotypes. Dans une belle salle tout en bois trônent des appareils superbes : chambres noires à soufflets, daguerréotypes, stéréoscopes (avec image en 3D !), vieilles caméras… Unique : une photo de Port Louis en 1854. Cela vaut la peine de jeter un coup d'œil à l'intérieur des cartons, classés par thème (esclavage, sucre, chemin de fer, etc.). Reproductions et livres de photos en vente. *Old Council Street (rue du Vieux Conseil)/Winston Churchill (ruelle face au théâtre municipal) Tél. 211 1705 ou 238 5737 Ouvert lun.-ven. 10h-15h Tarif 200Rs, réduit 100 Rs, moins de 12 ans gratuit*

Mauritius Institute / musée d'Histoire naturelle (plan 1, B3) C'est dans ce musée poussiéreux que vous pourrez admirer le squelette authentique du fameux dodo, unique vestige de cet oiseau de la famille des pigeons, disparu à jamais au XVIIe siècle, exterminé par les colons hollandais. Autres pièces intéressantes : le crâne de cachalot qui siège dans l'entrée et le squelette du solitaire, cousin du dodo qui vivait à Rodrigues… et qui connut le même sort. Une série d'animaux naturalisés, tortues géantes ou énormes mérous, constitue le reste de la collection. Le musée présente des expositions temporaires de qualité. Et sans poussière ! *Chaussée Street Tél. 212 0639 Ouvert lun.-mar. et jeu.-ven. 9h-16h, sam. 9h-12h Entrée libre*

GEOPLUS

Port Louis et le nord de l'île en une journée

Après une balade à Port Louis, relaxez-vous à Pamplemousses, avant de profiter du lagon de Pereybère et des bars de Grand Baie en fin de journée.

MATINÉE

9h **Port Louis** Déambulez dans les allées du marché central (p.75), où les étals débordent de fruits et de légumes exotiques. N'oubliez pas les marchands de tisanes, et laissez-vous tenter par un *dholl puri* pour bien débuter la journée !

10h **Centre-ville** (p.74) Dénichez les bazars mystérieux du quartier chinois, puis rendez visite au dodo (enfin, à son squelette !) au musée d'Histoire naturelle (p.75), avant d'admirer les maisons créoles de Saint Georges Street (p.77).

Déjeuner **Courtyard** (p.84). On déguste ici une bonne cuisine française, dans un décor néocolonial.

APRÈS-MIDI

14h30 **Pamplemousses** (p.87). En taxi (environ 10km) ou en car (ligne 27), filez au superbe **jardin botanique**, pour une balade parmi quelque 600 espèces d'arbres. Une véritable bouffée d'oxygène.

CONSEIL Les trajets, pour la plupart très courts, peuvent être effectués en taxi (quelques centaines de roupies la course), ou en car (30Rs env. le trajet).

16h **L'Aventure du sucre** (p.89) En sortant du jardin, faites un saut au village voisin de Beau Plan, dans cette ancienne usine sucrière habilement transformée en un écomusée. Les gourmands y seront récompensés par une dégustation de "sucres spéciaux"...

17h30 **Pereybère** (p.117) Direction la côte pour une fin d'après-midi farniente : à un jet de pierre de Grand Baie, la jolie plage publique de Pereybère permet de profiter du lagon mauricien. En allant à l'ouest, les plages de Mont Choisy et de Trou aux Biches rivalisent de cocotiers et de sable fin... face au coucher du soleil !

19h **La Rhumerie** (p.108) Apéritif à Grand Baie, "la" station balnéaire de l'île, pour déguster un verre de rhum face à la plage.

SOIRÉE

Diner **Happy Rajah** (p.113) Cette table indienne de Grand Baie, sert des spécialités d'un excellent rapport qualité-prix.

22h **Cocoloko** (p.108) Abrité par les cocotiers, ce bar élégant constitue un endroit idéal pour débuter la nuit.

23h30 **Le Kamikaze** (p.109) L'une des discothèques les plus appréciées de l'île.

Jardin de la Compagnie (plan 1, B3) En face du Mauritius Institute, ce petit parc abrite de majestueux multipliants (ou banians) dont les lianes tombantes menacent de percer le goudron de la route ! Il tient son nom de la Compagnie des Indes : en 1735, cette terre jadis marécageuse fut transformée en enclos par La Bourdonnais. Ce sont toutefois les Anglais qui vont décider de la boiser, en 1828, pour en faire un espace de verdure au cœur de la ville. Des gravures du XIXe siècle montrent que le jardin était autrefois bordé par le ruisseau du Pouce, aujourd'hui enfoui sous le béton. Remarquez, près de la fontaine, la statue d'Adrien d'Épinay, homme politique et avocat, grand défenseur des planteurs mauriciens et fondateur, en 1832, d'un des premiers quotidiens du monde, le Cernéen (de Cirné, nom donné à l'île par les Portugais au XVIe siècle).

Saint Georges Street (plan 1, B4) C'est le long de cette rue que les familles fortunées de l'île possédaient leurs maisons de ville, et que l'on retrouve nombre de **vieilles maisons créoles**. À droite de l'ambassade de France (n°14) se dresse un bâtiment créole typique, avec ses lambrequins et sa toiture en bardeaux. Juste en face, derrière ses grilles blanches, une maison d'un étage arbore un air plus aristocratique avec son toit en tôle bleu et sa belle véranda dans le pur style colonial. Celle du n°20 est plus austère avec sa varangue sobre et ses tons gris. En face du n°22, admirez, derrière les grilles, l'élégance de cette autre maison au toit gris-bleu (le fameux bleu Wedgwood, typique de l'architecture insulaire). Sa terrasse est rythmée de colonnades et sa balustrade en fer forgé est superbement ouvragée. Au n°26, notez le large toit bleu du Bhujoharry College, bâtiment plus massif. Au n°32, jetez un coup d'œil à la cour ombragée bordée d'une jolie varangue blanche. Après le consulat, prenez la première à droite. À 50m se tient une adorable maisonnette blanche avec des lambrequins et des toits jumeaux en tuiles rondes bleu pâle. Une vraie maison de sucre !

● Où acheter des épices ?

Jhurry (plan 1, B2 n°40) Dès le pas de la porte de Jhurry, on est saisi par les fortes odeurs poivrées, sucrées et les montagnes de sacs d'épices qui s'élèvent jusqu'au plafond dans l'arrière-boutique... Les prix sont bien moins chers qu'au marché central et le gérant répond avec le sourire aux questions des visiteurs. *11, Louis Pasteur Street Tél. 242 4522 Ouvert lun.-ven. 8h-17h, sam. 8h-13h*

● Où trouver du sirop de canne ?

Siro Piké (plan 1, A2 n°42) Au cœur du Caudan Waterfront, cette modeste échoppe propose une pause fraîcheur inattendue : il s'agit de déguster du jus de canne (appelé localement fangourin), agrémenté ou non de jus de fruits, de bière ou de rhum. Derrière le fangourinier exposé (appareil qui servait autrefois à broyer la canne), un panneau explicatif expose les vertus du jus de canne pour la santé. Cette boisson contribuerait au renforcement du foie, de l'estomac, des yeux et du cerveau et permettrait même de réduire le taux de cholestérol. Sur le plan gustatif, le jus de canne est étonnamment léger et rafraîchissant. Les enfants se laisseront tenter par les sucres d'orge, en berlingots ou en bâtonnets. *Caudan Waterfront Ouvert lun.-ven. 10h-17h, sam. 10h-22h, dim. 16h-22h*

Le quartier chinois

Dans Royal Street, deux portes d'inspiration asiatique marquent l'entrée et la fin du quartier chinois, où sont arrivés les premiers immigrés de Chine à partir de 1825. Quincailleries, pharmacies, marchands de *mine* bouillis et de boulettes de poisson : n'hésitez pas à y pénétrer pour dénicher ici un coffret à bijoux ou là une Thermos colorée…

Mosquée Jummah (plan 1, C2) La plus ancienne mosquée (XIXe siècle) de l'île trône à l'orée du quartier chinois. De loin, elle évoque une imposante construction coloniale. La superbe façade blanche, rehaussée de lignes turquoise, mêle en fait les styles colonial et mauresque : varangue et lambrequins travaillés, toits en bardeaux mais aussi motifs arabes, arabesques, clochetons blancs, colonnes mauresques. On peut entrer dans la cour (sauf le vendredi et pendant le mois de Ramadan). *Royal Street (avant la porte du quartier chinois)*

● Où se fournir en produits chinois ?

☺ **Chinese Store (plan 1, C2 n°41)** Il faut vraiment jeter un coup d'œil dans cette épicerie-pharmacie chinoise. Cette boutique étonnante vend des plantes, des herbes, des fleurs séchées sous forme de tisane, thé ou baume pour guérir toutes sortes de maladies. Derrière le comptoir du fond, les étagères et bocaux regorgent de trésors naturels… et spectaculaires, comme les cancrelats, les caméléons, les guêpes au miel et les serpents séchés (contre les démangeaisons) ! Tous les produits viennent de Chine, Hong Kong et Singapour. *14, Dr Sun Yat Sen Street Tél. 242 1371 Ouvert lun.-ven. 8h-17h, sam.-dim. 8h-12h*

Les quartiers est

Cathédrales Port Louis compte deux cathédrales, très austères et guère séduisantes : Saint James l'anglicane (Saint Denis Street, (plan 1, C4)) et Saint Louis la catholique (Mgr Gonin Street, (plan 1, C3)). Consacré en 1770, ce dernier édifice connut bien des vicissitudes : des cyclones l'ont ébranlé et même démoli en 1773, il fut ensuite désaffecté, l'Assemblée révolutionnaire de l'île s'y tint en 1790 ! On se souviendra qu'au pied d'une croix dressée devant l'église, les corps des esclaves noirs recevaient l'absolution car ils n'avaient pas le droit d'être inhumés dans la cathédrale…

Citadelle fort Adélaïde (plan 1, C3) Cette sombre citadelle en pierre volcanique fut construite de 1834 à 1840 par les Britanniques pour dissuader toute velléité de révolte parmi la population lors de l'abolition de l'esclavage. Allez-y en fin de journée, pour admirer le panorama sur la ville à l'heure du coucher du soleil et de l'appel à la prière des mosquées. Visite possible du fort et des différents magasins. *Ouvert lun.-ven. 9h-17h, sam. 9h-12h Entrée libre*

● Assister aux courses hippiques

Champ de Mars (plan 1, C4) De mai à novembre, la saison hippique attire des milliers de Mauriciens au Champ de Mars, le plus ancien hippodrome de l'hémisphère Sud (1812). Les courses ont lieu le samedi de mai-juin à novembre.

C'est ici aussi que se tiennent les grands rassemblements populaires et politiques, comme la Fête de l'Indépendance (acte proclamé ici le 12 mars 1968). *D'Estaing Street*

Le front de mer

Caudan Waterfront-Port Louis Waterfront (plan 1, A2) Avec ses galeries marchandes, ses fast-foods, ses cinémas et ses parkings, le "Caudan" est la fierté des Mauriciens, ravis de posséder un complexe commercial moderne et pimpant. L'ensemble, parfaitement sécurisé et entretenu, attire les touristes et les classes aisées, surtout en semaine. Outre les boutiques, sont à disposition des brasseries, des arcades de jeux et un casino. Sur le quai d'en face, un second complexe commercial, plus petit, le **Port Louis Waterfront** (ou **Astrolabe**), et juste derrière, un nouvel immeuble riche en magasins de vêtements, mais qui, en raison des prix pratiqués, attire principalement les touristes. *Tél. 211 6560 Ouvert lun.-sam. 9h30-17h30, dim. et j. fér. 9h30-12h*

Mauritius Postal Museum (plan 1, B2) Occupant depuis 2008 l'ancienne poste principale de Port-Louis (1868), fort bien restaurée, il présente toute l'histoire mauricienne du transport du courrier, à commencer par ces lettres, placées à l'intérieur de bouteilles au temps des Hollandais ! Grâce à une muséographie moderne et interactive, on comprend la passion de l'île Maurice pour le timbre : tampons, boîtes aux lettres, planches d'impression... tout est sujet à timbre, et ce pour la plus grande joie des philatélistes ! On y découvre aussi des souvenirs du train qui parcourut l'île pendant cent ans jusqu'en 1968, et dont les gares étaient des bureaux de poste. *Quai Street Tél. 213 4812 Ouvert lun.-ven. 9h30-16h30, sam. 9h30-15h Tarif 150Rs, réduit (7-17 ans et plus de 60 ans) 90Rs*

Musée du Moulin / Windmill Museum (plan 1, A2) Ce moulin à vent fut élevé en 1736 sur ordre de Mahé de La Bourdonnais pour approvisionner la colonie en farine. Transformé en tour de signaux, abandonné puis reconstruit en 1998, il se distingue par son toit pivotant, le seul de Maurice (on retrouve les mêmes à Saint-Malo, patrie de La Bourdonnais). À l'intérieur, un musée présente des canons et des ancres trouvés sur le site. *Port Louis Waterfront Tél. 211 7465 Ouvert lun.-ven. 10h-12h et 13h-15h Entrée libre*

Blue Penny Museum (plan 1, A2) Il retrace l'histoire de l'île grâce à une belle collection de plans anciens, cartes maritimes, sculptures, peintures, photographies, pièces et timbres. Une curiosité mondiale : les **timbres "Post Office"**, estimés à des millions de dollars. En 1847, un graveur est choisi pour dessiner les premiers timbres de l'île Maurice (qui sera le cinquième pays émetteur au monde). La légende veut que ce dernier ait imprimé "Post Office" au lieu de "Post Paid" sur les timbres représentant la reine Victoria. Petite erreur, énorme conséquence : plus d'un siècle plus tard, une enveloppe comprenant les deux exemplaires rarissimes est retrouvée. Elle sera vendue en 1993 à un consortium mauricien pour... 2,2 millions de dollars ! Si les non-philatélistes auront peut-être du mal à se passionner pour ces deux bouts de papier, qu'une lumière éclaire 10min toutes les heures, une salle, consacrée à Port Louis, expose lithographies et aquarelles d'autrefois, juxtaposées à des photos d'aujourd'hui. Le rez-de-chaussée est réservé à Paul et Virginie, les héros de Bernardin de Saint-Pierre : éditions anciennes, gravures et statue en marbre des amants par Prosper d'Épinay. Parcours bien conçu, clair et agréablement mis en scène, écrans vidéo interactifs : le musée vaut le détour. Dans l'élégante boutique, les gravures et cartes postales feront de bons cadeaux-souvenirs. *Caudan Tél. 210 8176 Ouvert lun.-sam. 10h-16h30 Tarif 245Rs, réduit 120Rs*

Aapravasi Ghat (plan 1, B2) Le principal dépôt d'immigration de l'île Maurice est un site classé, inscrit au patrimoine mondial de l'Unesco depuis 2006. Entre 1834 et 1923, ces modestes baraquements, en grande partie arasés, ont vu débarquer près de 500 000 travailleurs en provenance principalement d'Inde, mais aussi d'Afrique, d'Asie du Sud-Est et de Chine. C'est ici que les bateaux déchargeaient leur "cargaison humaine". Les engagés, travailleurs sous contrat venus remplacer les esclaves dans les champs de canne à sucre après l'abolition de l'esclavage (1835), étaient examinés et identifiés avant d'être envoyés dans les camps sucriers. Ils restaient en moyenne 48h à l'Aapravasi Ghat, qui s'étendait à l'origine jusqu'à l'actuelle gare routière de la place de l'Immigration. Seul un tiers de la surface d'origine est aujourd'hui visible. Quant aux murs de l'hôpital, ils ont été relevés mais les pièces sont vides. Difficile donc d'imaginer l'ampleur du trafic humain qui se déroulait ici. Une image forte, néanmoins : celle des 16 petites marches de l'escalier qu'un demi-million d'hommes et de femmes ont gravi avant d'accomplir les formalités administratives et sanitaires. Intéressante visite guidée. *Tél. 217 3156 www.aapravasighat.org Ouvert lun.-ven. 9h-16h Entrée libre, visite guidée gratuite*

● Où faire du shopping ? Pour les souvenirs, les galeries du **Caudan Waterfront** et du **Port Louis Waterfront** (plan 1, A2) intéresseront surtout ceux qui n'ont pas le temps de flâner dans les boutiques du plateau central (Curepipe, Floréal). Les magasins ne possèdent rien de typique, mais ils proposent des vêtements de sport, de plage, des bijoux, de l'artisanat... à des prix assez abordables pour une devise étrangère. Les amateurs de prêt-à-porter apprécieront la poignée de marques mauriciennes qui s'adressent à une clientèle jeune et décontractée (Fast Forward, Habit, Pardon ! et Équateur) dans une gamme de prix tout à fait raisonnable (mais n'attendez tout de même pas l'équivalent de nos soldes à -50%). Quelques magasins de décoration vendent de jolis accessoires et des objets d'Inde et de Chine.

● Où sortir le soir ? Dès la fermeture des bureaux, Port Louis se vide brusquement. La vie nocturne se concentre alors aux alentours du Caudan Waterfront, où viennent se réfugier touristes désœuvrés et Mauriciens en quête d'animation. Hormis le casino, ouvert jusque tard dans la nuit, vous trouverez une multitude de bars au style "international" : le Sunset Café, le Tropic Fast Food, ou encore le Keg and Marlin Pub, le plus connu d'entre eux.
Keg and Marlin Pub (plan 1, A2 n°20) Un pub sud-africain avec sa vue sur le port, sa musique FM et sa télé allumée en permanence. *Nachos*, salades, steaks, tortillas, burgers, fish 'n' chips... Pas exactement la cuisine locale !

Bon choix de bières (à partir de 80Rs) et de vins sud-africains. Concerts le vendredi soir. *Caudan Waterfront Tél. 210 2050 Ouvert dim.-jeu. 9h30-22h, ven.-sam. 9h30-0h*

Casino (plan 1, A2 n°21) Un casino en forme de bateau pirate avec une décoration intérieure kitschissime. Machines à sous, roulette, black-jack et poker. *Caudan Waterfront Tél. 210 4203 Ouvert tlj. 9h30-2h pour les machines à sous et 20h-4h pour les tables de jeu (à partir de 14h le dim.)*

Les environs de Port Louis

Caveau du père Laval Si vous êtes à Port Louis les 8 et 9 septembre, ne manquez pas le pèlerinage du père Jacques Désiré Laval. Il réunit des milliers de Mauriciens, dans une ambiance très festive, autour de messes et de chorales. Dès 1841, ce missionnaire français aida et évangélisa les Noirs affranchis de l'esclavage, mais laissés à l'abandon, suscitant un vaste élan de conversions. Sa popularité atteignit son apogée pendant l'épidémie de choléra de 1854, quand il procéda à de nombreux baptêmes et sacrements de dernière minute. On lui prête des guérisons miraculeuses. "L'apôtre des Noirs" fut béatifié par le pape Jean-Paul II le 29 avril 1979. Dans le caveau, un gisant en plâtre le représente. ***Sainte-Croix*** *(à 4km du centre-ville) Ouvert tlj. 6h30-18h*

☆☺ **Maison créole Eurêka** Au programme de tous les tour-opérateurs, cette élégante maison aux 14 chambres et 109 portes, qui se détache avec grâce sur la montagne Ory, est l'un des rares vestiges de l'époque coloniale que l'on peut visiter. Construite en 1830 par un notable britannique, elle devint ensuite la propriété de la famille Le Clézio de 1856 à 1985. Son intérêt architectural tient à sa disposition très simple, typique des premières maisons coloniales : un grand rectangle quadrillé de cloisons pour l'intérieur et, tout autour, une immense varangue par laquelle se faisait le passage. Quelques meubles datent du passé familial, les autres ont été rassemblés pour faire revivre une époque. L'étage, qui servit de dortoir aux dix-sept enfants de Sir Henry Le Clézio, doit accueillir une exposition de mobilier (causeuse en palissandre, mobilier en santal, etc.). de la Compagnie des Indes (début XIXe s.). Exigez la visite guidée qui est prévue dans le prix. Une formule comprend le site des trois cascades, dans une superbe réserve de 25ha, en contrebas de la propriété (baignade et plongeons autorisés). À midi, on peut déjeuner sous l'élégante varangue en table d'hôtes (env. 700Rs le menu typiquement mauricien, 350Rs pour les enfants). Repas gastronomique possible si demande

Randonnées à l'île Maurice

la veille. Également des chambres d'hôtes tout à côté (p.86). ***Moka*** *(de Port Louis, emprunter la route du Sud ; passé Pailles, prendre la sortie Moka, dir. mont Ory puis fléchage) Tél. 433 8477 www.maisoneureka.com Ouvert lun.-sam. 9h-17h, dim. 9h-15h30 Tarifs de 175Rs (maison et jardin) à 300Rs (maison, jardin et cascades), moins de 12 ans gratuit*

Domaine Les Pailles Ce parc "historique" a pour ambition de faire revivre le passé de l'ancienne Isle de France, et de présenter la culture et le folklore mauriciens. On assiste ici à la fabrication du sucre, là au broyage du café, et on parcourt le domaine à pied, en calèche ou en petit train, pour le bonheur des enfants. Visite cependant peu passionnante. Autres loisirs : casino, balades à cheval, à poney ou en 4x4. Le domaine comprend aussi quatre restaurants, dont aucun n'est inoubliable : pizzeria, chinois, indien et un semi-gastronomique. ***Pailles*** *(à 5km de Port Louis, prendre l'autoroute du Sud dir. Curepipe, panneau à hauteur de Pailles) Tél. 286 4225 www.domainelespailles.net Ouvert tlj. 10h30-16h30 Fermé 1er janvier Entrée libre, activités payantes (forfaits visites à partir de 105Rs/pers., moins de 11 ans -50%)*

Baie du Tombeau Cette paisible anse doit son nom à une tragédie : en 1615, un cyclone emporta au large puis jeta sur les récifs les quatre navires de la Compagnie des Indes orientales néerlandaises ancrés dans la rade de Port Louis. À bord, de précieuses marchandises d'une valeur d'un demi-million de florins : muscade, poivre, sucre, porcelaine, soie, indigo et diamant venant des Indes et de Chine. Trois navires coulèrent, dont le *Banda* à bord duquel se trouvait l'amiral Pieter Both, premier gouverneur général des Indes néerlandaises. En 1980, une équipe de plongeurs a retrouvé les épaves sur la côte ouest de l'île, dont de nombreuses pièces sont conservées au Blue Penny Museum de Port Louis, comme les superbes porcelaines Ming qui n'ont rien perdu de leur éclat. Aujourd'hui, on peut se baigner à la plage publique du **Goulet**, de l'autre côté de la rivière. Isolée et peu fréquentée (sauf en fin de semaine), elle offre une belle vue sur le mont Pieter Both (823m), reconnaissable au curieux rocher rond qui le coiffe. Au nord s'ouvre la baie aux Tortues (p.95). *À 7km au nord de Port Louis Cars au départ de Port Louis (ligne 20, de 6h à 18h)*

Randonner sur le Pouce

Le Pouce Avec ses 812m, le Pouce constitue l'une des plus belles randonnées de l'île, avec ses panoramas sur la montagne, Port Louis, la mer et le plateau central. ***Départ*** *à Moka, dir. Eurêka et, 100m avant d'arriver, tourner à droite. Après 3km se dessine un virage à angle droit. Un panneau indique le Pouce au pied d'une piste qui part dans les plantations de canne à sucre.* ***Durée*** *3h AR* ***Parcours*** *AR depuis Moka ou retour par Port Louis* ***Difficulté*** *Facile*

CARNET D'ADRESSES

Restauration

très petits prix

Marché central (plan 1, B2) Des marchands ambulants vendent de très honorables *dholl puri* et *roti* (fines galettes fourrées de pois et sauce au curry) ainsi que de savoureuses boulettes de poisson... à prix minuscules. Pour accompagner ces excellents en-cas, nous vous conseillons l'*alouda*, boisson indienne à base de lait aromatisé au basilic indien. Mention spéciale pour l'*alouda* "spéciale lamousse" (avec de la glace vanille) chez Pillay (15Rs seulement). Très rafraîchissant. Tout ça à déguster debout, dans la foule ! ***Port Louis*** *Ouvert avr.-sept. : lun.-sam. 6h-17h, dim. et j. fér. 9h-12h ; oct.-mars : lun.-sam. 5h-17h, dim. et j. fér. 9h-12h*

Canton (plan 1, C2 n°2) Dans cette salle banale et toujours bondée, on sert une cuisine simple qui marie les traditions mauricienne, hakka et cantonaise. Nous vous conseillons le *tim sam* (bouillon avec raviolis), les soupes, les *mine* (nouilles sautées) et les salades. Les habitués ne lèvent pas le nez de leur assiette... Bœuf, calamars, porc et poulet env. 140Rs. Plats végétariens env. 100Rs. *15, Emmanuel Anquetil Street* ***Port Louis*** *Tél. 242 2164 Ouvert lun.-sam. 10h-20h30, j. fér. 10h-14h30*

petits prix

☺ **Le Café de l'Atelier (plan 1, A4 n°1)** Ancien entrepôt magnifiquement rénové, l'adresse se veut modeste : "enn ti manzé simp simp" peut-on lire en créole sur le menu, ce qui veut dire : un petit repas très simple. Pourtant, ce lieu lumineux propose beaucoup plus que cela : de délicieuses salades, des gratins, cakes et tartes salés, de la cuisine mauricienne revisitée par un chef inventif à des prix très abordables. Les salades (de 220 à 270Rs) sont servies en grande ou en petite portion, selon les appétits. Côté plats, on se laisse tenter par le cerf en *vindaye* accompagné de brèdes *petsaï* (plante potagère locale) et de riz. Les desserts privilégient les produits locaux : essayez la compote de papaye, une manière innovante d'accommoder ce fruit. N'hésitez pas à grimper à l'étage, qui abrite la librairie. *12, Saint Louis street* ***Port Louis*** *Tél. 208 2915 Ouvert lun.-ven. 9h-17h*

prix moyens

Café du Vieux Conseil (plan 1, B3 n°4) Un coin tranquille et frais à l'abri de l'agitation et de la chaleur du centre-ville. Sous la jolie varangue, la pergola ou les arbres du jardin, on déjeune de préférence d'entrées froides (salade de marlin fumé 285Rs) ou chaudes (gratin de fruits de mer 450Rs). Pour les végétariens, gratins printaniers aux légumes locaux (chouchou, giraumon, navets, haricots, 245Rs). Également des caris, des *vindaye* (aux fruits de mer, 410Rs) et d'appétissantes crêpes de froment (de 275 à 310Rs). Accueil amical du patron qui vient faire un brin de causette avec les clients. *Old Council Street* ***Port Louis*** *Tél. 211 0393 Ouvert lun.-sam. 8h-16h*

Namasté (plan 1, A2 n°7) Le Caudan Waterfront n'abrite pas que des steak houses et des fast-foods. En voici la preuve avec ce restaurant indien, qui propose d'excellents tandooris : poulet aux fines herbes (*murgh* *karahi*, 380Rs), agneau au yaourt et au gingembre (*rogan josh kashmiri*, 380Rs)... Honneur aux végétariens, qui ont le choix entre plusieurs plats autour de 275Rs, parmi lesquels les *shahi panneer* (morceaux de fromage préparés avec une purée) ou la *navrattan kosma* (assortiment de légumes). En accompagnement, le *roti* (pain maison) au beurre (60Rs) et, en boisson, du *lassi* sucré, salé ou nature (125Rs). En dessert, essayez le *shaki tukra* (crème indienne), à 160Rs. *L'Observatoire (1er étage) Caudan Waterfront* **Port Louis** *Tél. 211 6710 Ouvert tlj. 11h30-15h et 18h30-22h30*

Lambic (plan 1, A4 n°8) Dans une ancienne maison coloniale rénovée du cœur de Port-Louis, Oscar Olsen a conçu un lieu dédié aux amateurs de bière, à la fois café, *beer shop* (il a aussi créé la micro-brasserie de Bagatelle) et restaurant. On peut s'installer à l'intérieur, pour l'ambiance cosy et les boiseries, ou dans le jardin, ombragé par de grands arbres centenaires. De 8h à 10h, l'établissement sert un copieux *english breakfast*. À la carte, des salades (de 200 à 390Rs), des crustacés et du poisson (de 260 à 500Rs), mais la spécialité de la maison, c'est la viande. On recommande la pièce de porc rôtie (390Rs) et le filet de bœuf grillé (790Rs). À midi en semaine, il existe une formule plat du jour + espresso à 400Rs. *4, Saint Georges street* **Port Louis** *Tél. 212 6011 www.lambic.mu Ouvert lun.-sam. 8h-tard (la cuisine ferme à 22h45 le sam., 22h les autres jours)*

prix élevés

La Bonne Marmite (plan 1, B3 n°5) Au premier étage de ce vieil immeuble se tient une table indienne bien connue des Port-Louisiens. Spécialités incontournables : les différents tandooris, à partir de 500Rs. Les mets peuvent être accompagnés de *dal* (lentilles pilées), *naan* (pâte soufflée salée), achards et chutneys. Au rez-de-chaussée, buffet à partir de 350Rs. *18, Sir William Newton Street* **Port Louis** *Tél. 212 2403 ou 212 4406 Ouvert lun.-ven. midi*

Le Courtyard (plan 1, A4 n°3) Dans l'agréable cour d'une maison d'esprit colonial, au cœur du vieux Port Louis, vous dégusterez une cuisine aux saveurs de France. Carpaccio de poissons frais, mesclun et vinaigrette aux agrumes (300Rs), carré d'agneau, purée de deux pommes et jus d'agneau à la menthe (780Rs) et velouté à la citrouille, quenelle de crème battue, huile de truffe blanche (250Rs) sont à la carte. En dessert laissez-vous tenter par l'ananas rôti sur biscuit breton avec sa glace au fromage blanc (230Rs). Menus de 1 090 à 1 500Rs. *Angle Saint Louis Street/Chevreau Street* **Port Louis** *Tél. 210 0810 www.le-courtyard.com Ouvert lun.-ven. midi, ven. soir*

prix très élevés

La Rose des vents (plan 1, A2 n°8) La table gastronomique de l'hôtel 5 étoiles Labourdonnais invite souvent des équipes de chefs étrangers. Avec un peu de chance, on pourra donc goûter à des mets concoctés par quelques-uns des meilleurs cordons-bleus de la planète. Assiettes très "cuisine nouvelle" : fusion de styles, plats créatifs et petites portions très bien présentées. On recherchera plutôt les produits de la mer, comme la vieille rouge, ou le trio de cœur de palmier. Comptez 2 000Rs le repas. Pas si cher, après tout, comparé à ce qui se fait sous nos latitudes. Réservation conseillée. *Caudan Waterfront* **Port Louis** *Tél. 202 4000 Ouvert lun.-ven. 12h-15h et 18h30-22h30, sam. 19h-23h Fermé dim. et jours fériés*

Dans les environs

prix moyens

Flying Dodo Brewing Company Pour les amateurs de bière, deux restaurants installés autour d'une micro-brasserie flambant neuve. Au rez-de-chaussée, La Brasserie propose une cuisine... de brasserie et des pizzas, avec pour chaque plat des suggestions de bières : européennes ou brassées sur place par le Bavarois Markus – une blonde, une plus maltée, une rosée (fruitée) et la spéciale, baptisée Touni Minuit (le loup-garou local), dont la recette change régulièrement. Tous les vendredis soirs : soirée dégustation et démonstration de brassage de la bière. À l'étage, La Mezzanine offre une cuisine méditerranéenne de bon niveau réalisée avec des produits locaux. Outre des pâtes fraîches, la carte propose des plats italiens tels l'osso *di agnello* accompagné de purée de patate douce (380Rs). *Galerie marchande de Bagatelle (Mall of Mauritius)* **Moka** *Tél. 468 8810 Ouvert dim.-jeu. 12h-22h, ven.-sam. 12h-23h (La Mezzanine : tlj. 19h-23h)*

Meltin' Potes Décor soigné, ambiance chaleureuse et bonne cuisine de bistrot se conjuguent dans cette adresse lancée par Pascal Adam, propriétaire et gérant du restaurant. le soir, les croque-monsieur, salades et paninis du midi cèdent la place à une cuisine de très bon niveau : canard rôti au poivre vert, lasagnes de fruits de mer... Les amateurs de viande se régaleront de délicieuses bavettes et entrecôtes (370 à 500Rs). Goûtez aussi aux spécialités mauriciennes, avec notamment un bon *dry curry* de boeuf. Le menu s'étoffe chaque jour de suggestions inscrites à l'ardoise. Et, de bons musiciens s'y produisent tous les vendredis soirs : le lieu se transforme alors en *place to be* culturel et convivial. *Moka Business Center* **Moka** *(sur l'autoroute, au rond-point de Réduit, prendre la direction Moka puis, au 1er rond-point, prendre la direction Montagne Ory, puis tout de suite à gauche) Tél. 433 8105 Ouvert lun.-mar. 11h-18h, mer.-jeu. 11h-22h, ven.-sam. 11h-23h*

Hébergement

Dormir à Port Louis ? Quelle drôle d'idée ! Mieux vaut choisir un hébergement dans les environs, en bord de mer, par exemple à Flic en Flac, Baie du Tombeau, Mont Choisy ou Trou aux Biches. Cependant, quelques adresses pour ceux qui n'ont pas le choix.

très petits prix

Tandoori Hotel (plan 1, A3 n°30) Oubliez le confort et le silence. Cet hôtel situé dans un bâtiment blanc décati donne sur la bruyante place Victoria, gare routière et territoire des marchands ambulants. Chambres fonctionnelles avec ventilateur, eau chaude aléatoire, lit dur, rideaux sales. Pas cher, évidemment... À conseiller à ceux qui souhaitent quitter la ville dès le petit matin. Double 900Rs. *Victoria Square* **Port Louis** *Tél. 212 0031*

GAMME DE PRIX	RESTAURATION	HÉBERGEMENT
Très petits prix	moins de 200Rs	moins de 1 000Rs
Petits prix	de 200 à 450Rs	de 1 000 à 1 700Rs
Prix moyens	de 450 à 700Rs	de 1 700 à 2 700Rs
Prix élevés	de 700 à 1 300Rs	de 2 700 à 4 000Rs
Prix très élevés	plus de 1 300Rs	plus de 4 000Rs

prix élevés

Hôtel Saint Georges (plan 1, B4 n°31) Le standing sans surprise d'un 3-étoiles. Les chambres du 5e au 10e étage ont l'avantage d'offrir une belle vue sur les buildings et la rade de Port Louis. Clim., TV, tél., sdb/WC dans toutes les chambres, confortables mais d'un décor somme toute banal. Bar, restaurant et petite piscine coincée entre les constructions. Double 3 550Rs (petit déj. inclus). *19, Saint Georges Street* ***Port Louis*** *Tél. 211 2581 resa.hsg@intnet.mu*

prix très élevés

Labourdonnais Waterfront Hotel (plan 1, A2 n°32) Au bout du Caudan, cet hôtel chic (5 étoiles) et moderne de 6 étages arbore un luxe un peu clinquant, très prisé des hommes d'affaires de passage à Maurice : *lobby* en atrium, ascenseur de verre, bassin avec poissons, sol de marbre... Le Labourdonnais est du reste l'un des seuls hôtels business de l'île. Les chambres donnent sur le port, la marina ou la montagne. Entre deux rendez-vous d'affaires, on peut faire une croisière cocktails dans la rade (2/sem.). L'hôtel compte aussi trois restaurants, une salle de gym sophistiquée, un salon de beauté, une petite piscine extérieure au 2e étage... Double à partir de 9 500Rs avec petit déjeuner (taxe incluse). *Caudan Waterfront* ***Port Louis*** *Tél. 202 4000 ou 202 1319 www.labourdonnais.com*

Le Suffren (plan 1, A2 n°33) Le petit frère du Labourdonnais étale son luxe juste en face, de l'autre côté d'un bassin. Des embarcations font d'ailleurs la navette de l'un à l'autre, de sorte que les clients du Suffren peuvent profiter des services du Labourdonnais, et inversement. Déco élégante dans l'esprit nautique (bois clair, métal chromé, couleurs azur) et atmosphère plus décontractée qu'au Labourdonnais. Jolies chambres avec vue sur le port ou la montagne, piscine avec petite plage artificielle, et un élégant bar, assez animé pendant l'happy hour du vendredi (17h-21h). Double à partir de 7 500Rs avec petit déjeuner (taxe incluse) *Caudan Waterfront* ***Port Louis*** *Tél. 202 4900 www.lesuffrenhotel.com*

Dans les environs

prix élevés

Pavillons de la maison Eurêka Pour goûter au style de vie des aristocrates d'autrefois, élisez domicile dans l'une de ces trois adorables maisonnettes de style colonial, situées dans le parc de la maison Eurêka. L'espace y est forcément plus réduit que dans le fameux bâtiment voisin, mais les éléments de décor sont les mêmes : toit en bardeaux, varangue, lattes en bois blanc, charpente. Le tout d'origine et chargé d'histoire ! Salle de bains et kitchenette, pas de clim. Comptez 3 450Rs avec petit déj. *Maison Eurêka* ***Moka*** *Tél. 433 8477 www.maisoneureka.com*

Les Cocotiers Pas de surprise dans ce 2-étoiles très correct, donnant sur la baie du Tombeau et situé à 15min en voiture de Port Louis. Les 48 chambres bleu et jaune, d'une propreté parfaite, sont orientées vers la mer. On se contentera de la piscine pour nager, la plage de l'hôtel ayant peu de fond (on peut se rendre à celle de Mont Choisy, avec la navette gratuite, trois fois par semaine). Le mercredi, une navette (également gratuite) vous conduira à Port Louis. Musique le mercredi et séga le samedi soir. Billard, ping-pong, barbecue sur la plage, buffet dans l'agréable restaurant. Double en demi-pension env. 92€ (132€ fin déc.-début jan.). *Le Goulet Route côtière* ***Baie du Tombeau*** *Tél. 247 4222 ou 247 4168 www.cocotiers-hotel-mauritius.com*

PAMPLEMOUSSES

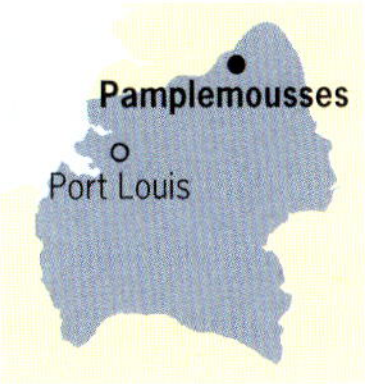

Pamplemousses, certainement l'un des sites les plus agréables de l'île grâce au superbe jardin tropical qui en est le cœur, s'étend le long de la route qui longe le parc. Vous tomberez sous le charme de la petite église (auprès de laquelle Bernardin de Saint-Pierre enterra sa légendaire Virginie), et de ses commerces très locaux. La visite du jardin, mondialement connu pour sa collection de plantes indigènes et exotiques, permet de découvrir près de six cents espèces végétales, parmi lesquelles des spécimens rares, des fruitiers, des plantes à épices...

HISTOIRE D'UN JARDIN Pamplemousses est le plus ancien village de Maurice. La première concession de terre officielle du bourg, accordée par la Compagnie des Indes, est datée de 1729 à l'avantage d'un certain Pierre Barmont. Ce domaine de "deux cents arpents" est acquis par la suite par le gouverneur La Bourdonnais qui y établit sa "gentilhommière" de Mon Plaisir. Pierre Poivre, deuxième figure la plus marquante du XVIIIe siècle après Mahé, devint l'intendant général de l'île en 1767. Ayant pour but d'acclimater le maximum d'épices et de plantes exotiques (afin d'éviter d'aller les chercher en Inde), il acheta à son tour l'enclos de Mon Plaisir pour créer l'admirable jardin dédié à ses essais. "Ne quittez pas cette colonie pour la France où les terres donnent deux récoltes en trois ans. Je ne connais point de sol aussi fertile dans le monde entier", proclamait-il avec passion en 1767. Par la suite, de nombreuses variétés de canne à sucre furent étudiées dans le jardin, et c'est dans ses pépinières qu'on observa les effets bénéfiques de l'eucalyptus sur les marais, foyers de la malaria de 1866 : l'arbre, dont les racines absorbent l'eau du sol, assèche les marais qu'il colonise, éliminant les milieux de reproduction des insectes vecteurs de la malaria.

MODE D'EMPLOI

accès

Pamplemousses est à 11km au nord-est de Port Louis, soit à 20min de Port Louis et à 30min de Grand Baie. Sur la route, suivez les panneaux "jardin botanique Sir Seewoosagur Ramgoolam" ou "Royal Botanical Gardens". Comptez 500Rs en taxi depuis Grand Baie ou Port Louis. En car, prenez la ligne 22 à Immigration Square (Port Louis), direction Grand Gaube (32Rs le trajet).

DÉCOUVRIR

Pamplemousses

☆ **Les essentiels** Le jardin botanique Sir Seewoosagur Ramgoolam, L'Aventure du sucre **Découvrir autrement** Arrêtez-vous dans l'église de Saint François d'Assise située face à l'entrée du jardin, la plus ancienne de l'île, et déjeunez chez Tante Athalie au milieu des belles carrosseries

☆☺ **Jardin botanique Sir Seewoosagur Ramgoolam / Royal Botanical Gardens** Avec ses 26ha, le jardin Sir Seewoosagur Ramgoolam (l'ancien Premier ministre y fut incinéré) est un lieu de flânerie agréable apprécié des Mauriciens. Nous vous conseillons de prendre un guide officiel, afin d'aller directement aux principales curiosités du parc et de découvrir quelques anecdotes savoureuses sur les arbres. Le parcours proposé est toujours le même : une boucle d'une heure depuis l'entrée du parking. En si peu de temps, évidemment, il est impossible de s'arrêter devant chacune des espèces du jardin. Certaines sont néanmoins incontournables, comme les **nénuphars géants d'Amazonie**. Les *Victoria Amazonica* sont pourvues de larges feuilles (jusqu'à 2m de diamètre), pouvant porter 5kg (voire 50kg, le record !). Leurs fleurs éclosent et meurent dans la même journée, passant du blanc le matin au rose l'après-midi et au mauve le soir. Moins spectaculaire, le bassin des **lotus** permet de contempler les célèbres fleurs sacrées des hindous et des bouddhistes. Les touristes s'amusent souvent à mettre à l'épreuve leur étanchéité en y faisant tomber des gouttelettes d'eau. La promenade continue ensuite au gré des allées ombragées de **palmiers**. Le jardin en compte quatre-vingts variétés. Leurs noms locaux évoquent la forme de leur tronc (palmier bambou, palmier bouteille, palmier sur pilotis, palmier à patte d'éléphant) ou de leurs feuilles (palmier à dents de crocodile, palmier hélicoptère, palmier queue de poisson). On admirera la majestueuse allée de **palmiers royaux de Cuba**, ainsi que les troncs fins et immenses des palmistes, dont le cœur est comestible. Autre arbre remarquable, le palmier à grandes feuilles de Ceylan (ou talipot) qui ne fleurit que tous les quarante ans. Le pied-d'éléphant, arbre du Mexique, vit, quant à lui, jusqu'à deux cents ans. Retenons encore le **mylistica de Madagascar**, à la sève rouge foncé couleur de sang. On l'utilise pour soigner les problèmes de peau. Les enfants s'émerveilleront devant l'"**arbre à saucisses**" (calebassier), très amusant avec ses gros fruits en forme de patate ou de saucisse. On croise aussi manguiers, bambous verts de Chine, vacoas (utilisés en vannerie), caoutchoucs, acajous, girofliers, bois d'Inde (ou "quatre-épices"), frangipaniers à fleurs blanches et odorantes, eucalyptus, jamalaques (arbres aux fruits rouges), tambalacoques (endémique à Maurice), muscadiers, ostodes de Malaisie (leurs fleurs sentent le caramel), canneliers, camphriers, arbres de Bouddha (dont les branches impressionnantes sont en fait très fragiles). À droite de l'entrée, côté parking, se trouvent un parc aux cerfs et un enclos aux tortues géantes d'Aldabra (Seychelles). *Accès le plus fréquent par le parking (gratuit), situé juste après la rocade Tél. 243 3531 Ouvert tlj. 8h30-17h30 Tarif 200Rs Visite par des guides officiels (badgés et en uniforme) qui* *attendent les clients sous un kiosque, tarif 50Rs/pers. pour 1h (moins de 12 ans gratuit) Attention aux "faux guides" qui proposent visites bâclées, commentaires approximatifs et prix à la tête du client*

Église et cimetière de Pamplemousses Face à l'entrée principale du jardin se dresse une des plus anciennes églises de l'île, un édifice sobre aux belles proportions en pierre volcanique (1747). Elle est dédiée à saint François en hommage à François... Mahé de La Bourdonnais, son plus illustre paroissien ! À l'intérieur, admirez la chaire et les entrelacs des poutres. Juste à côté se tient le cimetière. Parmi les austères tombes grises figure celle de Mgr Antonio Buonavita, l'aumônier de Napoléon à Sainte-Hélène. C'est également ici que repose "la belle enchanteresse", Émelina Carcenac ("morte en mer" en 1857), immortalisée par Baudelaire dans son poème "À une dame créole". À vingt ans, le poète séjourna en effet dans l'île au cours de son voyage dans l'océan Indien. Juste à côté de l'église, remarquez la cure, maison blanche avec son toit en tôle et sa belle varangue.

☆☺ **Aventure du sucre** Si en dehors des cocotiers et de la plage, vous avez envie de mieux connaître le pays qui vous accueille, c'est à L'Aventure du sucre que vous devez vous rendre. Cette ancienne usine sucrière transformée en écomusée s'attache à retracer l'histoire passée et contemporaine de Maurice sous l'angle de la canne à sucre. Surprenant ? Pas tant que ça, quand on sait que le destin de l'île est indissociable de celui de la canne, depuis son introduction par les premiers colons jusqu'à son apogée au XIXe siècle (on recensait alors plus de deux cents "sucreries" dans l'île), en passant par la traite des Noirs et l'appel à l'immigration indienne. La visite (1h-1h30) aborde toutes les thématiques liées au sucre : histoire, mode de vie, fabrication, économie, sciences naturelles. Libre aux visiteurs de s'intéresser à une partie du musée plus qu'à une autre ; il est fait pour cela. On aimera faire siffler la locomotive à vapeur qui transportait les trains de cannes à travers champs, pénétrer dans les cuves où le jus devenait sucre ou suivre les péripéties des premiers habitants de l'île... Parcours instructif, pédagogique et vivant avec une pléthore de films, clips vidéo, dessins animés, photos, quiz ludiques. Le tout au milieu des moulins, engrenages et cuves de l'usine de Beau Plan, qui fonctionnait encore en 1998. Remarquez le chaland dans le bassin, qui accueille une expo photo. Pendant la saison de la coupe (juin-nov.), on peut voir les agriculteurs de la région peser leur cargaison de cannes... pour de vrai ! C'est la principale réussite du site : éviter la reconstitution factice. En fin de parcours, dégustation gratuite des "douze sucres spéciaux" (non raffinés, donc avec plus de caractère) de Maurice, disponibles uniquement ici. Plusieurs parfums et textures, du sucre fin doré à la mélasse réglissée. Également dégustation de rhum, et bons produits à la boutique (pâtes de fruits, sucre d'orge local, etc.). ***Beau Plan*** *(accès direct par l'autoroute en direction du nord, après Port Louis) Tél. 243 7900 www.aventuredusucre.com Ouvert tlj. 9h-17h Fermé les 24-26 et 31 déc., 1er et 2 jan. Tarif 350Rs, réduit 175Rs*

CARNET D'ADRESSES

Restauration

petits prix

Le Wiener Café L'établissement propose tout au long de la journée des en-cas sympathiques, salés et sucrés : omelettes (80Rs) et salades exotiques, crêpes (145Rs) et glaces. Cocktails, servis sous la jolie varangue ou dans le petit jardin. ***Pamplemousses*** *Juste derrière l'église de Pamplemousses Tél. 243 8465 Ouvert tlj. 9h-17h*

☺ **Chez Tante Athalie** Une table d'hôtes originale, placée sous le signe des voitures anciennes. Reçu amicalement par les deux associés Marilyne et Robert, on s'attable dans un grand garage ouvert sur le jardin, où trônent de vieilles anglaises encore pimpantes : Jaguar, Austin, Rover... Avis aux collectionneurs ! On vient aussi (et surtout) pour les plats soignés et bien présentés. Le menu créole (450Rs) donne l'occasion de goûter de bons plats mauriciens, accompagnés des achards et des chutneys du jour. À la carte, on ira plutôt vers les poissons. Vins à prix raisonnables. Balade digestive dans le jardin planté de bois de cannelle, de muscadier et d'arbre à pain, au milieu de nuées de cardinaux rouges... ***Mon Goût*** *(2,5km à l'est de Pamplemousses sur la route de Flacq ; à Mon Goût, tourner à gauche au panneau C.I.E.) Tél. 243 9266 Ouvert lun.-sam. midi*

prix moyens

Le Paradis épicé Une halte agréable pour déjeuner. Après la visite du jardin botanique, vous ne serez pas dépaysé : le restaurant est construit autour d'un immense arbre (un letchier) qui continue, selon les propriétaires, à donner des fruits. Dans ce restaurant familial, vous dégusterez une cuisine mauricienne traditionnelle : curry de crevettes, rougaille de saucisses, curry de poisson aux aubergines..., accompagnés de riz et de légumes locaux. Faites un tour dans la boutique attenante au restaurant : on y trouve des produits artisanaux exclusivement fabriqués à Maurice (vannerie, petits objets en bois, sucres spéciaux, épices...). *Route royale* ***Pamplemousses*** *(face à la barrière blanche de l'entrée principale du jardin botanique) Tél. 243 8459 Ouvert tlj. 10h-16h30*

prix élevés

☺ **Le Fangourin** Le restaurant de L'Aventure du sucre (p.89) sert une cuisine des Mascareignes de grande qualité. Face au mont Pieter Both, on se régale de plats exquis et bien présentés : carpaccio de thon rouge frais, mesclun aux herbes aromatisées à l'huile de tomates séchées, curry de bourgeois de l'océan Indien au lait de coco et aubergines, agneau façon tajine et ses médaillons de fruit à pain parfumés à la cardamome... En dessert, testez la banane caramélisée parfumée au vieux rhum, ou le moelleux au chocolat noir. Excellents jus de fruits maison. Enfin laissez-vous tentez par une crêpe, un thé ou un café, juste pour les "sucres spéciaux" qui les accompagnent... À partir de 1 000Rs le repas. ***Beau Plan*** *(accès direct par l'autoroute en direction du nord, après Port Louis) Tél. 243 7900 Ouvert tlj. 9h-17h Fermé les 24-26 et 31 déc., 1er et 2 jan.*

GRAND BAIE ET LA CÔTE NORD

OCÉAN INDIEN
B13
Pereybère
POINTE AUX CANONNIERS
Grand Baie
Mont Choisy
B11
Trou aux Biches
A4
The Vale
Temple hindou
M2
Fond du Sac
Triolet
Plaine des Papayes
Pointe aux Piments
B17
POINTE AUX PIMENTS
Balaclava
BAIE AUX TORTUES, OU DE L'ARSENAL
B11
A4
Beau Plan
M2
PLAGE DU GOULET
BAIE DU TOMBEAU
Pamplemousses
Baie du Tombeau
B29
B20
POINTE ROCHE NOIRE
PORT LOUIS
M2
B19

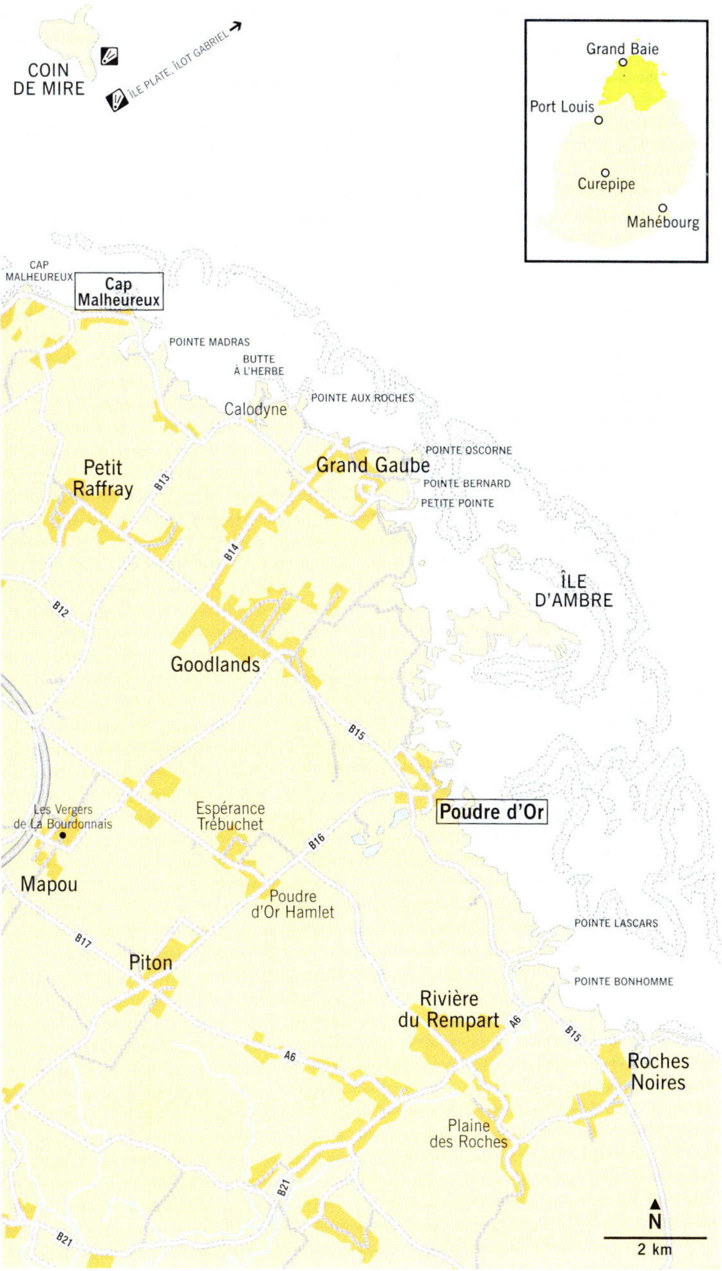
COIN
DE MIRE
ÎLE PLATE, ÎLOT GABRIEL
Grand Baie
Port Louis
Curepipe
Mahébourg
CAP
MALHEUREUX
Cap
Malheureux
POINTE MADRAS
BUTTE
À L'HERBE
Calodyne
POINTE AUX ROCHES
POINTE OSCORNE
Grand Gaube
POINTE BERNARD
PETITE POINTE
Petit
Raffray
B13
B14
B12
ÎLE
D'AMBRE
Goodlands
B15
Poudre d'Or
Les Vergers
de La Bourdonnais
Espérance
Trébuchet
B16
Mapou
Poudre
d'Or Hamlet
POINTE LASCARS
B17
Piton
POINTE BONHOMME
Rivière
du Rempart
A6
B15
A6
Roches
Noires
Plaine
des Roches
B21
B21
N
2 km

POINTE AUX PIMENTS

Les rochers ronds qui s'égrènent dans la mer donnent un petit air de Bretagne à la côte au large du village de Pointe aux Piments, qui s'achève au sud par la petite et paisible baie aux Tortues. La seule plage du littoral se trouve devant les villas Mon plaisir. Le lagon, peu profond mais de toute beauté, reste plus fréquenté par les pêcheurs que par les baigneurs. Pointe aux Piments offre donc un calme relatif, à seulement quelques kilomètres des plages de sable fin de Trou aux Biches et de Mont Choisy.

MODE D'EMPLOI

accès

À mi-chemin entre Port Louis et Grand Baie. Un car direct depuis Port Louis toutes les 20min, un autre depuis Grand Baie toutes les heures. En taxi, compter 400Rs pour relier l'une de ces deux villes.

DÉCOUVRIR

Les environs de Pointe aux Piments

☆Les essentiels L'aquarium, la baie aux Tortues **Découvrir autrement** Faites de la marche sous-marine

☆ **Aquarium de Maurice (plan 2, A2)** De taille modeste mais bien aménagé, il permet de faire connaissance avec les plus belles créatures du lagon, et d'au-delà de la barrière de corail : langouste, chirurgien, baliste, empereur, scorpion diable et poisson pierre… L'aquarium vaut le coup d'œil surtout pour son grand bassin. Ici cohabitent requins, tortues, murènes léopards et poissons porc-épic. Un spectacle impressionnant et, avouons-le, assez terrifiant à observer de la grande baie vitrée. *Route côtière, vers Trou aux Biches Tél. 261 4561 Ouvert lun.-sam. 9h30-17h, dim. et j. fér. 10h-15h Alimentation des poissons tlj. à 11h Tarif 250Rs, réduit 125Rs, famille 650Rs*

Tableau kilométrique

	Grand Baie	Pointe aux Piments	Trou aux Biches	Poudre d'Or
Pointe aux Piments	11			
Trou aux Biches	6	5		
Poudre d'Or	11	20	21	
Port Louis	21	10	17	22

☆ **Baie aux Tortues (plan 2, A3)** À l'embouchure de la rivière Citron, au lieu-dit **Balaclava**, la baie aux Tortues (également connue comme baie de l'Arsenal, ou encore baie de Balaclava) doit son nom aux reptiles qui la peuplaient avant que les marins hollandais, qui en appréciaient la chair, ne les exterminent au cours du XVIIe siècle. Désormais classée parc marin, elle est réputée pour ses fonds marins et pour son récif corallien. En direction du village de Pointe aux Piments, on trouve une plage bordée de filaos, un peu rocheuse et sans beaucoup de fond. Le lagon se pare de teintes sublimes et décline tous les dégradés de bleu. Pour trouver plus de sable, on pourra marcher en direction de l'hôtel Victoria, vers le nord. *À 3km au sud de Pointe aux Piments, et à 20min en voiture de Grand Baie*

Se balader à pied, en bateau ou sous l'eau

Agence Land and Sea Land and Sea propose excursions en mer (île aux Cerfs), activités nautiques (marche sous-marine), sorties en catamaran jusqu'à Grand Baie et l'îlot Gabriel (1900Rs/pers.) départ le matin et retour dans l'après-midi avec déjeuner à bord. *À côté des villas Mon plaisir Tél. 261 1724 Ouvert lun.-sam. 8h-12h et 15h-18h (samedi : fermeture à 17h)*

CARNET D'ADRESSES

Restauration, hébergement

petits prix

Au soleil couchant (plan 2, A3 n°2) Une table en bord de route, somme toute assez banale, mais c'est la seule dans le secteur ! De plus, la qualité y est égale. La carte décline toutes les spécialités insulaires : *foo yang* de crevettes, curry d'ourites, plats de calamars et camarons. Repas à partir de 300Rs. *Route royale **Pointe aux Piments** Tél. 261 6786 Ouvert tlj. midi*

prix moyens

Villas Mon plaisir (plan 2, A3 n°12) Les budgets moyens trouveront leur bonheur dans l'une de ces 41 chambres installées au bord de la piscine. Le confort est standard. Petit club nautique avec plongée, restaurant sous une varangue devant une plage ombragée de filaos, avec transats et parasols. On ne nage pas loin en raison des récifs, mais l'eau du lagon est poissonneuse : à vos masques et tubas ! Comptez 55€/pers. en demi-pension. Réservation conseillée. *Route côtière **Pointe aux Piments** Tél. 261 7471 ou 261 7980 www.villasmonplaisir.com*

prix très élevés

☺ **Récif Attitude (plan 2, A2 n°30)** Ce "3-étoiles plus" à taille humaine, ouvert en 2008, réalise un sans-faute. Ses 70 chambres occupent d'élégants cubes blancs sobrement posés face à la mer. À l'intérieur, confort parfait (bonne literie, écran plat, minibar, coffre) et déco très réussie, mariant touches rustiques, couleurs vives et lignes épurées. À 10m des premières vagues, la large piscine à débordement permet de contempler le coucher de soleil. Magique ! Les deux restaurants offrent une vue idyllique sur la côte rocheuse. Centre de massages (avec une cabine donnant sur la mer), miniclub (l'aquarium est en face, pratique pour les enfants), case nautique, et un élégant bar, La Sirène, dans les tons crème et gris souris. Seul petit regret, on ne peut pas nager très loin sur la plage aménagée. Env. 125€ la chambre double en demi-pension vue jardin (150€ avec vue sur la mer). *Route royale* ***Pointe aux Piments*** *(un peu au nord de l'aquarium) Tél. 261 0444 www.recif-hotel-mauritius.com Wifi payant dans les chambres*

☺ **Veranda Pointe aux Biches (plan 2, A2 n°16)** Un hôtel 3 étoiles de très bon standing qui a rouvert ses portes fin 2006 après une rénovation complète et un agrandissement. Le concept du "tout pieds nus" est original (on peut marcher les pieds à l'air dans tout l'hôtel !), et la décoration dans les tons sable et ocre est une vraie réussite. Situées dans des bungalows blancs coiffés de chaume, les vastes chambres avec terrasse sont orientées côté mer ou côté jardin. L'intérieur cultive un esprit Robinson chic : stores en bois, paniers pour remplacer les armoires de rangement, meubles en rotin... et tout le confort moderne (coffre-fort, TV, clim.). Agréable piscine à débordement et plage bien aménagée, dégagée des rochers volcaniques. On s'y baigne facilement, ce qui est suffisamment rare à Pointe aux Piments pour être signalé. Les deux bars-restaurants, forts élégants, offrent une belle vue sur la côte jusqu'à la pointe aux Canonniers. Également un centre de massage, un miniclub, une salle de gym. De 186 à 256€ la double en demi-pension pour 2 pers. *Route royale* ***Pointe aux Piments*** *Tél. 265 5901/3/5 ou 266 9700 (réservation) www.veranda-resorts.com*

Le Victoria (plan 2, A3 n°15) Ce grand hôtel ne présente ni style précis, ni concept original. Il n'en est pas moins agréable avec ses lignes modernes et ses tons ocre et chocolat. Dans un parc planté de cocotiers, les 254 chambres, toutes orientées vers la mer, sont très spacieuses (un lit d'enfant s'ajoute facilement) et disposent de vastes terrasses avec vue sur la pointe aux Piments. La piscine à débordement surplombe la plage. Case nautique, pilates, plongée, tennis, fitness, boutiques et 3 restaurants (italien, buffet et fruits de mer). La double en demi-pension est à 522€ (284€ en basse saison). ***Pointe aux Piments*** *Tél. 204 2000 www.levictoria-hotel.com Wifi gratuit dans les chambres*

Dans la baie aux Tortues

prix très élevés

Maritim Hotel (plan 2, A3 n°13) De beaux multipliants gardent l'entrée de ce "4-étoiles plus", qui a fait peau neuve en 2009. Les chambres orientées vers la mer sont réparties dans un parc de 25ha, planté de palmiers et de banians. Elles sont confortables et décorées avec goût. Diverses activités sont proposées par le centre nautique (ski nautique, bateau à fond de verre, etc.) et le club de plongée. Trois courts de tennis éclairés, un centre de gym et un **golf** de 9 trous avec vue sur le Pieter Both et le Pouce. Trois restaurants dont un gastronomique, excellent, le Mon Désir. Soirées indiennes, chinoises, africaines et spectacles de séga. Double à partir de 300€ avec petit déj. (500€ en haute saison). ***Balaclava*** *Tél. 204 1000 www.maritim.de*

The Oberoi (plan 2, A3 n°14) Somptueux ! L'Oberoi conjugue subtilement les styles africain et indonésien. Les pavillons en forme de huttes abritent 72 chambres (dont 16 avec piscine et jardin privés). Le design ethnique très sobre est d'une élégance remarquable.

Contemplez l'entrée, immense hutte agrémentée d'une cascade et d'une mare tapissée de nénuphars, et admirez les lits à baldaquin en bois d'Indonésie. De la terrasse, vue sur la baie aux Tortues et la chaîne de Moka. Deux restaurants, une piscine et une plage éclairée aux flambeaux le soir. Spa, centres de gym et de beauté, tennis, sports nautiques, excursions et plongée. Autour de 800-1 760€ avec petit déj. *Baie aux Tortues* ***Balaclava*** *Tél. 204 3600 www.oberoihotels.com Wifi payant dans les chambres*

★ TROU AUX BICHES ET MONT CHOISY

Quelle poésie dans les noms mauriciens ! Trou aux Biches n'est guère éloigné de Fond du Sac, qui peut vous conduire à Petit Village ! On pourrait se croire au Québec, seul pays à rivaliser avec Maurice dans le charme de ses appellations. Ce sont d'ailleurs les mêmes Bretons qui, partis au XVIIIe siècle sur les deux océans, ont emporté avec eux les noms truculents d'un français campagnard plein de bon sens. À Trou aux Biches, on ne trouve plus aucune biche, mais de belles plages de sable fin bordées de cocotiers, sans rochers ni coraux brisés dont celle, publique et magnifique, de Mont Choisy. On se baigne dans le lagon turquoise en admirant, de l'autre côté du récif, le bleu profond de la mer. Trou aux Biches, comme beaucoup de localités voisines, s'est développée tout au long de la route côtière et ne présente ni centre-ville ni village à proprement parler. Hôtels, pensions de famille et bungalows accueillent les touristes tandis que de nombreuses villas kitsch aux teintes pastel envahissent chaque jour un peu plus la côte.

MODE D'EMPLOI

accès

L'ensemble balnéaire formé par Trou aux Biches et Mont Choisy s'étend le long du littoral, à mi-chemin entre Pointe aux Piments et Grand Baie. La route reliant Grand Baie est désormais déviée par l'intérieur des terres, à travers le terrain de golf avant de retrouver le tracé côtier à hauteur de l'hôtel Casuarina. Les **taxis** demandent de 500 à 600Rs pour la course depuis Port Louis, et 300Rs de Grand Baie. En **car**, liaison toutes les 20min depuis Port Louis (de 6h à 18h).

adresses utiles

Distributeur Mauritius Commercial Bank (plan 2, B1) *Route côtière, après le Mont Choisy Hotel, de l'autre côté de la route*

Bureau de change Shibani (plan 2, B1) *Peu après le Pescatore, face à Blue Water Diving Tél. 265 5306*

DÉCOUVRIR
Trou aux Biches et Mont Choisy

☆ **Les essentiels** Les essentiels Le temple hindou de Triolet, les plages
Découvrir autrement Aventurez-vous sous l'eau avec le Blue Safari Submarine

Village de Triolet (plan 2, B2-B3) Pour comprendre comment se sont formés les villages indiens traditionnels à la fin de la période de l'engagisme (p.28), il faut prendre la peine de traverser Triolet, construit sur les limites des domaines sucriers. Boutiques et maisons en béton, trottoirs étroits, bazars, petits marchés aux légumes cachés sous les arbres se succèdent le long de la route : Triolet est le plus long village de Maurice (7km). Au supermarché, on pratique les prix locaux : c'est l'occasion d'y acheter des épices pour quelques roupies. Triolet change de visage le soir de la fête de Divali, quand une multitude de lumières éclaire le village, des modestes petites lampes à huile aux illuminations les plus pompeuses. *À 3km dans les terres*

☆ **Temple hindou de Triolet (Maheswarnath) (plan 2, B2)** Haut lieu de l'hindouisme mauricien, ce temple est le plus beau et le plus important de l'île. Bâti en 1819 en l'honneur de Shiva, Krishna, Vishnu, Muruga, Brahma et Ganesh, il rassemble en réalité plusieurs édifices : sous les dômes et les clochers blancs, on détaille les stucs polychromes, les murs colorés et les statues de divinités aux formes animales vénérées par les fidèles, comme en témoignent les nombreuses offrandes et les bâtons d'encens. Attention, il convient de se déchausser à l'entrée du sanctuaire.

☆ **Plages de Trou aux Biches (plan 2, B2)** La raison d'être de la région… Trou aux Biches compte deux plages publiques : la principale se trouve avant le Trou aux Biches Hotel (actuellement en travaux), et la seconde se situe plus au nord, devant l'hôtel-restaurant Le Grand Bleu. On se baigne plutôt à la première, beau ruban de sable bordé de cocotiers.

☆ **Plage de Mont Choisy (plan 2, B1)** En fin de semaine, de nombreux Mauriciens se réunissent sur l'immense plage publique de Mont Choisy, magnifique croissant de sable blanc de 3km de longueur, bordé de filaos. Ils s'y donnent rendez-vous pour pique-niquer et jouer du séga dans une ambiance conviviale. Avec un peu de chance, vous serez invité à partager leur repas. La plage est le seul intérêt de Mont Choisy, dont la frontière avec Trou aux Biches reste assez floue. Durant la semaine, le calme revient, et les baignades sont alors délicieuses. N'oubliez pas de jeter un coup d'œil au petit sanctuaire hindou qui fait face à la mer, au sud de la plage. Au nord de Trou aux Biches En bus, liaisons toutes les 30min depuis Port Louis (de 6h à 19h)

☺ **Aquarium** Un **site de plongée** magique, très poissonneux, de l'autre côté du récif corallien. On évolue avec masque et tuba (fournis) parmi une

Plan 2 Trou aux Biches / Mont Choisy

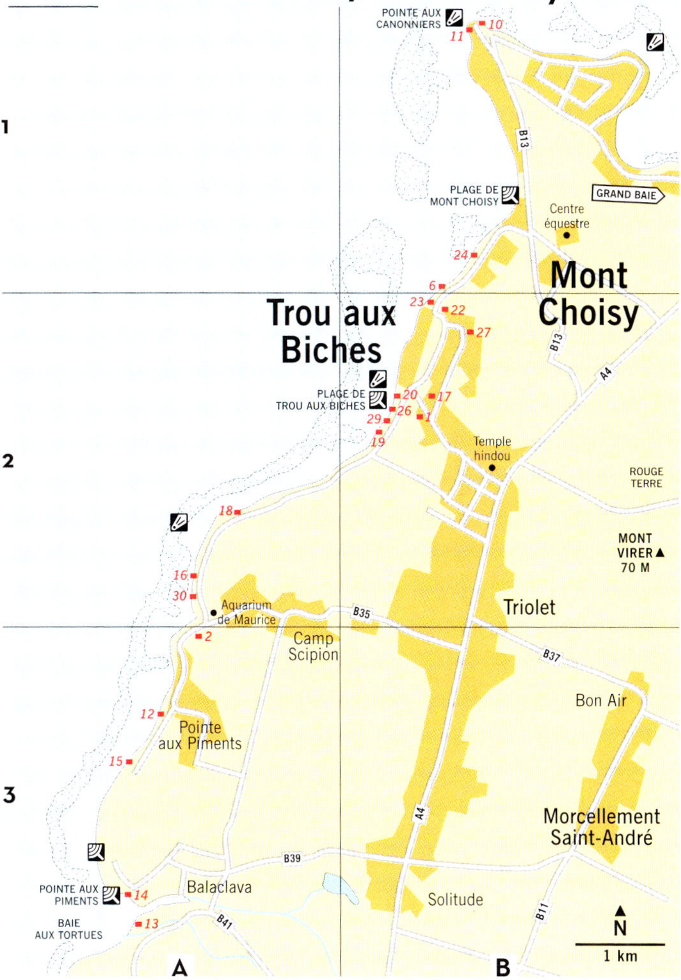

Restauration (n°1 à 6)
Au soleil couchant _____ **2** A3
Le Pescatore _____ **6** B1
Restaurant Souvenir _____ **1** B2

Hébergement (n°10 à 30)
Casuarina _____ **22** B2
La Sorellina _____ **27** B2
La Tour blanche _____ **29** B2
Le Canonnier _____ **11** B1
Le Grand Bleu Hotel _____ **23** B2
Le Victoria _____ **15** A3
Maritim Hotel _____ **13** A3
Mont Choisy Coral Azur Hotel _____ **24** B1
Récif Attitude _____ **30** A2
Résidence C'est ici _____ **20** B2
Résidences Le Village _____ **17** B2
Rhapsodie Bungalows _____ **19** B2
Sakoa _____ **26** B2
Sea Point Bungalows _____ **10** B1
The Oberoi _____ **14** A3
Veranda Pointe aux Biches _____ **16** A2
Villa Aquamarine _____ **18** A2
Villas Mon plaisir _____ **12** A3

VOIR AUSSI POINTE AUX PIMENTS ET POINTE AUX CANONNIERS (GRAND BAIE) myriade de poissons multicolores. Spectaculaire, et accessible aux plongeurs sans bouteille. Des bateaux à fond de verre partent de la plage de Trou aux Biches (prévoir 1h-1h30, 500Rs/pers., à négocier).

Stella Maru La plus célèbre **épave** de Maurice a été coulée en 1987. Longue de 45m, elle repose entre 15 et 25m de profondeur. À l'inverse des autres récifs artificiels, celui-ci a été peu recouvert par la faune fixée. En revanche, les pélagiques viennent tourner autour des mâts, au-dessus des chasseurs à l'affût, camouflés sur le pont et la coque. Un beau baliste titan demeure le maître des lieux.

Holt's Rock À la pointe aux Canonniers, un **site de plongée** étonnant pour sa faune (dès -15m), et accessible à tous les niveaux. Moment fort : l'arrivée des murènes javanaises (jusqu'à 2m de longueur !) et des balistes titans avec qui l'on peut jouer un peu. Rassurez-vous : tout ce petit monde est inoffensif !

● Plonger avec des bouteilles Outre les sites cités ci-dessus (Aquarium, Stella Maru et Holt's Rock), le littoral, de Pointe aux Piments jusqu'à la pointe aux Canonniers, regorge de propositions alléchantes, pour le débutant comme pour le plongeur confirmé, comme **Stenopus Reef** (-40m), **Whale Rock**, ou Roches Baleine (de -15 à -25m, puis -38m), ou encore **Water Lily** (-26m) ou **Lost Anchor** (-38m).

Paradise Diving (plan 2, B1) Le club de plongée du Mont Choisy Coral Azur Hotel (p.104) propose des explorations sur les tombants, les récifs tropicaux et les épaves. Brevets internationaux PADI. Baptême 1 300Rs, plongée 1 200Rs. *Mont Choisy Coral Azur Hotel (route côtière)* ***Mont Choisy*** *Tél. 265 6070 ou 728 1773 www.paradise-diving.com*

Blue Water Diving Center (plan 2, B1) Trois moniteurs (2 CMAS et 1 PADI), passionnés et expérimentés, vous feront découvrir les sites les plus intéressants : Peter Holt's Rocks (le site aux murènes semi-apprivoisées, par le sympathique et très compétent Hugues Vitry), Roches Baleine, Stenopus Reef, Lost Anchor, Stella Maru, Water Lily, Silver Star... Plongée avec matériel fourni 45€, sans matériel 35€, baptême en dehors du lagon 50€. ***Mont Choisy*** *À côté du Pescatore Tél. 265 71 86 ou 265 6700 www.bluewaterdivingcenter.com*

Atlantis Diving Center (plan 2, A2) À la découverte des épaves (*Stella Maru, Water Lily, Whale Rock, Jabeda, Temple*) de l'Aquarium, des tombants et de l'île Plate. Club affilié PADI et CMAS. Possibilité de plonger de nuit. Plongée avec matériel fourni 1 600Rs (35€) ; sans matériel 1 400Rs (30€), baptême incluant un cours en salle et une plongée après la barrière de corail 2 200Rs (55€). *Route côtière* ***Trou aux Biches*** *Tél. 265 7172 ou 422 7126 (réservation) http://atlantis.freewebspace.com*

● Se balader sous l'eau sans se mouiller

Blue Safari Submarine (plan 2, B1) L'une des attractions les plus originales de la côte nord : la plongée en sous-marin ou en subscooter, un étonnant scooter submersible ! Le Blue Safari Submarin dispose de deux petits sous-marins (5 à 10 places) qui plongent à 35m de profondeur à la découverte d'épaves, d'ancres rouillées, de poissons multicolores et parfois de tortues, raies, dauphins ou requins. Ce voyage de 40min sous l'eau remporte tous les suffrages. Les amoureux peuvent même réserver un engin pour un dîner au champagne, ou pour un mariage subaquatique ! Le subscooter est une nouveauté : cette drôle de machine à deux places se conduit comme un scooter, mais sa vitesse est très lente, et on ne peut pas descendre en dessous de 3m de profondeur. Là aussi, essai concluant, sauf par mer agitée (eau trouble, zéro spectacle !). Pour le sous-marin, prévoir 2h et 3 900Rs/pers. (enfants 2 300Rs) ; pour le scooter, 2h (dont 30min sous l'eau) et 3 900Rs (5 000Rs pour deux). Réservez plusieurs jours à l'avance. **Mont Choisy** *(face au Mont Choisy Coral Azur Hotel) Tél. 263 3333 www.blue-safari.com Ouvert oct.-mars : tlj. 9h-16h ; avr.-sept. : tlj. 9h-15h*

Les plus beaux sites de plongée

Avec bouteilles

Stella Maru 100
Holt's Rock 100
Sites de plongée de Grand Baie 110
Passe de Belle Mare 153
Sites de plongée de Blue Bay 173
L'Aquarium (Flic en Flac) 208
La Cathédrale 208
Rempart Serpent 208
Kei Sei, L'Orient, Le Saint-Gabriel et Tug II 208

En apnée

Aquarium (Trou aux Biches) 98
Parc marin ou jardin de corail 173

Pêcher au gros

Corsaire Club-Killer Sport Fishing (plan 2, B1) Le Corsaire Club dispose d'un bateau de 6-8 pers. Tarifs 31 000Rs la demi-journée et 40 000Rs la journée. Bon à savoir : vous pourrez embarquer à plusieurs et partager les frais (trois pêcheurs max.). Le Killer Sport Fishing, même maison, propose des bateaux moins récents (24 000Rs la demi-journée, 28 000Rs la journée). **Mont Choisy** *À côté du Pescatore Tél. 265 5209 ou 729 3400 Ouvert tlj.*

Sortir en voilier

La Sorellina Le propriétaire de la *Sorellina*, qui a ramené lui-même son bateau (un voilier de 13,50m) de Pornic, fait partager sa passion de la voile en évitant les endroits trop fréquentés. On ne dévoilera pas ses coins secrets ! Sorties pour 6/7 pers. à partir de 2 700Rs/pers. la journée, 6 000Rs/pers. les 24h. Dîner aux chandelles à bord : 11 000Rs pour deux. **Trou aux Biches** *Tél. 265 6247 ou 758 2322 thierry@lasorellina.net www.lasorellina.net*

Se balader à cheval

Horse Riding Delights (plan 2, B1) Avec le Horse Riding Delights, centre équestre situé dans un authentique domaine sucrier (on y accède par une belle allée de banians), vous pourrez partir pour des balades à cheval de 1h30 durant lesquelles vous aurez de bonnes chances d'apercevoir des cerfs, mais oubliez le galop sur la plage : vous resterez entre prés et forêts. Tarifs 2 100Rs, enfant 1 900Rs. **Mont Choisy** *(derrière la plage de Mont Choisy, à côté de la maison coloniale) Tél. 265 6159 www.horseridingdelights.com*

CARNET D'ADRESSES

Restauration

À Trou aux Biches

petits prix

Restaurant Souvenir (plan 2, B2 n°1) Derrière la plage publique, une guinguette très pratique pour grignoter un *mine* frit (env. 95Rs) ou un bol renversé (env. 120Rs) à midi. C'est assez copieux. Les habitués déplorent cependant une augmentation des prix et des plats plus gras que par le passé. Grillades de fruits de mer à partir de 200Rs. *Route côtière* ***Trou aux Biches*** *Tél. 291 1440 Ouvert tlj. 10h-21h30*

prix très élevés

Le Pescatore (plan 2, B1 n°6) L'un des fleurons de la gastronomie mauricienne où l'on déguste poissons et fruits de mer. Les tables élégantes ont vue sur le lagon et le ponton, où débarquent à midi les pêcheurs au gros avec leurs trophées impressionnants. À midi, optez pour le "grignotage", une assiette variée avec poissons et crustacés chauds et froids (2 300Rs), ou pour le célèbre cœur de palmier braisé (1 500Rs). Le soir, laissez-vous tenter par le dame-berry de Saint Brandon en croûte d'épices (1 000Rs), ou par le thon de grands fonds et son risotto de palourdes (1 000Rs). Menus à 1 500, 2 600 et 4 000Rs, menu grignotage à deux à 3 900Rs. Attention, l'addition grimpe très vite... En soirée, réservez bien à l'avance l'une des cinq tables face à la mer. *Route côtière* ***Trou aux Biches*** *Tél. 265 6337 ou 265 6973 pescator@intnet.mu Ouvert lun.-sam. midi et soir*

Hébergement

À Trou aux Biches

Attention, certains particuliers proposent des locations à prix cassés, mais ne sont pas sur place pour faire le ménage et assurer la surveillance. Or, de nombreux vols sont déclarés chaque année.

petits prix

Résidences Le Village (plan 2, B2 n°17) Bonne prestation pour petits budgets dans ces 3 immeubles modernes (chacun avec piscine particulière), à 200m de la plage. Le Petit Trianon affiche un style néoclassique un peu kitsch, les Dodos abritent des studios récents et bien équipés, et Le Golf, à proximité de la route, propose ses chambres rénovées derrière une façade vieillotte. Confort et équipement corrects. Propreté assurée (ménage tlj.) et gardiennage vigilant. Studio 32€, appartement 45€ (2 chambres) et 58€ (3 chambres). ***Trou aux Biches*** *Tél. 261 6008 ou 293 6008 ou 250 3903 www.levillagemaurice.com*

GAMME DE PRIX	RESTAURATION	HÉBERGEMENT
Très petits prix	moins de 200Rs	moins de 1000Rs
Petits prix	de 200 à 450Rs	de 1000 à 1700Rs
Prix moyens	de 450 à 700Rs	de 1700 à 2700Rs
Prix élevés	de 700 à 1300Rs	de 2700 à 4000Rs
Prix très élevés	plus de 1300Rs	plus de 4000Rs

prix moyens

☺ **Villa Aquamarine (plan 2, A2 n°18)** Le calme avant tout, loin de l'agitation des plages surpeuplées. Ces 6 studios et appartements ont tous été brillamment refaits à neuf, et une piscine a été creusée au-dessus de la mer (la côte est rocheuse, et la plage de sable la plus proche est à 300m). Coup de cœur pour les studios et l'appartement à l'étage, tous colorés, bien équipés (clim., sdb) et donnant sur la mer. On se repose et l'on profite du lagon et du jardin planté de filaos et de cactus. Grande terrasse face à la mer pour l'appartement du haut. Un très bon point : l'hospitalité d'Anna et Gogoo Murday. Prix très raisonnables : 50€ la double, de 80 à 110€ l'appartement (2 chambres). Table d'hôtes à la demande. *Route côtière* ***Trou aux Biches*** *Tél. 265 6923 ou 790 7765 a_murday@yahoo.fr www.villa-aquamarine.com Wifi gratuit dans les chambres*

La Sorellina (plan 2, B2 n°27) Viviane et Thierry, propriétaires du voilier *Sorellina* (p.101), tiennent une amicale chambre d'hôtes au rdc de leur maison. Chambre climatisée, séjour avec TV, grande varangue pour bouquiner et piscine à partager avec les hôtes. À vrai dire, on vient surtout pour l'accueil souriant et sans façons des propriétaires. Plage à 3min en voiture. Trois chiens, deux chats : animophobes, passez votre chemin ! Comptez environ 60€ avec petit déj. ***Trou aux Biches*** *Tél. 265 6247 ou 758 2322 www.lasorellina.net*

prix élevés

☺ **Résidence C'est ici (plan 2, B2 n°20)** Une résidence bien tenue, calme et du bon côté de la route côtière, c'est-à-dire en bord de plage. Entre studio, duplex, deux pièces, bungalow pour 4-5 pers., ou appartement et villa pour 6 pers., notre préférence va à ces derniers, plus récents que le reste. L'ensemble est propre et bien équipé (ventilateur, clim., cuisine complète, douche/WC et terrasse privée). Le jardin s'étend jusqu'à la plage de sable fin. Surveillance assurée même la nuit et bonne situation : supermarché à 200m, arrêt de bus tout proche et plusieurs restaurants à quelques pas. Le ménage est fait tous les jours (sauf dim. et j. fer.) et l'accueil est agréable. Comptez 80€ pour le studio (2 pers.), 100€ le duplex, 120€ le bungalow, 90€ le deux pièces, 110€ l'appartement, 360€ la villa (6 pers.). *Route côtière* ***Trou aux Biches*** *Tél. 265 5231 reservation@cest-ici.com www.cest-ici.com*

Rhapsodie Bungalows (plan 2, B2 n°19) Une plage (presque) privée attend les locataires de ces 4 appartements, nichés dans 2 petites maisons d'un étage, construites les pieds dans l'eau. Calmes et vastes, les appartements disposent de 2 chambres, d'un salon et d'une terrasse donnant directement sur la plage pour 2 d'entre eux (clim., lit supplémentaire, TV). Surveillance vigilante. À partir de 75€ le bungalow (selon saison). Réservez 3-4 mois à l'avance. Des travaux ont été engagés début 2013 pour la rénovation des appartements. *Route côtière* ***Trou aux Biches*** *Tél. 928 4681 rhapsodie.villas@gmail.com*

La Tour blanche (plan 2, B2 n°29) Bien connue à Maurice dans le négoce du vin, la famille Oxenham loue une grande villa, parfaitement située sur la plage de Trou aux Biches, comprenant une suite face à la mer avec douche et wc, une double avec douche et wc et trois autres chambres partageant une grande salle de bains. La demeure dispose aussi d'une salle de séjour spacieuse donnant sur la mer, d'une terrasse couverte et d'une grande cuisine, le tout avec un confort satisfaisant (clim., TV). Gardiennage, ménage ainsi qu'une suisinière au quotidien. Villa de 262 à 300€/nuit. Réservez à l'avance, l'adresse est connue. *Trou aux Biches À côté du Sakoa Tél. 696 7950 ou 696 7951 cliffox74@yahoo.co.uk bottling.dept@oxenham.mu*

Le Grand Bleu Hotel (plan 2, B2 n°23) Reconnaissable à sa petite cascade en bord de route, ce complexe de milieu de gamme compte un hôtel de 62 chambres, 4 bungalows et un restaurant (à fréquenter, si nécessaire, pour sa cuisine indienne). Notre préférence va à l'hôtel, qui comprend 2 piscines et des chambres propres et d'un confort correct, idéales pour 2 pers. (TV, clim., petit frigo). Si vous partez en famille, préférez les grands bungalows (salon, TV, cuisine, clim., petite terrasse). La plage est de l'autre côté de la route. Attention à la demi-pension : les menus sont répétitifs. Double entre 60 et 70€ (petit déj. inclus). *Route côtière Trou aux Biches Tél. 265 5812 www.legrandbleuhotel.com Wifi gratuit dans les chambres*

prix très élevés

Sakoa (plan 2, B2 n°26) Comment ne pas apprécier la décoration épurée et raffinée des 7 bungalows aux toits de chaume, idéalement situés sur la plage de Trou aux Biches, et complètement rénovés en 2009 ? Les 16 chambres proposent une ambiance chic et décontractée, grande tranquillité : c'est à peine si l'on entend les rumeurs de la plage publique. Climatisation, piscine sous les cocotiers. L'hôtel met gratuitement à disposition des pédalos et kayaks. Comptez entre 154 et 245€ la chambre double avec petit déj., de 243 à 327€ la Beach Senior Suite pour 4 pers. (suppl. 25€/pers. en demi-pension). Réservation à l'avance conseillée. *Route cotière Trou aux Biches Tél. 265 5244 www.lesakoa.com Wifi gratuit dans les chambres*

Casuarina (plan 2, B2 n°22) Une résidence hôtelière très plaisante avec son beau jardin tropical, ses bâtiments badigeonnés à la chaux blanche et ses deux piscines à débordement d'où l'on contemple le lagon turquoise. Les 109 chambres avec terrasses présentent tout le confort moderne (clim., TV, coffre, minibar), certaines avec en plus une jolie déco colorée. Un coup de badigeon blanc sur les murs extérieurs et ce serait parfait ! Case nautique, miniclub, salle de gym, tennis, trois restaurants et un beau spa à l'atmosphère zen. Bungalow (4 pers.) de 125 à 165€ (suppl. 60€/pers. en demi-pension). Chambre double de 180 à 220€ en demi-pension. *Route royale Trou aux Biches Tél. 204 5000 www.hotel-casuarina.com Wifi gratuit dans les chambres vue mer*

À Mont Choisy

prix très élevés

Mont Choisy Coral Azur Hotel (plan 2, B1 n°24) La plage de Mont Choisy, avec ses cocotiers, son sable fin et son lagon turquoise, forme un décor idyllique pour cet hôtel 3 étoiles. La décoration des pavillons en crépi coloré est assez banale, mais les prestations sont de bon niveau : clim., TV, minibar, coffre-fort. Les 88 chambres sont toutes orientées vers la mer, même si les palmiers cachent parfois la vue. Animations tous les soirs au bar-restaurant, tennis, piscine avec jacuzzi, centre nautique (ski nautique, bateau à fond de verre et kayak, le tout en accès libre) et club de plongée. Entre 6 000 et 9 000Rs la double en demi-pension. *Route côtière* ***Mont Choisy*** *Tél. 265 6070 www.coralazur.com*

★ GRAND BAIE

Postée au creux d'une belle anse en fer à cheval, Grand Baie est "la" station balnéaire de Maurice. Il y a encore cinquante ans n'existaient que les "campements" où les familles mauriciennes venaient passer les vacances. Certaines s'enrichirent d'ailleurs en revendant des parcelles à prix d'or quand le tourisme prit son essor grâce à l'éradication des moustiques vecteurs de la malaria, dans les années 1950. Depuis l'indépendance, en 1968, les terres du littoral sont propriétés de l'État. Autour de Grand Baie s'installent de jeunes couples franco-mauriciens qui contribuent au dynamisme de la ville, indépendamment des flux touristiques. La station concentre restaurants, bars, discothèques, boutiques de mode, supermarchés, galeries commerciales et agences de voyages. Elle possède les avantages d'une ville de bord de mer, mais également tous les désagréments : des prix élevés, de nombreux bateaux à moteur dans la baie et une grande concentration de touristes. Pour dormir ici, il faut choisir un hôtel chic, calme mais cher, à moins de ne pas craindre les rues bruyantes du centre. On trouve de nombreuses activités : sorties en mer vers les îlots du Nord, marche sous-marine, plongée, sous-marin, ski nautique, etc. Attention, il y a beaucoup de vacanciers ici en haute saison.

MODE D'EMPLOI

accès

À 25km au nord de Port Louis par l'A4. L'essentiel de l'activité de Grand Baie se concentre sur la route royale, autour de Sunset Boulevard. **Cars** environ toutes les demi-heures pour Port Louis. Un autre passe par la côte (Pointe aux Piments, Triolet, Trou aux Biches, Mont Choisy, pointe aux Canonniers, Grand Baie, Pereybère, Cap Malheureux et Goodlands), de 5h30 à 19h. À Grand Baie, la gare routière se trouve derrière la plage. En **taxi**, comptez 600Rs depuis Port Louis. De nombreux hôtels proposent à leurs clients le transfert à l'aéroport.

location de deux-roues

Des locations de **vélos** et **scooters** sont possibles au Bazar et devant le Grand Bay Store, à 5min à pied du centre en remontant Racket Road.

adresses utiles

Plusieurs distributeurs d'argent le long de la route côtière, ainsi qu'au Super U.

Poste (plan 3, B2) *Centre commercial Richmond Hill Tél. 263 0864 Ouvert lun.-ven. 8h15-16h, sam. 8h15-11h15*

Police (plan 3, RB2) *Sur la route côtière, à l'ouest du centre-ville Tél. 263 8558*

Internet Café (plan 3, B2) 15 min minimum pour 45Rs puis 3Rs/min, 180Rs/h. *Dans le Super U (sur la droite en entrant) Tél. 263 2478 Ouvert lun.-sam. 9h-21h, dim. 9h-13h30*

DÉCOUVRIR

☆ **Les essentiels** Le temple tamoul, le château Labourdonnais, l'île Plate, l'îlot Gabriel **Découvrir autrement** Allez goûter aux multiples variétés de rhum de La Rhumerie, terminez la soirée en foulant la piste de danse du Kamikaze

Grand Baie

Plages de Grand Baie Au milieu de la station de Grand Baie, la **plage centrale** est envahie par les bateaux à moteur. On lui préfère la plage de la **Cuvette** (plan 3, B1), bien aménagée et plus calme, au bout de la route qui mène au Mauricia et au Royal Palm. On trouve aussi de petites plages plus tranquilles et plus sauvages, en marchant un peu plus loin sur les rochers.

☆ **Temple tamoul (plan 3, A2)** Un temple superbe, bien plus coloré que le temple hindou de Triolet, et chargé de sculptures, de stucs et de statues indiennes. N'hésitez pas à demander des explications au gardien sur le sens des divinités. Il vous expliquera que “la différence entre tamouls et hindous est à peu près la même qu'entre catholiques et protestants”. *Entrée libre*

● Où faire du shopping ? Hormis les centres commerciaux touristiques, on trouve des commerces locaux en remontant la baie depuis Sunset Bd jusqu'aux abords de la pointe aux Canonniers : quincaillerie, droguerie, vannerie, vêtements, déco, antiquités, etc.

Super U (plan 3, B2 n°44) Le plus important centre commercial du nord de l'île : supermarché, boutiques, restaurants, distributeurs de billets. *Rue de la Salette Ouvert lun.-jeu. 9h-20h30, ven.-sam. 9h-21h30, dim. et j. fér. 9h-13h30*

Bazar de Grand Baie (plan 3, B2 n°40) Sous un grand auvent, des paréos, des tee-shirts, des objets venus d'Afrique, des paniers de toutes formes et des bijoux en argent. On grignote aussi des en-cas à des prix abordables. *À 5min à pied du centre en remontant Racket Road (entrée sous une porte chinoise) Ouvert lun.-sam. 7h-17h, dim. et j. fér. 7h-12h*

Sunset Boulevard (plan 3, B2 n°43) La galerie marchande la plus connue de Grand Baie, assez chic (et chère) avec ses boutiques de mode, de maillots de bain et de bijoux, s'étend des deux côtés de la route. Un immeuble moderne, le Grand Baie Store Plaza, rassemble encore d'autres boutiques à des tarifs assez élevés. *(rue du Super U) Avant la rue de la Salette Ouvert lun.-sam. 9h-19h30, dim. et j. fér. 9h-13h30*

Plan 3 Grand Baie

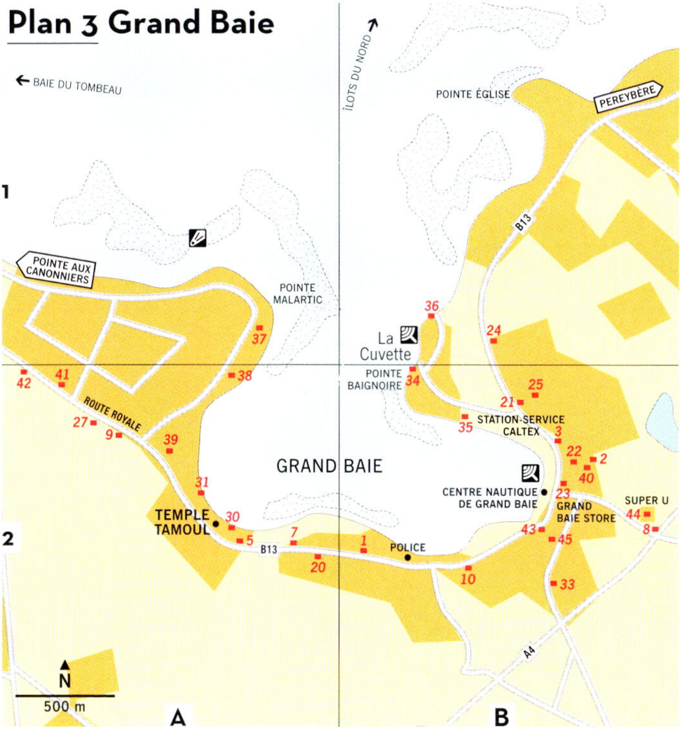

Restauration (n°1 à 10)
Beach House ____ **1** B2
Coolen-Chez Ram ____ **5** A2
Happy Rajah ____ **7** A2
La Caze de St-Tropez ____ **8** B2
La Cigale ____ **9** A2
Palais de Chine ____ **3** B2
Sakura ____ **10** B2
The Dolphin ____ **2** B2

Lieux de sortie (n°20 à 27)
Banana Café* ____ **21** B2
Café Müller* ____ **20** A2
Cocoloko* ____ **23** B2
La Rhumerie* ____ **22** B2
Le Kamikaze* ____ **25** B2
Les Enfants terribles* ____ **27** A2
N-Gyone* ____ **24** B1

Hébergement (n°30 à 39)
20° Sud ____ **37** A1
Bungalows Pillay ____ **30** A2
Le Mauricia ____ **35** B2
Les Orchidées ____ **33** B2
Ocean Beach Hotel ____ **39** A2
Résidence Peramal ____ **31** A2
Royal Palm ____ **36** B2
Sous le Badamier ____ **38** A2
Veranda Grand Baie ____ **34** B2

Shopping (n°40 à 45)
Bazar de Grand Baie* **40** B2
Galerie Hélène de Senneville* ____ **41** A2
Galerie Raphaël* ____ **42** A2
Poivre d'Or* ____ **45** B2
Sunset Boulevard* ____ **43** B2
Super U* ____ **44** B2

*À RETROUVER DANS LA PARTIE DÉCOUVRIR

● Où trouver condiments et confitures ?

Poivre d'Or (plan 3, B2 n°45) Pousser la porte de cette épicerie élégante, c'est un peu comme un voyage dans le temps : vous vous retrouvez tout d'un coup au temps où les épices étaient rares et convoitées, entouré d'étagères de bois sombre remplies de bocaux et de sachets précieux. Confitures de papaye à la vanille ou au gingembre, miels de fruits de la passion ou de letchi, piments confits, limon aigre-doux, achards de légumes, sucres spéciaux, épices, thés : sont quelques-uns des trésors entreposés ici. Le tout proposé dans un emballage au design sobre rehaussé de couleurs vives et dans de très beaux coffrets-cadeaux. Utilisant des produits naturels et des recettes mauriciennes, Poivre d'Or revendique la fabrication artisanale de ses produits. *Sunset Boulevard Tél. 415 5918 www.poivredor.com Ouvert lun.-sam. 9h-19h, dim. 9h-13h*

● Où prendre un café ou un petit déjeuner ?

Café Müller (plan 3, A2 n°20) C'est un couple germano-mauricien qui tient le café Müller, petit salon de thé très cosy avec son coin jardin et ses murs turquoise. Tout ou presque est fait maison : les cafés (au gingembre, à la cardamome, au chocolat), les jus de fruits (autour de 100Rs), les thés glacés (70Rs), les gâteaux (fameux *strudel* à 70Rs). Spécialité maison : les crêpes vertes (colorées par les herbes !) et sucrées (125-180Rs). Petit déjeuner de 8h à 11h, brunch le samedi. *Route royale Tél. 263 5230 Ouvert lun.-sam. 8h-17h*

● Où boire un verre ?

Banana Café (plan 3, B2 n°21) Le bar principal de Grand Baie affiche des airs de paillote branchée. Ravenala, sol recouvert de sable, fauteuils en rotin, plantes vertes et flamboyants au milieu de la salle forment un cadre à la fois chic et décontracté. L'ambiance s'anime souvent vers 22h30. Rhums, vodkas, whiskies, cocktail. DJ en semaine, musique live vendredi, samedi et dimanche soir. *Près de la station-service Caltex Tél. 263 0326 Ouvert tlj. 10h-2h*

Cocoloko (plan 3, B2 n°23) Ce bar-restaurant se pose en sérieux concurrent du Banana Café. Sous les cocotiers et les parasols de la cour, on déjeune de pizzas, salades et sandwichs. Autres options : le sushi bar (repas 650Rs). Le soir, cap sur le restaurant pour goûter une cuisine plus élaborée, comme le thon mi-cuit et sa purée de pommes de terre au wasabi. Repas 700Rs. Dernière option : le bar ! Bons mojitos et pinacoladas à déguster derrière le comptoir lumineux. Cocktails 175-225Rs. Musique live le samedi. En somme, un bon "before" avant d'aller se déhancher en boîte de nuit. *Route royale Tél. 263 1241/42 www.cocoloko.net/ Ouvert dim.-jeu. 9h-23h, ven.-sam. 9h-0h*

Pêche au gros

Corsaire Club-Killer Sport Fishing 101
Sport Fisher 112
La Pirogue Big Game Fishing 200
La Carangue Ltée 200
La Pirogue Big Game Fishing 209
Rod Fishing Club 242

● Où goûter le rhum mauricien ?

La Rhumerie (plan 3, B2 n°22) La Rhumerie, petit bar devant la plage, propose toute une variété de rhums maison parfumés au litchi, au gingembre, au combava (citron de la Réunion), à la vanille ou au piment (à réserver pour la fin car très relevé). Comptez environ 180Rs le verre. Également casse-croûte, en-cas et glaces. *Route côtière Tél. 269 3380 Ouvert tlj. 7h-23h*

● **Où danser ?** Contrairement à sa réputation, Grand Baie n'est que relativement animée le soir. Quelques bars et discothèques drainent les touristes en goguette, mais la station est loin de s'apparenter à un "Saint-Tropez mauricien". Les discothèques font le plein mercredi, vendredi et samedi soir (fermées le dimanche).

Le Kamikaze (plan 3, B2 n°25) L'une des meilleures discothèques de Grand Baie (anciennement le Zanzibar), remise à neuf fin 2012. La salle sur deux niveaux est petite mais cosy. Ambiance assez jeune. *Près de la station-service Caltex (près du Banana Café) Tél. 263 3265 Ouvert lun., mer. et ven.-sam. 22h-tard dans la nuit (et les veilles de jours feriés)*

N-Gyone (plan 3, B1 n°24) Une boîte qui en "jette" par sa déco hors norme, mariant sculptures métalliques, matériel de récupération et touches de verdure. En revanche, côté ambiance, la sauce peine parfois à prendre. En attendant que le dancefloor s'anime (après minuit), sirotez un whisky en plein air, sous les frangipaniers. *Route royale (en face du Fusion) Tél. 263 7664 Ouvert ven.-sam. à partir de 23h*

Vers la pointe aux Canonniers

Seuls les clients des hôtels construits en bord de mer profitent pleinement du cadre de cette péninsule baignée d'azur (plan 2, B1), qui pointe son nez entre Mont Choisy et Grand Baie. Ce lieu paisible et résidentiel concentre beaucoup de villas cossues. Dans ces conditions, il est difficile de trouver un accès libre à la mer. On se consolera en se baignant à la plage voisine de Mont Choisy, plus fréquentée, plus longue, plus sableuse et plus démocratique ! Quelques bons restaurants et bars justifient toutefois une étape à la pointe aux Canonniers. À 4km du centre de Grand Baie et à 5km de Trou aux Biches

● **Où acheter des peintures, des maquettes de bateaux ?**

Galerie Hélène de Senneville (plan 3, A2 n°41) Bien connue dans l'île, cette galerie présente le travail de peintres mauriciens et étrangers, aquarelles et gouaches reproduisant principalement les paysages de l'île et des scènes de la vie quotidienne. Également quelques toiles du poète Malcolm de Chazal, et une poignée de peintures abstraites. Service d'encadrement. *Route royale Tél. 263 7426 Ouvert lun.-sam. 9h-18h*

Galerie Raphaël (plan 3, A2 n°42) Deux boutiques-galeries, vendant l'une des peintures d'artistes mauriciens, malgaches et indonésiens, l'autre de belles maquettes de bateaux, construites à Goodlands. L'occasion de s'offrir le *Bounty*, le *Saint-Géran* ou l'*Astrolabe* de ses rêves d'enfant ! Également des maquettes de pirogue mauricienne (petits voiliers). À partir de 1 600Rs le brick négrier. *Route royale (peu avant la galerie Hélène de Senneville, sur la droite en venant de Mont Choisy) Tél. 263 6470 Ouvert lun.-sam. 9h30-18h*

● **Où sortir le soir ?**

Les Enfants terribles (plan 3, A2 n°27) Les Enfants terribles est le bar à la mode de la presqu'île. Rendez-vous de la jeunesse dorée mauricienne (il faut montrer patte blanche pour le carré VIP), le lieu est idéal pour boire une coupe de champagne ou un verre de tequila, en planifiant une sortie en mer. Piste à l'intérieur pour danser, terrasse à l'extérieur pour souffler un peu. Régulièrement, soirées à thèmes et parfois expositions, défilés et DJ de passage. *Route de Grand Baie Tél. 263 3117 Ouvert mar.-mer. et ven.-sam. 23h-tard dans la nuit*

● Plonger avec des bouteilles

Sites de plongée de Grand Baie (plan 3, B1) Plusieurs sites se trouvent à proximité de Grand Baie : l'**Aquarium** (idéal pour débutants et pour la photo sous-marine), **Tortoise** (tortues marines), **Silver Star** (raies et bancs de carangues sur fond d'épave), **Jabeda** (épave très riche en corail à -33m), **Bain Bœuf**, la **pointe Vacoas** (jardin de corail) et, au Coin de Mire, **The Wall** (tombants et escalier couverts par endroits de massifs de corail noir, de -20 à -40m). Le **récif des murènes** (en face de l'hôtel Merville) est un autre must. **Mascareignes Plongée (plan 3, A1)** Pour les sites de Grand Baie, adressez-vous à ce club sérieux. Tenu par Jean Lincoln, c'est le premier centre Nitrox agréé de l'île. Plongées à Grand Baie, Trou aux Biches et les îlots du Nord. Plongée 45€, baptême 60€. Suppl. Nitrox 5€. *Pointe Malartic, **Pointe aux Canonniers** (à l'arrière de l'hôtel 20° Sud) Tél. 269 1265 ou 750 8697 www.mascareignesplongee.com*

Les environs de Grand Baie

☺ **Labourdonnais** L'ancien domaine sucrier de Labourdonnais mérite assurément le coup d'œil pour sa superbe demeure du XIXe siècle, qu'on appelle "le château". Avec sa double varangue circulaire à colonnades (tout en teck !) et ses balustrades en fer forgé, c'est un bijou de l'architecture coloniale. Située au cœur d'un élégant parc, au fond d'une allée plantée de majestueux arbres de l'intendance, elle est ouverte à la visite depuis novembre 2010. On peut y admirer des meubles d'origine de style Napoléon III, des tapisseries d'époque superbement restaurées, une exposition permanente sur l'histoire de l'île et du domaine, et surtout en savoir plus sur la famille Wiehe, grands bourgeois d'origine danoise qui occupa les lieux jusqu'en 2006 avant de transformer le lieu en musée. La visite du domaine comprend le château, les jardins, le vieux verger, un passage à la rhumerie et une dégustation des produits de la maison. Prévoir 45 min. pour la visite du château (non guidée). Une boutique vend les délicieux produits du verger (confitures, miel, pâtes de fruits...). ***Mapou** (à 10km au sud-est de Grand Baie, dir. Pamplemousses) Tél. 266 9533 www.unchateaudanslanature.com Ouvert tlj. 9h-17h Tarif 350Rs/pers. (175Rs pour les moins de 10 ans)*

SAVEURS D'AUTREFOIS

Possibilité de déjeuner à **Labourdonnais** dans un restaurant où le chef Fabio de Poli s'inspire des fruits et des légumes du verger et des recettes de la famille Wiehe, retrouvées dans les archives. Menus 850Rs. Un espace salon de thé prolonge le restaurant. **La Table du château** *Ouvert tlj. 9h-17h, ven.-sam. soir*

☆ **Îlots du Nord** Seuls trois des six îlots dispersés au large de la côte nord se visitent. Parmi eux, l'**île Plate** et l'**îlot Gabriel**, à 1h30 de bateau de Grand Baie (p.111), offrent des plages de sable blanc bordées de filaos et les eaux transparentes d'un lagon où l'on croise des poissons magnifiques. À la fin du XIXe siècle, de nombreuses familles d'immigrants indiens en route vers Maurice furent mises en quarantaine sur l'île Plate en raison d'une épidémie de choléra et de variole. Beaucoup n'atteignirent jamais Maurice et périrent sur place. Elles sont enterrées sur l'îlot Gabriel, où subsistent des tombes et quelques vestiges de leur passage. Triste épisode relaté par J.M.G. Le Clézio dans *La Quarantaine*. Près de la côte se dresse la silhouette impressionnante du **Coin de Mire**, île dont les falaises plongent dans la mer. On n'y fera pas escale car elle est classée réserve naturelle. On aperçoit le vol d'innombrables pailles-en-queue, que les poètes mauriciens ont souvent célébrés. Quant à l'île Ronde et à l'île aux Serpents, deux autres réserves naturelles difficiles d'accès, elles ne se visitent que sur autorisation écrite du ministère de l'Agriculture mauricien. L'**île Ronde** (qui ne l'est pas !) abrite plusieurs espèces menacées, comme les boas des Mascareignes et des lézards endémiques ; l'**île aux Serpents** protège beaucoup d'oiseaux mais on n'y trouve pas un seul serpent ! Excentrée à l'est, l'**île d'Ambre** est aussi accessible depuis Poudre d'Or (p.144).

Découvrir les îles en bateau

Coral Breeze Tours/Centre sport nautique de Grand Baie (plan 3, B2) Plusieurs agences organisent des excursions à la journée. Prestataire sérieux, le Centre sport nautique fait figure d'office de tourisme pour les activités nautiques. Beaucoup de petits prestataires offrent les mêmes produits à des prix identiques, voire moins chers, mais sans toujours offrir les mêmes normes de sécurité. Outre les locations de bateaux, différentes excursions sont proposées vers les **îlots du Nord**, l'île aux Cerfs et l'île aux Bénitiers. Autres activités : bateau à fond de verre (600Rs/h), marche sous-marine (1 200Rs/h), semi-submersible (600Rs/2h), parachute ascensionnel (1 200Rs/15min), plongée (de 1 800 à 2 800Rs/pers.) et pêche au gros (15 000Rs la demi-journée, 18 000Rs la journée). *Sunset Bd* ***Grand Baie*** *Tél. 263 9059 ou 252 5445 info@coralbreeze.mu www.coralbreeze.mu Ouvert 8h-17h*

Plonger sans se mouiller

Le Nessee Le *Nessee* est un semi-submersible, c'est-à-dire un bateau à fond de verre dont la coque descend jusqu'à 4m de profondeur. Des projecteurs éclairent les fonds marins mais la sensation d'immersion n'est pas la même que dans un vrai sous-marin (p.100). Tarif 600Rs, réduit 300Rs. *Pas de bureau à Grand Baie mais réservation auprès du Centre nautique de* ***Grand Baie*** *Tél. 263 8017 www.coralbreeze.mu/mauritius/sea-activities*

Faire de la marche sous-marine

☺ **Captain Nemo's Undersea Walk (plan 3, B2)** Marcher sous l'eau, la tête dans un casque de scaphandre, et nourrir les poissons à la main… Une expérience originale, idéale pour les non-plongeurs. Captain Nemo est agréé par le gouvernement mauricien (plusieurs prestataires proposent l'activité "scaphandrier" à des prix moins élevés, mais ne présentent pas de normes de sécurité suffisantes). Comptez de 1h15 à 1h30 dont 25min sous l'eau pour 1 400Rs. ***Grand Baie*** *Devant le Banana Café Tél. 265 7676 ou 263 7819 www.underseawalk.8k.com/home.html Ouvert lun.-sam. 9h-17h*

Pêcher au gros

Sport Fisher (plan 3, B2) Bateaux loués à la demi-journée (de 15 000 à 34 500Rs) ou à la journée (de 17 000 à 40 250Rs), TVA incluse. Repas à la charge du client et boissons offertes à bord. Fabrication de trophée possible par un taxidermiste. *Sunset Bd* ***Grand Baie*** *Tél. 263 8358 ou 423 5015 www.sportfisher.com Ouvert tlj.*

CARNET D'ADRESSES

Restauration

À midi, on peut prendre un en-cas dans l'une des roulottes qui jalonnent la route côtière face à la mer et qui proposent des *dholl puri*, des *roti*, des beignets de patate douce et des 'gâteaux piments' pour quelques roupies. On peut aussi acheter du poisson frais aux pêcheurs sur le marché derrière la plage ou choisir l'un des nombreux restaurants chinois qui bordent cette dernière. N'oubliez pas le restaurant du Cocoloko (p.108).

très petits prix

La Caze de St-Tropez (plan 3, B2 n°8) Un "salad bar" sur le parking du Super U, quelle drôle d'idée ! Pourtant, avec leurs nappes à carreaux, les tables font le plein tous les jours à midi. La jovialité du jeune patron y est pour beaucoup, tout comme la qualité des produits (crêpes et mayonnaise maison, etc.). Salades (jusqu'à 175Rs), paninis, crêpes, sandwichs. Rien au-dessus de 250Rs ! Jus de fruits frais. ***Grand Baie*** *Super U, face à la banque HSBC Tél. 783 9994 Ouvert tlj. 9h-18h*

petits prix

The Dolphin (plan 3, B2 n°2) Prix imbattables dans ce petit restaurant sans chichis et peu connu. Dans un cadre minimaliste qui n'offre pas de vue sur le lagon, on goûte aux poissons, aux crevettes et aux calamars accommodés à l'aigre-doux, au beurre d'ail, au chop suey, à la sauce d'huîtres, toujours accompagnés de riz et parfois de frites. La spécialité de la maison est le cari de poisson à l'aubergine (180Rs). La cuisine n'est pas d'un grand raffinement, mais elle reste très correcte et les prix sont plus que raisonnables (plats 180-220Rs). *Racket Road* ***Grand Baie*** *Tél. 269 0401 Ouvert mar.-dim. midi et soir*

Coolen-Chez Ram (plan 3, A2 n°5) Il est loin le temps où Ram faisait ses grillades au barbecue sur le trottoir... Plus de 20 ans plus tard, son restaurant a prospéré et s'il reste de taille modeste, il continue d'attirer une clientèle d'habitués, séduits par sa cuisine simple et abordable. Essayez le poisson à l'indienne dans sa feuille de bananier, le plateau de fruits de mer ou le crabe au vin blanc, les spécialités maison. Le *vindaye* de fruits de mer n'est pas mal non plus. Poisson toujours frais, qualité égale toute l'année... et rhum offert en apéritif ! Comptez 350-400Rs le repas. *Route royale* ***Grand Baie*** *Tél. 263 8569 Ouvert jeu.-mar. midi et soir*

prix moyens

Palais de Chine (plan 3, B2 n°3) À l'étage d'une pagode rouge et jaune, une sympathique adresse chinoise. La maison est avant tout connue pour ses spécialités de crabe : sauté, grillé, aigre-doux, sichuan (épicé) ou vapeur (775Rs). Bon canard laqué (1 300Rs entier). En dessert, nous vous conseillons le sagoo, crème aigre au tapioca (85Rs). De 275 à 980Rs le plat. Personnel très serviable. *Route côtière* ***Grand Baie*** *Tél. 263 7120 ou 263 9928 Ouvert tlj. soir, lun.-sam. midi*

☺ **Happy Rajah (plan 3, A2 n°7)** L'ancien chef du Nirvana de Pereybère a ouvert cette table indienne d'un excellent rapport qualité-prix. Dans un cadre feutré, on déguste une cuisine *mughlai* mais aussi de l'Inde du Sud, tout en subtilité, préparée par des chefs du sous-continent. Le ragoût d'agneau et sa purée de cajou est une merveille, tout comme l'assortiment de viandes tandoori. Plus original, le *masala dosa* (crêpe croquante fourrée aux légumes et servie avec quatre sauces), un plat de l'Inde méridionale. En accompagnement, essayez le *palak paneer* (fromage frais indien aux épinards). Comptez 550Rs le repas. Menus dégustation de 470 à 790Rs. *Centre commercial Super U* ***Grand Baie*** *Tél. 263 2241 ou 257 3877 Ouvert tlj. midi et soir*

Sakura (plan 3, B2 n°10) Une référence dans l'île en termes de cuisine japonaise. Le cadre ne paie pas de mine, mais M. et Mme Alexandre continuent de former d'excellents chefs que les grands hôtels débauchent à tour de bras ! Nous conseillons sans réserve le menu *teppan-yaki* (800Rs), d'un excellent rapport qualité-prix. Autour de la table de cuisson, les convives assistent à la préparation de leurs plats comme à un spectacle, grâce à la dextérité des jeunes cuisiniers. Menu sushi-sashimi à 700Rs. Accueil tout en courtoisie japonaise. *Galeries Dabee Route royale* ***Grand Baie*** *Tél. 263 8092 ou 263 5700 Ouvert lun.-sam. midi et soir, dim. 17h30-22h30*

Beach House (plan 3, B2 n°1) Une équipe sud-africaine tient ce restaurant de plage, les pieds dans l'eau... et pas comme les autres. Des "beach boys" s'y régalent d'*espetadas* (brochettes verticales au bœuf, poivrons et ananas, 550Rs), de steaks épais (500Rs) et de burgers maison (380Rs). Viande d'excellente qualité, mais la pêche du jour n'est pas mal non plus (entre 300 et 600Rs). Salades autour de 300Rs. Si l'envie vous en prend, faites un saut dans le lagon : le restaurant a aménagé une douche pour se rincer. Pensez à vos serviettes ! Le soir, ambiance décontractée mais assez survoltée mercredi, vendredi et samedi. *Route royale* ***Grand Baie*** *(presque face à la pharmacie Ducasse) Tél. 263 2599 Ouvert mar.-dim. midi et soir*

À la pointe aux Canonniers

petits prix

La Cigale (plan 3, A2 n°9) Les locaux vous le diront, on y goûte les meilleures pizzas de la côte nord. Après vérification, nous confirmons ! La paysanne (speck et roquette) remporte les suffrages. À déguster en petit (225Rs), moyen (330Rs) et

GAMME DE PRIX	RESTAURATION	HÉBERGEMENT
Très petits prix	moins de 200Rs	moins de 1000Rs
Petits prix	de 200 à 450Rs	de 1000 à 1700Rs
Prix moyens	de 450 à 700Rs	de 1700 à 2700Rs
Prix élevés	de 700 à 1300Rs	de 2700 à 4000Rs
Prix très élevés	plus de 1300Rs	plus de 4000Rs

grand format (410Rs). Le restaurant sert également des viandes et un bon filet de poisson poêlé à la pistache et à la banane. Calamars et dorades au poivre sont également au menu. Bien qu'en bord de route, les tables sont très soignées et le personnel prévenant. *Route royale* ***Pointe aux Canonniers*** *Tél. 263 0913 Ouvert mar.-dim. midi et soir*

Hébergement

Grand Baie offre un vaste choix de locations, mais à des prix souvent excessifs. Attention à la route côtière, bruyante.

très petits prix

Bungalows Pillay (plan 3, A2 n°30) Cette famille indo-mauricienne loue 6 petits studios sympathiques à des prix sacrifiés. Si l'immeuble a les pieds dans l'eau, la vue sur la baie est quelque peu masquée par les palmiers. Les studios (douche, frigo, kitchenette, ventilateur ou clim., terrasse commune) sont parfaits pour les baroudeurs. Également 3 appartements pour 4-5 pers. L'ensemble est propre (ménage tlj.), l'accueil souriant, mais le voisinage parfois bruyant et le confort inégal (les studios du 2e étage sont ainsi plus modernes et plus gais). Plage à 5min à pied. Comptez 15 à 20€ le studio, de 22 à 25€ l'appartement (4 pers.). ***Grand Baie*** *Au bout du chemin qui descend à la mer, juste après le restaurant Coolen Tél. 263 8286 ou 263 0347 ou 263 2264 ou 916 8151 grandbay@intnet.mu*

petits prix

☺ **Résidence Peramal (plan 3, A2 n°31)** "Le" bon plan de Grand Baie. À l'écart du centre, 10 studios et 4 appartements dans un agréable immeuble au bord de la mer. Tranquillité absolue et terrasse d'angle avec panorama à 180° sur la baie et les îlots du Nord. Mariage de la pierre, du bois et des tons crème dans des pièces spacieuses, fraîches, propres et bien équipées (cuisine, TV, ventilateur, pas de clim. mais... les alizés, qui ventilent bien). Le sympathique maître de maison organise des excursions (promenades en bateau, randonnées au Pouce ou aux gorges de la Rivière Noire). Tarifs avantageux : studio de 30 à 35€ et appartement (3-4 pers., 2 chambres) à 50€. Il n'y a pas mieux dans les environs ; il est donc préférable de réserver ! *Route côtière* ***Grand Baie*** *(chemin à l'angle du restaurant Le Capitaine) Tél. 263 8109 reservation@residence-peramal.com residence-peramal.com Wifi gratuit dans les chambres*

prix élevés

Les Orchidées (plan 3, B2 n°33) À 300m du centre-ville et dans le même esprit que Ti Fleur Soleil (quoique un peu moins convaincant), cet hôtel offre des prestations honnêtes. Les 29 chambres, rénovées en 2009, sont simples, gaies et propres munies pour certaines de balcons qui donnent en partie sur la mer. Ventilateur, clim., douche-WC, TV, tél., piscine et bar-restaurant pour les résidents. Double avec petit déj. de 44 à 54€. *Route de la Colline* ***Grand Baie*** *Tél. 263 8780 ou 263 3258 resa@lesorchideeshotelmauritius.com*

Ocean Beach Hotel (plan 3, A2 n°39) Cette résidence hôtelière moyen de gamme, située en bord de mer, offre une prestation très satisfaisante, notamment dans sa partie moderne. Une douzaine de chambres occupent deux bâtiments au toit de chaume, dont l'un est posé sur la plage, avec piscine. Déco contemporaine et confort moderne (clim., kitchenette) : rien à redire ! Les autres chambres et bungalows sont situés un peu dans les terres, mais la plage est accessible par un court chemin. Piscine avec bar, spa, restaurant. Le plus : des activités nautiques (ski nautique, banane, plongée en apnée...), habituellement payantes, sont ici en accès libre. De 88 à 130€. *Route royale* ***Grand Baie*** *Tél. 263 1000 ou 263 3039 www.ocean-villas.com Wifi payant dans les chambres*

prix très élevés

Veranda Grand Baie (plan 3, B2 n°34) Le Veranda a rouvert ses portes en octobre 2010 après une rénovation complète. Les 94 chambres de ce complexe qui a su rester à taille humaine allient confort et décoration mauricienne. Le bois y est associé aux couleurs tropicales. Dispersés dans le jardin, les bungalows blancs comprennent des chambres, des duplex et de vrais appartements. L'hôtel offre les mêmes prestations que ses luxueux voisins : TV, minibar, ventilateur, clim., coffre-fort, plage privée, deux piscines face à la baie, tennis, miniclub, gymnase, spa, base nautique et club de plongée Aquarius Diving. Double de 186 à 262€ en demi-pension/2 pers. *Route côtière* ***Grand Baie*** *Tél. 209 8000 ou 266 9700 (rés.) www.veranda-resorts.com*

Le Mauricia (plan 3, B2 n°35) Cet hôtel de grand standing jouit d'une situation paradisiaque face à la baie, avec en toile de fond les silhouettes du Pieter Both et du Pouce. En tout, 237 chambres et appartements au confort luxueux, à la décoration sobre et élégante et aux terrasses donnant sur le jardin avec la mer à quelques mètres. Accueil charmant, plage quasi privée, splendides piscines à débordement, centre de plongée, centre nautique, tennis, grand spa, fitness, miniclub... Nombreux sports nautiques compris dans la location. Deux restaurants, dont l'élégant Nautic (fruits de mer), soirée langouste une fois par semaine. Signalons toutefois que certaines activités, comme l'aquagym, peuvent lasser les clients qui aimeraient se reposer loin de la musique criarde des séances de step. Boutiques de luxe, discothèque et animations tous les soirs. Demi-pension obligatoire. Double standard de 238 à 416€ en demi-pension/2 pers. *Route côtière* ***Grand Baie*** *Tél. 209 1100 www.lemauricia-hotel.com Wifi gratuit dans les chambres*

Royal Palm (plan 3, B2 n°36) La jet-set se presse dans ce complexe idéalement situé à la pointe de la baie et classé parmi les trois hôtels les plus luxueux de l'île (au nombre de ses hôtes de marque, citons le président Chirac, et les artistes Delon, Belmondo et Deneuve...). La décoration mêle subtilement les styles indien, indonésien et mauricien entre les canapés crème, les meubles anciens et les murs en pierre. Somptueuse terrasse face à la mer et belle plage de sable fin, présentée comme "le plus beau bain de l'île". Confort absolu (fax et Internet dans les chambres), restaurant gastronomique, superbe piscine, sports nautiques, tennis, squash climatisé, practice de golf, spa, etc. Suite Junior en demi-pension de 770 à 1 770€/2 pers. *Route côtière* ***Grand Baie*** *direction plage de la Cuvette Tél. 209 8300 www.royalpalm-hotel.com*

À la pointe aux Canonniers

prix élevés

Sea Point Bungalows (plan 2, B1 n°10) Belle situation face au lagon pour cette résidence de milieu de gamme, régulièrement rénovée. Les 18 logements, rénovés début 2011, sont répartis en studios (2 pers.), appartements (4 pers.) et duplex (4-5 pers.), modestes mais propres et corrects. Si les bungalows sont un peu rapprochés, le calme est néanmoins garanti. Studio de 50 à 100€, appartement de 75 à 125€, duplex de 90 à 150€. Il existe aussi des "garden studios" (50-65€), plus petits, plus sommaires et moins bien situés (prix hors TVA). Petit déj. 5€. Service de chambre tlj., possibilité de repas sur commande, excursions organisées, accès Internet. *Route côtière* ***Pointe aux Canonniers*** *Tél. 696 4804 Fax 686 7380 www.seapointbungalows.com*

prix très élevés

Sous le Badamier (plan 3, A2 n°38) Cette maison d'hôtes de 12 chambres aux couleurs ocre, jaune, rouge et bleue, jouxte un centre de sports et spa donnant accès aux salles de sport, piscine, sauna et hammam. Située à la limite de Grand Baie et de la pointe Malartic, dommage que la mer demeure invisible. On peut néanmoins la retrouver sur la jolie plage privative (à moins d'une minute à pied). Dîner possible sur place. De 116 à 130€ la double avec petit déj. (de 154 à 188€ en demi-pension/2 pers.). *Route côtière* ***Pointe aux Canonniers*** *Tél. 263 4391 www.souslebadamier.com Wifi (gratuit) dans certaines chambres*

☺ **20° Sud (plan 3, A1 n°37)** Idéalement situé sur la pointe Malartic, à l'abri des regards, cet hôtel de charme de 34 chambres offre une prestation digne d'un grand palace. Tout a été pensé pour le bien-être du visiteur : accueil personnalisé des propriétaires belges, Anne et Michel Bourgeois, personnel attentionné, décor idyllique de cocotiers ouvrant sur le lagon turquoise, plage de rêve, bassins et piscines en pierre volcanique bordés de deck en bois. En hiver, l'une des piscines est chauffée, une rareté à Maurice. Aucune faute de goût dans la décoration coloniale, rétro et exotique juste comme il faut : du sol au plafond, tout est en bois peint de blanc, et meublé d'antiquités ou de mobilier belge. Ceux qui le peuvent s'offriront l'une des "suites australes", avec piscine privative sur le lagon. Bar sous varangue, restaurant de haute tenue surplombant la plage, bibliothèque éclairée d'un aquarium tropical, spa et animation jazzy le soir. L'hôtel propose aussi des excursions à la barrière de corail et à l'île Plate, et des navettes en pirogue (4/j.) pour faire son shopping à Grand Baie. Le soir, offrez-vous une croisière gastronomique romantique sur le navire des années 1930 *MS Lady Lisbeth*, le plus vieux bateau à moteur de Maurice. À noter : les enfants de moins de 12 ans ne sont pas acceptés. Double de 290 à 650€ en demi-pension/2 pers. *Route côtière Pointe Malartic* ***Pointe aux Canonniers*** *Tél. 263 5000 www.20degressud.com Wifi gratuit dans les chambres*

Le Canonnier (plan 2, B1 n°11) En dépit de la proximité du Club Med et des stations de Mont Choisy et de Grand Baie, on se sent loin de tout dans cet ensemble à l'extrémité de la presqu'île. L'hôtel jouit d'une situation de rêve et offre un panorama à 180° sur la mer azur. 286 chambres aux couleurs fraîches et au confort moderne (clim., TV, minibar, coffre-fort) et terrasse avec vue sur mer ou sur le jardin et la piscine. Des petites plages aménagées, on nage en contemplant dans le lointain la masse du Coin de Mire. Construit sur les rochers et protégé par deux canons datant de la guerre coloniale franco-anglaise, le bar-restaurant Navigator profite d'un cadre sublime : cuisine raffinée, mais coûteuse. Belle piscine, centre nautique, club de plongée, miniclub (dans un ancien phare du XIXe s.), tennis, boutiques, discothèque en plein air et animations le soir. Double standard de 270 à 470€ en demi-pension. Wifi. *Route côtière* ***Pointe aux Canonniers*** *Tél. 209 7000 www.lecanonnier-hotel.com*

PEREYBÈRE

Il est bien difficile de délimiter les villages côtiers qui s'étirent le long de la route royale. Grand Baie se termine insensiblement et laisse ainsi la place à Pereybère, qui a la réputation de posséder le sable "le plus fin de l'île", réputation non usurpée, même si l'étroitesse de la plage, située en plein centre du village, refroidit un peu notre enthousiasme. Pereybère offre moins de boutiques et de restaurants que Grand Baie, mais plus de calme, et les vacanciers trouveront leur bonheur dans les nombreuses locations (bungalows, villas et studios) qui se succèdent derrière la plage.

MODE D'EMPLOI

accès

À 2km de Grand Baie. De Port Louis, des **cars** réguliers vont jusqu'à Cap Malheureux et s'arrêtent à Pereybère (20Rs). Également, des cars toutes les 30min pour Grand Baie. En **taxi**, compter 500-600Rs de Port Louis, et 200Rs de Grand Baie

DÉCOUVRIR

Pereybère

☆ Les essentiels La vue sur les îlots du Nord depuis la plage publique
Découvrir autrement Baladez-vous à vélo en direction de Cap Malheureux

☆ **Plages de Pereybère** La plage publique de Pereybère est belle et assez fréquentée. En revanche, la première en venant de Grand Baie (à gauche de l'Hibiscus Beach Resort), petite anse très calme, est idéale pour poser votre serviette (du restaurant de l'hôtel Hibiscus, prenez à gauche et marchez quelques minutes sur les rochers). Au nord, vers la pointe d'Azur, une autre étendue sableuse offre une vue superbe sur le Coin de Mire (empruntez le petit passage qui fait face à l'hôtel Anoushka puis, arrivé sur une plage étroite, prenez à droite sur 200m). Il faut ignorer les panneaux Private Property, qui représentent un abus de la part de certains propriétaires (toutes les plages de Maurice sont publiques dans la zone comprise entre les niveaux de marée le plus haut et le plus bas). En quittant Pereybère en direction de

Cap Malheureux, vous arrivez à la plage de **Bain Bœuf**, qui tient son nom du temps où on menait les bœufs se prélasser sur le rivage. Un lieu agréable pour pique-niquer à l'ombre, face au Coin de Mire. On trouve de jolis coins de sable pour poser sa serviette en allant vers l'ouest, mais prenez garde aux bateaux à ski nautique, qui passent sans prévenir.

Galerie du Moulin Cassé (plan 4, A2) Cette ancienne sucrerie, qui appartenait à Charles Péreybère, abrite depuis peu une galerie d'art. On y admire (et on peut y acquérir) les photos de Diane Henry et les peintures colorées de Malcolm de Chazal. Le lieu accueille aussi des expositions temporaires d'artistes mauriciens, mais sa visite vaut surtout pour son architecture surprenante : les plafonds des deux longues galeries voûtées sont couverts de plus de 20 000 poteries d'argile rouge (une mesure anti-incendie), donnant à l'endroit des airs de ruche géante. Promenez-vous aussi dans l'agréable jardin, où trônent un immense banian et la vieille cheminée de l'usine, qui ne fume plus depuis 1880. *Peu avant l'entrée du village (tourner à droite après "Bleu de toi" et fléchage) Tél. 263 0672 ou 727 0672 moulincasse@intnet.mu Ouvert ven. 10h-17h (ou sur rdv)*

CARNET D'ADRESSES

Restauration

très petits prix

En fin de semaine, les petits marchands ambulants de la plage de Pereybère régalent pour trois fois rien de *dholl puri*, de samoussas ou de *biryani*. En dessert, une glace achetée sur le parking fera très bien l'affaire.

petits prix

Café Pereybère (plan 4, A2 n°1) Non, ce n'est pas un café, mais un restaurant chinois, classique et abordable. Un beau décor vermillon et de bons petits plats comme le chop suey de canard, qu'on accompagnera de riz aux crevettes, le fooyang (omelette aux légumes), les oreilles-de-chat (champignons), les calamars, le poulet, les camarons et les langoustes (un peu plus chers). Signalons que les menus pour deux sont économiques (570Rs). Petit bémol : la salade de fruits est en conserve et le service un peu expéditif. Environ 450Rs le repas. *Route côtière* ***Pereybère*** *Tél. 263 8700 Ouvert tlj. midi et soir*

prix moyens

Wang Thaï (plan 4, A1 n°2) Une élégante table thaïlandaise pour changer des parfums chinois. Inspirée des cuisines indienne et chinoise, la gastronomie thaïe marie à merveille le sucré et le salé, l'amer et l'épicé. À déguster, les excellentes roulades de crevettes, le poulet au curry vert au lait de coco, le poulet et l'ananas au curry rouge ou le très sucré sauté d'agneau au miel sauce thaïe. Attention : le canard sauté aux herbes thaïes ("canard énervé") est très relevé. Pour les enfants, les lamelles de poulet sont parfaites. Le décor, soigné, est à la hauteur de la cuisine : statues thaïes et plafond en natte et en bambou. Service un brin guindé. Menus de 450 à 900Rs. *Route côtière* ***Pereybère*** *(100m après la plage publique, en allant vers l'est) Tél. 263 9331 ou 263 4050 Ouvert mar.-dim. 12h-14h30, tlj. soir*

Plan 4 Pereybère / Cap Malheureux

Restauration (n°1 à 5)

- Amigo — **5** A1
- Café Pereybère — **1** A2
- Kanaco — **4** B1
- Restaurant Hibiscus — **3** A2
- Wang Thaï — **2** A1

Hébergement (n°10 à 24)

- Bleu de toi — **18** A2
- Blooms — **23** A2
- Calodyne-sur-Mer — **24** B2
- Coin de Mire Attitude — **13** A1
- Hibiscus Beach Resort — **10** A2
- Kuxville-Serendip — **17** B1
- Le Coin de Mire Resto Bar — **16** B1
- Le Samara — **14** A1
- Les Buissons Bungalows — **15** A1
- Les Cases fleuries — **11** A2
- LUX Grand Gaube — **22** C2
- Paradise Cove — **19** B1
- Pereybère Hotel & Apartment — **12** A2
- Veranda Paul et Virginie — **21** C2

VOIR AUSSI CAP MALHEUREUX

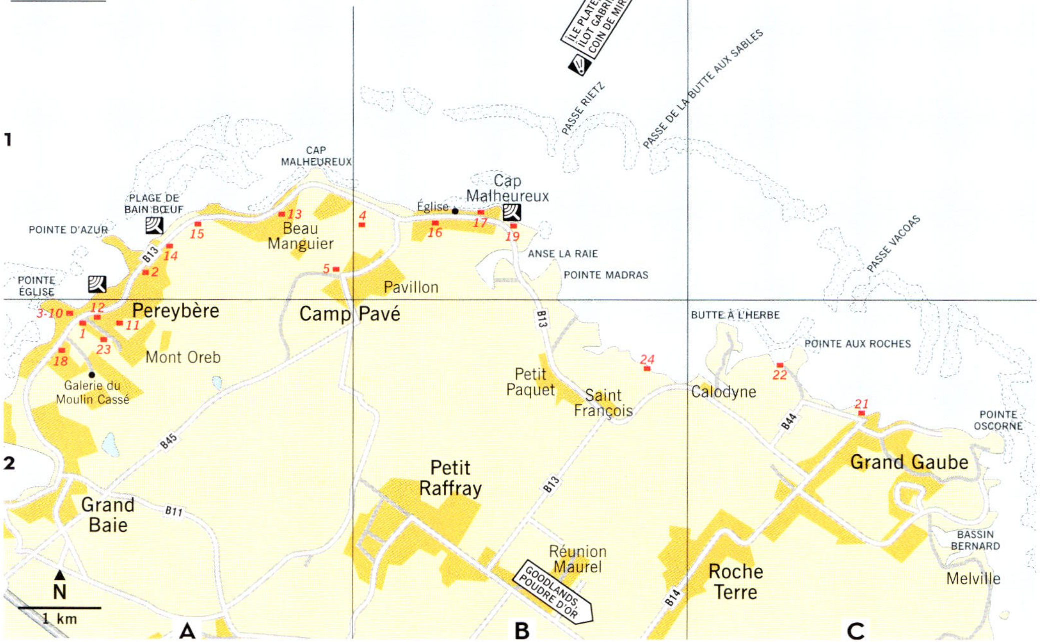

prix élevés

Restaurant Hibiscus (plan 4, A2 n°3) Le restaurant réputé de l'hôtel Hibiscus Beach Resort. Perché sur une terrasse en bois au-dessus de la plage, il propose des spécialités de la mer : plateau de coquillages et crustacés, tartare de dorade, gambas au beurre d'ail, etc. Buffet créole et soirée séga le vendredi (réservation fortement conseillée). ***Pereybère*** *Tél. 263 8554 gmanager@hibiscus.intnet.mu Ouvert tlj. midi et soir*

Hébergement

très petits prix

Blooms (plan 4, A2 n°23) Les clients qui reviennent ici chaque année ne s'y trompent pas : les 7 studios, assez gais avec leurs gros carrelages bleu et jaune, sont situés tout près de la plage publique. Bonne literie, sdb, clim., kitchenette et petite terrasse pour prendre l'air. Le quartier est calme, et la résidence protégée par une caméra et une alarme. Une aubaine au vu du prix : seulement 1 000Rs à deux. Un très bon rapport qualité-prix. *Paradizo Lane* ***Pereybère*** *Tél. 263 8840 pages.intnet.mu/blooms Wifi gratuit dans les chambres*

petits prix

Les Cases fleuries (plan 4, A2 n°11) Sécurité et tranquillité assurées, à 1min de la plage publique. Les 12 bungalows et la maisonnette (non climatisée) sont répartis dans un jardin plaisant qu'égaient de grosses tortues et des cardinaux rouges. L'ensemble reste néanmoins assez daté et mériterait un coup de pinceau. Décor minimal, terrasse privée, grande propreté et équipement complet : clim., ventilateur, TV, coffre-fort, cuisine. Le petit plus : un fin grillage antimoustiques protège toutes les portes et fenêtres. La résidence est gardée par un portail et un haut mur dissimulé par des palmiers. Ménage 2 fois/semaine. Chambre double avec cuisine 40€ (clim. 5€). Maisonnette (4 pers.) non-climatisée 50€. *Beach Lane* ***Pereybère*** *Tél. 263 8868 casefle@intnet.mu*

prix moyens

Les Buissons Bungalows (plan 4, A1 n°15) Cette petite résidence cossue et bien tenue fera le bonheur des budgets moyens. Parfaite pour 3 couples d'amis, la villa principale comprend 3 chambres climatisées, 2 sdb, une belle cuisine équipée, un salon avec TV, une mezzanine et une terrasse. La piscine se partage avec les occupants des 3 appartements voisins, confortables, bien aménagés, très propres et agréablement décorés de tableaux, de fleurs séchées et de fauteuils en osier (2-5 pers). La plage de Pereybère n'est qu'à 800m et celle qui borde l'hôtel Le Samara à moins d'une minute. Ménage assuré, surveillance de jour comme de nuit et possibilité de petit déj. En haute saison (déc.-fév.), appartement de 2-3 pers. à 53€, appartement de 4-5 pers. à 80€, villa de 6-7 pers. à 101€ (30% d'arrhes à verser lors de la réservation). *Mont Pereybère* ***Pereybère*** *Tél. 425 9212 jean-lou@intnet.mu www.guyetmaryse.skyrock.com*

prix élevés

Pereybère Hotel & Apartment (plan 4, A2 n°12) À la hauteur de la plage publique, cet hôtel de milieu de gamme comporte 14 chambres et 7 bungalows de 4 pers. L'ensemble, rénové et agrémenté d'une piscine (bizarrement encastrée dans le bâtiment !), est plutôt convaincant. Confort aux normes : clim., écran plat, bonne literie, balcon. Accès au sauna et jacuzzi. Wifi gratuit. La route passe sous les fenêtres, mais le double-vitrage sauvera vos nuits. Restaurant au rdc. Double à 110€, suite et appartement de 150 à 160€ (haute saison). *Route côtière* ***Pereybère*** *Tél. 263 8165 ou 8320 www.pereyberehotel.com Wifi gratuit dans les chambres*

Le Samara (plan 4, A1 n°14) La rénovation a fait un bien fou à cet hôtel autrefois quelconque et désormais bien plus séduisant. La vingtaine de studios et appartements sont toujours situés au bord de la route, à quelques mètres d'une belle plage à laquelle on accède par un petit passage. Mais l'intérieur a bien changé, mariant style sobre et vrai confort (clim., TV, coffre, petit frigo). Autre nouveauté : la piscine et le coin bar, sous le toit en chaume. L'ensemble reste sans prétention. Transfert à l'aéroport, excursions, service de baby-sitting. Double 128€/pers. en demi-pension (haute saison). *Route côtière (face à l'arrêt de bus)* ***Pereybère*** *Tél. 262 8045 info@lesamarahotel.com www.lesamarahotel.com*

prix très élevés

☺ **Bleu de toi (plan 4, A2 n°18)** Une adresse de charme située entre Grand Baie et Pereybère. Les 8 chambres d'hôtes sont décorées avec un goût sûr et l'hygiène est à l'image du confort : irréprochable (clim., minibar, écran plat, coffre). Pas de vue sur la mer (la plage est de l'autre côté de la route), mais un beau petit jardin tropical et une piscine pour rêvasser au milieu des bananiers. Le soir, profitez de la table d'hôtes proposée par le propriétaire, qui s'y entend pour préparer poissons et fruits de mer au barbecue, selon la pêche du jour, salades exotiques et desserts mauriciens. Sans oublier les cocktails, à siroter au bord de la piscine. Excursions organisées dans l'île possibles. En somme, la qualité d'un hôtel dans une atmosphère amicale. De 86 à 112€ avec petit déj. (tarifs dégressifs en fonction de la durée du séjour), table d'hôtes 19€/pers. *Route cotière* ***Pereybère*** *Tél. 269 1761 info@bleudetoi.com www.hotelbleudetoi.com Wifi gratuit dans les chambres*

Hibiscus Beach Resort (plan 4, A2 n°10) À quelques brasses de la plage publique de Pereybère, ces pavillons sont littéralement enfouis sous une végétation luxuriante : vacoas, palmiers, hibiscus, bougainvilliers et deux superbes banians. Doté d'une piscine, l'hôtel abrite 46 chambres doubles rénovées et modernisées, parfaitement confortables (clim., TV, minibar). L'allée mène comme par magie à la plage, où se déploie un horizon dégagé sur la mer turquoise. Une petite crique rocailleuse, mais on accède à une étendue sableuse par un sentier sur la gauche. Spa, gym, kayaks et pédalos sont à la disposition des clients. Le restaurant de l'hôtel est l'un des meilleurs de Pereybère. De 180 à 300€ en demi-pension/2 pers. ***Pereybère*** *Tél. 263 8554 www.hibiscushotel.com*

GAMME DE PRIX	RESTAURATION	HÉBERGEMENT
Très petits prix	moins de 200Rs	moins de 1000Rs
Petits prix	de 200 à 450Rs	de 1000 à 1700Rs
Prix moyens	de 450 à 700Rs	de 1700 à 2700Rs
Prix élevés	de 700 à 1300Rs	de 2700 à 4000Rs
Prix très élevés	plus de 1300Rs	plus de 4000Rs

Le Morne Brabant (p.187), à la pointe sud-ouest de l'île.

Le chapeau traditionnel de Rodrigues (p.231).

Champs de canne à sucre (p.15), dans le nord-est de l'île.

Poisson ange.

Grand Bassin (p.195), offrandes à Shiva.

Détail du toit de l'église de Cap Malheureux (p.140).

Port Louis, le marché central (p.75).

L'île aux Cerfs (p.157) et le banc de sable, à la jonction avec l'île de l'Est.

Pêche à la senne, Rodrigues (p.231).

Nénuphars géants d'Amazonie, jardin botanique de Pamplemousses (p.88).

CAP MALHEUREUX

Un nom qui sonne comme une malédiction… On ne sait si la pointe septentrionale de l'île le doit aux navires qui y firent naufrage, ou aux troupes britanniques qui débarquèrent en décembre 1810 pour mettre fin à la colonisation française. Aujourd'hui, on vient au village de Cap Malheureux pour admirer son église pittoresque, qui accueille chaque dimanche une foule enthousiaste. Le village possède une station-service, une poignée de restaurants et quelques modestes hôtels dispersés le long de la route côtière.

MODE D'EMPLOI

accès

Cap Malheureux est à 3km de Pereybère, et à 8km de Grand Gaube. Comptez environ 600Rs en **taxi** depuis Port Louis, et 300Rs depuis Grand Baie. Des **cars** réguliers desservent Grand Gaube (23Rs) depuis Port Louis (gare d'Immigration Square), via Pamplemousses.

DÉCOUVRIR

Cap Malheureux et ses environs

☆ **Les essentiels** L'église **Découvrir autrement** Venez un dimanche pour la grand-messe, profitez de la vue sur le Coin de Mire

En prenant la direction de Cap Malheureux, vous découvrirez une côte plus découpée et rocheuse : les criques remplacent les plages de sable et la route s'éloigne du littoral pour rentrer dans les terres à travers les champs de canne. Avant d'atteindre le cap, faites une halte au **cimetière** où se côtoient tombes chrétiennes, musulmanes et hindoues et où quelques vaches en semi-liberté broutent l'herbe d'un sol sableux avec, dans le lointain, la silhouette des îlots du Nord. Passé **Anse la Raie**, la route offre un bon aperçu des paysages typiques de l'intérieur des terres : les champs de cannes à sucre à perte de vue (les pierres dégagées des champs forment ici et là des monticules), et au loin les silhouettes du mont Pieter Both et de la chaîne de Moka. À l'est, **Grand Gaube** est un paisible village de pêcheurs sans animation touristique, mais réputé pour son chantier de construction de pirogues en bois de jaquier. Entre les rochers du bord de mer, on peut parfois trouver de petites lampes à huile en terre cuite, témoignages des prières des fidèles hindous.

☆ **Église de Cap Malheureux** Notre-Dame Auxiliatrice et son toit de bardeaux rouge vif, est nantie d'un clocher indépendant qui se dresse face à la mer. Le dimanche, la nef est bondée et la grand-messe est l'occasion d'un intense moment de vie locale.

● Faire de la plongée, s'initier au kitesurf

Just Diving (plan 4, B1) Centre et école de plongée de Kuxville-Serendip (p.142). Plongée sans matériel fourni 30€, avec matériel 35€, baptême comprenant deux séances en mer et un certificat pour plonger à douze mètres 90€. *Route côtière Tél. 262 6080 www.justdiving.net*

Club Sindbad ltd (plan 4, B1) Le propriétaire de Kuxville-Serendip (p.142) propose des cours de kitesurf (100€ les 2h30, sur rdv) une activité à pratiquer de préférence de juin à septembre, ainsi que de la planche à voile, du pédalo et de la voile. *Route côtière Tél. 262 7913 ou 262 8836 www.sindbad.mu*

Cap Divers (plan 4, B1) Jean-Michel Langlois, du Blues Diving Centre (p.150) tient aussi ce club sérieux, situé dans l'enceinte du Paradise Cove. Réservation impérative. Plongée 55€, 6 plongées 275€, baptême 72€, plongée de nuit 77€. *Paradise Cove Anse la Raie Tél. 204 4000*

CARNET D'ADRESSES

Restauration

petits prix

Kanaco (plan 4, B1 n°4) Une petite salle où le patron, volubile, réserve à ses clients un accueil chaleureux et vient souvent leur faire un brin de causette durant le repas. Simple et savoureuse, la cuisine indienne privilégie les produits de la mer : chair de crabe au curry, ourites sauce rouge, cari de poisson, crabe à l'indienne, langouste fraîche et riz blanc sans supplément. Crabe environ 200Rs. Goûtez impérativement au rhum arrangé. ***Cap Malheureux*** *1km avant l'église Tél. 262 8378 Ouvert tlj. midi et le soir sur réservation*

prix élevés

Amigo (plan 4, A1 n°5) Un restaurant réputé pour ses poissons et crustacés. Les murs sont d'ailleurs recouverts des compliments de clients ravis, dont plusieurs personnalités... Les spécialités valent le détour : citons, en hors-d'œuvre, la marinade de poisson à l'exotique (175Rs), le gratin de fruits de mer dans sa coquille de bénitier (275Rs) ou la salade de marlin fumé maison (175Rs). La copieuse langouste grillée au beurre d'ail se suffit à elle-même (1000Rs les 500g), tout comme le plateau de fruits de mer grillé nature (à partir de 1 500Rs) qui permet de goûter aux langoustes et camarons et à leurs sauces délicieuses. Pour les vins, vous pouvez suivre les conseils d'un client qui a écrit sur le mur : "Langoustes et chardonnay Durban Hills 2000. Inoubliable ! " L'addition est élevée, d'autant que les serveurs ont tendance à pousser à la consommation. Réservation conseillée le soir et en fin de semaine. Le restaurant fait également des plats à emporter et de la cuisine à domicile. ***Cap Malheureux*** *À 1,2km de la route côtière sur la B45, dans le quartier de Pavillon (indiqué à partir du terrain de foot) Tél. 262 8418 ou 6248 Ouvert tlj. midi et soir*

Hébergement

très petits prix

Le Coin de Mire Resto Bar (plan 4, B1 n°16) Attention à ne pas confondre cet établissement, assez vieillot et de confort modeste, avec le très luxueux Coin de Mire Hotel. Ici, les 3 studios et les 2 appartements de 2-3 chambres (avec clim.) ont l'avantage de faire face à la ravissante église de Cap Malheureux (demandez le studio n°3) et pour certains de donner sur les îlots du Nord. La route passe sous les fenêtres (il y a néanmoins peu de trafic le soir) et le soleil tape dur sur le toit en tôle au-dessus des mezzanines. L'hôtel propose aussi le petit déj., un restaurant et un bar. Studio 800Rs et appartement de 1 000 à 2 000Rs. ***Cap Malheureux*** *Un peu avant l'église Tél. 262 8070 Wifi (gratuit) dans certaines chambres*

prix moyens

Kuxville-Serendip (plan 4, B1 n°17) Une clientèle principalement allemande occupe ces pavillons sympathiques, bien qu'un peu désuets (même si une rénovation a été entreprise). Appartements et studios sont répartis dans deux ensembles. **Kuxville** bénéficie d'une situation superbe au bord de la plage, face au Coin de Mire et aux îlots du Nord ; comptez de 110 à 125€ en appartement et de 190 à 290€ en villa indépendante). **Serendip**, de l'autre côté de la route, offre des pavillons (à partir de 70€), récemment transformés en "eco lodges" avec cuisine équipée et climatisation, qui donnent sur un petit jardin et une piscine. Dans les deux cas, le calme règne (pas de musique !). Ménage quotidien. Nombreuses activités nautiques (canoë, pédalo...), et très bon club de plongée et de kitesurf (p.141). ***Cap Malheureux*** *Après l'église, dir. Grand Gaube Tél. 262 7913 ou 262 8836 info@kuxville.com www.kuxville.com Wifi gratuit dans les chambres*

prix élevés

Coin de Mire Attitude (plan 4, A1 n°13) La meilleure adresse de Cap Malheureux. Dans un sympathique jardin fleuri, ombragé de cocotiers et de filaos, vous trouverez cet agréable petit complexe hôtelier 3 étoiles. Toute la clientèle profite des deux piscines du complexe. La propreté est parfaite et le confort très satisfaisant. Personnel serviable, miniclub, ping-pong, gym, location de vélos, et activités nautiques gratuites (bateau à fond de verre, kayak, pédalo), exceptée la plongée en apnée, payante. La petite plage n'offre que peu de fond. L'arrêt de bus voisin est très pratique pour se rendre à Pereybère, Trou aux Biches ou Port Louis. Double en demi-pension à 156€/2 pers. (haute saison). *Route côtière (Bain Bœuf)* ***Cap Malheureux*** *Tél. 204 9900 www.coindemire-hotel-mauritius.com*

À Anse la Raie

prix très élevés

Paradise Cove (plan 4, B1 n°19) Luxe, calme et volupté. Sur une péninsule, au bout d'une paisible petite anse privée, ce 5-étoiles, très prisé des couples, est idéal pour passer une lune de miel inoubliable. Statues balinaises dans le jardin, personnel féminin en sari, patios et vasques de fleurs garantissent une ambiance feutrée sans être guindée. Les chambres, fuchsia, orange et vert, ont été relookées sur le thème indien. Baignades sur la plage ou dans la piscine à débordement, dîners aux chandelles dans des paillotes individuelles sur pilotis, détente au spa (tenter le "bain de fleurs" pour deux, un must !) et activités sportives (fitness, tennis, nautisme, catamaran, plongée). Le service, attentionné sans être empressé, permet d'oublier la présence des autres jeunes mariés. Double Pondichéry (standard) 398€ en formule "tout compris"/2 pers. *Route côtière* ***Cap Malheureux*** *Tél. 204 4000 www.paradisecovehotel.com Wifi gratuit dans les chambres*

À Grand Gaube

prix très élevés

Calodyne-sur-Mer (plan 4, B2 n°24) Un village de vacances de 60 bungalows et 52 chambres au bout d'une jolie pointe de terre qui fait face au Coin de Mire, à l'île Plate et à l'île Ronde. Les voyageurs en quête de calme passeront leur chemin (animations tous les soirs, musique sur la plage...), mais l'ensemble dispose de nombreux atouts : jolis bungalows de style colonial avec leurs toits bleu pâle, déco colorée et confort plus que correct, grande piscine et jolie plage, miniclub, case nautique et centre de massage. Le restaurant lorgne sur l'azur et le soir, on peut se trémousser sur la piste de danse en plein air. Pour se baigner au calme, des petits kiosques ont été aménagés loin, très loin des enceintes. Environ 180€ pour deux en demi-pension. *Mirabel Avenue Route côtière* ***Calodyne*** *Tél. 288 2590 ou 288 1591 www.calodynehotel.com*

Veranda Paul et Virginie (plan 4, C2 n°21) Les célèbres amants du roman de Bernardin de Saint-Pierre ont donné leur nom à cet hôtel de 81 chambres, destiné principalement aux couples. Reste à souhaiter une fin moins tragique aux jeunes mariés en lune de miel... Joli *lobby* à couverture végétale, décor sobre et élégant, chambres donnant sur les îlots du Nord, confort moderne (clim., ventilateur, TV, minibar), piscines à débordement, jardin tropical et plage privative : le séjour est plus qu'agréable. Prolongez le plaisir au spa, qui propose notamment des massages en duo. Pour vous divertir, le club de plongée, le centre nautique, le charmant salon de lecture Paul et Virginie, le bar Le Saint-Géran et des spectacles de jazz et de folklore tous les soirs. Double de 172 à 262€/2 pers. en demi-pension (obligatoire). Wifi. *Route côtière* ***Grand Gaube*** *Tél. 288 0215 www.veranda-resorts.com*

LUX Grand Gaube (plan 4, C2 n°22) La déco et l'aménagement s'appuient sur le concept de "lumière des îles", qui préconise de savourer la légèreté de vivre au bord de l'eau. *Lobby* coiffé d'un toit typique, canapés prune, murs de pierre, statues balinaises... Chaque chambre bénéficie de la vue sur le lagon et les îlots du Nord et offre un confort sophistiqué tout en conservant une grande simplicité. La terrasse en bois surplombe une plage privée bordée de cocotiers. Le somptueux spa mérite le coup d'œil : décor balinais subtil et raffiné, piscine d'eau salée avec cascade, galets dans les cabines, vasques de fleurs et équipement dernier cri. Centre nautique, centre de plongée, tennis, practice de golf, miniclubs pour enfants et adolescents et possibilité d'excursions à la journée sur l'île des Deux Cocos, au sud de Maurice. Trois des cinq restaurants encadrent la piscine, ouverte sur la mer et les îlots du Nord. Jazz, séga et danses indiennes le soir. En haute saison, comptez à partir de 188€/pers. en demi-pension. *Pointe Rejane* ***Grand Gaube*** *Tél. 204 9191 www.luxresorts.com Wifi gratuit dans les chambres*

POUDRE D'OR

On ne trouvera nulle trace du précieux métal dans ce modeste village de pêcheurs, privé de plage, rongé par la mangrove, balayé par un vent iodé et environné d'une côte sauvage. Après l'hôtel Le Coin du Nord, l'église surgit au milieu d'une allée de palmiers. Son haut clocher en pierre noire lui donne des allures de cathédrale gothique plantée dans un décor tropical. Une pyramide se dresse en souvenir des deux amants, Paul et Virginie, héros du roman de Bernardin de Saint-Pierre, inspiré du naufrage du *Saint-Géran*. À conseiller, l'escapade à l'île d'Ambre, îlot inhabité posté à une demi-heure au large de Poudre d'Or. Les amateurs de maquettes de bateaux et de beaux tissus locaux iront faire un tour à Goodlands.

HISTOIRE On ne sait d'où vient ce beau nom de Poudre d'Or. Il ne peut s'agir des rêves dorés que l'on faisait miroiter aux engagés indiens à qui l'on demandait de retirer les pierres des champs puisque sur une carte ancienne de l'isle de France (nom de l'île sous la domination française), dessinée en 1763 d'après les observations de l'abbé de La Caille (qui mesura l'île de façon étonnamment précise), on compte six régions parmi lesquelles Pamplemousses et Poudre d'Or.

MODE D'EMPLOI

accès

À 10km de Grand Gaube. Des **cars** réguliers au départ de Port Louis (gare d'Immigration Square) desservent Poudre d'Or avec un changement à Goodlands, qui se trouve à 4km au nord-ouest de Poudre d'Or et à 5km au sud de Grand Gaube. Compter 500Rs en **taxi** depuis Grand Baie.

DÉCOUVRIR

Les environs de Poudre d'Or

☆**Les essentiels** Le marché aux tissus et l'atelier Historic Marine de Goodlands **Découvrir autrement** Une excursion jusqu'à l'île d'Ambre

Île d'Ambre Situé à 30min de bateau de Poudre d'Or, cet îlot inhabité doit son nom à l'ambre gris (substance parfumée provenant des concrétions intestinales des cachalots qui, rejetées, flottent à la surface de la mer) que les marins hollandais récoltaient sur l'île. C'est au large de cette île que le Saint-Géran fit naufrage sur les récifs de la passe aux Citronniers dans la nuit du 17 au 18 août 1744. Le drame inspira à Bernardin de Saint-Pierre son roman *Paul et Virginie*. L'île d'Ambre ne recèle ni plages de sable fin, ni lagon turquoise comme l'îlot Gabriel, mais les visiteurs seront au calme. Les pêcheurs proposent l'excursion à des prix dérisoires. On y accède également depuis Grand Baie en 45min, avec des chances de croiser des dauphins en chemin. *Pour un départ depuis Poudre d'or contactez* **Fanfan Virieux** *Tél. 283 1669 ou 768 2562 Tarifs variables en fonction du nombre de passagers (3 500Rs/2 pers. 4 000Rs/8 pers.)*

Goodlands Gros bourg sans attrait, Goodlands étire de façon anarchique ses boutiques et ses nombreuses usines le long de la route principale. Le marché aux tissus et aux vêtements et les ateliers Historic Marine méritent le détour. Jetez aussi un coup d'œil au temple tamoul de la rue principale, pour son enchevêtrement baroque de statues de divinités.

Où acheter tissus et maquettes de bateaux ?

☆ **Marché aux tissus et aux vêtements** Les étoffes vendues ici sont extrêmement attractives pour qui s'intéresse un peu à la déco : saris de coton, de soie et de polyester dans toutes les teintes, cotons imprimés parfaits pour agrémenter un intérieur ou confectionner des vêtements. En revanche, côté prêt-à-porter, le marché offre beaucoup moins de choix que celui de Quatre Bornes. On y découvre aussi des objets de prière indiens et des perles à associer pour des colliers inédits. **Goodlands** *(sortie est de la ville, face à l'entrée des ateliers Historic Marine) Ouvert mar. et ven. 7h-17h*

☆ **Historic Marine** L'atelier de maquettes de bateaux le plus important de l'île ouvre ses portes au public. On vient admirer et acheter (c'est le seul point de vente de Historic Marine) de superbes reproductions de vieux gréements en tek ou en acajou et de navires de guerre aux coques ventrues, chargés de voiles, de cordages et de canons. La visite guidée permet surtout d'observer les ouvriers au travail : montage, ponçage, peinture et vernissage. La durée de construction d'une maquette varie de deux mois à plus d'une année. Prix élevés mais négociables. *Zone industrielle de Saint-Antoine* **Goodlands** *(sortie est de la ville, sur la gauche face au marché) Tél. 283 9304 www.historic-marine.com Ouvert lun.-ven. 9h-17h, w.-e. et j. fér. 9h-12h Entrée libre*

CARNET D'ADRESSES

Hébergement

très petits prix

Le Coin du Nord Cet établissement modeste compte 10 chambres au confort très sommaire équipées de sdb et ventilateurs (deux ont la climatisation). L'isolement relatif du village promet des nuits longues et réparatrices. D'en haut, la vue plonge sur une petite rivière. Double à 1 000Rs. *Saint Philomène Street* **Poudre d'Or** *Tél. 283 7312 Fax 283 7313*

Dans les environs

prix moyens

☺ **La Salle à manger** En 1830, Charles Antoine de Chazal, descendant d'un inspecteur général des finances de

Louis XV, construit cette demeure au centre de sa propriété sucrière de Poudre d'Or. Depuis, la sucrerie a disparu mais le lieu a conservé son cachet et cultive encore un certain art de vivre. Dans la salle-à-manger ou sous la varangue, on se sent un peu comme un invité. La cuisine mêle tradition et raffinement. Nous vous conseillons le poisson, accommodé de différentes manières (au limon de Rodrigues et aux épices indiennes, cuit à l'unilatérale accompagné d'aubergines) et l'agneau cuit en croûte d'herbe (530Rs). Un plat du jour (290Rs) et une salade du jour (220Rs) sont proposés quotidiennement. Menu enfants. *Route royale* **Goodlands** *(à la fin du village) Tél. 282 1823 www.lademeuresaintantoine.com Ouvert jeu.-sam. midi (les autres jours sur réservation : 8 pers. min.)*

prix très élevés

La Demeure Saint Antoine Sur la même propriété que le restaurant La Salle à manger, dans une belle maison à colonnades, la Demeure propose un hébergement de charme avec 4 chambres doubles qui communiquent deux à deux. Meublées à l'ancienne, avec des lits à baldaquin et des parquets en bois sombre, elles possèdent chacune une salle de bains moderne. Les résidents peuvent faire comme chez eux et s'installer dans les salons, agréables pièces à vivre garnies de gravures et de beaux livres, ou profiter de la véranda et du magnifique parc, fleuri et ombragé de banians. *Route royale (à la fin du village)* **Goodlands** *Tél. 282 1823 www.lademeuresaintantoine.com*

GEOREGION

LA CÔTE EST

V

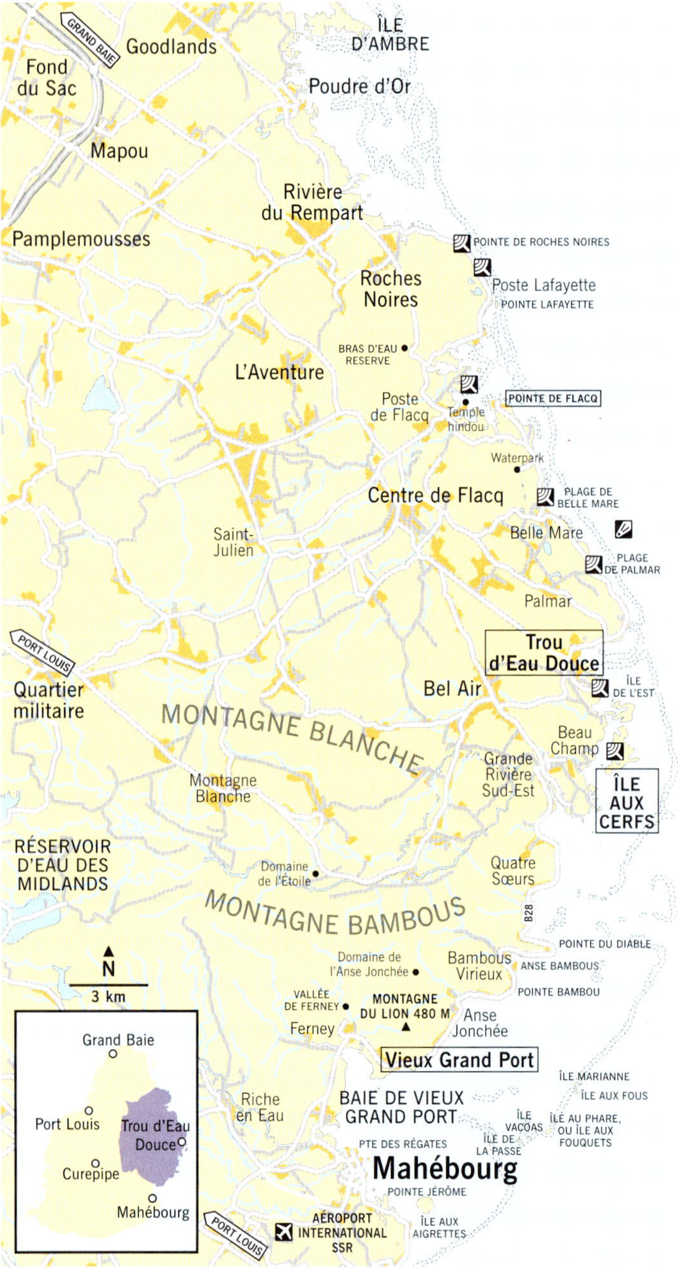
GRAND BAIE
Goodlands
Fond du Sac
ÎLE D'AMBRE
Poudre d'Or
Mapou
Rivière du Rempart
Pamplemousses
POINTE DE ROCHES NOIRES
Roches Noires
Poste Lafayette
POINTE LAFAYETTE
BRAS D'EAU RESERVE
L'Aventure
POINTE DE FLACQ
Poste de Flacq
Temple hindou
Waterpark
Centre de Flacq
PLAGE DE BELLE MARE
Belle Mare
Saint-Julien
PLAGE DE PALMAR
Palmar
Trou d'Eau Douce
PORT LOUIS
Quartier militaire
Bel Air
ÎLE DE L'EST
MONTAGNE BLANCHE
Beau Champ
Grande Rivière Sud-Est
Montagne Blanche
ÎLE AUX CERFS
RÉSERVOIR D'EAU DES MIDLANDS
Domaine de l'Étoile
Quatre Sœurs
MONTAGNE BAMBOUS
B28
POINTE DU DIABLE
N
3 km
Domaine de l'Anse Jonchée
Bambous Virieux
ANSE BAMBOUS
POINTE BAMBOU
VALLÉE DE FERNEY
MONTAGNE DU LION 480 M
Ferney
Anse Jonchée
Vieux Grand Port
Grand Baie
ÎLE MARIANNE
ÎLE AUX FOUS
Port Louis
Trou d'Eau Douce
Riche en Eau
BAIE DE VIEUX GRAND PORT
ÎLE VACOAS
ÎLE AU PHARE, OU ÎLE AUX FOUQUETS
ÎLE DE LA PASSE
PTE DES RÉGATES
Curepipe
Mahébourg
POINTE JÉRÔME
Mahébourg
PORT LOUIS
AÉROPORT INTERNATIONAL SSR
ÎLE AUX AIGRETTES

POINTE DE FLACQ

La crème de l'hôtellerie mauricienne est installée sur cette ravissante langue de terre bordée d'eau turquoise, péninsule "privée" puisque, à moins d'y séjourner ou de s'attabler dans l'un des restaurants des hôtels, elle est inaccessible aux visiteurs extérieurs. Signalons néanmoins la petite plage publique qu'on rallie par un chemin à droite des grilles de l'hôtel Prince Maurice, d'où vous pourrez nager jusqu'aux îlots volcaniques qui lui font face. Plus au nord, la côte change de visage : les plages sont beaucoup plus sauvages.

MODE D'EMPLOI

accès

Poste de Flacq, village le plus proche, est à 15km au sud de Poudre d'Or, et 40km environ à l'est de Port Louis.

banque

Guichet automatique MCB. *En face de l'hôtel Belle Mare Plage*

DÉCOUVRIR

Pointe de Flacq et ses environs

☆**Les essentiels** Les plages de Poste Lafayette et de Roches noires, la forêt indigène de Bras d'Eau Reserve **Découvrir autrement** Faites une partie de golf dans le cadre idyllique du Belle Mare Plage

☆**Plages de Poste de Flacq** Au nord de Poste de Flacq, le littoral est composé de vastes étendues sauvages et ventées, semées de roches noires basaltiques. Ici, les alizés soufflent fort, déchaînent de gros rouleaux de mer et tordent les filaos. En remontant la côte, arrêtez-vous à la plage de **Bras d'Eau** pour son décor exotique de mangrove baignant dans le lagon, face à l'hôtel Prince Maurice. Plus au nord, les touristes se font rares et la baignade sur

Tableau kilométrique

	Pointe de Flacq	Trou d'Eau Douce	Vieux Grand Port	Île aux Cerfs	Mahébourg
Trou d'Eau Douce	14				
Vieux Grand Port	42	29			
Île aux Cerfs	16	3	30		
Mahébourg	48	34	6	37	
Port Louis	39	42	71	45	5

la longue plage publique de **Poste Lafayette**, ou de **Roches noires**, n'en est que plus tranquille.

Temple hindou Le gracieux temple de Sagar Shiv Mandir se dresse sur un îlot relié à la terre, au bout de la route de Poste de Flacq, face à l'hôtel Saint-Géran.

☆ **Bras d'Eau Reserve** Pour changer de la plage, faites un saut dans cette agréable forêt de 432ha, que parcourt un sentier de 3km. Une forêt indigène couvrait autrefois la région (ébène, bois d'olive, bois de rondes y étaient visibles), jusqu'à ce que l'on décide d'y introduire des espèces exotiques. Aujourd'hui, on déambule au milieu des araucarias, des bois noirs, des mahogany et des eucalyptus. Vedette de la forêt, le coq des bois (en fait un gobe-mouches aux ailes rouges) est un oiseau endémique très rare sur l'île. Un peu d'information (en anglais) dans le centre des visiteurs. Le sentier commence en face, de l'autre côté de la route (panneau "Nature Trail"). Prenez des chaussures ou de bonnes sandales pour marcher, le sentier en roche volcanique est rugueux. La réserve naturelle Bras d'Eau et sa voisine Mare-Sarcelle forment désormais un parc national unique. *À 3km au nord de Poste de Flacq* ***Centre des visiteurs*** *Ouvert lun.-ven. 7h-16h, sam.-dim. et j. fér. 8h-17h Accès libre*

Les plus beaux parcours de golf

● Plonger avec des bouteilles

Blues Diving Centre Tous les grands hôtels de la côte disposent d'un club de plongée, dont celui du Belle Mare Plage (p.151), tenu par Jean-Michel Langlois. Idéal pour découvrir la passe de Belle Mare (p.153). Plongée 65€, 6 plongées 325€, baptême 85€, plongée de nuit de 89 à 130€. *Hôtel Belle Mare Plage Tél. 402 2731*

● Faire du kitesurf

Kite2fly Cours particuliers de 2h, 120€. Location de matériel 80€/j. (400€/sem.). Deux cours de 4h avec équipement pendant 5 jours, 350€. *Au Jalsa Beach Hotel et à l'hôtel Centara Poste Lafayette Tél. 755 8343 ou 433 2836*

● Jouer au golf

Belle Mare Plage Le Belle Mare Plage dispose de deux superbes 18-trous : le Links, accessible aux non-résidents, et le Legend, plus technique, exclusivement réservé aux clients de l'hôtel. ***Poste de Flacq*** *Tél. 402 2738 www.bellemareplagehotel.constancehotels.com*

CARNET D'ADRESSES

Restauration

Les restaurants des grands hôtels sont ouverts aux non-résidents.

prix moyens

Chez Manuel Restaurant chinois assez excentré mais de bonne tenue et à prix raisonnables. À goûter, les ourites safranées (200Rs), le porc au miel (200Rs), le fondant de calamars (175Rs) et les beignets de crevettes et de poulet (150Rs). Menus pour 2 à 10 pers. de 400 à 800Rs/pers. ***Saint-Julien*** *(à 5km de Poste de Flacq, dir. Port Louis) Tél. 418 3599 Fax 418 3888 Ouvert lun.-sam. midi et soir*

prix élevés

Deer Hunter Le restaurant du golf Legend déploie sa terrasse face au trou n°18. Le décor est magique avec son bassin, sa pelouse tondue et ses bosquets d'arbres. Avec un peu de chance, vous pourrez voir des cerfs s'abreuver (en soirée). Comptez 35€ pour un repas complet, plat du jour env. 20€. *Hôtel Belle Mare Plage* ***Poste de Flacq*** *Tél. 402 2600 Ouvert tlj. 12h-17h*

Hébergement

prix très élevés

Belle Mare Plage Cet hôtel 5 étoiles appartient au même groupe que le Prince Maurice. La similitude architecturale des deux ensembles est d'ailleurs frappante, même si le Belle Mare a subi une importante rénovation, dont le Prince Maurice aurait un peu besoin... L'hôtel voit grand : beaucoup de chambres (235 plus 21 villas !), spacieuses et très confortables, certaines avec accès direct à la plage, 7 restaurants (dont l'excellent Blue Penny Café et l'idyllique Spaggia face à la mer), 5 bars, 4 piscines, 2 spas, tennis, ski nautique (gratuit), centre de plongée, et 2 golfs de 18 trous (p.150). Les toits de chaume, la charpente et les monticules en pierre volcanique disséminés dans le parc apportent une note traditionnelle de bon aloi. Un vaste complexe de très haute tenue, avec orchestre tous les soirs et spectacles trois fois par semaine. Quant à la plage, elle s'étend sur près de 2km... Double de 500 à 850€ en demi-pension. Accès Internet. ***Poste de Flacq*** *Tél. 402 2600 bellemare-plagehotel.constancehotels.com Wifi gratuit dans les chambres*

Le Saint-Géran Avant tout un nom, une réputation, et une situation superbe à l'extrémité de la pointe de Flacq pour ce pionnier de l'hôtellerie de luxe mauricienne, le premier 5-étoiles de l'île. Les 162 suites, donnant toutes sur le lagon, rivalisent de confort et de prestige. Les clients peuvent goûter aux charmes du luxuriant parc tropical peuplé d'oiseaux (cygnes noirs, flamants roses, grues couronnées), du beau spa (admirez la grande piscine chauffée en plein air) et de la plage. **Golf** de 9 trous. Suite double junior avec petit déj. 1 063€. ***Poste de Flacq*** *(pointe de Flacq) Tél. 401 1688 www.oneandonlysaintgeran.com Wifi gratuit dans les chambres*

Le Prince Maurice L'un des plus beaux hôtels du pays. Prisé par une clientèle haut de gamme, le Prince Maurice (5-étoiles luxe), ne propose que des villas et des suites : junior, senior et bien entendu princière ! Dans le *lobby*, la piscine à débordement et le lagon se confondent en une seule perspective. L'hôtel, dont la décoration reflète le thème de la route des épices, avec des tons chauds (marron et safran), mériterait cependant un petit rafraîchissement. Certaines chambres, montées sur pilotis, et d'autres, dotées de piscines privées, disposent d'un accès direct à la plage. Dîner de fruits de mer et de grillades au sublime restaurant flottant Barachois, l'un des restaurants de l'hôtel (réservation impérative). Nous vous recommandons de prendre un verre au bar Laguna, pour passer un moment dans une ambiance de luxe et de beauté. Suite double junior avec petit déj. de 750 à 1 100€ selon la saison. *Choisy Road* ***Poste de Flacq*** *Tél. 402 3636 princemaurice.constancehotels.com Wifi gratuit dans les chambres*

Dans les environs

prix très élevés

☺ **La Maison d'été** Postées sur la côte sauvage, 10 chambres de rêve toutes tournées vers la mer. De l'architecture à la décoration, rien n'a été laissé au hasard : murs en raphia, toit de chaume, bois et pierre volcanique, chaises en rotin, lit à baldaquin... Cuisinettes dans toutes les chambres, mais pas de climatisation : les alizés se chargent de l'aération ! Les couples en lune de miel doivent réserver longtemps à l'avance la chambre 10, avec sa grande terrasse et sa fenêtre triangulaire face à la mer. Pour le reste, calme assuré. Deux piscines, un coin de plage à côté des rochers, VTT, kayak, palmes et tuba gratuits, tout comme Internet. Cuisine mauricienne et méditerranéenne au restaurant (bouillabaisse, tartines d'espadon, pizza), ouvert aux non-résidents (950Rs env. le repas). Tant mieux, c'est la seule bonne table sur toute cette portion de côte ! Mieux vaut être motorisé pour sortir le soir, même si le bus passe devant la maison. Double 120€ avec petit déj. ***Poste Lafayette*** *(à 7km de Poste de Flacq) Tél. 410 5039 www.lamaisondete.com* ***Restaurant*** *Ouvert tlj. soir, mar.-dim. midi Wifi gratuit dans les chambres*

TROU D'EAU DOUCE

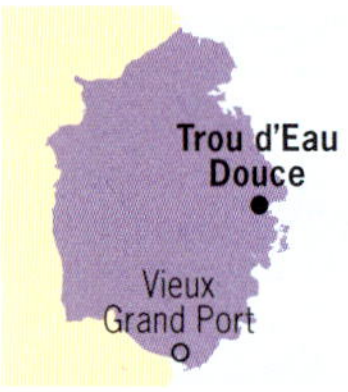

Bien que cerné par les grands hôtels et les campements pour vacanciers, ce petit village de pêcheurs créoles a su rester à l'écart du développement touristique : la vie y est paisible, l'ambiance conviviale. On se sent un peu moins "touriste" qu'à Grand Baie, mais le visiteur en quête d'une vie nocturne risque fort d'être déçu... Trou d'Eau Douce est connu pour être le point de départ des navettes qui voguent vers l'île aux Cerfs, la grande attraction de la côte est. Au nord du bourg, les plages de sable fin de Palmar et de Belle Mare offrent un formidable point de chute pour les voyageurs adeptes du farniente.

MODE D'EMPLOI

accès

À 42km à l'est de Port Louis et 32km au nord de Mahébourg. **Cars** chaque demi-heure de 6h à 18h30 (ligne Centre de Flacq-Palmar). Attention, ils ne s'arrêtent pas à la plage de Belle Mare. Pour rejoindre Mahébourg, il faut changer à Centre de Flacq.

adresses utiles

Pas de banque à Trou d'Eau Douce ! On trouve des guichets automatiques à Pointe de Flacq (MCB en face du Belle Mare Plage) et à Bel Air. Le village dispose néanmoins d'un bureau Thomas Cook (change et transfert d'argent) dans la rue principale.

Mauritius Tourism Promotion Authority Un comptoir d'information de l'office de tourisme mauricien (MPTA). *À côté du restaurant Four à chaud Tél. 480 0925*

DÉCOUVRIR

Trou d'Eau douce et ses environs

☆ **Les essentiels** Les plages de Belle Mare et de Palmar, le domaine de l'Étoile **Découvrir autrement** Explorez avec des bouteilles la passe de Belle Mare, admirez les toiles de Maniglier au cours d'un dîner au Café des Arts

☆ **Plages de Belle Mare et de Palmar** Les deux belles plages de sable fin de Belle Mare et de Palmar se succèdent sans interruption au nord de Trou d'Eau Douce. Un long ruban blanc dont on ne retrouve l'équivalent que dans le nord-ouest de l'île. Dans l'eau, d'agréables plongées en apnée peuvent être envisagées autour des récifs coralliens. Sur cette portion de la côte, on aperçoit les ruines des fours utilisés par les colons, qui fabriquaient leur chaux en calcinant le corail. Le bus de Centre de Flacq dessert la plage de Palmar de 7h à 18h, mais ne monte pas jusqu'à Belle Mare.

Passe de Belle Mare C'est le principal site de plongée de la région, que l'on peut explorer à partir d'un niveau 1. Tourbillonnant autour des éperons et au fond des canyons, l'eau abandonne des milliers de particules alimentaires, qui attirent une faune importante. On observe en particulier des groupes de carangues et de grands pélagiques, qui vont du thon au requin. Gorgones immenses (menacées par les palmes des plongeurs) à la forêt des Gorgones. Une plongée proposée notamment par le Blues Diving Centre (p.150).

● Jouer dans l'eau en famille

Waterpark Face à la plage de Belle Mare, un grand parc de loisirs aquatiques : toboggans, piscines, jacuzzi, tunnels, piscine à vagues, bouées. Parfait pour changer de l'eau plate du lagon. Restaurant-snack à l'intérieur. *Route côtière Belle Mare Tél. 415 2626 www.lawaterpark.intnet.mu Ouvert tlj. 10h-16h*

● Explorer la montagne Bambous

☆ **Domaine de l'Étoile** Ce beau domaine de 2 000ha très bien entretenus, occupe les flancs nord verdoyants de la montagne Bambous. Dès le centre d'accueil, l'envie vous prend de sauter sur un cheval et de galoper sur les pentes herbeuses et en forêt, au milieu des cochons marrons (sangliers), des cerfs et des macaques. En chemin, beaux points de vue sur la mer. Plusieurs options sont proposées pour découvrir le domaine : le cheval (recommandé), le quad, le VTT et la marche à pied. On pourra aussi s'essayer au tir à l'arc. Chaque activité est guidée et dure de 2 à 3h (départs à 10h et à 14h). Pour voir des cerfs, mieux vaut venir l'après-midi. Un restaurant assez sophistiqué vous permettra de reprendre des forces face au profil mamelonné du domaine (buffet 860Rs). *À 7km au sud-ouest de Trou d'Eau Douce (gagner Bel Air, puis prendre la B27 dir. Montagne Blanche) Tél. 729 1050 www.cieletnature.com Ouvert tlj. 10h-18h*

● Jouer au golf

Four Seasons at Anahita Un must ! Légende mondiale du golf, Ernie Els a personnellement dessiné le 18-trous de l'hôtel Four Seasons. Un parcours de toute beauté, entre lagon et montagne. Comptez 175€ le green fee avec voiturette. ***Beau Champ*** *Tél. 402 3125*

CARNET D'ADRESSES

Restauration

prix moyens

Chez Tino Les Mauriciens plébiscitent ce restaurant familial situé au premier étage d'un immeuble dénué de charme. De fait, on déguste une cuisine créole très correcte (grand choix de caris et *vindaye*), surtout les fruits de mer (calamars, crevettes), préparés à la sauce créole ou en paella façon Tino (450Rs). Tino loue aussi 3 studios tout simples avec clim., TV, cuisinette et douche/WC (1 000Rs avec petit déj.), et organise des excursions (repas inclus) à l'île aux Cerfs. *Route royale* ***Trou d'Eau Douce*** *Tél. 480 2769 Fax 480 2311 Ouvert tlj. midi, lun.-sam. soir*

☺ **Sous le manguier** Une ambiance conviviale et une cuisine savoureuse attendent les clients de cette table d'hôtes. Clients ? Parlons plutôt d'amis, puisqu'on s'installe sur la terrasse en compagnie des autres convives et de Marie-Line et José, les sympathiques propriétaires. Un apéritif pour lier connaissance et l'on passe à table : on se régale alors de plats locaux très copieux (cari, *vindaye*, daube), lors d'un menu complet à 750Rs, apéritif et vin compris. Réservation impérative. Les propriétaires proposent également le petit-déjeuner à base de produits faits maison (confitures de mangue, papaye, goyavier). *Route royale* ***Trou d'Eau Douce*** *face à l'église Tél. 748 7347 jose@slm_online.org Ouvert tlj.*

Green Island L'affable Giovanni s'y entend comme personne pour vous mettre à l'aise dans son agréable restaurant, situé au bord de la route mais tourné vers le lagon. La cuisine ne bouscule pas les bases de la gastronomie mauricienne, mais les assiettes sont fort bien présentées et il n'y reste pas grand-chose en fin de repas !

Essayez les camarons, le poulet "façon Giovanni" et l'*enchilada* (roulade de bœuf, calamar, etc.). Le soir, les expatriés travaillant dans les hôtels de la côte mettent une belle ambiance. Repas à partir de 450Rs. *Route royale* ***Trou d'Eau Douce*** *Tél. 480 0735 ou 421 7152 Ouvert mar.-dim. midi et soir*

prix élevés

Le Four à chaud Le four, situé face au restaurant, réduisait jadis le corail du lagon, transporté en pirogue, en chaux. Aujourd'hui, les embarcations rapportent d'autres bienfaits de la mer : les poissons et crustacés, à l'honneur d'une cuisine semi-gastronomique. Sur les élégantes tables nappées, on sert langoustes grillées (1 350Rs les 500g) et kono-kono (coquillages aux vertus soi-disant aphrodisiaques, 425Rs). Une cuisine délicate, des plats végétariens. Belle carte des vins. Comptez entre 800 et 1 500Rs/pers. Réservation conseillée. *Route royale* ***Trou d'Eau Douce*** *Tél. 480 1036/37 ou 755 1483 Ouvert dim.-ven. midi, tlj. soir*

prix très élevés

☺ **Le Café des Arts-Fondation Maniglier** L'ancienne sucrerie Victoria, une belle bâtisse en pierre volcanique (monument classé), abrite à la fois un restaurant chic et une galerie d'art consacrée à Yvette Maniglier, la dernière élève de Matisse. On y dîne dans une atmosphère feutrée (pas plus de 20 pers.) parmi les œuvres colorées de l'artiste, non loin d'une piscine où l'on peut faire trempette. Maître des lieux et fils de la peintre, le sémillant Jocelyn Gonzales propose une cuisine gastronomique de qualité, sans fausse note. L'addition, en revanche, est salée : comptez 2 900Rs pour trois plats, 3 600Rs quatre plats. Il est vrai que les assiettes sont signées... Maniglier ! *Victoria Old Sugar Mill* ***Trou d'Eau Douce*** *(maison aux volets jaunes) Tél. 480 0220 ou 421 0977 www.maniglier.com Ouvert août-juin : tlj. soir (sur réservation), tlj. midi (si réservation la veille, à partir de 2 pers.)*

Dans les environs

prix moyens

Empereur Restaurant Les tables en plastique des débuts ont laissé place à des nappes et des fauteuils en rotin... La radio allumée et la cuisine chinoise sont, eux, toujours là. Pas de mauvaise surprise dans l'assiette : poulet sauce thaïe, crevettes sautées à la chinoise, langouste en curry. Bœuf, poulet et crevettes sont déclinés en *fooyang*, chop suey et à la sauce aigre-douce. Repas de 300 à 600Rs. ***Belle Mare*** *entre la Pointe de Flacq et le Waterpark Tél. 415 1254 Ouvert tlj. midi et soir*

Symon's Une adresse en bord de route, un peu plus convaincante que sa voisine, l'Empereur. La cuisine hésite entre la Chine et l'Inde, mais quel que soit le choix, le résultat est réussi : camarons sautés ou grillés (775Rs), poisson grillé (525Rs), poulet *batter masala* (325Rs) et nombreux plats tandoori. Bon rapport qualité-prix : 600-700Rs le repas. ***Belle Mare*** *Entre la Pointe de Flacq et le Waterpark (à côté de l'Empereur) Tél. 415 1135 Ouvert lun.-ven. 8h-23h, sam.-dim. 10h-0h*

Hébergement

petits prix

Le Dodo Ces 6 appartements (2/3 pers.) se trouvent au cœur du village, à proximité de la plage. L'aménagement est assez sommaire (cuisinette équipée, douche/WC, parfois clim.), mais on profitera d'une grande terrasse avec vue sur l'océan. Préférez les deux appartements sur le toit, ils sont tout neufs, climatisés et offrent une belle vue sur Trou d'Eau Douce et les montagnes de Vieux Grand Port. Accueil adorable, entretien parfait. Comptez 30€/2 pers., 38€/3 pers. *Route royale* ***Trou d'Eau Douce*** *(avant Chez Tino, en face) Tél. 480 0034 ou 763 5703 christa0307@hotmail.com*

prix très élevés

Villas Le Clézio Pas besoin d'avoir lu l'intégrale du prix Nobel de littérature pour poser ses valises dans l'une de ces quatre villas, tenues par madame Laurence Le Clézio, qui a vécu 26 ans dans la maison d'Eurêka. Mais l'envie de bouquiner risque bien de vous prendre sitôt installé sous la varangue : les villas sont posées sur la plage, face à l'îlot Mangénie et aux montagnes de Vieux Grand Port. Certaines sont plus en retrait, mais profitent du beau jardin. Toit de chaume à l'ancienne, fauteuils à bascule, baldaquins désuets... L'équipement n'est pas franchement dernier cri, mais l'accueil, le cadre et l'atmosphère rétro font du lieu une excellente villégiature. Choisissez de préférence la villa Talipot (2 chambres), très bien située sur la plage. De 110 à 140€ la villa. Paiement en espèces. ***Trou d'Eau Douce*** *Peu après le Tropical Tél. 480 0538 www.villas-leclezio.com*

Le Tropical Attitude Rénové en juillet 2012, ce 3-étoiles du groupe Attitude Resorts, à taille humaine (60 chambres), profite d'une belle situation sur la plage (toutes les chambres ont vue sur la mer). Les bâtiments blancs aux toits de chaume, quoiqu'un peu proches les uns des autres, donnent sur une agréable pelouse où l'on prend le soleil avant de rejoindre le lagon ou la piscine. Confort impeccable dans les chambres spacieuses et claires, décorées de matières naturelles. Spa, case nautique, ping-pong, volley, orchestre tous les soirs, spectacle de séga une fois par semaine. Superbe vue de la terrasse du restaurant. Double 221€/2 pers. en formule "tout compris". Du ponton, départs gratuits pour l'île aux Cerfs. ***Trou d'Eau Douce*** *Sortie nord du village Tél. 480 1300 www.tropical-hotel-mauritius.com*

Le Touessrok Fleuron 5-étoiles de l'industrie hôtelière à Maurice, le Touessrok avance des arguments solides : une situation idyllique face à la petite île des Frangipaniers (reliée par un ponton), 3 restaurants somptueux, un spa luxueux, des piscines splendides, un centre de plongée, 4 tennis, un miniclub, un personnel aux petits soins... Les 203 chambres sont irréprochables, toutes orientées vers la mer, bien pensées, élégamment décorées et dotées d'un équipement dernier cri. Navettes (gratuites) pour l'îlot privé de Mangénie (sable blanc et tranquillité), l'île aux Cerfs et son golf. En conséquence, le Touessrok est prisé des stars, des princes arabes et des couples en lune de miel. De 490 à 715€/pers. en demi-pension (petit déj. inclus). ***Trou d'Eau Douce*** *Sortie sud du village Tél. 402 7400 www.letouessrokresort.com Wifi gratuit dans les chambres*

Dans les environs

prix très élevés

LUX Belle Mare Ce somptueux 5-étoiles réussit à jouer sur plusieurs tableaux tout en gardant une sobriété de bon aloi : noctambules, familles et couples en lune de miel trouveront chacun leur bonheur et se côtoieront sans se gêner. Chambres spacieuses et fleuries, service attentionné. Tennis, centre nautique, club de plongée et spa très complet (salle de fitness, salon de coiffure, sauna, hammam). Possibilité d'excursion et d'hébergement sur l'île des Deux Cocos (propriété du groupe LUX), près du parc marin de Blue Bay. En haute saison, comptez 294€/pers. en demi-pension. ***Belle Mare*** *Tél. 402 2000 www.luxresorts.com Wifi gratuit dans les chambres*

☺ **The Residence** Le style colonial est à l'honneur dans ce splendide hôtel 5 étoiles ouvert sur la mer : colonnades blanches, meubles anciens, toits façon bardeaux, chambres à la décoration subtile et raffinée... Une foule d'activités (tennis, centre nautique, centre équestre, miniclub), mais le Residence est surtout réputé pour son spa, The Sanctuary : une merveille. Massage aux huiles essentielles parfumées, hammam, sauna, salle de yoga et de méditation, fitness... Également une case nautique et un centre de plongée. L'hôtel privilégie le calme et le repos, et ne propose donc que très peu d'animations. Personnel prévenant, service impeccable. Double de 602 à 800€ en demi-pension (haute saison). *route côtière* ***Belle Mare*** *Tél. 401 8888 www.theresidence.com*

Four Seasons at Anahita Assez isolé au sud de Trou d'Eau Douce, un "5-étoiles plus" qui se hisse déjà au sommet de l'hôtellerie de luxe à Maurice. L'ensemble des 90 villas se déploie avec grâce entre lagon et montagne. L'architecture contemporaine, aux lignes cubiques, intègre des éléments traditionnels (bardeaux, chaume, pierre volcanique) et accorde une grande place à la nature. Confort intégral et équipement de pointe à l'intérieur des villas, toutes dotées de mini-piscines. Côté restaurant, le Beau Champ propose une cuisine contemporaine à déguster au ras de l'eau. Un superbe golf 18 trous, un spa, deux piscines, centre nautique et club de plongée. Pour les enfants, un miniclub, et pour les ados, un teens club. Bref, une bulle de perfection, sans doute un peu trop lisse... Villa (2 chambres) à partir de 2 000€ en haute saison. ***Beau Champ*** *Tél. 402 3100 www.fourseasons.com*

★ÎLE AUX CERFS

La vedette des brochures touristiques mais... pas forcément l'exemple à suivre. Avec un tel lagon, une eau si cristalline et de si belles plages, l'île aux Cerfs avait tout pour séduire. Hélas, l'industrie du tourisme est passée par là (l'île est gérée par le groupe Sun Resort, propriétaire du palace Touessrok). À peine débarqué, on est frappé par son caractère mercantile : jeux nautiques, étals de souvenirs, restaurants sous paillotes et un golf de 18 trous ! Plus de place pour les cerfs (relogés sur la terre ferme), ni pour les visiteurs épris de calme. Néanmoins, on trouvera moins de foule et d'agitation sur les plages de la côte est (il faut marcher un peu). Le mieux est encore de découvrir l'île par le premier bateau, vers 9h du matin : on est alors seul au paradis. Vers 11h, ça se gâte avec l'arrivée des groupes...

MODE D'EMPLOI

accès

Les prestataires de Trou d'Eau Douce proposent des traversées AR ou des excursions à la journée (9h-16h) avec barbecue et visite des cascades. Si les tarifs sont sensiblement les mêmes partout, certains n'hésitent pas à monter les prix avec les touristes trop crédules. Les prestataires sérieux tiennent des stands ouverts tous les jours dans le centre de Trou d'Eau Douce (sur la plage ou sur le parking en face du restaurant Le Four à chaud). Départs chaque demi-heure en haute saison, chaque heure en basse saison. Attention aux particuliers qui proposent l'aller-retour moins cher mais "oublient" parfois de venir vous rechercher.

Bateaux Vicky Tarifs dans la bonne moyenne, affichés en toute transparence : trajet AR 350Rs, trajet AR + cascades 600Rs, trajet AR + cascades + déjeuner (boissons incluses) de 1 000 à 1 300Rs (voire 1 600Rs avec des langoustes au menu). Enfants (-10ans) demi-tarif. Les groupes peuvent négocier les prix. *Tél. 754 5597 ou 754 7460*

DÉCOUVRIR

L'île aux Cerfs

☆Les essentiels Les plages, l'excursion aux cascades de Grande Rivière Sud-Est **Découvrir autrement** Pique-niquez sur l'une des belles plages de la côte est, face au lagon, allez chasser le birdie ou l'eagle au Touessrok Golf Course

☆**Plages de l'île au Cerfs** La foule a tendance à s'agglutiner devant le joli lagon et le chenal turquoise qui sépare l'île aux Cerfs de l'îlot de l'Est (quelques brasses suffisent à relier les deux terres, mais attention au fort courant). Nous vous conseillons cependant de marcher plus loin : de belles plages en demi-lunes se succèdent, moins peuplées au fur et à mesure que l'on s'éloigne de l'embarcadère. Plusieurs beaux coins de paradis, surtout en matinée : on a alors l'île pour soi. Petits bémols, l'entretien des plages laisse parfois à désirer, et l'on recense quelques cas de vol. Surveillez vos affaires ! Sur la plage principale, possibilité de pratiquer le parasailing (parachute tiré par un bateau, de 1 500Rs à 2 000Rs), le ski nautique (1 500Rs le quart d'heure) ou la bouée banane (à partir de 1 500Rs pour deux).

☆**Cascades de Grande Rivière Sud-Est** Le site ne se trouve pas sur l'île mais sur la côte, mais il n'est accessible qu'en bateau, lors d'une excursion couplant île aux Cerfs et cascades. L'agréable balade en bateau vous permettra de découvrir le relief du littoral sud-est et ces belles chutes d'eau naturelles, pas très hautes mais au débit impressionnant.

● Jouer au golf

Touessrok Golf Course Le Touessrok Golf Course, magnifique parcours de 18 trous, est considéré comme l'un des dix plus beaux du monde. Conçu par le champion allemand Bernhard Langer, il couvre une surface de 38ha sur les 87ha de l'île aux Cerfs. Green fee gratuit et illimité pour les clients du Touessrok (voiturette 990Rs/pers.), 6 000Rs pour les non-résidents (voiturette et bateau pour l'île inclus). *Tél. 402 7720 www.letouessrokresort.com*

CARNET D'ADRESSES

Restauration

Vu les tarifs pratiqués ici, nous vous conseillons d'emporter un en-cas, et de pique-niquer sur la plage, ce qui est autorisé... Pour joindre les restaurants passer par la réception du Touessrok au 402 7400.

prix moyens

Sand's Bar Une paillote toute simple sur la plage principale, juste devant le Paul et Virginie. Sandwichs variés, pâtes, burgers autour de 6€. Également des cocktails (7€), à siroter face au petit chenal. ***Île aux Cerfs*** *Ouvert tlj. jusqu'à 17h*

prix très élevés

Paul et Virginie Crevettes, langoustes et camarons se dégustent les pieds dans le sable, à l'ombre des paillotes. On tentera d'oublier l'addition salée en savourant l'assiette de fruits de mer grillés sauce créole (35€) et, en entrée, la salade de cœurs de palmiers (9€). Repas 20-40€. ***Île aux Cerfs*** *Ouvert tlj. jusqu'à 17h*

Langer's Grill Bar Le restaurant du golf sert des spécialités mauriciennes et des grillades. La carte avance des prix un peu plus abordables qu'au Paul et Virginie. ***Île aux Cerfs*** *Ouvert tlj. midi*

VIEUX GRAND PORT

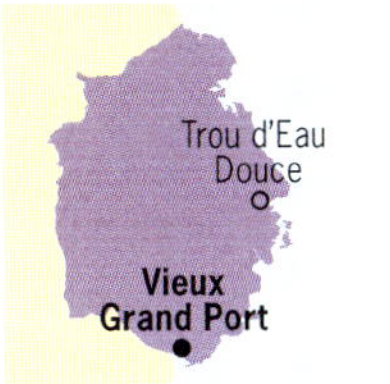

Les voyageurs ne s'attardent guère à Vieux Grand Port, village qui s'étend sans grâce le long de la route côtière, au pied de la montagne du Lion : le bourg ne possède pas les armes nécessaires pour retenir les touristes... Le site revêt pourtant une importance historique : la bataille navale de Vieux Grand Port, dont la victoire, en 1810, est gravée sur l'Arc de triomphe à Paris, lui vaudra peut-être d'être classé par l'Unesco... Un projet de village historique avec musée, port de pêche, restaurants, et résidences haut de gamme est actuellement à l'étude. Vieux Grand Port fut par ailleurs la première zone de peuplement de l'île. Quelques vestiges de cette histoire sont rassemblés au Frederik Hendrik Museum. Un peu plus au nord sur la côte, le domaine de l'Anse Jonchée mérite une visite pour sa formidable situation en balcon au-dessus de la baie de Vieux Grand Port.

LE BERCEAU DE L'HISTOIRE MAURICIENNE C'est à Vieux Grand Port que débarquent, le 20 septembre 1598, les premiers colons de l'île, venus de Hollande. Ils s'établissent autour du fort Frederik Hendrik, mais ce n'est qu'à partir de 1638, avec l'implantation de la Compagnie hollandaise des Indes orientales, que la colonie se développe. Les Hollandais acclimatent dès décembre 1639 les premiers plants de canne à sucre, introduisant ainsi la culture qui devait pendant trois siècles donner à Maurice son visage bien particulier (la première sucrerie de l'île ouvrira ainsi à Ferney, près de l'actuel bureau d'accueil de la Vallée de Ferney). Cependant, découragés par les rudes conditions de vie sur l'île, les Hollandais la quittent définitivement en 1710. Les Français l'occupent à leur tour à partir de 1721, et fondent à Vieux Grand Port un premier établissement. Ils reconstruisent et fortifient l'ancien fort hollandais, dont on peut aujourd'hui visiter les vestiges. Plus tard, Vieux Grand Port sera le théâtre d'une bataille sanglante : c'est ici que, en 1810, la marine française inflige une défaite cuisante à la flotte britannique (qui cherchait à s'emparer de Maurice après avoir envahi La Réunion), signant là la seule victoire navale de tout l'Empire napoléonien. Toutefois, quatre mois après l'événement, le général Decaen cédera le port aux Britanniques, revenus à la charge avec une escadre de soixante-dix vaisseaux…

MODE D'EMPLOI

accès

À 30km environ au sud de Trou d'Eau Douce, et à 6km au nord de Mahébourg.

DÉCOUVRIR

☆ **Les essentiels** Le domaine de l'Anse Jonchée et la vallée de Ferney
Découvrir autrement Suivez les randonnées guidées dans la vallée de Ferney

Vieux Grand Port

Frederik Hendrik Museum Peu de choses à voir dans ce lieu de souvenir installé sur le site du premier fort de l'île, bâti par les Hollandais en 1638. Les ruines du fort primitif étant enfouies, celles que l'on voit sont celles de la garnison française édifiée en 1722. Les gouverneurs de Maurice logeaient ici avant que Mahé de La Bourdonnais ne centralise tout à Port Louis. En 1695, des esclaves révoltés incendièrent le fort. Hélas, les ruines noircies et les maigres fragments de vaisselle ne révèlent pas grand-chose de cette riche histoire. *Tél. 634 4319 Ouvert lun.-mar. et jeu.-sam. 9h-16h, dim. 9h-12h Entrée libre*

Les environs de Vieux Grand Port

☆ **Domaine de l'Anse Jonchée-Kestrel Valley** Ce lieu pionnier de l'écotourisme s'étend sur 560ha au-dessus de l'Anse Jonchée, à 300m d'altitude, et vaut surtout pour sa vue majestueuse sur la côte orientale et les montagnes du Sud-Est. Plusieurs **sentiers** de 1h à 2h de marche (dont un très physique) permettent de jouir du panorama et d'observer les différents animaux qui peuplent le domaine. Parmi eux, des cerfs de Java (plus de 600 individus – c'est ici que les Hollandais introduisirent l'espèce), des sangliers, des chauves-souris et de nombreux oiseaux indigènes (crécerelle de Maurice, paille-en-queue, cateau verte, boulboul). Mieux vaut se faire accompagner par un guide pour profiter d'explications et découvrir également les arbres rares et multicentenaires de la forêt primaire, comme l'ébène. Vous pouvez aussi vous baigner à la **cascade du Trou Malgache** ou vous contenter de grimper (1km) jusqu'à la terrasse du restaurant Panoramour. Là vous attend un point de vue exceptionnel sur la montagne du Lion et sur les collines verdoyantes qui ondulent jusqu'à la mer. À l'entrée du domaine, faites un tour à la petite **distillerie** d'ylang-ylang, plante qui fleurit en février (le reste de l'année, d'autres plantes aromatiques sont exploitées : cannelle, citronnelle, baie rose, hibiscus, etc.). De nombreux projets sont en cours pour valoriser le domaine (spectacles de fauconnerie, sorties en 4x4, sorties de nuit à la recherche des cerfs et des sangliers, etc.). ***Anse Jonchée*** *(à 6km de Vieux Grand Port) Tél. 634 5011 ou 634 5166 www.kestrelvalley.com Ouvert tlj. 8h30-16h Tarif 175Rs, visite guidée 850Rs*

Vallée de Ferney À l'origine, une autoroute devait traverser cette vallée. La découverte d'arbres indigènes, comme l'ébène, le bois clou ou le pandanus iceryi, relayée par une forte mobilisation écologique, arrêta ce funeste projet. La vallée en chantier redevint la vallée… enchantée. Depuis 2006, Ciel & Nature participe à la sauvegarde de 200ha (la vallée en compte 3 400) en éradiquant les espèces exotiques nuisibles (goyave de Chine, cannelle et arbre du voyageur) et en développant les espèces endémiques. Des randonnées guidées très pédagogiques de 1h30 à 2h permettent aujourd'hui de découvrir la forêt telle qu'elle était il y a 400 ans. Explications passionnantes dans un site protégé, où vivent encore 90 crécerelles de Maurice et plus de 1 400 cerfs. Belle vue sur toute la côte sud-est depuis le belvédère. Prévoyez chaussures de marche, crème antimoustiques, eau et chapeau. Aucun aliment n'est accepté dans la réserve, mais on pourra se sustenter au **restaurant**, qui sert des sandwichs et un menu complet à 375Rs. ***Ferney*** *(à 1km de Vieux Grand Port) Tél. 729 1080 www.cieletnature.com Ouvert tlj. Départs à 10h et 14h (heure où il y a le plus de chances d'observer des cerfs) Tarif 575Rs sans repas et 1 006Rs avec balade guidée et repas au restaurant, réduit 375Rs* ***Restaurant*** *Ouvert tlj. 9h-17h*

CARNET D'ADRESSES

Restauration, hébergement

prix élevés

La Case du Pêcheur Ce restaurant est d'abord, et surtout, un site sublime. Les tables sont disposées au bord du barachois ("vivier" en créole), face à un littoral verdoyant, colonisé par la mangrove. Sur la carte, priorité est donnée aux produits frais du vivier. Nous vous recommandons le crabe, la langouste, les crevettes géantes, les excellents camarons (une préférence pour la sauce pêcheur) et les poissons grillés entiers. Une piscine permet de se rafraîchir avant ou après le repas. Petit bémol par rapport au cadre : les nappes en plastique… Réservation nécessaire pour dîner. Plats à partir de 400Rs. Le menu à partir de 900Rs permet de goûter un peu à tout. Également gîte (ci-dessous). ***Bambous Virieux*** *(à 6km au nord de Vieux Grand Port) Tél. 422 3937 Ouvert tlj. 9h-17h (dîner sur réservation)*

Gîtes La Case du Pêcheur Le cadre est magique : les 15 bungalows ont été bâtis sur une anse sauvage, envahie par la mangrove. De la terrasse sur pilotis, la vue embrasse le rivage et le massif de la montagne Bambous. Calme assuré, mais gare aux insectes. À l'intérieur, la décoration rustique (charpente et couverture végétale apparentes, pieds de lit en gros rondins de bois, paravent) donne aux chambres (clim. et ventilo) beaucoup de cachet. Double 2 300Rs avec petit déj. ***Bambous Virieux*** *Tél. 422 3937 info@sheercat.com www.sheercat.com*

prix très élevés

Ti Vilaz Ces 7 lodges aux airs de huttes jouissent de l'environnement majestueux du domaine de l'Anse Jonchée… et d'un panorama époustouflant, baie de Mahébourg et montagne du Lion comprises ! Les chalets et, plus bas, les 4 bungalows noyés dans la végétation, ont été entièrement rénovés en 2011. Visites guidées du parc (gratuites) pour les résidents. ***Anse Jonchée*** *(à 5km de Vieux Grand Port) Tél. 634 5011 www.kestrelvalley.com*

GAMME DE PRIX	RESTAURATION	HÉBERGEMENT
Très petits prix	moins de 200Rs	moins de 1 000Rs
Petits prix	de 200 à 450Rs	de 1 000 à 1 700Rs
Prix moyens	de 450 à 700Rs	de 1 700 à 2 700Rs
Prix élevés	de 700 à 1 300Rs	de 2 700 à 4 000Rs
Prix très élevés	plus de 1 300Rs	plus de 4 000Rs

MAHÉBOURG ET LA CÔTE SUD

V

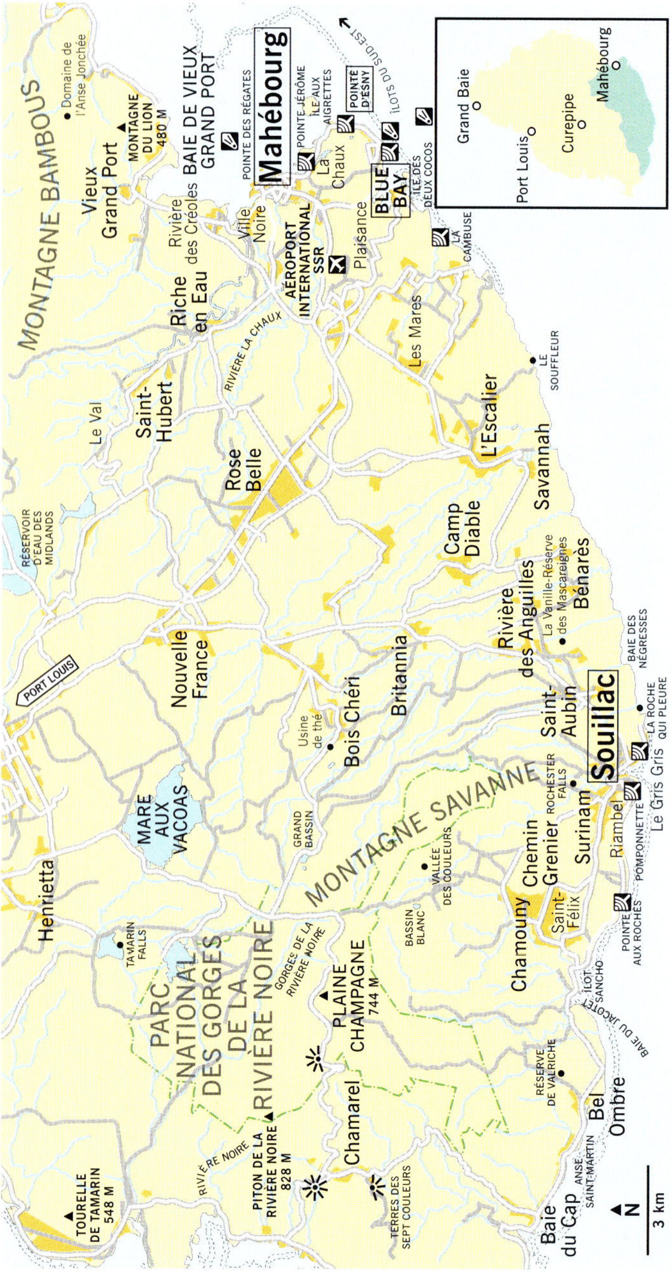

Mahébourg
MONTAGNE BAMBOUS
Domaine de l'Anse Jonchée
MONTAGNE DU LION 480 M
Vieux Grand Port
BAIE DE VIEUX GRAND PORT
POINTE DES RÉGATES
POINTE JÉRÔME
ÎLE AUX AIGRETTES
POINTE D'ESNY
ÎLOTS DU SUD-EST
La Chaux
BLUE BAY
ÎLE DES DEUX COCOS
LA CAMBUSE
Plaisance
AÉROPORT INTERNATIONAL SSR
Ville Noire
Rivière des Créoles
Riche en Eau
RIVIÈRE LA CHAUX
Les Mares
LE SOUFFLEUR
L'Escalier
Savannah
Saint-Hubert
Le Val
Rose Belle
RÉSERVOIR D'EAU DES MIDLANDS
Camp Diable
Rivière des Anguilles
La Vanille-Réserve des Mascareignes
Bénarès
BAIE DES NÉGRESSES
Nouvelle France
PORT LOUIS
Britannia
Bois Chéri
Usine de thé
Saint-Aubin
Souillac
LA ROCHE QUI PLEURE
Le Gris Gris
ROCHESTER FALLS
Surinam
Riambel
POMPONNETTE
MONTAGNE SAVANNE
MARE AUX VACOAS
GRAND BASSIN
Chemin Grenier
VALLÉE DES COULEURS
BASSIN BLANC
Saint-Félix
Chamouny
POINTE AUX ROCHES
Henrietta
TAMARIN FALLS
PARC NATIONAL DES GORGES DE LA RIVIÈRE NOIRE
GORGES DE LA RIVIÈRE NOIRE
PLAINE CHAMPAGNE 744 M
ÎLOT SANCHO
BAIE DU JACOTET
RÉSERVE DE VALRICHE
Bel Ombre
Chamarel
PITON DE LA RIVIÈRE NOIRE 828 M
RIVIÈRE NOIRE
TOURELLE DE TAMARIN 548 M
TERRES DES SEPT COULEURS
ANSE SAINT-MARTIN
Baie du Cap
N
3 km
Grand Baie
Port Louis
Curepipe
Mahébourg

MAHÉBOURG

Nichée au creux de la baie de Vieux Grand Port, à l'embouchure de la rivière La Chaux, Mahébourg incarne l'antithèse de Port Louis. Aux bouchons et au stress de la capitale, le gros village côtier oppose une atmosphère alanguie, toute méridionale. Mahébourg fut fondée en 1804 par le général Decaen, gouverneur de l'île, qui la nomma ainsi en l'honneur de son illustre prédécesseur, Mahé de La Bourdonnais, lequel donna le coup d'envoi de la colonisation française de l'île. Le port de Mahébourg connut son âge d'or au XIXe siècle, lorsqu'il fut relié à la capitale par une voie ferrée qui fonctionna de 1868 à 1968. Aujourd'hui, on apprécie le charme des nombreux bazars et échoppes colorées, encombrés de bric-à-brac. Le centre-ville recèle aussi quelques belles demeures coloniales fanées et le musée d'Histoire nationale. Tous les lundis, il règne une joyeuse animation autour du marché central. De là, les voyageurs partent découvrir les îlots sauvages qui parsèment la baie.

MODE D'EMPLOI

accès

EN VOITURE
À 50km env. au sud-est de Port Louis.

EN CAR
Des cars pour Port Louis (toutes les 15-20min entre 6h15 et 18h10, 28Rs), Curepipe (toutes les 10min entre 5h20 et 20h, 26Rs), Souillac (toutes les 20min, dir. Rivière des Galets), Baie du Cap (toutes les 20min entre 5h30 et 18h, avec changement, 28Rs) et Flacq (toutes les 20-30min entre 5h15 et 18h30, 27Rs). Pour Trou d'Eau Douce et Grand Baie, changer à Flacq.

Gare routière (plan 5, B1) *Devant le marché face à la mer*

EN TAXI
De Mahébourg, comptez 800Rs pour Trou d'Eau Douce, 900Rs pour Port Louis, 600Rs pour Souillac, 150Rs pour Blue Bay (mieux vaut prendre le car, beaucoup plus économique), 300Rs pour l'aéroport.

location de voitures

Allô Car À partir de 35-40€/j. *Route royale (Cité La Chaux) Tél. 631 1810 ou 255 1701 allocarltd@intnet.mu Ouvert tlj. 7h-18h (24h/24 par tél.)*

Tableau kilométrique

	Mahébourg	Blue Bay	Souillac	Curepipe
Blue Bay	5			
Souillac	32	32		
Curepipe	29	29	30	
Port Louis	50	46	51	23

Restauration (n°1 à 5)

Auberge Aquarella	**3**	B2
La Varangue bleue	**1**	A1
La Vielle Rouge	**2**	B2
Les Copains d'abord	**4**	B1
Saveurs de Shin	**5**	B1

Hébergement (n°10 à 13)

Auberge Aquarella	**12**	B2
Auberge Orient	**11**	B2
Coco Villa	**13**	B2
Nice Place	**10**	B2

Shopping (n°20)

Fiona Artisanat*	**20**	A2

*À RETROUVER DANS LA PARTIE DÉCOUVRIR

banques et change

Nombreux guichets automatiques le long de la rue Royale.

Western Union (plan 5, A1) *Rue Royale (face au poste de police) Tél. 631 8747 ou 631 9511*

State Bank (plan 5, A2) *Rue des Créoles Tél. 207 0111 Ouvert lun.-jeu. 9h-15h15, ven. 9h-16h*

HSBC (plan 5, A1) *Rue Royale (angle rue des Cent-Gaulettes) Tél. 631 5224 Ouvert lun.-jeu. 9h-15h30, ven. 9h-16h*

MCB (plan 5, A1) *Angle rue des Cent-Gaulettes et rue des Délices Tél. 631 2870 Ouvert lun.-jeu. 9h-15h15, ven. 9h-17h*

poste et police

Poste (plan 5, A1) *Rue Royale (angle rue Marianne) Tél. 631 9553 Ouvert lun.-ven. 8h15-16h, sam. 8h15-11h45*

Police (plan 5, A1) *Angle rue Royale et rue Marianne, face à la poste Tél. 631 7434*

DÉCOUVRIR

Mahébourg

☆Les essentiels Le musée d'Histoire nationale **Découvrir autrement** Faites un peu de shopping, en vous arrêtant pour admirer la fabrication des maquettes au magasin Constance Arts & Crafts, partez en balade en montagne

☆☺ **Musée d'Histoire nationale / National History Museum (plan 6, A1)** Dans cette demeure du XVIIIe siècle, nommée château Robillard, furent soignés côte à côte les deux capitaines français et anglais qui s'affrontèrent lors de la bataille de Vieux Grand Port en 1810 (p.159). La demeure méritait d'être sauvée pour son architecture, notamment son escalier majestueux, ses parquets et ses murs en bois qui donnent l'impression d'évoluer dans la coque d'un navire. Sur deux étages, divers documents retracent l'histoire de l'île grâce à différents témoins : porcelaines Ming, gravures romantiques de la période anglaise, documents sur l'immigration indienne, la traite des Noirs, et sur la bataille de Vieux Grand Port (gravures, cartes marines, vaisselle, mobilier de la Compagnie des Indes). À voir, le pistolet présumé de Surcouf, corsaire malouin et héros de l'île, quelques vestiges du naufrage du *Saint-Géran*, ainsi qu'un morceau de la coque de *La Magicienne*. À l'extérieur, le wagon du gouverneur rappelle l'époque où l'île Maurice avait encore son chemin de fer. *Rue Royale (à l'extérieur de la ville, dir. aéroport) Tél. 631 9329 Ouvert lun. et mer.-sam. 9h-16h, dim. 9h-12h Entrée libre*

Front de mer (plan 5, B1) Agrandi, réaménagé, le "Waterfront" permet d'admirer juste en face l'adorable petite île au Mouchoir Rouge, reconnaissable à sa maison au toit rouge, et la montagne du Lion (en regardant vers Vieux Grand Port). À voir, la statue en galets dédiée à Swami Shivananda (1887-1963), maître spirituel hindou et grand promoteur du yoga dans le monde (le front de mer porte son nom).

Lavoir (plan 5, A1) Il est encore en activité, dans un quartier populaire de Mahébourg, près de la rivière La Chaux. Avec ses coqs en liberté, la musique créole sortant des cases en tôle… et le travail des lavandières, voilà un bon aperçu de certains aspects de la vie à Mahébourg. Non loin, dans la rue Marianne, une belle maison créole fait l'angle avec la rue de la Chaux. Toit en bardeaux, varangue en bois, lambrequins et dentelles de bois : l'essence du style colonial. *Rue de la Passe*

Cimetière marin (plan 6, A1) Entre mer et montagne, ce beau cimetière domine la baie de Vieux Grand Port. *Sortie de Mahébourg, vers Ville Noire, avant Rivière des Créoles (par la B28)*

● Où faire ses courses ?

Marché (plan 5, A1-B1) En plein centre-ville, le marché aligne ses étals de légumes, de fruits exotiques et de poissons séchés. L'occasion d'une agréable

GEOPLUS

Mahébourg et ses environs en un après-midi

Le vol du retour s'annonce ? Il ne vous reste plus que quelques heures à passer sur la côte sud de Maurice ? Mettez à profit vos derniers instants sur l'île pour une ultime plongée, la visite d'un atelier de maquettes, et un apéritif face à la mer.

APRÈS-MIDI

12h30 **Le Jardin de Beau Vallon** (p.172) À la sortie sud de Mahébourg, cette authentique maison coloniale transformée en table d'hôtes vous accueille pour un déjeuner composé de sept caris, spécialités de la maison.

14h **Blue Bay** (p.173) À 3km, la plage vous attend pour quelques moments de farniente face au bleu du lagon et au rivage de l'île des Deux Cocos. Si vous préférez un endroit moins fréquenté, poursuivez votre route jusqu'à la plage de **Pointe d'Esny**.

15h **Parc marin** (p.173) Au large, se cache un fantastique paysage sous-marin de coraux aux formes délirantes : ce jardin de corail est accessible à la nage, ou par l'un des bateaux à fond de verre de Blue Bay.

18h **Constance Arts & Crafts** (p.169) Direction Mahébourg et cet atelier artisanal aux prix abordables, où vous pourrez admirer les professionels à l'oeuvre et acquérir pirogues, demi-coques, galions anciens et même maquettes d'avions.

19h **Les Copains d'abord** (p.170) Après une petite balade dans les rues de la ville, une pause apéritive méritée (suivie d'un repas si votre emploi du temps le permet), dans ce resto-piano-bar animé du front de mer.

CONSEIL Si la plage de Blue Bay est trop fréquentée à votre goût, essayez celle de Pointe d'Esny, plus difficile d'accès et donc plus intime.

Balades en amoureux

flânerie, en grignotant *dholl puri*, samoussas et gâteaux aux piments (quelques roupies seulement). Chaque lundi, un grand marché aux vêtements, très semblable à celui de Quatre Bornes, donne l'occasion de dénicher tissus indiens, tee-shirts, chaussures, etc. *Grande halle Ouvert tlj.*

Supermarché London Way Très bien fourni et fort pratique pour les clients de locations à Blue Bay et Pointe d'Esny. Guichet automatique, pharmacie, presse internationale, plats cuisinés à emporter. *Route côtière (dir. Blue Bay) Tél. 631 3388 Ouvert lun.-jeu. 8h30-19h, ven. 8h30-19h30, sam. 8h30-18h, dim. 8h30-12h30*

Où se fournir en artisanat ?

Fiona Artisanat (plan 5, A2 n°20) Derrière sa jolie façade bleue, rose et violette, cette petite boutique ravira les amateurs d'artisanat local. Cache-pots, paniers, boîtes et meubles en vacoa, fleurs artificielles en fibre de coco et en feuille de banane. Des nappes et des rideaux en coton intègrent même des éléments en fibre de coco. Original et convaincant ! Également des piments de Rodrigues. *Rue Royale (angle rue de Suffren) Tél. 748 2297 Ouvert lun.-mer. et ven.-sam. 9h-17h, jeu. 9h-12h*

Constance Arts & Crafts Travail artisanal soigné dans cet atelier où l'on assiste à la fabrication de maquettes de pirogues mauriciennes, navires de guerre, demi-coques et même avions et hélicoptères. Prix très sages et affichés. *Route côtière (dir. Blue Bay, après le London Way) Tél. 631 7611 Ouvert lun.-ven. 9h-17h30, sam. 9h-12h30*

Partir en excursion

Man Ramdhayan Man Ramdhayan, guide sérieux et réputé, connaît l'île comme sa poche et propose, pour de petits groupes, excursions en minibus (env. 10€/pers.) et balades en montagne. *Morcellement résidentiel Tél. 786 0934 ou 251 2531 manramdhayan@yahoo.fr*

Les environs de Mahébourg

Biscuiterie de manioc H. Rault (plan 6, A1) Depuis plus de cent trente ans, la famille Rault produit des biscuits au manioc. Près de douze mille gâteaux de fabrication artisanale sortent tous les jours de la biscuiterie, qui se visite rapidement. Biscuits un peu fades, mais les enfants apprécient surtout ceux au beurre et à la cannelle. ***Ville Noire*** *(au nord de Mahébourg) Suivre Riche en Eau, à droite après la montée, puis à gauche dans le virage, et jusqu'au bout du chemin Tél. 631 9559 Ouvert lun.-ven. 9h-16h (appelez au préalable) Visite 150Rs (enfant 100Rs), 175Rs avec dégustation (enfant 125Rs)*

CARNET D'ADRESSES

Restauration

petits prix

La Varangue bleue (plan 5, A1 n°1) La varangue de ce petit restaurant sans prétention et bon marché est idéale pour observer les étals du marché très animé, surtout le lundi. Le restaurant propose fruits de mer, ourites, poissons à la sauce indienne etc. Sans atteindre des sommets gastronomiques, la cuisine, mauricienne, est honnête, et l'accueil cordial du patron contribue à vous faire passer un bon moment. En revanche, le service gagnerait à plus de rapidité. Menu à 265Rs (entrée, plat et dessert). *Rue de la Colonie* ***Mahébourg*** *Tél. 746 5533 Ouvert tlj. midi (le soir sur demande)*

☺ **Saveurs de Shin (plan 5, B1 n°5)** Le chef venu tout droit de Shanghaï donne une vraie valeur ajoutée à cette nouvelle table chinoise de Mahébourg. Les bons appétits essaieront le *lap mee fan* : canard laqué, poulet croustillant, crevettes, riz et brèdes sautés dans le même plat (300Rs) ! L'*ape fan* et le *ke fan* sont moins copieux, mais tout aussi délicieux. Servis séparément, canard laqué entier (800Rs), poulet croustillant (160Rs), pattes de poulet au miel (150Rs). Des plats inédits, un cadre soigné (un rien froid), un service appliqué et un excellent rapport qualité-prix : bref, un sans-faute ! *Rue de Suffren* ***Mahébourg*** *(presque à l'angle avec la rue La Bourdonnais) Tél. 631 3668 Ouvert mer.-lun. midi et soir*

prix moyens

La Vielle Rouge (plan 5, B2 n°2) Baptisée en l'honneur du "meilleur poisson du lagon", cette table s'est forgée une petite renommée de quartier pour ses produits de la mer. La pêche du jour ne devrait pas vous décevoir (env. 500Rs), même si la vielle (à commander grillée) ne figure pas toujours au menu. Le poisson à l'indienne dans sa feuille de bananier est une autre spécialité (300Rs). Ambiance un peu bruyante malgré tout ! Vos hôtes se proposent de venir vous chercher gracieusement jusqu'à Blue Bay. Repas 600Rs. *Rue du Hangard* ***Mahébourg*** *(angle rue des Mares) Tél. 936 0355 vielle_rouge@hotmail.com Ouvert tlj. 10h-23h*

Auberge Aquarella (plan 5, B2 n°3) Le restaurant de l'auberge Aquarella (p.171) ouvert aux non-résidents propose une cuisine familiale à base de produits frais (notamment des fruits de mer). Le curry de poisson est très apprécié. Repas env. 500Rs. *6, rue Shivananda* ***Mahébourg*** *Tél. 631 2767 Ouvert tlj. Réservation nécessaire*

prix élevés

☺ **Les Copains d'abord (plan 5, B1 n°4)** Sans doute l'adresse la plus

GAMME DE PRIX	RESTAURATION	HÉBERGEMENT
Très petits prix	moins de 200Rs	moins de 1000Rs
Petits prix	de 200 à 450Rs	de 1000 à 1700Rs
Prix moyens	de 450 à 700Rs	de 1700 à 2700Rs
Prix élevés	de 700 à 1300Rs	de 2700 à 4000Rs
Prix très élevés	plus de 1300Rs	plus de 4000Rs

sympathique en ville. L'animation musicale chaque soir (sauf dim.) et la soirée séga du vendredi égaient un peu le front de mer. La salle est accueillante et la cuisine se montre à la hauteur. Spécialités de la mer (goûtez le poulpe sauté au safran et au caripoulé), mais les viandes s'en sortent aussi très bien, dont le steak de cerf et la côte de sanglier rôti au miel, en provenance directe du centre de l'île. Repas env. 700Rs. *Rue Shivananda* **Mahébourg** *Tél. 631 9728 Ouvert tlj. midi et soir*

Hébergement

On logera à Blue Bay plutôt qu'à Mahébourg. Quelques adresses en cas de nécessité, toutes regroupées dans le même quartier.

très petits prix

Nice Place (plan 5, B2 n°10) Un nom présomptueux au vu des prestations proposées dans cette modeste pension : chambres basiques (ventilateur, sdb et WC sur le palier, cuisine commune) et décor vieillot. En revanche, les prix sont modiques, l'ensemble est propre et la situation est intéressante : proche à la fois d'un café, d'une supérette et de l'arrêt de car pour Blue Bay. La rue est toutefois un peu bruyante. Dans les studios (préférez celui sur le toit), kitchenette, TV, sdb et ventilateur. Sécurité garantie, parking, location de vélos, motos et scooters et transfert aéroport. Chambre de 600 à 1 000Rs. *Rue La Bourdonnais* **Mahébourg** *Tél. 631 9419 www.niceplace.orange.mu/index_french.html*

Auberge Orient (plan 5, B2 n°11) Une adresse supérieure à la précédente. Dans un grand immeuble, chambres propres avec TV, ventilateur et douche/WC. Literie un peu molle, hélas. Les balcons des chambres du 2e étage offrent une jolie vue sur la mer, la montagne et l'île aux Aigrettes. Double 700Rs, chambre familiale spacieuse 1 200Rs/6 pers. Petit déj. 100Rs. *Rue des Hollandais* **Mahébourg** *Tél. 631 2111 www.hotelorient.intnet.mu*

petits prix

Coco Villa (plan 5, B2 n°13) Juste à côté de l'auberge Aquarella, 15 chambres, rénovées en 2010, dans ce modeste bâtiment mauve et bleu avec vue dégagée. La baignade n'est pas aisée, mais Blue Bay est à 5min en voiture ou en car. Ventilateur ou climatisation dans les chambres, dotées d'une literie assez médiocre. La vue sur le grand bleu compense un peu. Excursions et service de taxi. Comptez 1 500Rs avec petit déj., 2 000Rs avec clim. *Rue Shivananda* **Mahébourg** *Tél. 631 2192 ou 631 2346 www.mahecocovilla.net*

prix élevés

☺ **Auberge Aquarella (plan 5, B2 n°12)** Face au lagon, 10 chambres à l'intérieur coquet, et deux bungalows plus rustiques, idéals pour 3 à 5 personnes. La vue balaie un vaste panorama, de l'île aux Aigrettes à l'île Marianne. Côté confort, rien à redire (clim. presque partout, bonne literie, sèche-cheveux, parfois frigo), d'autant qu'une piscine à débordement a été ajoutée, comme pour prolonger le lagon (où l'on ne se baigne pas). Possibilité de sorties en mer aux îlots du Sud-Est en pirogue (1 500Rs/pers. la demi-journée, 2 000Rs/pers. la journée avec déjeuner), à l'île aux Cerfs et à Blue Bay. À partir de 2 000Rs la double avec petit déj., suite avec vue sur la mer de 2 800 à 3 600Rs. *6, rue Shivananda* **Mahébourg** *Tél. 631 2767 aubergeaquarella.com Wifi gratuit dans les chambres*

Dans les environs

prix moyens

☺ **Le Jardin de Beau Vallon (plan 6, A1 n°16)** Cette authentique maison coloniale, rénovée de fond en comble pour accueillir trois chambres d'hôtes, nous transporte dans le XIXe siècle des propriétés sucrières. Du parquet au plafond, tout est en bois, et le décorateur a manifestement pris beaucoup de plaisir à reconstituer l'atmosphère de l'époque (stores en bois, fauteuils en rotin, meubles anciens). Les deux chambres à l'étage (avec TV, clim., minibar) profitent d'une grande terrasse façon varangue. Les amoureux nicheront dans le pavillon du jardin avec son lit à baldaquin. Piscine idyllique pour faire oublier la mer (Blue Bay est à moins de 5km). Le tout à des tarifs très raisonnables : seulement 2 440Rs la double avec petit déj. (3 400Rs/2 pers. en demi-pension). Le restaurant offre le même décor colonial raffiné, côté salle, varangue ou jardin. Essayez les sept caris classiques, 350Rs, (que l'on accompagne de poulet ou de bœuf, 400Rs), la spécialité maison. La fricassée de fruits de mer au lait de coco et curcuma vaut aussi le détour. Vous n'êtes pas motorisé ? Pas de problème, on viendra vous chercher gracieusement dans un rayon allant de Mahébourg à Blue Bay. Repas environ 600Rs. ***Beau Vallon*** *(à 1,5km au sud du centre-ville) Tél. 631 2805 www.beau-vallon.net Ouvert tlj. midi et soir Wifi gratuit dans les chambres*

POINTE D'ESNY ET BLUE BAY

Au sud de Mahébourg, de Pointe d'Esny à Blue Bay, la côte se pare de ses plus beaux atours : sable blanc, eau cristalline et coraux de toutes formes. La carte postale est parfaite ! C'est ici que les vacanciers en quête de farniente posent leurs serviettes. La pointe d'Esny fera le bonheur des véliplanchistes et des kitesurfers, tandis que Blue Bay reste le paradis des plongeurs en apnée, qui explorent son fabuleux jardin de corail. Seule ombre au tableau, l'aéroport international, proche, est un peu bruyant... À découvrir également, les îlots du Sud-Est et l'île aux Aigrettes.

MODE D'EMPLOI

accès

Pointe d'Esny et Blue Bay, respectivement à 2km et 4km au sud de Mahébourg, offrent une succession de villas en bord de mer. De Mahébourg, la B87 traverse Pointe d'Esny avant d'arriver à Blue Bay, en cul-de-sac. En **car**, la liaison Mahébourg-Blue Bay est très commode pour les touristes (toutes les 20-30min, entre 6h30 et 18h30, 15Rs). En **taxi**, comptez

150Rs (seulement 30Rs, voire moins en "taxi-train", ces taxis collectifs que l'on peut arrêter en chemin).

adresses utiles

Pas de magasins ni d'épiceries : on fait ses courses à Mahébourg.

Tam Tam Travel and Tour (plan 6, B2) Location de voitures (27€/j. et plus), de scooters et de vélos, croisières, sorties à l'île aux Cerfs, pêche au gros, excursions. Location immobilière (7 bungalows sans clim. près du parc marin, 40-50€ le studio, 70€ l'appartement avec 2 chambres à coucher, 100-120€ le bungalow avec 3 chambres). *Route royale Pointe d'Esny Tél. 631 8642 http://pages.intnet.mu/mfoondun/tamtam/tamtam.htm Ouvert lun.-ven. 8h-16h, sam. 8h-12h*

DÉCOUVRIR

Pointe d'Esny et Blue Bay

☆ Les essentiels Les plages de Blue Bay et Pointe d'Esny, le parc marin
Découvrir autrement Partez à la découverte des îlots du Sud-Est

Sites de plongée de Blue Bay (plan 6, B2) Parmi les sites de plongée avec bouteilles, il faut noter le **Colorado Canyon** (entre -10 et -42m), un canyon vaste et compliqué où chassent des bancs de carangues. Les **roches Zozo** (entre -12 et -40m) possèdent failles, cavités et surplombs, gages d'une grande variété d'espèces d'invertébrés fixés (attention au courant). Autre site, le **Sirius** (entre -10 et -25m), épave d'un navire coulé en 1810 dans la passe. Enfin le **Trou Moutou** (entre -3 et -8m), site aux conditions idéales pour un baptême permet, les bons jours, de rencontrer de petits barracudas.

☆ ☺ **Parc marin ou jardin de corail (plan 6, B2)** À quelques brasses de la plage publique de Blue Bay, ce site sous-marin se distingue par son sublime jardin de corail. Peu colorés, les coraux prennent des formes extraordinaires : bouquets de fleurs, pattes de poulet, parasols, champignons, laitue, choux-fleurs, etc. Les plongeurs sont environnés de poissons-lunes, de perroquets, de poissons-trompettes, de dominos et de quelques petits barracudas. Ceux qui souhaitent s'y rendre par leurs propres moyens doivent longer la plage, marcher sur les rochers, contourner la pointe (gare aux grillages), passer devant les gardes-côtes, puis marcher encore jusqu'à voir l'hôtel Shandrani en face.

Les meilleurs clubs de plongée

Blue Water Diving Center ___ 100
Mascareignes Plongée ___ 110
Just Diving ___ 141
Blues Diving Centre ___ 150
Coral Diving Center ___ 174
Centre de plongée Easy Dive ___ 188
Sun Divers ___ 209
Abyss ___ 209
Centre de plongée Villas Caroline ___ 209
Cotton Dive Center ___ 248
Bouba Diving Centre ___ 255

Plan 6 Pointe d'Esny / Blue Bay

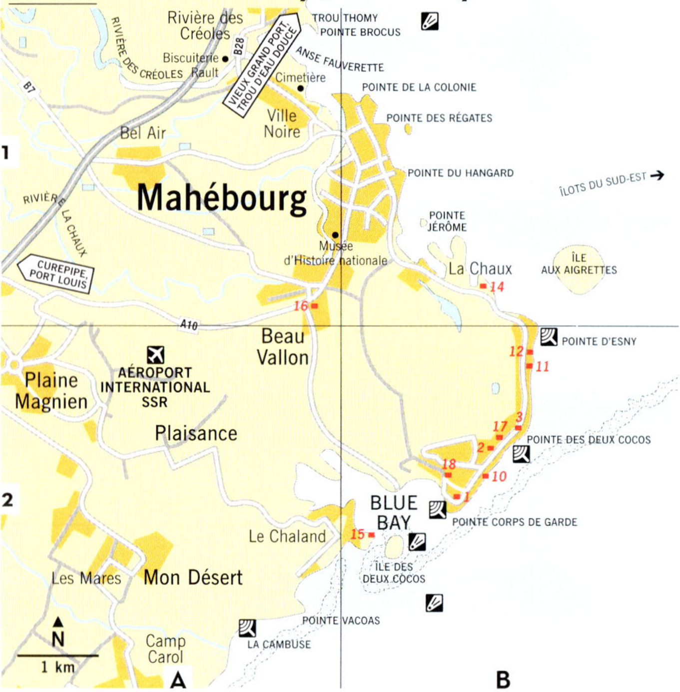

Restauration (n°1 à 3)	
Blue Bamboo	**3** B2
Chez Maryse	**2** B2
Le Bougainville	**1** B2

Hébergement (n°10 à 18)	
Chante au vent	**10** B2
Chantemer	**12** B2
L'Oiseau du Paradis	**17** B2
Le Jardin de Beau Vallon	**16** A1
Le Preskil	**14** B1
Noix de coco	**11** B2
Pingouinvillas	**18** B2
Shandrani	**15** B2

VOIR AUSSI MAHÉBOURG

● Plonger avec des bouteilles

Coral Diving Center (plan 6, B1) Coral Dive Center est l'un des meilleurs clubs de la région, dirigé par Tony Apollon. Des plongées sont organisées dans le lagon (parc marin de Blue Bay, épave du *Sirius*) et derrière la barrière de corail (grotte aux Langoustes, Tunnel, pointe Wahoo et, pour les plongeurs qualifiés, Colorado et roches Zozo). Plongée dans le lagon 40€, plongée à l'extérieur du lagon 50€, 6 plongées 275€, baptême 75€. *Hôtel Le Preskil Tél. 604 1084 ou 498 1356 www.coraldiving.com*

● ☆ Aller se baigner Au bout de la B87 se trouve la plage de **Blue Bay**, jolie et échancrée, mais souvent bondée le week-end. Nous lui préférons le calme de la plage de **Pointe d'Esny**. Toute la difficulté est d'y accéder, les hôtels formant une barrière entre la route et la mer. Un passage existe peu après les villas Le Guerlande (en venant de Mahébourg). Au sud de la baie, avant l'hôtel Shandrani, signalons la plage de la **Cambuse**, vaste étendue de sable blanc, peu fréquentée et sauvage. Prudence en vous baignant car la mer est souvent démontée. Belle balade sur les rochers, plus au sud.

Explorer les fonds sous-marins en bateau Des bateaux à fond de verre proposent des sorties avec plongée en apnée aux alentours du parc marin (1h, 400Rs équipement fourni ; comptez 3 000Rs à deux, seuls sur le bateau). Une journée, trois îles, 2 000Rs (repas compris). **Barracuda** *Blue Bay Tél. 756 1954 ou 631 8663* **Totof** *Blue Bay Tél. 751 1772 ou 637 6342* **Purusha** *Blue Bay Tél. 253 1469 ou 631 6634*

Les îlots du Sud-Est

Un chapelet d'îlots parsème la baie de Vieux Grand Port, au large de Mahébourg : l'île de la Passe (avec les ruines d'un fort français et d'une poudrière du XVIIIe s.), l'île aux Vacoas, l'île au Phare (aussi appelée île aux Fouquets, où fut emprisonné François Leguat, premier homme à s'établir à Rodrigues), l'île Marianne et, isolée au sud, l'île aux Aigrettes. Plusieurs hôtels (p.176) organisent des excursions au départ des plages de Blue Bay, Pointe d'Esny et Pointe Jérôme, de 800 à 1 700Rs/pers. la journée. Prévoyez un chapeau et de la crème solaire.

Partir en excursion sur une île

Île aux Aigrettes (plan 6, B1) Même si les quelques minutes de trajet en bateau sont prétexte à une agréable balade dans le lagon, l'intérêt de la visite de cette réserve naturelle est limité : une forêt d'arbres côtiers, quelques essences indigènes rares (ébène, bois de bœuf, bois de rat), des tortues des Seychelles, des lézards, des oiseaux à lunettes et des pigeons roses en liberté. Les efforts de la Mauritian Wildlife Fundation pour recréer la forêt côtière telle qu'elle existait avant l'arrivée de l'homme sont certes louables, mais peu spectaculaires pour le promeneur. Parcours de 1h30 à 2h30 : 800Rs (enfants 400Rs) et 1 500Rs, de 2 à 5 départs/j. Il faut prévoir une crème antimoustiques, une bouteille d'eau et un chapeau. Sur réservation uniquement (48h à l'avance). **Mauritian Wildlife** *Pointe Jérôme (départ à l'embarcadère 200m après l'hôtel Le Preskil) Tél. 631 2396 www.mauritian-wildlife.org*

CARNET D'ADRESSES

Restauration

petits prix

Le Bougainville (plan 6, B2 n°1) Les vacanciers paressant sur le sable apprécient la terrasse de ce restaurant situé derrière la plage. La carte balaie toute la cuisine mauricienne et compte quelques salades et pizzas. C'est classique mais sympathique et les prix restent sages. Le cerf est à déguster en cari ou en médaillon. Plats de 275 à 350Rs. *Blue Bay Tél. 631 8299 Ouvert tlj.*

Chez Maryse (plan 6, B2 n°2) Cachée derrière la route côtière, cette petite table confidentielle est tenue par Maryse, qui n'a pas son pareil pour cuisiner le poulet au lait de coco, le calamar sauce rouge ou le poisson grillé. De bons petits plats à déguster sans se ruiner sur des nappes à carreaux. Gaétan, le compagnon de Maryse, fait parfois irruption pour réciter ses poèmes touchants. Plats de 190 à 375Rs. *Route côtière* ***Pointe d'Esny*** *(à côté de L'Oiseau du Paradis) Tél. 978 8211 Ouvert tlj. midi et soir*

prix moyens

Blue Bamboo (plan 6, B2 n°3) En salle ou dans la petite cour égayée de bambous, un restaurant classique de bonne tenue, qui sert aussi bien des pizzas au feu de bois (de 240 à 390Rs) que du curry d'ourite (410Rs) ou du rougaille de poisson salé (390Rs). Une bonne adresse, d'autant que les restaurants ne sont pas légion entre Pointe d'Esny et Blue Bay. Plats du jour (cuisine mauricienne et européenne) de 380 à 510Rs. Repas autour de 650Rs. On peut également y déguster des rhums arrangés. *Route côtière* ***Pointe d'Esny*** *Tél. 631 5801 Ouvert tlj. midi et soir*

Hébergement

Voir également Tam Tam Travel and Tour (p.173).

prix moyens

☺ **Pingouinvillas (plan 6, B2 n°18)** Le bouche-à-oreille vaut à ce petit immeuble de trois étages d'afficher régulièrement complet. La plage de Blue Bay est à trois minutes à pied, et les six appartements (de 2 à 6 pers.) ne souffrent d'aucun défaut. Pièces spacieuses, hygiène impeccable, équipement très complet (cuisinette, machine à laver, table à repasser, coffre-fort, sèche-cheveux et TV), wifi en accès libre. Les deux studios du dernier étage sont les plus prisés : grande terrasse avec vue panoramique sur la mer et la montagne. Ménage 2 fois/sem. Pas de climatisation, mais personne ne s'en plaint. Chacun se réjouit au contraire du bon accueil et de la serviabilité de la famille Ramjan, qui vous trouvera même un appartement de dépannage si tout est complet. Studio 275-325€ la sem., appartement 325-420€. Possibilité de louer une voiture. *Daurade road* ***Blue Bay*** *Tél. 637 3051 ou 758 3837 www.pingouinvillas.com Wifi gratuit dans les chambres*

Noix de coco (plan 6, B2 n°11) Situé en retrait de la plage, ce petit bâtiment accueille 5 chambres à l'étage, toutes simples (frigo, clim. ou ventilateur) mais colorées et d'un confort correct. La vue sur la mer – on aperçoit le lagon – est assez décevante, et celle sur le jardin donne en réalité sur la route ! Recommandons la chambre double, la plus coquette de toutes. Accueil amical et attentionné. Doubles avec petit déj. de 63 à 81€. Réservation 3 mois à l'avance en été. *Route côtière* ***Pointe d'Esny*** *Tél. 631 9987 www.noixdecoco guesthouse.com*

prix élevés

Chante au vent (plan 6, B2 n°10) Entre Pointe d'Esny et Blue Bay, cette pension accueillante abrite un "campement" aux toits en chaume. On traverse la pelouse avant d'atteindre la plage rocailleuse (les plongées en apnée n'en sont que plus belles). Les 6 chambres (deux avec kitchenette) sont simples et propres. Pas de climatisation, mais le ventilateur et les alizés se chargent d'apporter un peu d'air ! De l'autre côté de la route, une villa avec petite piscine abrite un studio et trois chambres avec cuisine. L'ensemble, qui peut se louer dans son intégralité, n'est hélas pas de première fraîcheur. Juste à côté, 4 bungalows tout équipés, un peu plus convaincants. Les prix varient selon les logements (avec ou sans clim., kitchenette, etc.). Compter de 2 900 à 3 500Rs/2 pers. sur le front de mer (également une petite chambre de 14m² à 2 300Rs), de 2 400 à 2 600Rs sur l'arrière. Réduction en cas de long séjour. Excursions en mer, location de vélo. Restauration à la demande. *Route côtière* ***Pointe d'Esny*** *Tél. 631 9614 www.chanteauvent.com*

☺ **L'Oiseau du Paradis (plan 6, B2 n°17)** Bien qu'elle soit située du mauvais côté de la route (plage de pointe d'Esny à 30m), la maison principale avec sa micro-piscine abrite 5 chambres pimpantes, confortables (sdb moderne, frigo, clim., coffre) et à la déco très soignée. Les 3 chambres de la maison voisines sont plus simples (deux sdb à partager). Le bungalow de plain-pied est parfait pour 4 personnes : bonne literie, cuisine, salles gaies. Le copieux petit déjeuner se prend dans le jardin. Seul hic : l'adresse n'est pas conseillée aux familles avec de jeunes enfants (la propriétaire tient à garder le lieu calme). Chambres de 58 à 78€ avec petit déj., bungalow 85€, sans petit déj. La villa "les pieds dans l'eau" accueille jusqu'à 6 personnes avec tout le confort possible (env. 180€). Vélos à disposition. Connexion ADSL en libre accès. *Route côtière* ***Pointe d'Esny*** *Tél. 631 5496 www.oiseauduparadis.com Wifi gratuit dans les chambres*

Chantemer (plan 6, B2 n°12) Dans une maison particulière, 4 belles chambres donnent sur le lagon. La vue est encore plus belle de la terrasse du 1er étage. Au bout du jardin ombragé, le sable et la mer ! On apprécie particulièrement le petit déjeuner servi face à l'océan Indien. Confort classique (clim., frigo, ventilateur, pas de TV), beaux espaces, notamment dans la suite (parfaite pour un couple avec enfant) et décoration soignée et de bon goût. Pour dépanner, une chambrette donnant sur le jardin. Indra, la pétulante propriétaire, partage son grand salon avec ses hôtes, dans une atmosphère décontractée. Chambre avec petit déj. de 55 à 85€ (clim. 6€ en sus), suite 90€. Table d'hôtes possible. *Route côtière* ***Pointe d'Esny*** *Tél. 631 9688 www.chantemer.mu Wifi gratuit dans les chambres*

prix très élevés

Le Preskil (plan 6, B1 n°14) Construit sur une presqu'île idyllique, cet hôtel a fait peau neuve pour gagner sa 4e étoile en 2008. Ses 200 chambres entourées d'eau s'adressent principalement aux couples en lune de miel (l'hôtel célèbre au moins 20 mariages par mois !). L'architecture néocoloniale est élégante, la vue sur la montagne du Lion et l'île aux Aigrettes magique, et les activités nombreuses : piscine (3 en tout, dont une pour enfants), spa, fitness, sports nautiques, plongée, tennis, marche sous l'eau... Le Preskil possède son propre catamaran, qui vous

GAMME DE PRIX	RESTAURATION	HÉBERGEMENT
Très petits prix	moins de 200Rs	moins de 1000Rs
Petits prix	de 200 à 450Rs	de 1000 à 1700Rs
Prix moyens	de 450 à 700Rs	de 1700 à 2700Rs
Prix élevés	de 700 à 1300Rs	de 2700 à 4000Rs
Prix très élevés	plus de 1300Rs	plus de 4000Rs

emmènera sur l'île aux Cerfs ou dans le lagon pour une croisière apéritif. Trois tables, dont un beau buffet et un vrai steakhouse, qui sert des viandes d'Afrique du Sud. De 125 à 195€/pers. en demi-pension. 6 nuits minimum en haute saison (dec-janv). ***Pointe Jérôme*** *Tél. 604 1000 www.lepreskil.com Wifi payant dans les chambres*

Shandrani (plan 6, B2 n°15) Ce complexe 5 étoiles profite du cadre magnifique de Blue Bay et, par la même occasion, du... bruit de l'aéroport SSR distant de 6km – inconvénient limité aux 12 vols maximum qui transitent par jour. Mais l'anse de Blue Bay est superbe avec sa végétation tropicale rappelant la forêt amazonienne et ses somptueux jardins de coraux. Toutes les chambres donnent sur le lagon (balcon, clim., TV, tél., coffre-fort, minibar). Quatre restaurants, deux piscines, sauna, hammam, terrain de foot, tennis, salle de gym, centre nautique (ski nautique, planche à voile, hobby cat) et **golf** de 9 trous. Double de 432 à 800€ en formule "tout compris". ***Blue Bay*** *Tél. 603 4343 ou 01 47 03 40 04 (rés. Paris) www.shandrani-hotel.com Wifi gratuit dans les chambres*

SOUILLAC

Longtemps oubliée par le tourisme, Souillac fut pourtant très prospère au XIXe siècle : de son port, les "chasse-marée", bateaux côtiers, partaient pour la capitale, chargés de bois, d'indigo et de sucre. C'est le vicomte de Souillac, gouverneur de l'île de 1779 à 1787, qui donna au village ce nom aux sonorités périgourdines, avant qu'une autre figure ne marque le bourg : le grand poète mauricien Robert Edward Hart, qui y vécut et qui y est enterré. Perché au-dessus d'une petite baie, ce village paisible permet d'accéder aux paysages sauvages de la côte sud : les falaises du Gris Gris battues par les flots et les longues plages désertiques. Sans lagon, la côte et ses rochers très découpés jouent les couleurs de la Bretagne. À une dizaine de kilomètres à l'ouest, c'est un autre spectacle : encore désert voilà quelques années, le village de Bel Ombre attire dorénavant les grands groupes hôteliers le long de son immense plage, qui voit fleurir quatre-étoiles et villas de luxe...

MODE D'EMPLOI

accès

Cars réguliers pour Mahébourg (toutes les 20min, 27Rs), Curepipe (toutes les 20min, 26Rs) et Baie du Cap (toutes les 40min, 26Rs), ainsi que pour Port Louis (toutes les 30min, 28Rs). L'arrêt est situé devant le jardin municipal Telfair.

urgences

New Souillac Hospital *Centre-ville Route royale Tél. 625 5589*

DÉCOUVRIR

☆**Les essentiels** La Roche qui pleure, les Rochester Falls, la route côtière autour de Baie du Cap **Découvrir autrement** Assistez au repas du crocodile à La Vanille-Réserve des Mascareignes, puis dégustez le reptile sous toutes ses formes au restaurant Le Crocodile affamé

Souillac

Musée Robert Edward Hart "C'est en pleine enfance que, découvrant le royaume de poésie, j'écoutais chanter le poème de la rafale sur la montagne". Figure incontournable de la littérature mauricienne du siècle dernier, le poète Robert Edward Hart (1891-1954) a vécu les treize dernières années de sa vie dans cette belle maison de corail, baptisée la Nef. Elle abrite désormais, selon ses vœux, un musée dans lequel sont présentés ses meubles et ses écrits. Il est notamment l'auteur du *Cycle de Pierre Flandre*, vaste saga romanesque devenue un classique de la littérature mauricienne. Il est enterré au cimetière marin de Souillac. *Tél. 625 6101 Ouvert lun. et mer.-ven. 9h-16h, sam. 9h-12h Entrée libre*

Jardin municipal Telfair Belle vue sur la baie sauvage de Souillac depuis cet agréable petit jardin. Les kiosques désuets et l'escalier qui mène à la plage en font un endroit sympathique pour pique-niquer (baignade déconseillée). De l'autre côté de l'estuaire se trouve le cimetière marin du village. *Face à la gare routière*

Les environs de Souillac

Falaises de Gris Gris Le chemin qui passe devant le jardin Telfair mène à la plage de Gris Gris, qui doit son nom aux séances de magie noire (gris gris en créole) qui devaient s'y tenir. Cette belle étendue de sable est interrompue par les falaises basaltiques de la côte sud, sculptées par l'érosion. Attention, les rouleaux puissants et les courants violents rendent la baignade dangereuse.

☆ **La Roche qui pleure** Depuis les falaises de Gris Gris, le sentier vers l'est mène en 5min à cette cavité naturelle formée au pied de la muraille, dont la forme évoquerait le profil du poète Robert Edward Hart. La mer s'y engouffre et rejaillit en une gerbe d'écume spectaculaire. Beau panorama sur les falaises de la côte sud, où se marient le noir des pierres et le vert des filaos. Après la Roche qui pleure, on marche vers l'est pendant 10min sur le sentier côtier avant d'arriver à **Bain des Négresses**.

Domaine de Saint-Aubin Entre Souillac et Rivière des Anguilles, une demeure coloniale magnifique (p.224).

La Vanille-Réserve des Mascareignes Un parc zoologique de 6ha où l'on découvre des crocodiles du Nil, des grenouilles géantes d'Amérique, des roussettes de Maurice (chauves-souris frugivores indigènes), un superbe insectarium de près de 22 000 spécimens (notez les papillons du Brésil à la couleur bleu électrique) et de grosses tortues d'Aldabra (l'une d'elles, Domino, pèse 273kg et aurait 100 ans). Le parc se présente d'ailleurs comme le plus gros éleveur de tortues géantes au monde. On parcourt les allées du jardin tropical, jungle touffue peuplée de palmiers, goyaviers, jaquiers, bambous et autres fougères sauvages. Pour voir les crocodiles en activité, nous vous conseillons d'assister à leur repas, vers 11h30 (3 fois/sem. en été, 1 fois/sem. en hiver). Leurs claquements de mâchoires résonneront longtemps dans la tête des visiteurs. On peut aussi poser pour l'éternité aux côtés de tortues et de jeunes crocodiles (275Rs). ***Rivière des Anguilles*** *(à 5km au nord de Souillac) Tél. 626 2503 ou 626 2900 www.lavanille-reserve.com Ouvert tlj. 9h30-17h Tarif (visite guidée 1h incluse) 350Rs, réduit 200Rs, w.-e. 200Rs et 90Rs*

Le Souffleur Entre Souillac et Mahébourg, un autre point de vue sur les falaises sauvages de la côte sud. Les lames de fond de l'océan Indien explosent sur la roche noire volcanique. À marée haute, par grand vent et mer agitée, on aperçoit un geyser de 30m de hauteur s'échappant d'une cheminée naturelle formée par l'érosion et qui a donné son nom au site. Hélas, les conditions météorologiques nécessaires sont rarement réunies. On y accède du village de L'Escalier par une mauvaise route (la B8 entre Rivière des Anguilles et Plaine Magnien) : après avoir traversé des champs de canne à sucre, on passe devant un beau banian avant d'arriver au lieu-dit. En quittant L'Escalier en direction de Rivière des Anguilles et de Souillac, remarquez l'énorme banian dont les branches forment un pont naturel. *À 20km env. à l'est de Souillac*

À l'ouest de Souillac

☆ **Rochester Falls** Perdues au milieu des champs de canne de la sucrerie Terracine, ces cascades offrent une pause très rafraîchissante. Au cours des siècles, les eaux ont érodé la lave pour sculpter de belles orgues basaltiques. Hautes de 12m mais très larges, les cascades sont plus spectaculaires après de fortes pluies. On peut se baigner au pied des chutes. De jeunes Mauriciens proposent aux touristes de sauter pour eux du haut des cascades moyennant finance, ce que nous déconseillons vivement. *À 3km au nord de Souillac (suivre les indications)*

Vallée des Couleurs Moins spectaculaires (et moins mises en valeur) que les terres des Sept Couleurs de Chamarel, ce site recense vingt-trois tons différents sur son terrain volcanique. Du bleu à l'ocre, en passant par plusieurs nuances de rouge et d'orange, on admire la terre colorée par les oxydes de fer, de manganèse et d'aluminium. On appréciera surtout la balade et le panorama sur la côte sud et l'arrière-pays de Souillac. Les collines couvertes de ravenalas et de canne à sucre rappellent par moments les paysages de rizière d'Asie du Sud-Est. On peut se baigner dans deux cascades, pique-niquer dans l'un des kiosques qui dominent le lieu, et faire du quad (3 375Rs l'heure/2 pers.). Visite 250Rs. ***Mare Anguilles*** *(monter à Chamouny, puis dir. Bassin Blanc) Attention, mal indiqué Tél. 251 8666 lavalleedescouleurs.com Ouvert tlj. 9h-17h*

Plages de Souillac À l'ouest de Souillac se succèdent les plages de **Riambel** (la plus sûre), **Pomponette** et **Pointe aux Roches**. Sauvages et peu propices à la baignade (le courant fait chaque année des victimes), elles présentent peu de fond et sont souvent envahies par les *bambaras* (concombres de mer noirs) et les oursins (surtout à Pointe aux Roches). Mais elles offrent de beaux panoramas sur la côte sud, déserte. Idéal pour pique-niquer ou marcher sur le sable au coucher du soleil.

Réserve naturelle de Frédérica Avoisinant le parc national des gorges de la Rivière Noire, la réserve de Valriche alterne sur 1 500ha collines et plaines, forêts humides et cascades (dont une de 162m de hauteur !). Elle est peuplée de quelque 2 000 cerfs de Java, de sangliers, de singes, de chauves-souris et de perroquets. Excursions guidées de 3h en quad simple, biplace ou 4x4 entrecoupées de courtes marches (départs à 9h30 et 13h30), ou balade (départ à 9h, durée 3h également). Autre option, plus complète : la journée avec un combiné quad/4x4 et randonnée, incluant un pique-nique à la grande cascade (départ 9h, durée 4h30). Prévoyez un équipement adéquat (chaussures de randonnée, pantalon, crème solaire, maillot de bain, serviette…) et un appareil photo ! *Bel Ombre (accueil à côté du restaurant Le Château) Tél. 623 5522 www.domainedebelombre.mu*

Jouer au golf

Golf du Château Un superbe 18-trous tout neuf et un 9-trous sur les terres du domaine sucrier de Bel Ombre. Parcours d'entraînement, putting green, terrain d'approches et leçons de golf. *Domaine de **Bel Ombre** Tél. 623 5522 Ouvert tlj. 7h-18h*

Emprunter une route panoramique

☆☺ **Route vers le Morne Brabant** Un parcours agréable pour les voyageurs motorisés. Peu après Pointe aux Roches, la route côtière (B9) longe la baie sauvage du Jacotet, qui abrite le petit îlot Sancho. Le lagon bleu fait place à d'énormes rouleaux qui déferlent sur la côte. On arrive à **Bel Ombre**, importante bourgade sucrière. En poursuivant plus à l'ouest, la côte se fait plus hospita-

Maurice en famille

Reportez-vous également à notre sélection d'excursions en mer (p.210).

Hébergement

Loisirs

lière. Si la longue plage désertique d'Anse Saint-Martin ne se prête pas à la baignade, elle dégage un charme mystérieux. La plus belle portion de route commence après le modeste village de pêcheurs de **Baie du Cap**. Acculé à la montagne, l'étroit ruban de bitume file au ras de l'eau jusqu'au Morne Brabant.

CARNET D'ADRESSES

Restauration

petits prix

Le Gris Gris (chez Rosy) La sympathique Rosy connaît la région comme sa poche et mitonne une cuisine typiquement mauricienne, qu'elle agrémente de touches personnelles. Caris, daubes et civets sont accompagnés de salade et riz. Également des spécialités chinoises, si vous pouvez patienter. Plat de 200 à 300Rs. Langouste 850Rs. ***Souillac** Avant le parking de la plage de Gris Gris Tél. 625 4179 Ouvert tlj. midi (le soir sur rés.)*

prix élevés

Le Batelage Un restaurant à l'embouchure de la rivière Savanne, entre le lagon mauricien et les paysages amazoniens des berges de la rivière. À l'ombre d'un gigantesque badamier, ou à l'intérieur, dans un entrepôt à sucre vieux de deux cents ans, le cadre est sublime. En revanche, la cuisine n'est pas renversante, les prix sont élevés et la musique d'ambiance rompt la quiétude des lieux. De 700 à 900Rs le plat (1 200Rs la langouste thermidor). ***Souillac** Sortie ouest, dir. Baie du Cap Tél. 625 6083 ou 625 6084 lebatelage@intnet.mu Ouvert tlj. midi (le soir sur rés.)*

Dans les environs

À noter également le Saint-Aubin (p.224), à quelques kilomètres au nord de Souillac.

prix élevés

☺ **Le Crocodile affamé** Une expérience à ne pas rater. Après la visite du Vanille Crocodile Park (p.179), le repas vous permettra de goûter au crocodile, qui se déguste en beignets, en *vindaye*, en curry, etc. Pour apprécier la saveur de sa chair, nous vous conseillons le steak ou les brochettes. Les non-amateurs se contenteront de profiter de la végétation luxuriante qui baigne la terrasse. Évidemment, l'exotisme se paie et les prix sont assez élevés : 650Rs la spécialité au crocodile, mais on peut se contenter d'un burger de crocodile (420Rs). Repas autour de 900-1 000Rs. ***Rivière des Anguilles** Tél. 626 2503 Ouvert 9h30-18h*

prix très élevés

Le Château Le "château", c'est le nom donné à la maison coloniale de l'ancien domaine sucrier de Bel Ombre. De fait, la bâtisse de 1898 en impose avec sa varangue en pierre volcanique, ses boiseries, ses tableaux et son parc planté d'arbres centenaires. La cuisine se veut gastronomique. Piochez parmi les spécialités maison : rougaille de camarons (950Rs), filet de bœuf (1 200Rs) et queue de langouste rôtie (2 200Rs). De 1 100 à 2 900Rs le repas. Mardi et jeudi piano bar. Samedi ambiance mauricienne. ***Bel Ombre** (domaine de Bel Ombre) Tél. 623 5522 Ouvert lun.-sam. soir (sur rés.)*

Hébergement

Dans les environs

prix très élevés

Les Lodges d'Andrea Perchés sur les falaises de roche noire du Sud, les 10 lodges offrent une vue magnifique sur l'océan bleu profond : un paysage très différent des habituelles plages mauriciennes. Les bungalows sont perdus en pleine nature, sur l'ancienne propriété sucrière d'Union Ducray qu'on doit traverser pour parvenir à destination. Ils sont décorés très simplement mais possèdent tout le confort moderne (salle de bains, coffre, ventilateurs) et permettent, surtout, à travers de grandes baies vitrées, de s'imprégner du paysage. Préférez un de ceux faisant face à la mer, l'impression de proximité avec l'eau est saisissante. Double de 2310 à 3170Rs/pers. en demi-pension. *Union Ducray **Rivière des Anguilles** (sur la gauche avant d'arriver à Souillac) Tél. 471 0555 ou 728 5428 www.relaisdeslodges.com*

Mövenpick Resort & Spa Ce "4-étoiles plus" joliment situé au-dessus de la mer vous accueille dans un grand hall voûté, que prolonge un long et spectaculaire bassin miroir ouvrant sur l'océan. L'ensemble, qui comprend 181 chambres toutes tournées vers l'azur, deux piscines et les annexes habituelles (case nautique, centre de plongée, tennis, centre de fitness, restaurants) est fort élégant mais assez austère. Après votre séance de massage au vaste spa, faites un saut au joli solarium avec piscine, curieusement perché sur le toit d'une tourelle. Double à partir de 270€/2 pers. en demi-pension. *Allée des Cocotiers **Bel Ombre** Tél. 623 5000 www.moevenpick-mauritius.com*

☺ **Heritage Awali Golf & Spa Resort** Comme un air d'Afrique... Le continent noir a influencé l'architecture et l'ambiance de ce "4-étoiles plus" très réussi. Accueil au son du tam-tam, personnel tout droit sorti d'un safari, tons chauds et éléments naturels (bois, paille), musique africaine une fois par semaine... Le spa façon hutte de brousse, les restaurants et les 162 chambres respectent une thématique africaine avec sobriété. Seule exception à ce concept, le restaurant, plutôt expérimental. Case nautique, plongée, miniclub (les petits peuvent y prendre leur repas : pratique pour les parents), tennis, tir à l'arc. L'accès au golf du Château est inclus dans la demi-pension. Une chambre est réservée aux handicapés. Double de 392 à 730€ en formule "tout compris" pour 2 pers. ***Bel Ombre** Tél. 601 1500 www.veranda-resorts.com Wifi payant dans les chambres*

☺ **Heritage Le Telfair** Cinq étoiles bien méritées pour cet hôtel de 158 chambres, propriété du domaine de Bel Ombre. Ici, le style colonial est revisité avec élégance et raffinement. Les allées fleuries, parsemées de fontaines, mènent à des suites paradisiaques et des chambres à l'équipement dernier cri. La décoration respecte dans le moindre détail le parti pris colonial (lambrequins, jalousies, douche façon XIXe s.). Cinq restaurants (dont un japonais et un gastronomique), deux piscines, un miniclub, un bar à l'anglaise, tennis, **golf** et case nautique : on en oublierait presque la plage. Au spa, les couples s'offriront le massage en duo sous le gazebo entouré d'eau ou dans la suite nuptiale. Double de 388 à 818€/2 pers. en formule "tout compris". ***Bel Ombre** Tél. 601 5500 www.letelfair.com Wifi payant dans les chambres*

Port Louis, course hippique au Champ de Mars (p.78).

Bois Chéri (p.223), cueillette du thé.

GEOREGION

LE MORNE BRABANT ET LA CÔTE OUEST

V

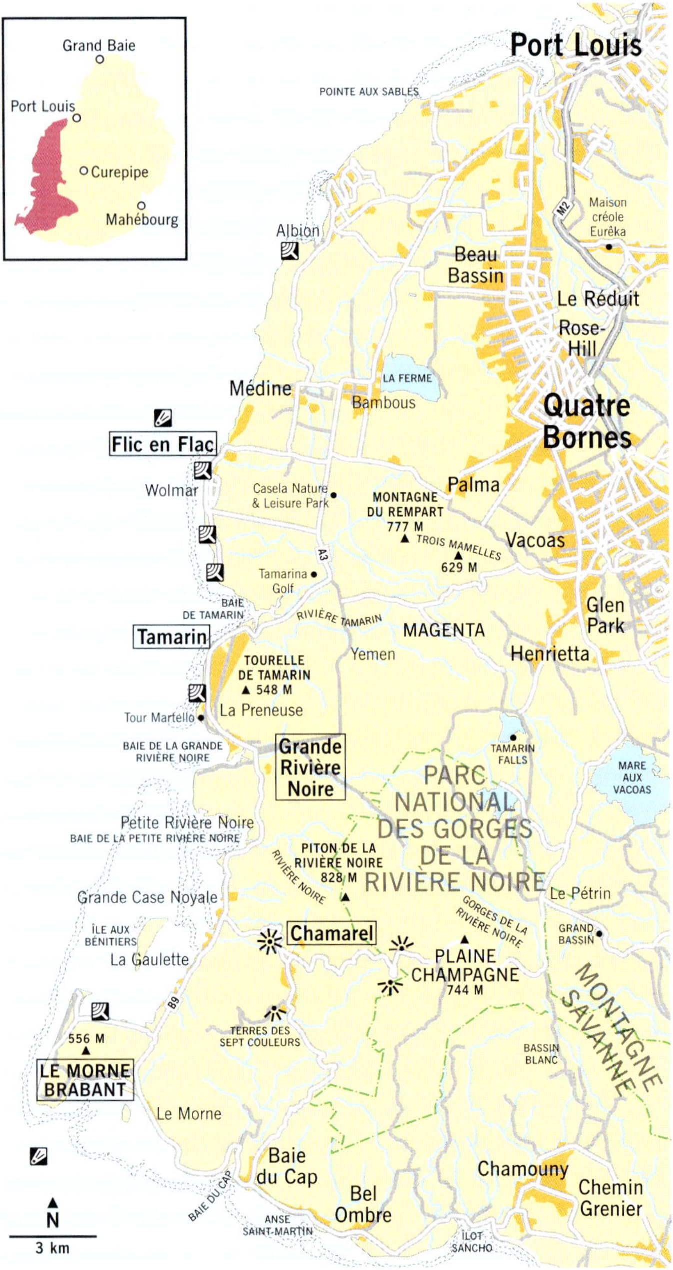

Grand Baie
Port Louis
Curepipe
Mahébourg
Port Louis
POINTE AUX SABLES
Maison créole Eurêka
M2
Albion
Beau Bassin
Le Réduit
Rose-Hill
Médine
LA FERME
Bambous
Quatre Bornes
Flic en Flac
Wolmar
Casela Nature & Leisure Park
MONTAGNE DU REMPART 777 M
Palma
TROIS MAMELLES 629 M
Vacoas
A3
Tamarina Golf
BAIE DE TAMARIN
RIVIÈRE TAMARIN
Glen Park
Tamarin
MAGENTA
Yemen
Henrietta
TOURELLE DE TAMARIN 548 M
La Preneuse
Tour Martello
BAIE DE LA GRANDE RIVIÈRE NOIRE
Grande Rivière Noire
TAMARIN FALLS
MARE AUX VACOAS
PARC NATIONAL DES GORGES DE LA RIVIÈRE NOIRE
Petite Rivière Noire
BAIE DE LA PETITE RIVIÈRE NOIRE
PITON DE LA RIVIÈRE NOIRE 828 M
RIVIÈRE NOIRE
Le Pétrin
Grande Case Noyale
GORGES DE LA RIVIÈRE NOIRE
ÎLE AUX BÉNITIERS
Chamarel
GRAND BASSIN
La Gaulette
PLAINE CHAMPAGNE 744 M
MONTAGNE SAVANNE
B9
TERRES DES SEPT COULEURS
556 M
BASSIN BLANC
LE MORNE BRABANT
Le Morne
Baie du Cap
Chamouny
Chemin Grenier
Bel Ombre
BAIE DU CAP
ANSE SAINT-MARTIN
ÎLOT SANCHO
N
3 km

★ LE MORNE BRABANT

Inscrit au patrimoine mondial de l'Unesco en juillet 2008, le Morne Brabant se découvre de loin. Sur la péninsule s'élève cette impressionnante masse basaltique très abrupte, haute de 556m. Véritable pain de sucre, le Morne Brabant semble surveiller le lagon et crée un décor de rêve pour les baigneurs insouciants… Savent-ils que ce lieu est chargé de souvenirs bien sombres ? Dès le XVIIe siècle, les forêts, les mornes et les cavernes de cette région furent investis par les esclaves marrons en fuite qui s'abritèrent en ces lieux difficiles d'accès. On découvre encore actuellement des cavernes et des couloirs de refuge. Une légende entoure le Morne Brabant : on raconte qu'en 1835 des Anglais seraient venus annoncer l'abolition de l'esclavage aux marrons échappés qui, affolés en les voyant, se seraient jetés dans la mer… Aujourd'hui, les hôtels de luxe se succèdent au pied du Morne Brabant, le long de la sublime plage publique. Les voyageurs arrivent de loin pour faire de la planche à voile ou du kitesurf sur les spots de la pointe sud-ouest. Mais la région du Morne Brabant, ce sont aussi des villages créoles, pauvres et nonchalants, de petites chapelles catholiques objets de pèlerinages, des cases de tôle colorée, des étals de poissons frais et des chiens errants. Un autre visage de l'île Maurice… venu d'un lointain passé.

MODE D'EMPLOI

accès

Le Morne Brabant est posté à la pointe sud-ouest de l'île, à 60km environ de Mahébourg, et à 45km de Port Louis.

DÉCOUVRIR

☆ **Les essentiels** La plage publique, l'île aux Bénitiers **Découvrir autrement** Effectuez l'ascension du Morne Brabant et admirez le panorama, initiez-vous au kitesurf à la pointe sud, ou à la plongée Passe Saint-Jacques

Le Morne Brabant

☆ **Plage de Morne Brabant** Ici, l'eau du lagon est sans doute la plus belle de toute la côte ouest : toutes les nuances de turquoise sont déclinées. La longue **plage publique**, en partie ombragée par une rangée de filaos, est accessible juste après le Dinarobin (quand on vient du nord).

Plonger avec des bouteilles

Centre de plongée Easy Dive Neuf sites de plongée sont recensés vers le Morne Brabant, mais les clubs des hôtels n'en couvrent parfois qu'un nombre limité. Citons surtout la Passe, ou Passe Saint-Jacques, qui regorge de requins et de grands pélagiques (de -15 à -30m). Vous les découvrirez en plongeant à la dérive (sautez du bateau et laissez-vous porter par le courant). Une belle plongée, très sportive, proposée notamment par Easy Dive, le meilleur club du Morne Brabant. Baptême (piscine et plongée, 2h) 4 200Rs ; plongée classique 1 890Rs ; plongée de nuit 3 500Rs. *Hôtel LUX Le Morne Tél. 252 5074 (demander Emanuele) www.easydivemauritius.com*

Randonner sur le Morne Brabant

Yanature L'ascension de la montagne offre un panorama superbe sur la région. Le site est privé, mais il est possible de l'explorer en compagnie de Yan de Maroussem (Yanature), qui a sélectionné 10 randos trekking de rêve dans le sud-ouest de l'île : le Corps de Garde, les gorges de la Rivière Noire, les Trois Mamelles, etc. De la balade facile à la varappe en passant par le trail running (beaucoup plus physique), il y en a pour tous les goûts et tous les niveaux, de la demi-journée à la journée entière. Surtout, Yan est le seul à proposer l'ascension du Morne Brabant, de la Tourelle de Tamarin, ainsi qu'une excursion dans un domaine privé à Chamarel. Des exclusivités ! Comptez 40€/pers. la demi-journée, 60€/pers. la journée avec pique-nique. Également des treks itinérants d'une semaine de Flic en Flac jusqu'au Morne Brabant. ***Grande Rivière Noire*** *Tél. 785 6177 www.yanature.com*

Faire du kitesurf

Club Mistral Les alizés (vents du sud-est) soufflent de juin à novembre, au grand bonheur des kitesurfeurs qui se retrouvent à la pointe sud du Morne Brabant. Plusieurs clubs profitent aussi de l'aubaine, tel le Club Mistral, qui propose une initiation dans un lagon bien abrité (355€ 4 jours ; 2h30/j.). Location 305€/sem. sans assurance. Le club est situé face à l'un des meilleurs (et des plus dangereux !) spots de l'île. Également des cours et location de planche à voile et de surf. *Le Morne Brabant Dans l'enceinte de l'Indian Resort (accès plus facile par la plage publique, juste avant l'hôtel) Tél. 401 4263 ou 450 4112 www.club-mistral.com*

Jouer au golf

Le Paradis Golf Club L'hôtel Paradis possède un golf de 18 trous de toute beauté, d'où l'on peut contempler la silhouette du Morne Brabant. De quoi en perdre son putting ou manquer des birdies au cours des 4h30 de parcours. Accès possible aux non-résidents 100€/pers. (résidents 20€), location de clubs de 25 à 40€, voiturette 40€. *Hôtel Le Paradis Tél. 401 5050 Ouvert tlj.*

Tableau kilométrique

	Le Morne Brabant	Chamarel	Grande Rivière Noire	Tamarin
Chamarel	12			
Grande Rivière Noire	16	13		
Tamarin	21	18	5	
Flic en Flac	32	27	16	11

GEOPLUS

L'ouest de l'île en une matinée

Vous souhaitez vous imprégner de la nature mauricienne, vous en mettre plein la vue avec des paysages uniques et découvrir la faune et la flore locale ? Nagez au milieu des dauphins de Tamarin, appréciez le paysage offert par les salines puis admirez les plumes colorées des oiseaux du parc Casela avant une pause déjeuner méritée.

MATINÉE

7h **Tamarin** (p.202) Levez-vous tôt pour observer les dauphins de la baie de Tamarin. Au menu, sauts et cabrioles en tous genres ! Prévoyez un maillot de bain, car il est permis de nager avec les cétacés. Vous pouvez coupler cette excursion avec une sortie sur l'île aux Bénitiers (comptez dans ce cas toute la journée).

10h **Marais salants** (p.203) De retour sur terre, jetez un coup d'œil aux salines de Tamarin, où les Trois Mamelles se reflètent comme dans un miroir.

10h30 **Casela Park** (p.210) À 8km au nord (direction Flic en Flac), retrouvez les perroquets, les ibis rouges, les tortues géantes, les tigres du Bengale et les léopards du Casela Nature & Leisure Park, réserve animalière adossée à la montagne du Rempart.

CONSEIL Si vous souhaitez passer quelques heures de plus au Casela Park, vous pourrez profiter du restaurant pour reprendre des forces.

"Chassés", parcs et réserves

Domaine de l'Anse Jonchée-Kestrel Valley ______ 58
Bras d'Eau Reserve ______ 150
Domaine de l'Étoile ______ 154
Vallée de Ferney ______ 161
Île aux Aigrettes ______ 175
Réserve naturelle de Frédérica ______ 181
Parc national des gorges de la Rivière Noire ______ 194
Casela Nature & Leisure Park ______ 210
Domaine des 7 Vallées ______ 221
Domaine de Lagrave ______ 221

13h **Domaine Anna** (p.212) Reprenez la voiture pour rejoindre, 5km plus au nord, cette belle propriété pour une pause déjeuner sous une paillote au bord d'un étang, à deux pas de Flic en Flac. Au menu, camarons flambés au rhum, langouste ou vielle rouge : un régal !

Les environs du Morne Brabant

La Gaulette Un petit village sans grand charme et dépourvu de plage, animé par quelques échoppes et par le passage du bus toutes les demi-heures. Mais La Gaulette permet surtout de visiter les sites des environs qui valent le détour, du Morne Brabant aux terres des Sept Couleurs (p.194) en passant par les gorges de la Rivière Noire. En face du village, l'île aux Bénitiers fait l'objet d'une belle excursion à la journée : au programme, plongée avec masque et tuba pour admirer les poissons multicolores du lagon et pique-nique sur le sable blanc. *À 6km au nord du Morne Brabant par la route côtière (B9) Cars réguliers et fréquents pour Port Louis (2/j. en matinée), Quatre Bornes et Baie du Cap*

☆ **Île aux Bénitiers** Une longue virgule de cocotiers et de sable blanc, dessinée sur un lagon turquoise. Et au large de l'îlot, la carte postale ultime : un énorme bloc de corail surgissant des eaux translucides ! Les promenades en bateau ne manquent pas, et proposent toutes un programme identique : baignade dans le lagon, plongée en apnée et pique-nique avec vue sur le Morne Brabant. Il suffit d'interroger passants ou commerçants pour trouver un pêcheur de La Gaulette disposé à vous emmener en excursion.

CARNET D'ADRESSES

Restauration

prix élevés

Face à la mer Avec son toit rouge créole à quatre pans, cette jeune table d'hôtes se repère facilement dans le village du Morne Brabant. Le chef, José Appadoo, sait comme personne mettre en valeur des plats mauriciens de tous les jours. Avec lui, le poisson cordonnier retrouve sa noblesse grâce une sauce au cari-poulé, et le cochon marron finit en fricassée. Il trouve même des moules sur les rochers du Morne ! Quant aux poulets et canards, ils viennent du village. Bref, une adresse hautement recommandable et d'un très bon rapport qualité-prix : 900Rs le repas complet avec boisson, 800Rs en table d'hôtes le soir (sur réservation, grande tablée de 14 pers). Également une petite chambre d'hôtes, toute simple mais propre et agréable, avec sdb (1700Rs avec petit déj.). Bon accueil de Geneviève. *41 l'Embrazure **Le Morne Brabant** Tél. 451 5598 ou 252 8393 ou 258 6187 Ouvert mar.-dim. midi (le soir sur réservation)*

À La Gaulette

très petits prix

Liverpool Snack "Gâteaux piments", *faratas*, *mine* frits, riz frit, beignets d'aubergines... De bons en-cas à déguster sur le pouce et que vous paierez trois fois rien (comptez 60Rs). ***La Gaulette** (peu après le supermarché, sur la droite) Ouvert lun.-sam. 9h-18h*

prix élevés

Sirokan Les murs du Sirokan ("sirop de canne") sont tapissés de ravenala. Des spécialités comme l'agneau à la sauce tamarinier, le sabayon de camaron, le *vindaye*, la daube, le rougail ou le cari, toutes accompagnées de riz, de fricassée de légumes, de chutney et d'achards maison. Les produits de la mer ont bonne réputation, comme par exemple la langouste grillée et les camarons géants. Repas de 700 à 1 250Rs. Réservation conseillée en fin de semaine. *Route côtière* ***La Gaulette*** *Tél. 451 5115 www.sirokan.com Ouvert tlj. midi et soir*

Hébergement

prix moyens

Pik Pik Studios Au pied du Morne Brabant, 10 petits studios (chambre, coin-salon, kitchenette, sdb, TV, clim.) et un appartement de 2 chambres au confort très correct et à la propreté garantie. Passionné par les sports nautiques "non polluants", le gérant accueille surtout une clientèle de kitesurfeurs et de véliplanchistes. Avis aux amateurs ! Petite piscine, tennis et restaurant mauricien mitoyen, ouvert midi et soir. Location de voitures, de vélos (5€/j). Comptez 50€ le studio pour 2 pers. et 80€ l'appartement pour 4 pers. ***Le Morne Brabant*** *(juste avant le rond-point de l'hôtel Paradis) Tél. 764 8502 ou 765 7819 www.lemorne-pikpik.com Wifi gratuit dans les chambres*

☺ **The Palms** Dans un pâté de maisons littéralement à l'ombre du Morne Brabant, une adresse de choix pour voyageurs décontractés et contemplatifs. Le panorama depuis la terrasse est divin : il embrasse les montagnes du Rempart et de Tamarin, le piton de la Rivière Noire, l'île aux Bénitiers et la presqu'île de l'hôtel Le Paradis. Une des plus belles vues de l'île ! La piscine profite du même spectacle. Déco sobre et réussie (hormis le vilain crépi blanc) dans les cinq appartements ouverts sur la nature (cuisine extérieure). Bien plus bohême que bourgeois, à l'image des propriétaires Joacim et Véronique. Tarifs dérisoires : seulement 50€ (55€ le grand appartement). Réduction possible pour un long séjour. *46, chemin du Benjoin* ***Le Morne Brabant*** *(derrière le centre commercial du Morne) Tél. 450 5437 ou 739 3357 www.mauritiuspalms.com Wifi payant dans les chambres*

prix très élevés

Comme à Wolmar (p.213), les complexes de luxe se succèdent sur la péninsule du Morne, baignée par l'eau turquoise du lagon. Signalons que les accès aux plages que bordent les hôtels sont souvent payants pour les non-résidents (comptez env. 500Rs, à déduire du montant de vos repas).

LUX Le Morne En comparaison des hôtels de luxe voisins, les prestations sont identiques, voire meilleures : l'atmosphère est plus intime, l'ambiance plus conviviale et le service moins guindé. Belle décoration de style balinais en bois et en rotin dans les chambres agrémentées de fleurs fraîches (minibar, TV, coffre-fort). Splendide parc planté de cocotiers que domine majestueusement le Morne Brabant, plage superbe, spa (jacuzzi très réussi), 4 belles piscines, centre nautique, animations le soir et possibilité de mariage civil sous un beau gazebo (tonnelle), au milieu d'une piscine ! Trois restaurants, deux bars. En haute saison, comptez 294€/pers. en demi-pension. Réservez 3-4 mois à l'avance. ***Le Morne Brabant plage*** *Tél. 401 4000 www.luxresorts.com Wifi gratuit dans les chambres*

Le Paradis Cet immense hôtel de luxe bénéficie d'une situation exceptionnelle, entre le Morne Brabant et le lagon turquoise. La décoration soignée mêle moderne et ancien, la piscine est superbe et les belles huttes créoles regardent vers la mer. On peut néanmoins se sentir un peu perdu au milieu des 300 chambres, des 100ha de jardin et des 5km de plage. Vaste choix gastronomique, golf de 18 trous, spa, miniclub et centre nautique avec pêche au gros et plongée payantes. Chambre double en demi-pension de 432 à 1 066€. ***Le Morne Brabant*** *Tél. 401 5050 www.paradis-hotel.com Wifi gratuit dans les chambres*

Dinarobin Le Dinarobin est spécialement conçu pour les jeunes mariés qui effectuent leur lune de miel. Ils pourront se détendre dans de superbes suites d'une élégance tout exotique, donnant sur la mer, et se délasser dans un magnifique spa d'inspiration bouddhique (sans doute l'un des plus beaux de l'île). Le bleu de l'immense piscine à débordement rivalise avec le turquoise du lagon tout proche et les 2km de plage (un peu rocheuse) offrent une vue imprenable sur le Morne Brabant. Sports inclus, à l'exception de la pêche au gros, la plongée, le VTT et le golf. Aux trois restaurants de l'hôtel (dont l'excellent Saveurs des îles), il faut ajouter les quatre du Paradis voisin, qui appartient à la même chaîne. Chambre double en demi-pension de 526 à 1 310€. Wifi. ***Le Morne Brabant*** *Tél. 401 4900 www.dinarobin-hotel.com Wifi gratuit dans les chambres*

À La Gaulette

très petits prix

Ropsen Chawan Deux bâtiments séparés abritent des studios et appartements aux vastes pièces et aux murs blancs (ménage tlj., clim. ou ventilateur, réfrigérateur, parfois TV). Chambres avec vue sur la mer ou sur la route. Du toit, le regard porte jusqu'à l'île aux Bénitiers et au Morne Brabant. Le propriétaire possède également d'autres chambres dans le village (env. 2 000Rs), loue des voitures (1 000Rs/j.), scooters (800Rs/j.). Service de taxi et transfert à l'aéroport, possibilité d'excursion à la journée pour admirer les dauphins de Tamarin et l'île aux Bénitiers (de 6h à 14h, 2 000€/pers). Une vraie agence ! Studio à partir de 1 400Rs, appartements 2 000Rs. ***La Gaulette*** *(face à la bibliothèque) Tél. 451 5763 ou 551 0126 www.ropsen.net Wifi gratuit dans les chambres*

prix moyens

Villa Seewoo Cette maison d'hôtes de 7 chambres occupe une grande bâtisse récente, adossée à la colline. Depuis les chambres à l'étage, la vue sur l'île aux Bénitiers et le Morne Brabant est superbe ! Elfie et Sanjay, couple austro-mauricien, ont apporté un grand soin à la déco très colorée, d'inspiration maroco-indienne. Propreté absolue (on est invité à se déchausser), parquet en teck, sdb en ardoise, clim., bonne literie. Petit déj. servi autour de la petite piscine du jardin. Accueil charmant. On vous conduira même volontiers jusqu'à la plage du Morne Brabant. Comptez 90€ avec petit déj. Wifi. Excursion de qualité avec les dauphins et sur l'île aux Bénitiers. ***La Gaulette*** *Tél. 451 5955 ou 918 7477 www.villa-seewoo.com Wifi gratuit dans les chambres*

★ CHAMAREL

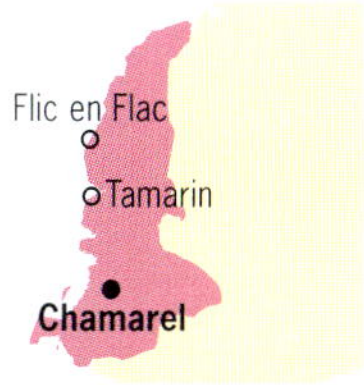

Du village de Case Noyale, une route sinueuse grimpe vers l'intérieur du pays jusqu'au parc national des gorges de la Rivière Noire, qui s'étend entre Chamarel et Grand Bassin. Dans cette zone sauvegardée, l'île Maurice offre l'un de ses visages les plus surprenants : terres rouges, forêts luxuriantes, cascades, montagnes encaissées et panoramas grandioses sur les côtes sud et ouest. La nature est restée à l'état sauvage et des espèces animales et végétales endémiques sont strictement protégées. Le circuit classique prévoit la visite des terres des Sept Couleurs et de la rhumerie de Chamarel, la traversée de la Plaine Champagne (avec possibilité d'excursions dans le parc) et l'arrivée au lac sacré hindou de Grand Bassin. Au passage, goûtez au délicieux café et au rhum de Chamarel !

MODE D'EMPLOI

accès

À Grande Case Noyale (entre Grande Rivière Noire et le Morne Brabant), une route grimpe dans les terres sur 4km jusqu'à Chamarel.

DÉCOUVRIR

Chamarel et ses environs

☆ Les essentiels La rhumerie de Chamarel, les terres des Sept Couleurs **Découvrir autrement** Faites l'ascension du piton de la Rivière Noire, assistez au pèlerinage lors de la fête de Shiva à Grand Bassin en février ou mars

Touche du Bois Le patron de la Varangue sur Morne (p.197) a créé à côté de son restaurant cet écomusée entièrement consacré au bois. Que sent le bois d'ylang-ylang ? Et le cèdre ? À quoi ressemble l'appentis d'un maquettiste de bateaux ? Réponse sur place : jeux et jouets, instruments de musique, métiers du bois, objets sacrés… Tout est dit ! À l'étage, exposition d'outils d'un ancien maître tonnelier de Cognac. La boutique vend les objets produits sur place. *110, route de Plaine Champagne* **Chamarel** *Tél. 483 6610 acoeurbois.com Ouvert tlj. 9h30-15h30 Tarif 250Rs, réduit 75Rs*

☆ **Rhumerie de Chamarel** Impossible de manquer la cheminée au panache blanc et les toits rouges de cette rhumerie flambant neuve à l'architecture élégante. Ouverte fin 2008, elle est aussi bien tournée vers la production de rhum agricole (une rareté à Maurice) que vers l'accueil des touristes. La visite permet ainsi de suivre le parcours de la canne, depuis son broyage jusqu'à sa distillation. Pour cette dernière étape, les propriétaires ont opté aussi bien pour la méthode traditionnelle que pour la méthode du… cognac ! Une partie de la production est même mise à vieillir en fût de chêne. Dégustation de rigueur en fin de parcours : rhum blanc, cœur de chauffe et rhum de paille. On verra plus d'activité pendant la saison de production, de juillet à mars. Boutique et très beau **restaurant**, L'Alchimiste, donnant sur les plantations de canne et d'ananas (réservation conseillée). Pour les personnes déjeunant au restaurant, visite et dégustation offertes. *Route royale* ***Chamarel*** *(à la sortie du village, en allant vers la Plaine Champagne) Tél. 483 7980 www.rhumeriedechamarel.com Ouvert lun.-sam. 9h-16h30 Tarif 350Rs, réduit 175Rs*

☆ **Terres des Sept Couleurs** Dès Chamarel, la route de terre rouge confirme que l'on prend la bonne direction. Après s'être acquitté du droit d'accès, il faut rouler 3km sur une route tortueuse avant d'atteindre le site à proprement parler. À mi-chemin, un arrêt s'impose devant la vertigineuse cascade de Chamarel et ses 105m de hauteur (il est impossible d'accéder au pied des chutes). Le site des terres des Sept Couleurs est étonnant : des clôtures entourent une clairière, protégeant ainsi un terrain richement coloré, bosselé et dénué de végétation, que l'on ne peut s'empêcher de comparer à une grande pièce d'étoffe froissée. Les couleurs passent du rouge métallique à l'ocre et au violet et prennent de surprenants reflets bleus et irisés. Le phénomène est dû à l'érosion de cette terre volcanique, chargée d'oxydes minéraux. En arrière-plan, de splendides collines verdoyantes. Il est malheureusement à déplorer que la musique du resto-snack vienne perturber le silence des lieux. *À 3km au sud de Chamarel Tél. 483 8298 Ouvert tlj. 8h-17h30 Tarif 125Rs, réduit 75Rs*

Hébergements romantiques

★ **Parc national des gorges de la Rivière Noire** On accède généralement au parc par Chamarel (à l'ouest), ou Le Pétrin (à l'est), puisque la route qui le traverse relie ces deux villages. Un autre accès existe, que l'on emprunte depuis Grande Rivière Noire, mais qui ne permet pas de rejoindre la route principale. De Chamarel, la route grimpe assez abruptement, réservant des panoramas spectaculaires sur le Morne Brabant, la tourelle de Tamarin et l'île aux Bénitiers. Elle traverse alors une vaste forêt exotique où domine le ravenala (ou "arbre du voyageur"), et débouche ensuite sur l'immense plateau de la **Plaine Champagne** (750m d'altitude), planté d'arbustes, de bruyères et de forêts naines. Nous sommes au cœur du parc national : une zone protégée de 6 574ha, qui abrite plus de cent cinquante variétés de plantes et neuf espèces d'oiseaux endémiques à l'île Maurice. Parmi ces merveilles végétales, citons le bois de natte, l'ébène, le tamabalcoque, le colophane, le camphrier, le manglier… La faune indigène est aussi bien représentée : casarella, cateau verte, oiseau à lunettes, faucon mangeur de poules appelé aussi "crécerelle de Maurice" et pigeons roses dont une vingtaine vivent encore à l'état sauvage. Difficile cependant d'admirer toute la richesse du parc : même si quelques sentiers de randonnée ont été tracés récemment, il se visite surtout en voiture. Un premier arrêt sur la gauche au **point de vue** des gorges de la Rivière Noire offre un panorama très dégagé sur la vallée couverte de forêt, avec la mer dans le fond. Remarquez les chutes d'eau sur la droite. Quelques macaques, introduits sur l'île par les Portugais, s'aventurent parfois du côté de la mare aux nénuphars, sur la gauche du parapet, pour mendier des friandises aux touristes. Un second arrêt, 4km plus loin (sur la droite), permet d'admirer les **chutes Alexandra**. Moins spectaculaires que les Tamarin Falls, elles offrent néanmoins une vue de toute beauté sur la côte sud (forêt de Bel Ombre, Chamouny). La route mène ensuite au **Pétrin**, où se tient le centre d'information principal du parc, qui recense les principaux sentiers balisés. *Centre d'information* ***Le Pétrin*** *Tél. 471 1128 ou 258 0058 Ouvert lun.-ven. 8h-15h15, sam. 8h-11h*

Grand Bassin Ce lac naturel qui occupe le cratère d'un volcan éteint est sacré pour les Mauriciens de confession hindoue. Plusieurs temples, colorés et richement décorés, bordent le lac. Deux d'entre eux, haut perchés, offrent une belle vue sur les alentours (n'oubliez pas de vous déchausser avant d'y pénétrer). Auparavant, vous aurez croisé en route (en venant de l'ouest) la statue colossale de Shiva (33m de hauteur, offerte par l'Inde), qui montre le dieu avec son trident et son cobra. Chaque année pendant trois nuits et quatre jours, en février ou en mars, se déroule un impressionnant **pèlerinage** à l'occasion de la fête de Shiva (Maha Shivaratree). Venus de toute l'île, des pèlerins vêtus de blanc – en majorité des jeunes gens –, portant des arcs décorés de fleurs et des offrandes, déambulent nuit et jour sur les routes jusqu'à atteindre Grand Bassin. La foule silencieuse et fervente envahit alors le site, multipliant les offrandes au bord du lac. L'eau sacrée engloutit noix de coco, fruits et camphre, transformant le lac en un petit Gange. À la nuit tombée, des groupes de fidèles, portés par la foi, entament des chants et des danses à la limite de la transe. Un spectacle hypnotique… *À 2,5km à l'est du Pétrin (dir. Bois Chéri)*

Où boire un verre avec vue ?

Le Chamarel C'est pour la vue que l'on se rend au restaurant Chamarel : de la terrasse en balcon, à 400m de hauteur, on domine toute la côte ouest, de la tourelle de Tamarin jusqu'au Morne Brabant. Un panorama unique. À une cuisine mauricienne et occidentale assez insipide et chère (comptez 900Rs le repas), préférez boire un verre en terrasse (env. 120Rs le cocktail). *La Crête* ***Chamarel*** *(au sommet de la route qui part de Case Noyale) Tél. 483 6421 ou 483 6937 le-chamarel.restaurant.mu Ouvert tlj. midi*

● **Randonner dans le parc national** Le relief étant assez doux, le niveau des balades reste facile et n'a rien de commun avec celui des randonnées à La Réunion ! Le centre d'information du parc national propose une carte qui recense une quinzaine de sentiers aménagés (certains en cours de signalisation). Nous vous conseillons surtout celui qui mène au **piton de la Rivière Noire** : le plus haut sommet de l'île culmine à 828m (6km AR, 3h, niveau moyen). Deux autres excursions sympathiques traversent la forêt tropicale de **Macchabée** (à l'ouest du Pétrin, 7km AR, 1h30, niveau moyen) et celle de **Bel Ombre** (au sud de la Plaine Champagne, 12km AR, niveau élevé). L'occasion d'observer une flore rare (ébènes, colophanes, mangliers...), de croiser des macaques et même des chauves-souris indigènes. Mieux vaut louer les services d'un guide. *Renseignements auprès du centre d'information du parc (ci-dessus).*

● **Évoluer d'arbre en arbre**

Parc Aventure Dans une forêt tropicale de 12ha, un vrai parc d'aventures pour petits et grands avec son lot de passages en tyroliennes, ponts de singe et passerelles suspendues. Deux parcours : une promenade botanique à la cime des arbres, et un parcours plus sportif. Départs à 9h15, 11h15 et 13h15. Prévoyez des vêtements de sport et de bonnes chaussures. Randonnée pédestre 600Rs (Réduit 300Rs). Possibilité de déjeuner sur place. ***Chamarel*** *(prendre l'entrée des terres des Sept Couleurs) Tél. 234 5385 ou 234 4533 www.parc-aventure-chamarel.com Ouvert jeu.-mar. et j. fér. 9h-16h A partir de 6 ans. Réservation obligatoire. Carte de crédit refusée.*

CARNET D'ADRESSES

Restauration

Les tables d'hôtes se sont multipliées à Chamarel - pour le meilleur et pour le pire. Évitez celles signalées par des panneaux dans toutes les langues : elles sont souvent de mèche avec des taxis commissionnés.

petits prix

☺ **Palais de Barbizon** Une vraie table de famille créole ! La salle ouverte sur la route ne paie pas de mine, mais l'accueil et la cuisine authentique méritent le déplacement. Chaque plat (délicieux poissons et poulet, mais aussi cerf et sanglier) est accompagné de cinq légumes du potager : papaye verte, manioc, brède songe, jacque, banane verte... Voilà qui change des menus interchangeables des restaurants d'hôtels ! Le tout à un prix dérisoire : 350Rs le plat copieux (punch offert). Terminez par un café de Chamarel. *Route Sainte-Anne* ***Chamarel*** *Tél. 494 0340 ou 495 1690 Ouvert tlj. midi (le soir sur rés.)*

prix élevés

Domaine du Cachet Tout au bout du village de Chamarel, juste avant d'arriver au site des Terres des Sept

Couleurs, une jolie maison créole au milieu d'un jardin très bien entretenu, nichée dans la courbe d'une petite rivière. Dans ce cadre bucolique, on déguste une honnête cuisine mauricienne avec de bons plats de poisson et de fruits de mer : bouillon de crabe (250Rs) ou crabe à la créole (375Rs), daube de poisson (300Rs), calamars grillés à l'ail (350Rs) et langouste grillée (1 400Rs les 500g). Pensez à réserver pour pouvoir déjeuner sur la terrasse qui surplombe la rivière. ***Chamarel*** *(en arrivant de Case Noyale, traverser le village et à l'embranchement vers les Terres de Sept Couleurs, prendre à droite) Tél. 483 5259 Ouvert lun.-sam. midi*

prix très élevés

Varangue sur Morne De ce chalet perché dans la montagne, on découvre un panorama splendide sur le Morne Brabant et la vallée de Saint-Denis, couverte d'arbres tropicaux jusqu'à la mer. Certains clients fortunés viennent même ici poser leur hélicoptère. Des tables en bois ciré dans une belle salle tropicale, pour une cuisine savoureuse, quoique coûteuse (plats à partir de 20€). Spécialités de l'établissement, le sanglier braisé au vin rouge et le plateau créole, servi dans une assiette en bois indigène avec une feuille de ravenala. Menu du jour de 25 à 30€. On peut aussi se contenter de siroter un cocktail, notamment la crème de la vallée sauvage ou le Chamarel Blues. *110, route Plaine Champagne* ***Chamarel*** *(à 5km de Chamarel) Tél. 483 5710 ou 483 5910 varangue@intnet.mu Ouvert tlj. midi*

Hébergement

prix élevés

Le Coteau Fleurie Geneviève Fleurié vous accueillera à bras ouverts dans sa grande maison de style créole, coiffé d'un large toit en tôle orné de lambrequins. Du vaste parc parsemé de palmiers majestueux, la vue s'étend sur la plaine et la montagne. Attention, vous risquez de ne plus vouloir repartir ! La formule est celle d'un B&B : 5 chambres spacieuses sous les toits, avec vue sur la campagne (beau panorama à l'arrière sur le piton de la Rivière Noire) et ventilateur. Ouf ! On échappe enfin au régime demi-pension... Accueil comme à la maison, petit déjeuner copieux, calme garanti et tarifs raisonnables : 80€ à deux avec petit déj. Le mari de Geneviève propose une activité de ski nautique en eau douce. *Route royale* ***Chamarel*** *(juste après les terres des Sept Couleurs) Tél. 483 5757 www.coteaufleurie.com*

Chalets en Champagne À l'instar des hébergements de Chamarel, cet ensemble de deux chalets et un lodge offre une alternative au tourisme balnéaire. Perchées dans la montagne, parmi une végétation exubérante, les habitations se fondent dans leur environnement : rondins de bois, toit en bardeaux et même, pour le lodge,

GAMME DE PRIX	RESTAURATION	HÉBERGEMENT
Très petits prix	moins de 200Rs	moins de 1000Rs
Petits prix	de 200 à 450Rs	de 1000 à 1700Rs
Prix moyens	de 450 à 700Rs	de 1700 à 2700Rs
Prix élevés	de 700 à 1300Rs	de 2700 à 4000Rs
Prix très élevés	plus de 1300Rs	plus de 4000Rs

un étonnant jacuzzi installé dans un bout de forêt ! Confort et décoration de bon goût dans chaque logement. Tranquillité et isolement absolus... et voiture impérative. Chalet montagnard de 100 à 150€ (2 pers.) et lodge de 200 à 300€ (4 pers.). Randonnées organisées au piton de la Rivière Noire (4h, 20€/2 pers.) et autres circuits de différents niveaux (de 3 à 5h, de 20 à 50€/2 pers.). *110, route Plaine Champagne* ***Chamarel*** *(à 7km à l'est de Chamarel) Tél. 290 6688 ou 988 7418 www.leschaletsenchampagne.mu*

La Vieille Cheminée Dans un authentique domaine agricole de 250 arpents, trois chalets rustiques mais très confortables pour 2 à 6 pers. Les plantations d'ananas, de bananes, de cannes et de palmistes ondulent depuis les varangues en bois de deux d'entre eux. L'occasion d'observer l'activité agricole de la propriété. À l'intérieur, mur en ravenala, parquet, climatisation et cuisine parfaitement équipée ouverte sur la nature. L'ensemble est doté d'une petite piscine commune. Des excursions à cheval dans le domaine sont proposées aux résidents (2h, 35€). Repas préparés sur demande. Mieux vaut être motorisé, on est assez isolé. Double 93€ (104€ avec petit déj.). ***Chamarel*** *(peu après Coteau Fleurie, sur la gauche) Tél. 483 4249 ou 725 5546 www.lavieillecheminee.com*

prix très élevés

☺ **Lakaz Chamarel** Rustique et raffiné... Niché dans un domaine à la végétation luxuriante, voici un remarquable exemple d'hébergement écotouristique. Chacune des 11 chambres ou suites occupe une case créole au toit de tôle, à flanc de colline, face au piton de la Rivière Noire. La déco multiethnique, d'un goût très sûr, varie d'une chambre à l'autre. Tables en bois brut, mobilier indien, douche extérieure et, pour les suites, piscine privative. TV et climatisation sont proscrits. Une table d'hôtes, deux piscines, un sauna et une salle de massages en pleine nature. Superbe parc de 7ha aux nombreuses essences d'arbres et de fleurs, où l'on peut se faire servir à dîner. L'établissement fonctionne comme une maison d'hôtes : accueil aux petits soins, intimité respectée, ambiance décontractée. De 185 à 238€ en demi-pension (suite de 210 à 276€). ***Chamarel*** *(à l'ouest du village, juste après le restaurant Le Chamarel) Tél. 483 5240 ou 483 5322 www.lakazchamarel.com Wifi payant dans les chambres*

GRANDE RIVIÈRE NOIRE

Amateurs de pêche au gros, posez vos valises ! La renommée de Grande Rivière Noire dépasse les rivages de l'île. Au large fraient les trophées de pêche les plus convoités : thons, dorades coryphènes, requins, wahoos (barracudas), marlins (sorte d'espadon) et notamment les immenses "blue marlins". Chaque année en décembre, la Marlin World Cup rassemble ici les meilleurs équipages du monde de pêche au gros. C'est l'une des compétitions de pêche sportive les plus convoitées du circuit

international. Hormis la pêche (la saison court de septembre à mai), la région de Rivière Noire présente un aspect désert, peu touristique et non dépourvu de charme. Au sud, à hauteur de Petite et Grande Case Noyale, la route est bordée de mangrove et d'énormes et superbes palmiers multipliants. Ce bout du monde risque pourtant de perdre son âme : une marina et une pléthore de villas de haut standing sont en projet dans le secteur.

MODE D'EMPLOI

accès

À 5km au sud de Tamarin par la route côtière (A3). Le village est campé sur l'estuaire de la rivière éponyme.

DÉCOUVRIR

Grande Rivière Noire et ses environs

☆ Les essentiels La tour Martello, Le parc national des gorges de la Rivière Noire **Découvrir autrement** Partez à la pêche au requin ou au marlin

Plage de la Preneuse Une petite plage de sable, convexe, avançant dans la mer, et très appréciée des habitants de la région pour sa vue sur le Morne. Les deux canons qui l'encadrent rappellent la bataille navale de 1799, qui vit la victoire des Français contre les Anglais. Un coin ombragé parfait pour pique-niquer.

☆ **Tour Martello** Bâtie en pierre volcanique noire, elle est l'une des cinq tours Martello élevées par les Anglais sur l'île Maurice dans les années 1830 (ils en construisirent deux cent dix à travers leur empire) afin de parer à d'éventuelles attaques. Les Anglais redoutaient en effet que l'intervention française sur l'île ne rétablisse l'esclavage tout juste aboli. Les cinq tours furent édifiées sur le modèle des tours génoises de Corse (Martello vient d'une déformation de la pointe Mortella), dont les Anglais avaient pu vérifier l'efficacité à travers l'échec de leur tentative de siège en Corse en 1793-1794. La tour, aménagée en musée, se visite : il y a peu de choses à voir, si ce n'est quelques mousquets et un beau canon coulissant, qui nécessitait l'effort coordonné de six hommes pour pivoter. Commentaires très intéressants du guide. *Derrière la plage de la Preneuse Tél. 471 0178 Ouvert mar.-sam. 9h30-16h30, dim. et j. fér. 9h30-13h Tarif 50-70Rs, réduit 20Rs, entrée libre dernier sam. du mois*

★ **Parc national des gorges de la Rivière Noire** De Grande Rivière Noire, on peut accéder à ce parc naturel (p.194), idéal pour les randonnées. *Route fléchée qui grimpe dans les terres sur 7km* **Centre d'information** *en rénovation, s'adresser au centre d'information de Pétrin (cf. Chamarel)*

Où faire des emplettes ?

Centre commercial Ruisseau Créole Il rassemble des boutiques de vêtements assez haut de gamme, une bijouterie, un caviste et divers bars et restaurants de bonne tenue (fusion asiatique, italien). ***La Preneuse*** *Tél. 483 8000 Ouvert lun.-sam. 9h30-18h, dim. 9h30-12h*

London Way *À l'entrée du village, à hauteur de* ***La Preneuse*** *Tél. 483 8888 Ouvert lun.-jeu. 8h30-19h, ven.-sam. 8h30-19h45, dim. 8h30-12h30*

La Ravane Boutik Dans cette petite boutique de décoration, accolée au supermarché London Way, on trouve des savons 100% végétaux à l'huile de coco, fabriqués à Maurice et parfumés aux fleurs d'hibiscus, de frangipanier ou d'ylang-ylang... Parmi les autres trouvailles que vous pourrez y faire, de belles nappes colorées en coton (qui peuvent aussi servir de couvre-lit) et des serviettes de table unies de toutes sortes de couleurs. À l'étage, des miroirs, des cadres, des objets en bois en provenance de Bali. *Route côtière* ***La Preneuse*** *Tél. 483 8803 Ouvert lun.-sam. 9h-19h, dim. 9h-12h*

Pêcher au gros

La pleine saison de la pêche au gros court de novembre à avril, voire d'octobre à mai. C'est l'époque des requins et des marlins. Sorti de cette période, pêcher au gros à Grande Rivière Noire ne présente guère d'intérêt, sauf à tomber sur un requin-marteau ou une dorade coryphène. La location du bateau peut être partagée à plusieurs ou réservée par une seule personne. Cette dernière option est plus chère mais laisse évidemment plus de chances d'effectuer des prises conséquentes. De fait, un seul siège par bateau est équipé pour la capture des poissons de grande taille comme le marlin. La journée entière (7h-16h) revient proportionnellement moins cher que la demi-journée (7h-13h). Sur les trois clubs de Grande Rivière Noire, nous avons retenu les deux meilleurs.

La Pirogue Big Game Fishing Fondé en 1955, l'un des clubs de pêche au gros les plus connus de Maurice, avec ses membres, ses compétitions, ses exploits (le plus gros marlin pris par une femme) et ses clichés de pêcheurs brandissant fièrement leurs trophées. Dans la salle, remarquez l'impressionnant marlin de 1 115 livres, pendu comme une énorme sculpture. Le club possède cinq bateaux. Comptez 345-725€ la demi-journée, 517-875€ la journée pour la totalité du bateau. Réservation auprès de l'hôtel La Pirogue (p.213). *Départ du ponton en face du club Le Morne Anglers Club (face au poste de police de* ***Grande Rivière Noire****) Tél. 453 8054 ou 728 7891 www.lapiroguebiggame.com*

La Carangue Ltée Un centre lui aussi tapissé d'impressionnantes photos de trophées marins. Il faut rencontrer Hervé de Baize, qui connaît bien son métier et en parle avec passion. À votre retour, un taxidermiste peut empailler vos prises ! Six bateaux (8 pers. maximum) et un catamaran de 19 mètres pour 40 personnes maximum. 18 000Rs le bateau à la journée, 16 000Rs à la demi-journée (+15% de taxes). *Route côtière* ***La Preneuse*** *Tél. 729 9497 ou 729 9150 rv4fishing@yahoo.com*

Aller à la rencontre des cachalots

Dolswim En plus des dauphins qui s'approchent tout près de Tamarin, on peut aussi observer des cachalots, qui ont pris leurs quartiers de manière quasi permanente au large de la côte ouest. Dans cette zone où la mer devient rapidement très profonde, ces grands cétacés trouvent de la nourriture en abondance (poissons, pieuvres, calamars géants...). Dolswim permet de les approcher d'assez près pour les observer. Formé par une biologiste marine, le personnel vous fera découvrir le mode de vie de ces mammifères, qu'on a rarement l'occasion de rencontrer dans leur milieu naturel. Pas de sortie en cas de grand vent ou de mer houleuse. *Tél. 422 9281 www.dolswim.com Tarifs 2 000Rs (enfant de 5 à 12 ans 1 200Rs)*

CARNET D'ADRESSES

Restauration, hébergement

prix élevés

La Bonne Chute L'une des premières tables "gastronomiques" de l'île Maurice (depuis 1969). Si l'on trouve aujourd'hui plus chic et plus raffiné ailleurs, l'adresse demeure agréable avec sa salle ventilée sous le grand toit de chaume et ses spécialités maison soignées : gratin de crabe, cassolette de crevettes, rôti de cerf et de cochon marron, etc. La carte change tous les deux mois. Vins d'Afrique du Sud. Service un brin lent. Comptez 700-800Rs. *Route côtière* ***Grande Rivière Noire*** *(à la sortie nord de Grande Rivière Noire, près de la station-service) Tél. 483 6552 ou 257 7981 labonne chute@intnet.mu Ouvert lun.-sam. midi et soir*

☺ **Sirandanes** En bord de plage, presque les pieds dans l'eau, le restaurant du Bay Hotel propose une cuisine soignée dans une atmosphère conviviale le jour, plus intime le soir. On peut y déjeuner de généreuses salades (270 à 370Rs) – salade de quinoa aux crevettes, julienne d'ananas et concombres, salade de poulet croustillant, pomme verte caramélisée... – ou de "plats gourmet" (208 à 530Rs), tel le poisson rôti à la fleur de thym, lalos (gombos) et épinards sautés, purée d'arouille. Le soir, la carte s'étoffe de plats plus sophistiqués, où les produits locaux sont mis à l'honneur. Goûtez la souris d'agneau aux petits oignons et sa fricassée de christophines. En dessert, on fond pour le cheesecake et son coulis de mangue. Compter env. 1 000Rs pour le dîner. Barbecue sur la plage le vendredi soir. *Av. des Cocotiers* ***La Preneuse*** *Tél. 483 6525 Ouvert tlj. 7h30-22h*

prix très élevés

☺ **La Mariposa** Un charmant petit ensemble de bungalows ornés de lambrequins et posés au bord de l'eau face au Morne Brabant. Forcément sublime... Quatre des 16 appartements (2-5 pers.) sont directement tournés vers la mer, les autres étant disposés autour d'un adorable jardin fleuri, où pousse un bel arbre perroquet. Déco sobre et élégante à l'intérieur, confort parfait (clim., cuisine, coffre, ventilateur). Côté baignade, une petite piscine haricot et surtout... le lagon. De 85 à 120€ avec petit déj. Excursions, transfert de l'aéroport, repas créole sur commande. Très bon accueil. *Allée des Pêcheurs* ***La Preneuse*** *(après la tour Martello) Tél. 483 5048 ou 727 0506 www.lamariposa.mu Wifi gratuit dans les chambres*

The Bay Hotel Un complexe de 16 chambres doubles élégantes et toutes rénovées (de 140 à 210€ avec petit-déj., 20€ supp. en demi-pension) dans un site agréable en surplomb d'une petite grève, où les barques se balancent doucement. On ne se baigne pas ici, mais l'hôtel possède une piscine et la plage publique de La Preneuse n'est qu'à 200m. Bar et restaurant. Accueil sympathique et repos assuré. *Av. des Cocotiers* ***La Preneuse*** *Tél. 483 6525 www.the-bay-hotel-mauritius.com Wifi gratuit dans les chambres*

☺ **Les Lataniers bleus** Un ensemble plein de charme qui comprend aussi une table d'hôtes. Au sein d'un beau jardin descendant en pente douce vers la plage de La Preneuse, les 3 villas disposent de 2 à 5 chambres, d'une cuisine et d'un salon commun (clim., ventilateur, sdb et WC dans chaque chambre). On peut donc choisir une chambre ou réserver une villa entière. Déco coquette, bel ameublement et piscine commune. La villa "Filaos" donne directement sur la plage, avec une belle varangue créole d'où l'on contemple le coucher du soleil. Midi et soir, les clients font connaissance autour d'une cuisine typiquement mauricienne. La demi-pension reste facultative. Accueil fort cordial de Josette Vexlard, très impliquée dans le tourisme mauricien. Chambre double avec petit déj. de 130 à 170€ et bungalows (4-10 pers.) de 270 à 700€. Réservation 2-3 mois à l'avance. *La Mivoie* ***Rivière Noire*** *(sur la route royale) Tél. 483 6541 www.leslataniersbleus.com Wifi gratuit dans les chambres*

TAMARIN

Alangui, ce petit village de pêcheurs s'est fait connaître grâce à ses salines et à sa petite baie, paradis des dauphins et des surfeurs. Il y a quelques années, la saison du surf, qui court de juin à septembre, transformait le village en mini-Honolulu. La tendance s'est infléchie depuis quelque temps. Si l'on croise toujours de vrais mordus, on rencontre aussi de simples amateurs, venus attendre la vague parfaite. Or ici, elle peut être longue à venir… Nous vous conseillons plutôt d'aller saluer les dauphins de la baie, ou de vous échapper pour la journée sur l'île aux Bénitiers.

MODE D'EMPLOI

accès

À 10km au sud de Flic en Flac, par la route côtière (A3) et à environ 9km de Grande Rivière Noire.

adresses utiles

Distributeur Mauritius Commercial Bank *À la sortie du village sur la gauche (en venant du sud)*

Centre commercial La Place Cap Tamarin Il réunit un supermarché Shoprite, des boutiques et des restaurants. *À l'entrée nord du village*

DÉCOUVRIR

Tamarin

☆ **Les essentiels** Les dauphins de la baie **Découvrir autrement** Patientez avec les surfeurs en attente de la vague parfaite

Plage de Tamarin La longue plage de sable gris, réputée dans le monde du surf, n'est pas la plus agréable de l'île, mais elle reste plus sûre que la rivière Tamarin, qui se jette dans la baie, et provoque des remous dangereux. Prudence, donc : ne vous baignez pas à son embouchure.

Marais salants Beaux damiers dans lesquels se reflètent les montagnes du Rempart et des Trois Mamelles, ils méritent un détour, surtout les matins d'été, lorsque des femmes au large chapeau s'activent à la récolte du sel.

● Où trouver de l'artisanat de qualité ?

Un monde à part Une vraie caverne d'Ali Baba ! Dans cette grande boutique toute en longueur, vous trouverez de belles maquettes de bateau et des articles de décoration intérieure (sets de table et ronds de serviette en raphia, serviettes de table brodées, cadres photo…). Un artisanat de grande qualité qui provient de Madagascar. N'hésitez pas à fouiller les moindres recoins et les nombreux paniers. Ici, on découvre de la décoration marine en cuivre et en bois, là, des boîtes à jouets et des boîtes à couture en rabane coloré, dans un autre coin, du mobilier en fer forgé. Les prix s'envolent vite mais on trouve de très jolis articles cadeaux à partir de 100Rs. *La Place Cap Tamarin (en arrivant du plateau central, sur la gauche à l'entrée de Tamarin) Tél. 483 6404 Ouvert lun.-sam. 9h-18h*

● Où boire un verre ?

Le Dix-Neuf C'est le restaurant du très chic club-house du Tamarina Golf (ci-dessous). Venez y siroter une bière ou un cocktail de fruits (100-250Rs), pour profiter de son beau cadre naturel : une gorge verdoyante et une vue sublime sur le bon profil de la montagne du Rempart et les Trois-Mamelles. *Du plateau central, avant d'arriver à Tamarin, prendre à droite la route menant au Tamarina Hotel Tél. 401 3019 Ouvert tlj. 7h-20h*

● Observer des dauphins

☆ **Michel Ricot** Les excursions pour découvrir les dauphins qui évoluent en bancs dans la baie de Tamarin ont été réglementées mais les bateaux continuent d'aller à leur rencontre. Il faut partir de bonne heure (7h-8h) car les cétacés ne se montrent pas lorsque les embarcations sont trop nombreuses. Vous aurez plus de chance de voir des dauphins à long bec, connus pour leurs cabrioles, que des dauphins souffleurs. Les pêcheurs proposent des sorties de 1h30 à 2h30, qu'ils couplent parfois avec une excursion jusqu'à l'île aux Bénitiers (repas et plongée en apnée inclus, en une journée). Avec Michel Ricot, comptez 1 000Rs pour les dauphins (enfant demi-tarif). Départ à 8h de l'hôtel Tamarin. Journée complète (dauphins et île aux Bénitiers) de 1 500 à 2 000Rs. *Tél. 735 8062*

Jouer au golf

Tamarina Golf Avec sa vue imprenable sur la baie de Tamarin et les montagnes effilées du Rempart et des Trois-Mamelles, ce 18-trous dessiné par Rodney Wright est l'un des plus beaux de l'océan Indien, avec ses 43ha sur les 206 que compte cet ancien "chassé" (domaine de chasse). Comptez 3 800Rs le parcours (voiturette 2 000Rs, serie de clubs 1 200Rs). Un beach club avec piscine et restaurant attend les réfractaires à la petite balle blanche sur la côte, à l'hôtel Tamarina. Le golf possède aussi un beau *club house*, deux restaurants et un bar Le Dix-neuf, ci-dessus et (p.204). *Du plateau central, avant d'arriver à Tamarin, prendre à droite la route menant au Tamarina Hotel Tél. 401 3000 www.tamarinagolf.mu Ouvert tlj. 7h30-18h30*

CARNET D'ADRESSES

Restauration

prix élevés

Le Dix-Neuf Le restaurant du club-house du Tamarina Golf (p.204) surplombe une ravine tapissée d'une végétation luxuriante, offrant une vue inoubliable sur la montagne du Rempart et les Trois-Mamelles. Cuisine variée, allant du cari de poulet (425Rs) à l'entrecôte sauce béarnaise (750Rs). Repas pour environ 800Rs. Sur réservation. ***Tamarin*** *Du plateau central, avant d'arriver à Tamarin, prendre à droite la route menant au Tamarina Hotel Tél. 401 3019 Ouvert tlj midi*

Le Whatever Créateurs d'un des premiers bars à vins français à Toulouse, Véronique et Alain ont tenté l'expérience à Maurice. C'est un succès. Dans ce restaurant-bar à vins, la cuisine d'inspiration française s'appuie sur de bons produits frais. À midi, en plus de la carte, un plat du jour et un poisson du jour (300 et 350Rs) sont proposés avec un verre de vin, le dessert ou le café offert. Le soir, la cuisine est plus raffinée : misez sur le carpaccio de saumon aux grenadines (320Rs) et la souris d'agneau confite aux senteurs de Méditerranée (690Rs). Les vins sélectionnés avec soin affichent des prix très raisonnables. Ajoutez la gentillesse de l'accueil, les conseils pour le choix des vins et le cadre agréable : vous aurez tout ce qui rend ce restaurant incontournable. *La Place* ***Cap Tamarin*** *(en arrivant du plateau central, sur la gauche à l'entrée de Tamarin) Tél. 483 7810 www.lewhatever.mu Ouvert mar.-sam. 8h30-22h30*

Hébergement

Les petits budgets trouveront chambres et bungalows, souvent modestes, mais à des prix défiant toute concurrence.

GAMME DE PRIX	RESTAURATION	HÉBERGEMENT
Très petits prix	moins de 200Rs	moins de 1 000Rs
Petits prix	de 200 à 450Rs	de 1 000 à 1 700Rs
Prix moyens	de 450 à 700Rs	de 1 700 à 2 700Rs
Prix élevés	de 700 à 1 300Rs	de 2 700 à 4 000Rs
Prix très élevés	plus de 1 300Rs	plus de 4 000Rs

petits prix

Sweet Beach Bungalows Une adresse pour surfeurs et baroudeurs, tenue par la sympathique famille créole de Jean Antonio Sambacaille. À 30 secondes de la plage, 3 chambres simples mais très propres, avec ventilateur ou climatisation, moustiquaire, TV et cuisine. La chambre sous le toit offre une jolie vue sur la montagne et les cocotiers. Petit déjeuner et dîner sur commande. Organisation d'excursions (dauphins, île aux Bénitiers). Comptez 1 200Rs/2 pers., 2 000Rs /4 pers. Paiement en espèces. ***Tamarin*** *Dans le village, la maison jaune sur la droite, juste avant la plage Tél. 483 8106*

prix élevés

The River House En amont du village de Tamarin et de la baie préférée des surfers mauriciens, une agréable maison d'hôtes avec une vue imprenable sur la Rivière du Rempart et ses eaux calmes. Angela Piat a ouvert son *bed and breakfast* en 2011 et y a aménagé 4 chambres confortables et bien équipées (clim., TV, mini-bar, sdb, terrasse), le tout dans un beau jardin tropical. Devant les chambres, une pelouse s'étend jusqu'en bordure immédiate de rivière. Petit déjeuner copieux avec fruits frais et confitures maison. Table d'hôtes et *English breakfast* à la demande. Une suite indépendante. De 65 à 130€ la double selon la saison. *Le Barachois* ***Tamarin*** *Tél. 483 0266 www.riverhouse.mu*

Hôtel Tamarin Accueil aimable et quiétude assurée dans le seul hôtel du village, construit sur l'agréable plage de Tamarin. L'établissement, qui a mis de la couleur dans sa décoration, dispose de 58 chambres, 5 villas, 2 suites, 2 bars, une piscine, un spa Espace Zen, un miniclub et une salle de cinéma. Bon à savoir : le wifi est ici gratuit ! Le restaurant-buffet s'ouvre sur une grande terrasse et un jardin. Animations musicales tous les soirs au **Crazy Fish Bar,** une scène jazz connue dans toute l'île. Cours et location de surf, location de kayaks. Chambres standard en demi-pension de 113 à 185€. ***Plage de Tamarin*** *Tél. 483 6927 www.hoteltamarin.com Wifi gratuit dans les chambres*

FLIC EN FLAC

Même si cette station balnéaire est encore peu animée le soir et moins touristique que Grand Baie, au nord, les restaurants, hôtels et locations gagnent du terrain sur la côte et les champs de canne. La très longue plage de Flic en Flac reste heureusement assez grande pour accueillir les vacanciers, ce qui n'est pas toujours le cas ailleurs. En fin de journée, c'est un régal que de voir le coucher du soleil embraser le lagon. Les fins de semaine, le décor change. Les Mauriciens bivouaquent sous les filaos de la plage, dans une ambiance conviviale et populaire : baignades et pique-niques au son du séga. De temps à autre, la camionnette du marchand de glaces annonce son passage par une mélodie enfantine. Un bon aperçu de la vie mauricienne dominicale !

MODE D'EMPLOI

accès

À 11km de Tamarin. **Cars** quotidiens (toutes les 15-20 min) vers Port Louis (23Rs) et Quatre Bornes, de 6h à 18h-19h. Un car pour Curepipe le dimanche seulement, toutes les 45 min. Pour rejoindre Tamarin, Rivière Noire, le Morne Brabant et Baie du Cap, prenez le car pour Quatre-Bornes et descendez à l'arrêt qui est en vis-à-vis de la station Shell (entre Flic en Flac et Médine), d'où l'on prend un second car.

orientation

Une route, la plage d'un côté, les hôtels de l'autre, et un point névralgique : le **centre commercial Pasadena**, qui fait office de place centrale. On y trouve un kiosque d'informations touristiques, un supermarché Spar, une pharmacie, des boutiques, un restaurant chinois, un bar, une discothèque et un petit casino. Autres centres commerciaux, plus petits, avec restaurants et galerie marchande, celui des arcades Nénuphar (à l'entrée nord de Flic en Flac, sur la gauche) et celui, plus récent, de l'Oasis (bar et restaurant le Shooters), situé plus au sud juste avant le restaurant Pepe. Après une longue ligne droite vers le sud, on arrive à **Wolmar**, impasse truffée d'hôtels de luxe (p.213).

informations touristiques

Flic en Flac Tourist Agency (plan 7, A1) Informations sur les activités et sur les trajets de cars. Location de scooters, vélos et voitures (à partir de 30€/j.) ; organisation d'excursions et de croisières ; location d'appartements, du studio au bungalow à prix intéressants – cf. Escale Vacances (p.213). *Route Royale (un gros dodo en garde l'entrée) Tél. 453 9389 www.fftourist.com Ouvert lun.-ven. 9h-17h, sam. 9h-13h*

adresses utiles

Distributeur et bureau de change au centre commercial Pasadena (Thomas Cook) et sous les arcades Nénuphar (Shibani).

Police (plan 7, A1) *Face au centre Pasadena Tél. 453 9916/17*

Poste (plan 7, A1) *Derrière le poste de police Tél. 453 5639 Ouvert lun.-ven. 8h15-16h, sam. 8h15-11h45*

Clinique de l'Occident (plan 7, A1) *Route royale entre les galeries marchandes Pasadena et Nénuphars, peu avant la Flic en Flac Tourist Agency Tél. 453 5858*

DÉCOUVRIR

☆Les essentiels La plage de Flic en Flac, le Casela Nature & Leisure Park **Découvrir autrement** Explorez en plongée certains des sites les plus riches en poissons de la région, comme l'Aquarium ou la Cathédrale

Flic en Flac

☆ **Plage de Flic en Flac** Un long ruban de sable, pris en étau entre les filaos et l'eau claire du lagon. On n'est pas serré comme sur certaines plages du Nord,

Plan 7 Flic en Flac / Wolmar

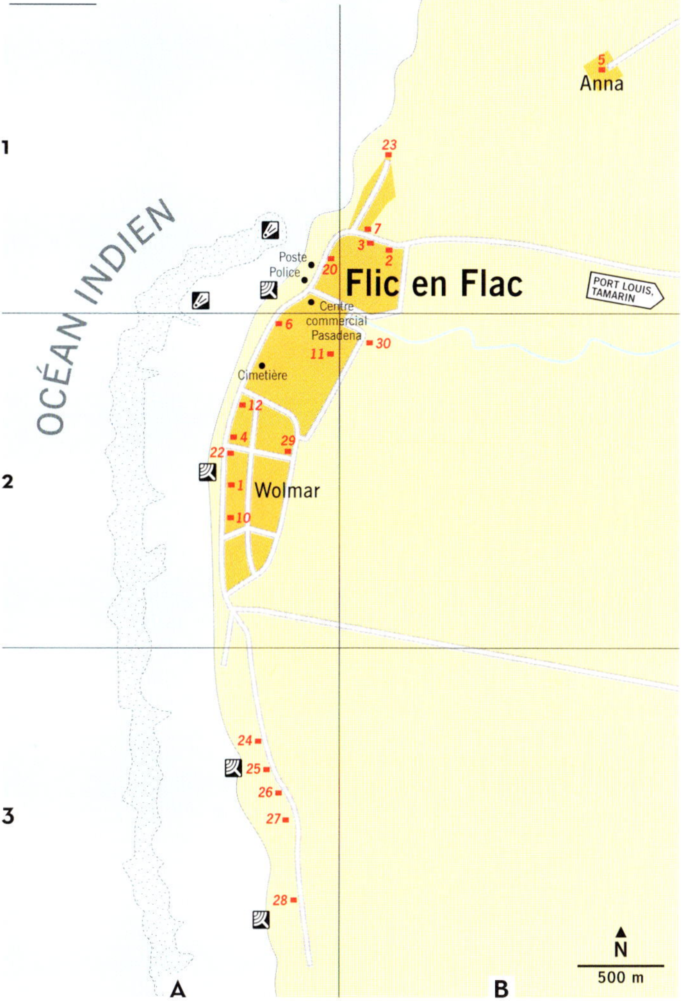

Restauration (n°1 à 7)

Ah-Youn — **1** A2
Chez Pepe — **4** A2
Le Bois noir-chez Joe — **2** B1
Le Domaine Anna — **5** B1
Le Papayou — **3** B1
Ocean Restaurant — **6** A2
Sunset Garden — **7** B1

Lieux de sortie (n°10 à 12)

Kenzi Bar* — **11** B1
Shout* — **12** A2
Summer Beach* — **10** A2

Hébergement (n°20 à 30)

Easy World Hotel — **20** A1
Escale Vacances — **22** A2
Hilton — **26** A3
Klondike Village Vacances — **23** B1
La Pirogue — **24** A3
Maradiva — **28** A3
Sofitel Imperial — **27** A3
Sugar Beach Resort — **25** A3
The Nilaya — **29** A2
Villa Paul & Virginie — **30** B2

*À RETROUVER DANS LA PARTIE DÉCOUVRIR

mais attention en se baignant : le lagon est tapissé de morceaux de coraux et parfois d'oursins. Mieux vaut être équipé de chaussures en caoutchouc pour ne pas se blesser les pieds.

Où boire un verre le soir ?

Kenzi Bar (plan 7, B1 n°11) Le rendez-vous des noctambules en fin de semaine. Mathieu, le sympathique patron lorientais, tient depuis 2002 ce bar musical très avenant avec ses airs de paillote ethnique. Derrière le comptoir, une quinzaine de rhums arrangés à petits prix (175Rs), parmi lesquels un curieux rhum caramel au beurre salé (Bretagne oblige !) et un redoutable rhum aux piments de Rodrigues. Le lieu fait également crêperie et vous propose ses galettes bretonnes. Chaque vendredi et samedi, des groupes enfièvrent la nuit au son du seggae et du reggae. Le Kenzi fait alors le plein ! La "barbecue party" du dimanche attire les expatriés en mal de brochettes de bœuf et de poisson. Attention, le restaurant n'est ouvert que sur réservation : essayez-le, car les produits sont garantis frais (ourites, crevettes, poisson entier grillé, pavé de bœuf). Comptez 300-400Rs le plat. *Av. Petite-Marie (à côté de la villa Paul & Virginie) Tél. 494 4133 Ouvert mar.-dim. 18h-0h, w.-e. 18h-1h et plus*

Où aller danser ?

Summer Beach (plan 7, A2 n°10) La discothèque de l'hôtel Manisa, rendez-vous des jeunes Mauriciens épris de séga. *Hôtel Manisa Route côtière Tél. 453 8559 Ouvert ven.-sam. 23h-tard dans la nuit*

Shout (plan 7, A2 n°12) Avec les bars voisins Shotz et Shooters (dans le petit complexe commercial Oasis), cette boîte de nuit enflamme les nuits de la partie sud de Flic en Flac. *Ouvert ven.-sam. soir*

Découvrir les sites de plongées

☺ **L'Aquarium** Le bonheur à quelques encablures de Flic en Flac ! Tous les niveaux peuvent plonger sur ce site (-6m à -20m) qui regorge de poissons de récif, de carangues, de perroquets, de capitaines, de raies aigles, etc. À faire de préférence quand il y a un peu de courant.

La Cathédrale Le site le plus fréquenté de l'île depuis presque vingt ans. Vous constaterez que beaucoup de coraux et de gorgones sont morts en raison des cyclones et des sédiments déposés par les rivières. Le site est néanmoins extraordinaire par sa morphologie : une belle arche et un chaos de pierres, dont la diversité des formes attire un grand nombre d'espèces de poissons. Très impressionnant. De -15 à -30m.

Manioc Un site réservé aux plongeurs confirmés. Il n'y a rien à voir au-dessus de 30m de profondeur, mais entre -33 et -46m, vous découvrirez sans peine les rares colonies de corail noir et rose, encore épargnées par l'industrie du bijou.

Kei Sei, L'Orient, Le Saint-Gabriel* et *Tug II Quatre bateaux coulés dans les années 1980 entre -20 et -45m pour servir de récifs artificiels à la faune et détourner ainsi les plongeurs du récif naturel. Couverts d'invertébrés, ils sont gardés par des légions de poissons bien camouflés. Très intéressant pour ceux qui fréquentent souvent Maurice. D'année en année, la faune fixée change. Mention spéciale au *Tug II*, un petit remorqueur bourré de poissons !

Rempart Serpent On y croise de nombreuses murènes, d'où son nom, ainsi qu'une abondance de... poissons venimeux (poissons-pierres et poissons-scorpions) chassant à l'affût entre 18 et 25m de profondeur, présence inexplicable d'un point de vue écologique. La profusion des blocs a peut-être fait office d'enclos et a permis à ces aimables espèces de proliférer. Une grande méfiance s'impose : la piqûre des poissons de la famille des scorpionidés est dangereuse, voire mortelle en ce qui concerne le poisson-pierre (l'antidote se trouve à Canberra, en Australie).

Plonger avec des bouteilles

Sun Divers (plan 7, A3) Sérieux et certifié CMAS et PADI, le Sundiving est le club de La Pirogue, du Sugar Beach, du Hilton et du Sands. Pour visiter des sites magiques comme la Cathédrale, Coline Bambou, Rempart l'Herbe ou Manioc. Trois plongées par jour à 9h, 12h et 14h30. Plongée avec équipement 1 675Rs, sans 1 540Rs, plongée de nuit 1 980Rs, baptême 2 600Rs. *Hôtel La Pirogue Wolmar* ***Wolmar*** *Tél. 453 8441 www.sundiversmauritius.com Ouvert lun.-sam. 8h-16h, dim. 8h-12h*

Abyss (plan 7, B1) L'instructeur CMAS Christophe Pelicier assure baptêmes et plongées, de jour comme de nuit. Plongée avec équipement 35€, sans 30€, baptême 45€, plongée de nuit 45€. Également formations CMAS et PADI. *Av. des Mérous, morcellement Anna Tél. 453 8836 ou 722 4990 tof110@yahoo.fr abyss-mauritius.com*

Centre de plongée Villas Caroline (plan 7, B1) Un bon club, géré par Pierre Szalay, un moniteur CMAS. Deux sorties par jour à 9h30 et 13h30. Quelque 40 sites de plongée (grottes, épaves et poissons rares), particulièrement intéressants pour les plongeurs confirmés, les photographes et les amateurs de plongées de nuit. Le centre travaille en collaboration avec un centre de plongée du Morne, ce qui lui permet de garantir des plongées presque tout le temps. Attestation médicale, passeport et carnet de plongée obligatoires. Une plongée avec équipement 32€, sans 26€, baptême et plongée de nuit 40€. *Tél. 453 8450 szalay@yahoo.fr www.pierre-szalay.com Ouvert tlj. sauf dim.*

Pêcher au gros

La Pirogue Big Game Fishing Ce club, basé à l'hôtel La Pirogue (p.213), propose des excursions en bateau à la journée ou à la demi-journée. Le départ se fait à Grande Rivière Noire, haut lieu de la pêche au gros, en face du poste de police. Le transfert entre La Pirogue et le lieu de départ est gratuit pour les clients de l'hôtel. *Hôtel La Pirogue Wolmar Tél. 453 8054 ou 453 8441 www.lapiroguebiggame.com*

Les environs de Flic en Flac

Plage d'Albion À 10km au nord de Flic en Flac, une petite plage paisible, tapissée de corail comme celle de Flic en Flac. Les Mauriciens viennent y passer leur week-end en famille. Calme et typique, même si les villas en chantier annoncent un important développement urbain. Au nord du village, un **phare** surveille la pointe aux Caves depuis 1910. À défaut de pouvoir y monter, on peut se promener sur cette partie de la côte rocheuse.

Se balader en kayak de mer

Yemaya Adventures Pour pagayer le long des collines de la côte ouest et découvrir les grottes d'Albion. La promenade couvre 7km et passe au-dessous du phare d'Albion. Comptez 3h et 2 500Rs/pers. Yemaha propose également des sorties en kayak vers l'île d'Ambre, sur la côte nord (2 000Rs/pers. la journée, déjeuner inclus), des promenades en VTT à Roches Noires (1 500Rs/pers) et des randonnées pédestres (île d'Ambre, le Pouce, réserve naturelle de Bras d'Eau, 1 500Rs/pers). Le tout encadré par des instructeurs qualifiés, dans un respect total de l'environnement. *Tél. 752 0046 adventure@yemaya adventures.com www.yemayaadventures.com*

● Approcher paons blancs et perroquets bleus

☆ **Casela Nature & Leisure Park** Que vous veniez à **Casela** pour sa végétation ou pour ses oiseaux, vous n'en repartirez pas déçu. Ce parc luxuriant domine la côte ouest et regroupe plus de 1 500 individus. Un beau parcours permet de déambuler entre les volières de perroquets bleus, d'ibis rouges, de perruches vertes et de paons blancs. Un feu d'artifice de plumes ! Parmi les autres vedettes du parc figurent les tortues Aldabra, les surprenants gouras couronnés et les pigeons roses (ou pigeons des mares, espèce endémique protégée depuis trente ans). Passé les volières, suivez le chemin jusqu'au superbe **belvédère** qui surplombe la côte, laissant derrière lui la masse de la montagne du Rempart. Au bas du parc, un **zoo** permet d'admirer des tigres du Bengale, des macaques, des léopards, des cerfs de Java et des autruches. Originale partie de pêche au tilapia et au berry, poissons d'eau douce, que vous devrez relâcher (80Rs les 30 min). Une miniferme a été aménagée pour les enfants qui peuvent se procurer un biberon pour nourrir leur animal favori. Sur réservation, il est possible d'approcher (100Rs), de toucher (500Rs) et même de se balader (3 000Rs) en compagnie de lions... habitués à la compagnie humaine ! Un sympathique **restaurant** panoramique, le Mirador (cuisine créole), permet de se sustenter. Le parc organise aussi des **safaris-photos** de 45min (110Rs/pers. pour 45min, ou 6 640Rs hors TVA le véhicule ouvert de 10 pers. pour 2h) dans la **réserve de Yemen**, grande savane de 4 500ha à quelques kilomètres au sud du parc, où l'on observe cerfs de Java, macaques ou roussettes de Maurice (chauves-souris). Des balades guidées en quad et 4x4 sont aussi proposées. Plus écologiques, les randonnées guidées avec via ferrata et tyrolienne pour 2 470Rs la journée avec repas. Le Segway, véhicule à deux roues permet aux visiteurs de se balader dans la réserve et même, parfois, de toucher des animaux. ***Cascavelle*** *(à 5km de Flic en Flac, dir. Tamarin) Tél. 452 2828 ou 727 6076 www.caselayemen.mu Ouvert tlj. 9h-18h (mai-sept. 9h-17h) Tarif 340Rs, réduit 210Rs*

Excursions en mer

Sorties en bateau

La Sorellina — 101
Le Nessee — 111
Barracuda — 175
Michel Ricot — 203
Yemaya Adventures — 209

Marche sous-marine

Agence Land and Sea — 95
Captain Nemo's Undersea Walk — 111

Plongée en sous-marin

Blue Safari Submarine — 100

CARNET D'ADRESSES

Restauration

petits prix

Ah-Youn (plan 7, A2 n°1) Ce restaurant chinois, situé en bord de mer, ne désemplit pas grâce à sa cuisine très honnête, à prix tout doux. Spécialités à goûter : le sauté de crevettes au beurre à l'ail, le poisson au gingembre, le curry de calamars, le crabe aigre-doux, le menu à la créole et, en hiver, la fondue, très réputée (500Rs/pers.). Pour les petits budgets, les *mine* frits et le bol renversé feront de bons repas complets très abordables, auxquels il faut ajouter la taxe. Plats de 100 à 500Rs. *Route côtière* ***Flic en Flac*** *(juste après Escale Vacances) Tél. 453 9099 Ouvert mar.-dim. midi et soir*

prix moyens

Le Bois noir-chez Joe (plan 7, B1 n°2) Les Mauriciens apprécient beaucoup cette petite table sans chichis, dont les nappes sont assorties aux murs roses. Une cuisine européenne, créole et chinoise surtout recommandée pour ses poissons et ses fruits de mer : gueule pavée (375Rs), langouste grillée (950Rs les 500g) et camarons au curry (695Rs). Sans oublier les excellentes crevettes à la sauce d'huîtres (260Rs), la salade de marlin fumé (100Rs) ou le bol renversé (120Rs). En revanche, peu de choix du côté des desserts. On terminera le repas par un rhum arrangé (offert par la maison). Attention, les commandes s'arrêtent à 22h et il est conseillé de réserver le soir. *Arcades Nénuphar* ***Flic en Flac*** *(entrée de Flic en Flac) Tél. 453 8820 Ouvert ven.-mer. midi et soir*

Le Papayou (plan 7, B1 n°3) Un petit restaurant coloré qui propose des plats créoles, indiens et chinois, un rien moins savoureux que ceux de son voisin Le Bois noir. En entrée, soupe du pêcheur (160Rs), suivie d'un cari de poulet (200Rs) ou du rougail saucisses (250Rs). Sur réservation, le copieux plateau de fruits de mer (1 300Rs/pers., amplement suffisant pour deux), la délicieuse paella (550Rs) et le *faratas* aux cinq currys (500Rs). Également, steaks, pizzas et crêpes pour changer de la cuisine exotique. Pour finir, le "papayou" (150Rs), une papaye chaude arrosée de punch coco et servie avec une boule de glace. Comptez 500Rs pour un repas complet. *Arcades Nénuphar* ***Flic en Flac*** *Tél. 453 9826 Ouvert lun.-sam. 9h30-15h et 18h-22h*

Chez Pepe (plan 7, A2 n°4) Ce restaurant italien à l'accent français remporte un franc succès auprès des locaux et des touristes fatigués du cari de poulet et du *mine* frit. Ici, on déguste de succulentes pizzas (225-375Rs), les pâtes fraîches sont faites maison (190-350Rs) et l'entrecôte est épaisse à souhait (demandez la sauce à part, 450Rs). *Scampi* du chef correctes, tout comme le filet façon grand-mère aux tagliatelles. Repas env. 500-600Rs. *Route côtière* ***Flic en Flac*** *Tél. 453 9383 barbera@intnet.mu Ouvert mer.-lun. midi et soir*

Sunset Garden (plan 7, B1 n°7) Des tables dispersées dans un jardin verdoyant... Le restaurant au cadre le plus agréable de Flic en Flac ! Au menu, une cuisine sino-européenne d'assez bonne tenue : camarons, filets de bœuf, plats vapeur, grillades et quelques assiettes végétariennes.

Repas 600-700Rs. Venez de préférence en soirée, le samedi, pour l'animation musicale (à partir de 21h). *Route royale* ***Flic en Flac*** *(dans le virage qui mène à l'hôtel Klondike) Tél. 453 8614 sunsetgarden@live.com www.sunsetgardenmauritius.com Ouvert mer.-lun. midi et soir*

Ocean Restaurant (plan 7, A2 n°6) Le canard laqué est à savourer d'urgence dans ce restaurant asiatique, chic et feutré, mais assez cher. On roule soi-même, dans des galettes, de fines tranches de canard et des bâtonnets de légumes : un régal à savourer à deux ou trois (1 000Rs) ! On peut choisir aussi le poisson vapeur farci (prix au poids env. 400-500Rs), les fruits de mer ou les différents sizzlings de bœuf, de calamar, de poulets, etc. Le tout s'accompagne d'un thé au jasmin (60Rs). Menus à 500, 600, 700 et 800Rs. *Route royale* ***Flic en Flac*** *Tél. 453 8549 ou 453 8627 Fax 453 8514 Ouvert tlj. 10h-23h*

prix élevés

☺ **Le Domaine Anna (plan 7, B1 n°5)** Ouvert par le propriétaire du King Dragon et du Dragon Vert à Quatre Bornes, ce restaurant situé à l'écart de Flic en Flac est une réussite. Les tables disposées au bord d'un grand étang à carpes permettent de goûter une cuisine mauricienne d'influence chinoise. Malgré la forte affluence (plus de 500 couverts !), la qualité suit. Excellentes spécialités de fruits de mer : langouste au beurre d'ail flambée au wisky (800Rs les 500g), succulents camarons sauce barbecue flambés au rhum (550Rs), calamars, poissons (400Rs les 500g la vielle rouge)... Les couples réserveront à l'avance (surtout le week-end) les paillotes romantiques aménagées au milieu du bassin. Animations vendredi et samedi soir. ***Flic en Flac*** *À 2km au nord-est de Flic en Flac (à la sortie est, fléchage sur la gauche) Tél. 453 9650 info@domaineanna.net www.domaineanna.net Ouvert mar.-dim. 11h-14h30 et 19h-22h30*

Hébergement

petits prix

Easy World Hotel (plan 7, A1 n°20) Immeuble de 4 étages donnant sur une route passante, mais plus calme sur l'arrière. TV et réfrigérateur ne sont pas du dernier cri, mais les 20 chambres et les 6 appartements peuvent convenir aux petits budgets peu regardants sur le bruit et le standing. Demandez tout de même à voir la chambre avant d'y poser vos valises : le niveau de confort varie du très correct au franchement vieillot. Double 1000Rs, appartement pour 5-6 pers. 1500Rs. Possibilité de transfert depuis l'aéroport, location de voitures à partir de 1265Rs/j. *Route côtière* ***Flic en Flac*** *Tél. 453 8557 easyworld@intnet.mu*

The Nilaya (plan 7, A2 n°29) Discrètement cachée par un mur végétal, la maison est tenue par une artiste peintre luxembourgeoise, Kit Graas, qui a décoré les murs des chambres et des escaliers de ses peintures naïves et colorées. Les 4 studios sont tout simples mais spacieux (clim. ou ventilateur, moustiquaire, sdb et cuisine). Ceux de l'étage ont nos faveurs : le n°3 pour sa vue sur la campagne, le n°4 pour sa vue côté jardin. Pas de vue sur la mer, mais calme garanti. Plage à 5min. Ménage quotidien. Un très bon rapport qualité-prix : comptez 50€ avec petit déj. et de 308 à 350€ la semaine. La propriétaire fait également table d'hôtes deux à trois fois par semaine en fonction de la demande. Menu typiquement mauricien (10€/adulte, 5€/enfant) *5, av. des Colombes* ***Flic en Flac*** *Tél. 453 9037 www.nilaya-mauritius.com*

prix moyens

Escale Vacances (plan 7, A2 n°22) La route sépare de la plage cet agréable ensemble de 12 studios avec piscine et jardin. Pas de crainte : on y est au calme, et le confort est là : TV, clim., cuisine équipée, gardiennage, ménage quotidien, service Internet, pour 50€/2 pers. avec petit déj. La Flic en Flac Tourist Agency (p.206) gère aussi deux autres villas pour 4 pers., plus éloignées de la plage mais avec piscine, salon et jardin (comptez 65€). Excursions dans toute l'île et location de voiture (30€/j.). *Route Royale* ***Flic en Flac*** *(un gros dodo en garde l'entrée) Tél. 453 9389 www.fftourist.com*

Villa Paul & Virginie (plan 7, B2 n°30) Dans un quartier tranquille, cette maison blanche abrite 14 chambres toutes différentes mais très coquettes et climatisées. Chacune est décorée avec soin selon un thème (l'océan, l'Afrique, les tropiques, etc.). En revanche, ni vue sur la mer, ni TV. Une piscine d'eau salée vous permettra de faire trempette avant la baignade au lagon, à quelques minutes à pied. Également un bar et un restaurant spécialisé dans les pizzas ouvert 7j./7 (menu du jour 480Rs). Double 50€ avec petit déj., 75€ en demi-pension. *Chemin Sea Breeze* ***Flic en Flac*** *(derrière le centre commercial Pasadena, par la petite route qui part du Sea Breeze) Tél. 453 8537 www.villa-paul-et-virginie.com Wifi gratuit dans les chambres*

prix très élevés

Klondike Village Vacances (plan 7, B1 n°23) À 500m du centre, un petit village de vacances, calme et agréable avec son parc verdoyant face à l'océan, abrite 11 bungalows (TV, clim., sdb, lit de bébé et petite terrasse) et 20 chambres avec vue sur la mer. Une petite plage a été aménagée entre les rochers noirs (le lieu de rendez-vous des pêcheurs plutôt que des baigneurs !), où fit naufrage un bateau canadien du nom de... *Klondike*. Une étendue de sable plus spacieuse se trouve à quelques pas au sud. Restaurant, tennis, centre nautique et petite piscine à débordement. Soirée séga le samedi. En haute saison, double en demi-pension à 105€ (pour 2 pers.) et bungalow de 70 à 100€ avec petit déj. (tarifs négociables selon la durée du séjour). ***Flic en Flac*** *Au nord de Flic en Flac Tél. 453 8333 www.klondikehotel.com*

À Wolmar

Flic en Flac possède son impasse : Wolmar. Un long ruban de sable, jadis sauvage, où se succèdent aujourd'hui les hôtels les plus luxueux de la côte ouest.

prix très élevés

La Pirogue (plan 7, A3 n°24) Inauguré en 1976, le premier palace de l'île Maurice surfe sur son passé prestigieux. S'il existe désormais plus chic et plus ambitieux, La Pirogue reste un fort beau complexe de bord de mer. Avec leurs toits en forme de pirogue renversée, les bungalows de plain-pied, tout en basalte, sont dispersés dans un parc exotique de 37ha, où un étang couvert de nénuphars est enjambé par un charmant "pont des soupirs". Trois restaurants, dont le gastronomique Paul et Virginie, un club d'équitation, un miniparc pour les enfants, un club nautique très complet, un club de plongée réputé, le

Sundiving, et le club de pêche au gros Big Game Fishing (p.209). Double en demi-pension de 145 à 320€. Wifi. **Wolmar** *Tél. 403 3900 ou 402 0100 (centrale de rés.) www.lapirogue.com Wifi payant dans les chambres*

Sugar Beach Resort (plan 7, A3 n°25) Juste après La Pirogue, un superbe complexe qui nous plonge dans l'âge d'or des plantations. Un immense *lobby* principal, tout blanc et bardé de poutres en bois peint et fer forgé, et deux piscines féeriques, à quelques pas de la mer. Les 258 chambres, fraîchement rénovées, sont installées dans des bâtiments dont les toits de tôle verte, les colonnades, les lambrequins, les stores en rotin et le décor élégant évoquent le style colonial des maisons des domaines sucriers. Sports nautiques, terrain de croquet, spa, case nautique, tennis et excellent miniparc pour les tout-petits, conçu à la façon d'une maison en pain d'épices avec piscine, cinéma et restaurant. Également trois restaurants, dont un sur la plage. Chambre double de 170 à 355€ en demi-pension. Wifi. **Wolmar** *Tél. 453 9090 www.sugarbeachresort.com Wifi payant dans les chambres*

Hilton (plan 7, A3 n°26) L'un des plus beaux hôtels de Wolmar. Dans un style balinais et malaisien du plus bel effet, 193 chambres sont réparties dans un jardin élégant. Murs crème, pergola, toits en couverture végétale, balcons et terrasses abritent un confort de grand luxe (les fleurs d'hibiscus et de frangipanier flottent à la surface des baignoires et des lavabos). Superbe vue sur le Morne Brabant depuis la plage et moments magiques dans la piscine à fond de pierre noire, agrémentée de vasques de fleurs, de cascades et d'un jacuzzi extérieur. Le spa, à la fois luxueux et zen, mérite vraiment la visite. Restaurants, kids-club, tennis et activités nautiques. Service souriant et impeccable. Double 500€ en demi-pension (haute saison). Nombreuses promotions sur le site web. **Wolmar** *Tél. 403 1000 www.hilton.com/worldwideresorts Wifi payant dans les chambres*

Sofitel Imperial (plan 7, A3 n°27) On croirait pénétrer dans une cité impériale miniature. Le ton est donné : la Chine est à l'honneur. Les superbes bassins d'inspiration orientale parsèment le parc et les élégantes pagodes abritent 191 chambres tout confort, orientées vers la mer (la vue étant parfois cachée par un arbre du jardin). Décoration soignée et raffinée. Plage idyllique avec, au loin, la vue sur la tourelle du Tamarin et le Morne Brabant. Grande piscine (1 200m²), spa (1 000m²), salle de gym, sports nautiques inclus (excepté la plongée et la pêche au gros), restaurants, bars, etc. Chambre double avec petit déj. de 252 à 625€. Wifi. **Wolmar** *Tél. 453 8700 www.sofitel.com Wifi gratuit dans les chambres*

Maradiva (plan 7, A3 n°28) Ouvert en 2005, ce petit complexe de luxe tient farouchement à préserver l'intimité de ses clients. Les 65 villas, toutes indépendantes, profitent donc d'un calme sans pareil. Les plus "simples" disposent d'une mini-piscine privée avec jardinet, à quelques mètres de la descente de lit, les villas les plus chères donnent sur la mer. Centre de fitness, miniclub, deux restaurants, un lounge bar, un spa, une case nautique, et une piscine avec vue sur le Morne Brabant. Accueil courtois et personnalisé. Comptez 987-1709€ pour une villa luxe avec petit déj. Wifi. **Wolmar** *Tél. 403 1500 www.maradiva.com Wifi gratuit dans les chambres*

LE PLATEAU CENTRAL

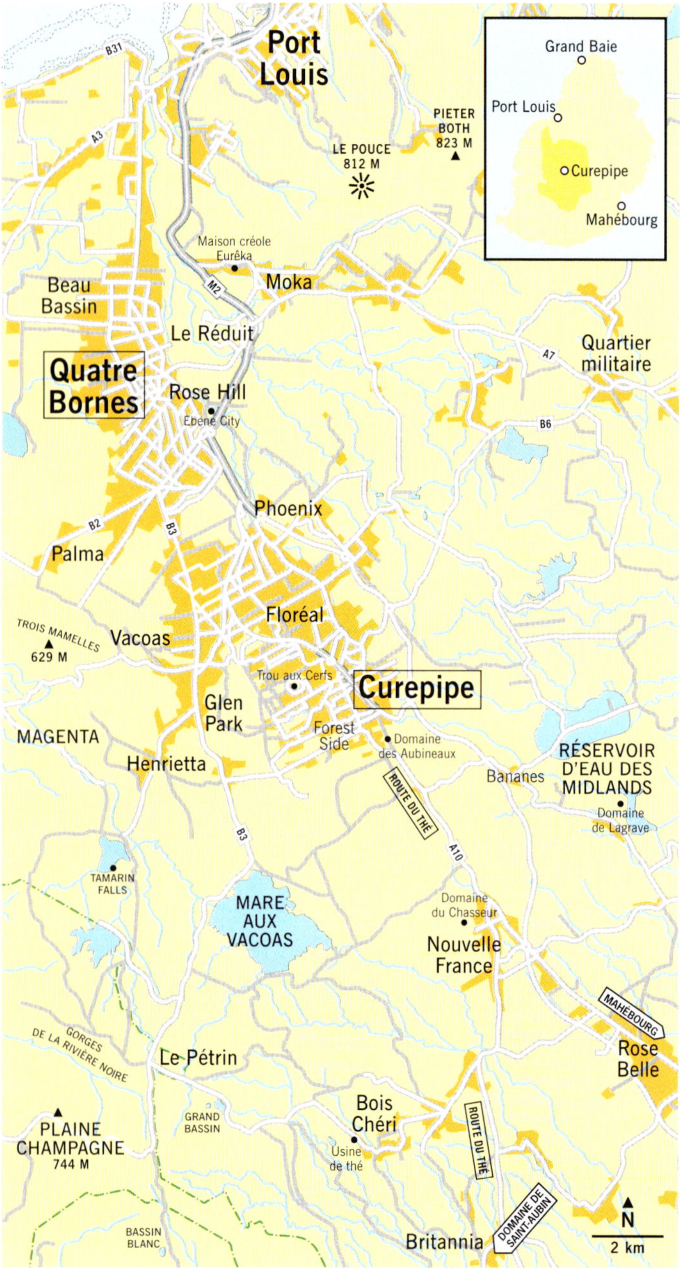
Port Louis
B31
A3
PIETER BOTH 823 M
LE POUCE 812 M
Grand Baie
Port Louis
Curepipe
Mahébourg
Maison créole Eurêka
M2
Moka
Beau Bassin
Le Réduit
A7
Quartier militaire
Quatre Bornes
Rose Hill
Ebene City
B6
Phoenix
B2
B3
Palma
Floréal
TROIS MAMELLES 629 M
Vacoas
Trou aux Cerfs
Curepipe
Glen Park
MAGENTA
Forest Side
Domaine des Aubineaux
Henrietta
ROUTE DU THÉ
Bananes
RÉSERVOIR D'EAU DES MIDLANDS
Domaine de Lagrave
B3
A10
TAMARIN FALLS
MARE AUX VACOAS
Domaine du Chasseur
Nouvelle France
MAHÉBOURG
GORGES DE LA RIVIÈRE NOIRE
Le Pétrin
Rose Belle
Bois Chéri
PLAINE CHAMPAGNE 744 M
GRAND BASSIN
Usine de thé
ROUTE DU THÉ
DOMAINE DE SAINT-AUBIN
BASSIN BLANC
Britannia
N
2 km

CUREPIPE

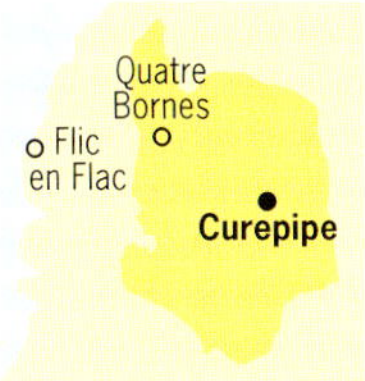

Un petit nuage semble stationner en permanence au-dessus de Curepipe, la ville la plus haute et la plus arrosée du plateau central (de 550 à 605m). On ne s'y rend donc pas pour prendre des bains de soleil mais pour y faire un shopping très économique. Les magasins vendent à prix démarqués chemises, pulls et pantalons, surtout dans la petite banlieue de Floréal. Les boutiques de maquettes de bateaux débordent de reproductions de galions, tous canons dehors. À Curepipe, on pourra également faire une visite au vaste cratère du Trou aux Cerfs.

UN PEU D'HISTOIRE Curepipe dut son développement bourgeois à sa situation fraîche et humide. À la suite des épidémies de malaria qui décimèrent Port Louis et la côte ouest, le climat du centre de l'île apparut plus clément aux Anglais qui s'y installèrent dès 1875, quittant la côte qu'ils avaient investie en 1810. Plusieurs familles indo-mauriciennes y trouvèrent refuge à leur tour. Au fond de jardins luxuriants, de superbes demeures témoignent de cette époque, notamment autour du cratère du Trou aux Cerfs. La ville devrait son nom au relais de poste où soldats et voyageurs venaient jadis se reposer et curer leur pipe !

MODE D'EMPLOI

accès

À 23km au sud de Port Louis, et 23km au nord de l'aéroport SSR. Au nord de la ville, Floréal est un vaste quartier résidentiel et commerçant.

EN CAR
Cars de 6h à 18h pour Mahébourg et Port Louis (toutes les 15 à 20min, 26Rs), Baie du Cap et Souillac (toutes les 40min, 27Rs), Grand Baie (toutes les 10min, express toutes les 30min, 26 à 28Rs), Flic en Flac (dimanche seulement, chaque demi-heure, 26Rs).

Gares routières (plan 8 n°B2) Le terminal nord et le terminal sud se font face dans le centre-ville, près du marché. *Tél. 676 2370 (terminal nord) ou 670 3224 (terminal sud)*

adresses utiles

Plusieurs banques (Mauritius Commercial Bank, State Bank, Barclays Bank) disposent de distributeurs de billets dans les rues Royale et Châteauneuf.

Centre Internet Cyber 2000 *Centre commercial Continent* ***Phoenix*** *Ouvert lun.-jeu. 9h-20h30, ven.-sam. 9h-22h, dim. et j. fér. 9h30-13h*

prestataire sportif

Vertical World Une petite structure proposant notamment canyoning, randonnée et escalade. *Tél. 697 5430 www.verticalworldltd.com*

DÉCOUVRIR

Curepipe

☆ **Les essentiels** Le Trou aux Cerfs **Découvrir autrement** Flânez le long des boutiques de la rue Royale, observez le travail de fabrication des maquettes de bateaux chez Comajora avant d'aller vous délasser au jardin botanique

Derrière la gare routière se tient le **marché couvert** de fruits, de légumes et de fleurs. De l'autre côté de la route, l'**hôtel de ville**, élégante demeure du XIXe siècle, au perron en pierre volcanique, à la belle varangue à colonnes blanches et au toit de bardeaux gris pâle. Si ses portes sont ouvertes, passez une tête à l'intérieur pour admirer les moulures, les frises dorées et les lustres du hall, qui veut se donner des airs de vieille Europe. À ses côtés, la **Carnegie Library**, bibliothèque désuète où travaillent des étudiants studieux. Non loin se dresse le clocher en pierre volcanique de l'**église Sainte-Thérèse**, à la nef en bois peint.

Jardin botanique (plan 8, A2) Après avoir couru les boutiques, vous vous délasserez dans ce jardin, récemment rénové, qui évoque celui de Pamplemousses. Plusieurs bassins d'eau entourés de banians, d'oreilles-d'éléphant, de palmiers et d'arbres exotiques. *À la sortie de Curepipe, dir. Grand Bassin (mal indiqué) Ouvert mai-oct. : lun.-ven. 12h-18h, sam. 9h-11h et 12h-18h, dim. et j. fér. 11h-18h ; nov.-avr. : lun.-ven. 13h-19h, sam. 9h-11h et 12h-19h, dim. et j. fér. 12h-19h Tarif 100 Rs (gratuit pour les moins de 5 ans)*

☆ **Trou aux Cerfs (plan 8, A2)** Le cratère de cet ancien volcan (85m de profondeur et 200m de largeur) est pris d'assaut par les sportifs, qui font leur jogging en admirant la vue sur la côte ouest et le plateau central. Vous ferez une belle balade, sans toutefois descendre à l'intérieur du cône, tapissé de végétation. Jusqu'à la fin du XIXe siècle, l'aristocratie locale venait ici chasser le cerf. *À l'ouest du centre-ville (env. 1km du marché) par la rue Sir John Pope Hennessy*

● **Où faire du shopping ?** Les boutiques constituent l'attraction principale de Curepipe. Galeries marchandes et commerces sont regroupés dans le centre (plan 8, B2), au croisement des **rues Royale** et **Châteauneuf** (qui devient rue Sir-Winston-Churchill à l'ouest de ce croisement). Si le pire côtoie le meilleur, on fera de bonnes affaires en cherchant un peu, par exemple À

Tableau kilométrique

	Curepipe	Quatre Bornes	Mahébourg	Flic en Flac
Quatre Bornes	6			
Mahébourg	29	34		
Flic en Flac	22	17	51	
Port Louis	23	16	51	21

Plan 8 Curepipe

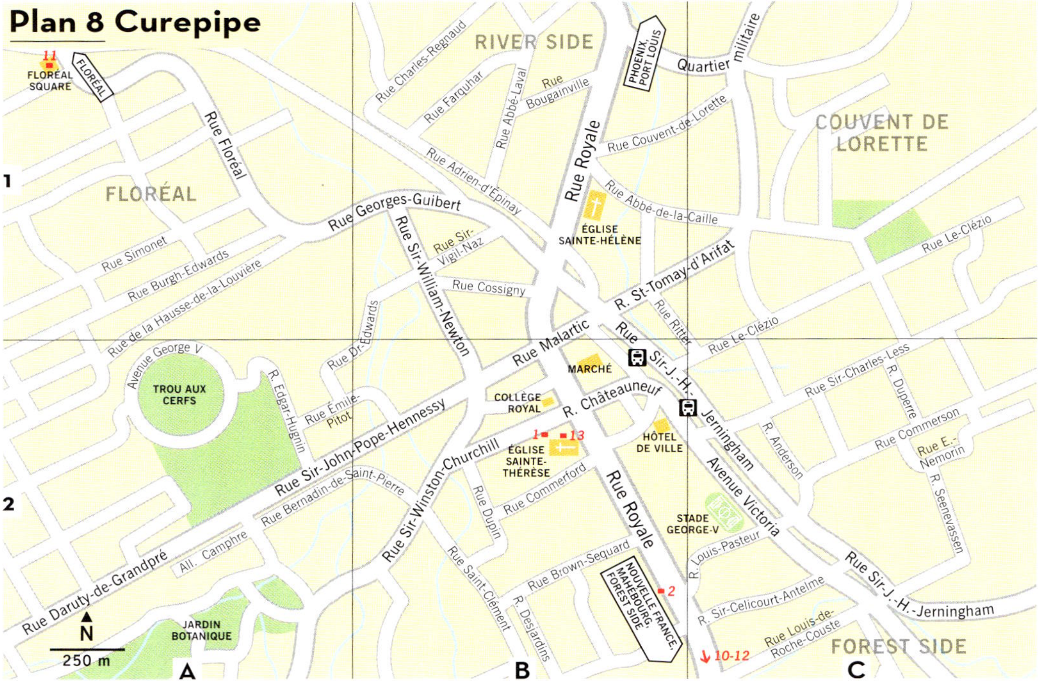

Restauration (n°1 et 2)

La Potinière ______ **1** B2
Le Petit Journal ______ **2** B2

Shopping (n°10 à 13)

Comajora* ______ **10** C2
Floréal Square* ______ **11** A1
L'Armoire à linge* ______ **13** B2
La Pirogue* ______ **12** C2

*À RETROUVER DANS LA PARTIE DÉCOUVRIR

la bonne fouille (rue Royale), qui foisonne de vêtements pour enfants. Les galeries commerciales regorgent de magasins de prêt-à-porter (attention aux contrefaçons), de tissus indiens, de chaussures et d'électronique. Nous vous recommandons les arcades Currimjee (angle des rues Royale et Châteauneuf), qui regroupent des boutiques assez chics de vêtements et d'art de vivre, des antiquaires, des librairies. À l'étage, la Galerie des Îles propose les marques mauriciennes en vogue, comme Équateur, Maille Street ou Hémisphère Sud. On y trouve même un café pour faire une pause entre deux rayons. Citons aussi Lake Point (galerie marchande entourée d'eau, à côté de l'hôtel de ville), Salaffa Arcade (rue Royale, face au collège Royal), et les galeries Jan Palach et Sunsheel Centre. Attention, les magasins sont fermés le jeudi après-midi.

Les plus beaux panoramas

Floréal Square (plan 8, A1 n°11) Un centre commercial construit par Floréal, l'un des premiers groupes textiles au monde, qui porte le nom de la banlieue où son siège est installé. Il fournit les marques Celio, La Redoute, Les Trois Suisses, Gap ou Zara, possède Harris Wilson ainsi qu'une usine de tee-shirts. Nombreuses boutiques proposant des articles à très bon prix, notamment en cachemire. *1, John Kennedy Street* ***Floréal*** *(face à la station Shell, vers Curepipe) Tél. 698 7959 Ouvert lun.-ven. 9h30-17h30, sam. 9h30-17h*

● Où trouver des maquettes de bateaux ?

Les magasins et les ateliers ne manquent pas dans la région. Touristiques et parfois de mèche avec des taxis commissionnés, préférez-leur les deux adresses suivantes.

La Pirogue (plan 8, C2 n°12) Véritable bois de teck et aucun taxi commissionné pour cet atelier familial, où quatre artisans vendent de la belle ouvrage à des prix très raisonnables. L'accueil est sympathique. *32, Gustave Colin Street, route de la Brasserie* ***Forest Side*** *(en face du temple tamoul) Tél. 674 1061 Ouvert lun.-sam. 8h-18h, dim. 8h-13h*

☺ **Comajora (plan 8, C2 n°10)** Un vaste atelier où vous observerez les artisans en train de sculpter, tailler, coller et peindre les maquettes. Plus de deux cents modèles sont fabriqués ici, allant de 30cm à près de 3m. Une petite exposition retrace l'évolution des bateaux et présente des maquettes de galions, de jonques, de drakkars, de galères romaines, de paquebots, de caravelles, de mtepi africains et de voiliers de course. *Route de la Brasserie* ***Forest Side*** *(à 3km au sud de Curepipe) Tél. 670 1668 Fax 675 1644 Ouvert lun.-sam. 8h30-17h30*

● Où dénicher serviettes brodées et doudous en tissu ?

L'Armoire à linge (plan 8, B2 n°13) Une multitude d'articles joliment faits main par Josiane Laverdant, véritable reine de l'aiguille : brassières pour nouveau-nés, comme on n'en trouve plus, sacs et doudous en tissu, cale-portes originaux, serviettes d'invités, nappes, serviettes de table brodées et sous-verres illustrés des petites annonces du quotidien *L'Express* entre autres... *Arcades Currimjee Tél. 670 9867 Ouvert lun.-sam. 9h-18h*

Les environs de Curepipe

Se balader au milieu de cerfs et de sangliers

Domaine des 7 Vallées Jadis situé au nord de Vieux Grand Port, le domaine (ou plutôt son équipe) s'est installé sur les flancs plus arrosés du plateau central. Plus de 2 000 cerfs et sangliers arpentent les quelque 3 000ha du territoire, que l'on est invité à découvrir à pied (balade guidée : 225Rs/pers./1h ; excursion-nature et safari-photos : 850Rs/pers./1h, 2 pers. minimum) ou en quad (2h, 3 550Rs). On peut aussi chasser le gibier, faire du tir au pistolet ou de l'équitation. Possibilité de déjeuner au restaurant panoramique, parmi les trophées d'animaux. Au menu : cerf et sanglier, bien sûr... Également un hébergement insolite : 4 confortables roulottes en bois posées en pleine nature, au bord du Bassin secret (comptez 2 000Rs/pers. petit déj. inclus). *Ligne Barrique **Mare aux Vacoas** (6km au sud de Curepipe, juste après le supermarché Food Giant) Tél. 631 3317 ou 631 3336 www.domainedes7vallees.com Ouvert tlj. 10h-18h*

LE PLATEAU CENTRAL

Randonner, pêcher ou tirer à l'arc

Domaine de Lagrave Sur le flanc de la montagne Lagrave (638m), ce domaine ouvert aux visiteurs joue pleinement la carte nature. Plus de 200 espèces endémiques ont été recensées sur ces terres vallonnées. Résultat : ni quad, ni 4x4, mais des activités 100% écologiques et encadrées ! Au choix, pêche au tilapia, tir à l'arc, kayak sur la rivière Eau Bleue, construction d'un radeau en bambou de Chine (300Rs/pers., 30min), course d'orientation (500Rs/pers., 1h30) et randonnée (guide à la demande sur des sentiers de 3, 6 et 10km fléchés). Le plus simple est d'opter pour la "journée récréative" à 1 500Rs : 3h d'activités (pêche, orientation, tir à l'arc, radeau, kayak) avec petit déjeuner et déjeuner à la table d'hôtes du domaine. On pourra aussi se contenter de faire une seule activité ou simplement de randonner pour profiter du vaste panorama qui embrasse aussi bien l'île Ronde, au nord, que Blue Bay au sud. Mieux vaut réserver. Le domaine fait également chambre d'hôtes (3 000Rs/2 pers. en demi-pension). Menus de 500 à 900Rs/pers. ***Village Bananes** (à 5km au sud-est de Curepipe : prendre l'autoroute dir. Mahébourg, sortie Midlands, puis fléchage) Tél. 471 1849 ou 732 8186 www.domainedelagrave.mu Ouvert tlj. 9h-21h (dernière activité à 15h)*

CARNET D'ADRESSES

Restauration

prix moyens

Le Petit Journal (plan 8, B2 n°2) Une table agréable pour déjeuner, dîner ou faire une pause gourmande pendant la journée. Les Astruc (monsieur en cuisine, madame en salle) ont su créer un lieu qui donne envie de s'arrêter et, peut-être, de revenir : décoration sobre avec de belles photos en noir et blanc, tables personnalisées, chacune portant le nom d'un personnage illustre (Pythagore, Mahé de Labourdonnais...) et une cuisine de bon niveau, mêlant saveurs mauriciennes ou classiques de bistrot, à des prix raisonnables (filet de bœuf sauce au poivre, 590Rs). On peut aussi opter pour une omelette (150-200Rs), une salade (205-300Rs), une crêpe salée (150Rs) ou le plat du jour (goûtez la sauce rouge de crevettes ou le curry d'agneau à 190Rs). *Route Royale Forest Side* **Curepipe** *Tél. 670 0221 Ouvert lun. 8h-17h30, mar.-jeu. 8h30-21h, ven.-sam. 8h30-22h*

prix élevés

La Potinière (plan 8, B2 n°1) L'entrée de ce restaurant, au pied d'un immeuble vétuste, n'est guère engageante, mais son cadre est feutré et accueillant. La cuisine, traditionnelle, se pique d'un brin d'inventivité, comme pour le délicieux cari de palmiste et de crevettes (585Rs), plus convaincant que le soufflé de crevettes et de palmiste (610Rs). Repas 900Rs env. *Sir W. Churchill Street* **Curepipe** *(face au poste de police, entre les stations Shell et Esso) Tél. 676 2648 ou 670 2648 potiniere@intnet.mu Ouvert mar.-sam. midi et soir, lun. midi*

Dans les environs

prix très élevés

☺ **La Clef des champs** La table de Jacqueline Dalais, disciple d'Auguste Escoffier, fait l'unanimité : une gastronomie française relevée de petites touches mauriciennes. Si la carte change, le cœur de palmier braisé est un classique. On déguste des fruits de mer et du poisson, comme le sacré chien sauce poêlé à l'infusion de combavas, mais aussi des viandes et du gibier, par exemple, le gratin de pieds de porc. En dessert, un divin clafoutis de papaye à la glace vanille Bourbon ou un "quatre-quatre" de pommes. Pour les nostalgiques des plats français, magrets, confits, tournedos et belle carte des vins. Comptez de 1 000 à 2 300Rs/pers. (ajoutez la taxe de 15%). Réservation nécessaire. *Queen Mary Av.* ***Floréal*** *(en haut de John Kennedy Av., à gauche) Tél. 686 3458 ou 686 2509 www.laclefdeschamps.mu Ouvert lun.-ven. 12h-14h30 et 19h-21h30, sam. 19h-21h30 (soir uniquement sur résa.)*

GAMME DE PRIX	RESTAURATION	HÉBERGEMENT
Très petits prix	moins de 200Rs	moins de 1000Rs
Petits prix	de 200 à 450Rs	de 1000 à 1700Rs
Prix moyens	de 450 à 700Rs	de 1700 à 2700Rs
Prix élevés	de 700 à 1300Rs	de 2700 à 4000Rs
Prix très élevés	plus de 1300Rs	plus de 4000Rs

ROUTE DU THÉ

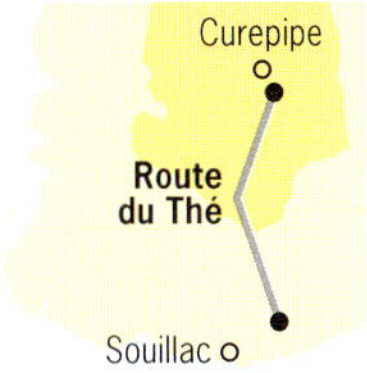

Du domaine des Aubineaux (près de Curepipe) à celui de Saint-Aubin (au nord de Souillac) en passant par l'usine de Bois Chéri, la route du Thé parcourt une trentaine de kilomètres au cœur de l'île, en s'affranchissant ainsi pour un instant des omniprésents lagons et plages de sable. Elle permet de suivre la fabrication du thé, de goûter à ses différents parfums et de visiter de belles demeures coloniales. La route se fait de préférence le matin, afin d'assister aux arrivages de thé fraîchement cueilli, puis de déjeuner au domaine de Saint-Aubin.

MODE D'EMPLOI

accès

Le parcours, qui part de la banlieue sud de Curepipe, peut s'effectuer en totalité ou par visites séparées, en rejoignant Forest Side, Bois Chéri ou Saint-Aubin. Visites sur réservation auprès du domaine de Saint-Aubin (p.224).

DÉCOUVRIR

La route du Thé

☆ **Les essentiels** L'usine de thé de Bois Chéri **Découvrir autrement** Déambulez dans les maisons coloniales et les jardins des domaines des Aubineaux et de Saint-Aubin

Domaine des Aubineaux Propriété de la famille Guimbeau (d'origine française), cette demeure coloniale de 1872 possède une belle varangue vitrée, une vraie rareté dans l'île. Construite à partir de bois de navires, elle fut aussi la première maison dotée d'un couloir central (Eurêka en est dépourvue) et de l'électricité. La visite guidée permet de traverser, un peu vite, la salle à manger lambrissée, le salon où se retrouvait la bonne société de Curepipe et le grenier. Dégustation de thé, puis promenade dans le parc de 15ha, planté de lataniers, de camphriers, de colophanes et de badamiers. Dans les écuries, boutique de produits maison (huiles essentielles, thé, rhum). ***Forest Side*** *Au sud de Curepipe Tél. 676 3089 www.larouteduthe.mu Ouvert lun.-sam. 9h-17h Forfait visite, thé, exposition 385Rs (enfant demi-tarif)*

☆ ☺ **Usine de thé de Bois Chéri** Le domaine théier de Bois Chéri couvre un tiers de la production de thé noir de l'île. En visitant l'usine, vous découvrirez les étapes de la fabrication : récolte (oct.-avr.), séchage, triage, broyage, fermentation (plus elle est longue, meilleur est le thé) et aromatisation (coco, bergamote, menthe, vanille). Une petite exposition permet d'admirer une vieille chaudière de locomotive et une maquette du clipper Cutty Sark, qui transportait le thé de Chine en Angleterre. Prévoyez une visite avant midi, pour assister à l'arrivée du thé frais. Dégustation des arômes produits à l'usine dans un chalet au bord d'un lac. Depuis peu, on peut même y déjeuner et goûter à quelques spécialités à base de thé (gelée de thé au miel, mousse au thé vert, etc.). Restaurant ouvert seulement le midi. Comptez 400Rs le repas. ***Bois Chéri*** *Entre Nouvelle France et Grand Bassin Tél. 617 9109 www.larouteduthe.mu Ouvert été : lun.-sam. 9h-15h30 ; hiver Se renseigner Tarif 400Rs, réduit 165Rs*

Domaine de Saint-Aubin Cette demeure coloniale de 1819 a été habilement reconvertie en une table d'hôtes chic. Moins majestueuse que celle du domaine des Aubineaux, elle est, elle aussi, en partie construite à l'aide de morceaux d'épaves de bateau. Remarquez l'escalier circulaire qui s'enroule autour de l'ancien mât d'un navire. On achève ici la route du Thé par un repas gastronomique (p.224). Ne manquez pas de visiter la distillerie artisanale (la canne y est broyée tous les jours), qui produit 100 000l de rhum par an. Autres attraits du domaine : le jardin tropical, les serres d'anthuriums et la maison de la Vanille (cueillette de juil. à sept., pollinisation et préparation du fruit en oct.). Vente de gousses de vanille et du rhum maison à la boutique. ***Saint-Aubin*** *Entre Rivière des Anguilles et Souillac Tél. 626 1513 www.larouteduthe.mu Ouvert tlj. 9h-17h Tarif 450Rs (enfant demi-tarif)*

CARNET D'ADRESSES

Restauration, hébergement

prix élevés

Le Saint-Aubin Dans une belle demeure coloniale, vous dégusterez une salade de palmiste et de marlin fumé (325Rs), un poulet créole à la vanille (350Rs) et une mousse au coco (125Rs). Décor au choix : la belle salle de style colonial ou la varangue au raffinement exotique. Délicieux rhum à la vanille ! Repas 835Rs. ***Saint-Aubin*** *Entre Rivière des Anguilles et Souillac Tél. 626 1513 Ouvert tlj. 12h-16h*

Auberge de Saint-Aubin Si l'envie vous prend de vivre comme un aristocrate du temps jadis, alors louez l'une des 4 chambres (2 doubles, 2 familiales) de cette authentique maison coloniale, qui fait face à celle du domaine de Saint-Aubin. Lit à baldaquin, parquet ciré, poutres et meubles à l'ancienne... Seules

GAMME DE PRIX	RESTAURATION	HÉBERGEMENT
Très petits prix	moins de 200Rs	moins de 1000Rs
Petits prix	de 200 à 450Rs	de 1000 à 1700Rs
Prix moyens	de 450 à 700Rs	de 1700 à 2700Rs
Prix élevés	de 700 à 1300Rs	de 2700 à 4000Rs
Prix très élevés	plus de 1300Rs	plus de 4000Rs

concessions à la modernité : la climatisation et la piscine. Petit déjeuner servi sur l'élégante varangue à lambrequins. Comptez 2 500Rs/pers. en demi-pension. Location de VTT et initiation à la coupe de canne à sucre de juin à nov. ***Saint-Aubin*** *Tél. 626 2688 ou 626 1513 ou 250 3420 www.larouteduthe.mu*

QUATRE BORNES

L'intérêt de Quatre Bornes, petite ville coupée en deux par la route Saint-Jean, réside dans son marché aux tissus, qui déploie tous les jeudis et dimanches ses étals colorés d'étoffes et de vêtements... Un shopping très apprécié par les petits budgets. La ville tire son nom des bornes qui délimitaient jadis les deux grands domaines sucriers des plaines Wilhems. Dans les environs, vous ne manquerez pas d'admirer les maisons coloniales de Rose Hill (au nord), d'approcher les Tamarin Falls (au sud) et, plus près, de visiter la verrerie de Phoenix, ainsi que le marché de Vacoas.

MODE D'EMPLOI

accès

Quatre Bornes s'élève à 15km au sud de Port Louis. La ville est bordée par les deux communes de Beau Bassin-Rose Hill et Vacoas-Phoenix. Le long de la route Saint-Jean, on trouve le marché, des banques et des commerces.

DÉCOUVRIR

Quatre Bornes et ses environs

☆ Les essentiels Le vieux marché de Rose Hill et les Tamarin Falls **Découvrir autrement** Allez faire des affaires au marché de Quatre Bornes, promenez-vous à Rose Hill pour admirer les belles demeures coloniales

Marché de Quatre Bornes Réputé dans toute l'île, un immense marché de textiles à prix dérisoires. Les marchands ambulants vendent alouda glacés, samoussas, “gâteaux piments”, goyaves et ananas. Et des anthuriums chez le fleuriste Colin Seenauth. *Route Saint-Jean* ***Quatre Bornes*** *face à la gare routière Ouvert mar.-dim. 6h-18h* **Colin Seenauth** *stalle n°8*

● Où faire du shopping ?

Orchard Centre Une galerie moderne où boutiques et magasins d'usines s'étagent sur trois niveaux. Prix intéressants, mais gare aux contrefaçons. *Route Saint-Jean* ***Quatre Bornes*** *à côté du marché*

● Où manger de bonnes pâtisseries ?

Les Caprices de Gervais Dans ce salon de thé tout neuf, à l'entrée de Quatre Bornes, vous pourrez goûter aux délices du pâtissier Gervais Labour : des spécialités typiquement mauriciennes (napolitains, tartes à la banane et au coco) ainsi que des douceurs plus classiques, forêts noires, amandines, crèmes brûlées, éclairs au chocolat... (à partir de 30Rs la pâtisserie). Prenez place en terrasse (plutôt tôt le matin ou le soir, à cause de la circulation), au salon confortable et dégustez gâteaux, gaufres, crêpes accompagnés de cocktails de fruits, de *smoothies* ou de milkshakes. Pour une pause déjeuner, on peut aussi commander sandwichs, paninis ou omelettes (de 150 à 270Rs) et le soir, salades, soupes et grillades (calamars, côtes d'agneau...). *128, route Saint Jean* ***Quatre Bornes*** *Tél. 465 4575 Ouvert tlj. 8h-22h*

Vacoas-Phoenix

Petite cité résidentielle coincée entre Quatre Bornes et Curepipe, **Phoenix** est connue pour sa brasserie (ne se visite pas) et pour son atelier de verrerie, **Vacoas**, la ville qui lui est associée, pour son marché.

The Mauritius Glass Gallery-Hands of Fame Cet atelier de verrerie recycle des déchets. Pour voir des souffleurs de verre à l'œuvre, découvrir les étapes de fabrication du verre dans le petit musée et acheter (un peu cher), des abat-jour, des sulfures, des lampes ou des kaléidoscopes. Depuis 2007, l'exposition à vocation caritative "Hands of Fame" présente des mains de célébrités immortalisées dans du verre (Michel Platini, Gérard Depardieu, Jean-Paul Belmondo...). ***Phoenix*** *(rond-point de l'usine de bières Phoenix) Tél. 696 3360 mgg@intnet.mu Ouvert lun.-ven. 8h-16h30, sam. 8h-12h Tarif 50Rs, réduit 25Rs*

Marché de Vacoas Un marché aux légumes très vivant et coloré. Ici, vous ne croiserez aucun touriste. ***Vacoas*** *Grande halle Ouvert mar. et ven. 6h-18h*

● Où faire du shopping ?

Phoenix Les Halles Ce vaste centre commercial très moderne, étagé sur trois niveaux, fera le bonheur des amateurs de vêtements assez chics et de sportswear en tous genres (Mr Price, Maille Street, Equateur, Billabong, etc.). ***Phoenix*** *(rond-point de l'usine de bières Phoenix) Ouvert lun.-jeu. 9h30-20h, ven.-sam. 9h30-21h, dim. et j. fér. 9h30-14h*

Rose Hill

Rose Hill, au nord de Quatre Bornes, présente un double visage : de beaux quartiers avec des villas cossues et un centre populaire animé.

☆ **Vieux marché** Typique, un beau marché où les étals croulent sous les fruits et les légumes exotiques. Également des poissons salés et des tisanes miracles (amaigrissantes, antivariqueuses, antirhumatismales). *Ouvert lun.-sam. 6h-18h, dim. et j. fér. 6h-12h*

Arab Town Ce marché aux toits de tôle, coincé entre le bureau de poste et le vieux marché, doit son nom aux marchands indo-musulmans installés dans un petit dédale d'échoppes qui n'est pas sans évoquer les souks orientaux. *Ouvert tlj. jusqu'à 18h (jeu. jusqu'à 12h)*

Hôtel de ville Cette architecture victorienne abrite le théâtre du Plaza (construit en 1933), qui a accueilli de nombreux concerts, opéras et pièces de théâtre. *Route royale Fermé pour travaux pour une durée indéterminée*

Église Notre-Dame-de-Lourdes Une grande église en pierre volcanique, surtout intéressante pour la charpente remarquable qui s'élève au-dessus de la nef. Près du chœur, une reconstitution de la grotte de Lourdes. *Route royale*

Quartier Balfour Dans ce quartier résidentiel, se cachent de belles demeures coloniales, difficiles à repérer parmi les constructions modernes. Les autochtones et les taxis sauront vous renseigner. Quelques-unes se situent aux environs de la maison **Thabor** (1835), curieuse demeure blanche à créneaux (ne se visite pas), appartenant au diocèse de Port Louis, d'où vous découvrirez une vue superbe sur les chutes Balfour.

Les chutes de Tamarin

☆ **Tamarin Falls** La rivière Tamarin dévale une série de chutes d'eau avant de s'engouffrer dans une gorge étroite. La plus spectaculaire des cascades tombe de 55m de hauteur. En arrivant de Quatre Bornes, montez vers Vacoas puis sur Glen Park et prenez à droite en direction d'Henrietta. Arrivé au terminus de cars d'Henrietta (liaisons Quatre Bornes-Cascades ou Quatre Bornes-Henrietta), prenez la route sur la droite, puis arrêtez-vous au temple hindou ou au petit poste électrique : de là, beau point de vue sur les sept cascades de Tamarin Falls. On peut continuer sur la route jusqu'à une petite centrale électrique, se garer et marcher 10min. Au bout du chemin, le panorama sur la vallée évasée de Magenta et la côte ouest est superbe.

● Randonner aux Tamarin Falls

Govind Tannoo Ne vous aventurez jamais seul aux Tamarin Falls, mais utilisez les services d'un guide : en effet, il faut descendre la falaise jusqu'au pied des cascades par un chemin non balisé, dont certains passages peuvent se révéler délicats. Après une baignade dans la première cascade, les difficultés se corsent et la randonnée devient plus sportive (il faut s'accrocher aux branches, sauter de pierre en pierre, etc.). La baignade dans les larges piscines naturelles que vous trouverez sur votre route est méritée ! Comptez 2h minimum pour relier les trois premières cascades, et la journée entière pour les sept cascades. Govind Tannoo, guide sérieux, vous emmènera également sur la montagne du Pouce ou aux gorges de la Rivière Noire. *Tél. 792 6101*

● S'essayer au canyoning

Otélair Ce prestataire propose trois formules autour des Tamarin Falls : parcours à la demi-journée (trois cascades avec possibilité de sauts ; attention, dernière remontée avec 15min un peu raide), à la journée (la même chose avec une cascade de 55m de hauteur) et... la totale : les 7 cascades (à partir de 2 300Rs). Également du canyoning à Eau Bleue (deux ou trois rappels dans une eau limpide). Plus tranquilles, les randonnées en montagne (le Pouce, le piton de la Petite Rivière Noire, la Montagne du Lion et, pour les sportifs habitués aux passages en cordée, le Pieter Both), à partir de 1 600Rs. *Tél. 251 6680 ou 696 6750 www.otelair.com*

CARNET D'ADRESSES

Restauration

petits prix

Dragon vert Un des meilleurs restaurants chinois de la région. À l'intérieur et sous la véranda donnant dans la rue principale, on déguste crevettes, calamars, poisson et poulet. Optez sans hésiter pour le bœuf à la sauce d'huître et le "dragon aux mille délices", sorte d'omelette fourrée spécialité de la maison. Repas 250-300Rs. *Quatre Bornes Route Saint-Jean* ***Quatre Bornes*** *(après l'hôtel El Monaco) Tél. 424 4564 Ouvert mar.-dim. midi et soir*

prix moyens

King Dragon Une cuisine chinoise un peu plus raffinée qu'au Dragon vert et d'un bon rapport qualité-prix. On pioche dans une carte abondante : du rouleau de printemps (125Rs) à la langouste à la sauce au paprika (500Rs), aucune mauvaise surprise. Les spécialités de la mer sont savoureuses : grésillé de calamar, poisson aigre-doux, crevettes au beurre d'ail. Comptez 500Rs pour un repas. *Route Saint-Jean* ***Quatre Bornes*** *Tél. 424 7888 Ouvert mer.-lun. midi et soir*

Atelier Dumont Patrice Dumont, ancien chef du Courtyard (p.84), a ouvert ce restaurant dans le nouveau centre des affaires d'Ébène. Il y propose une cuisine méditerranéenne avec des plats tels que le millefeuille de giraumon et feta à la purée de citron confit, le bar tropical et semoule aux légumes et aux câpres ou le soufflé à la purée d'orange. La carte change en totalité quatre fois par an. Repas env. 500-700Rs. *1, Cyber City Building Cibercity* ***Ébène*** *Tél. 467 2546 Ouvert lun.-mar. midi, mer.-sam. midi et soir*

Dans les environs

prix moyens

Mon Repos L'endroit idéal pour faire une pause sur le plateau central. À quelques minutes de l'agitation de Quatre Bornes et de Rose Hill, vous apprécierez le calme et l'intimité de cette maison créole restée dans son jus, tout juste rehaussée de volets jaune vif. Posé dans un jardin ombragé, le restaurant propose une cuisine mauricienne de qualité à base de produits locaux. À midi, des salades sont servies en entrée ou, plus copieuses, en plat : salade d'ourite et

GAMME DE PRIX	RESTAURATION	HÉBERGEMENT
Très petits prix	moins de 200Rs	moins de 1000Rs
Petits prix	de 200 à 450Rs	de 1000 à 1700Rs
Prix moyens	de 450 à 700Rs	de 1700 à 2700Rs
Prix élevés	de 700 à 1300Rs	de 2700 à 4000Rs
Prix très élevés	plus de 1300Rs	plus de 4000Rs

gâteaux piments, salade de chouchou (christophines) et marlin (275 et 430Rs). Essayez le cari d'ourite et papaye verte (410Rs) ou le poisson salé aux gros oignons (360Rs), à moins de vous laisser tenter par les grillades (poisson, agneau). Service souriant et attentif. *Belzim Estate* ***Trianon*** *Tél. 465 8403 ou 467 6437 Ouvert lun.-sam. midi, jeu.-ven. soir*

Hébergement

prix moyens

El Monaco Hotel Un havre de paix et de verdure à deux pas du marché et des boutiques. Vous trouverez ici une fraîcheur reposante. En tout, 93 chambres propres, au confort correct (ventilateur, tél., TV). Double avec petit déj. 65€. *17, route Saint-Jean* ***Quatre Bornes*** *Tél. 425 2608 www.el-monaco.com*

prix élevés

Hotel Gold Crest Au pied du marché de Quatre Bornes, un hôtel de 59 chambres, confortable mais sans grand charme. La façade n'est, il est vrai, guère engageante. Climatisation, TV, sèche-cheveux, bonne literie et, dans les chambres supérieures, moquette épaisse et déco plus élaborée. Comptez 2 705Rs (double standard avec petit-déj.) *Route Saint-Jean* ***Quatre Bornes*** *Tél. 454 5945 crestel@intnet.mu*

Quincaillier, devant sa boutique traditionnelle d'ustensiles domestiques.

Récif corallien, paradis des plongeurs.

GEOREGION

RODRIGUES

V

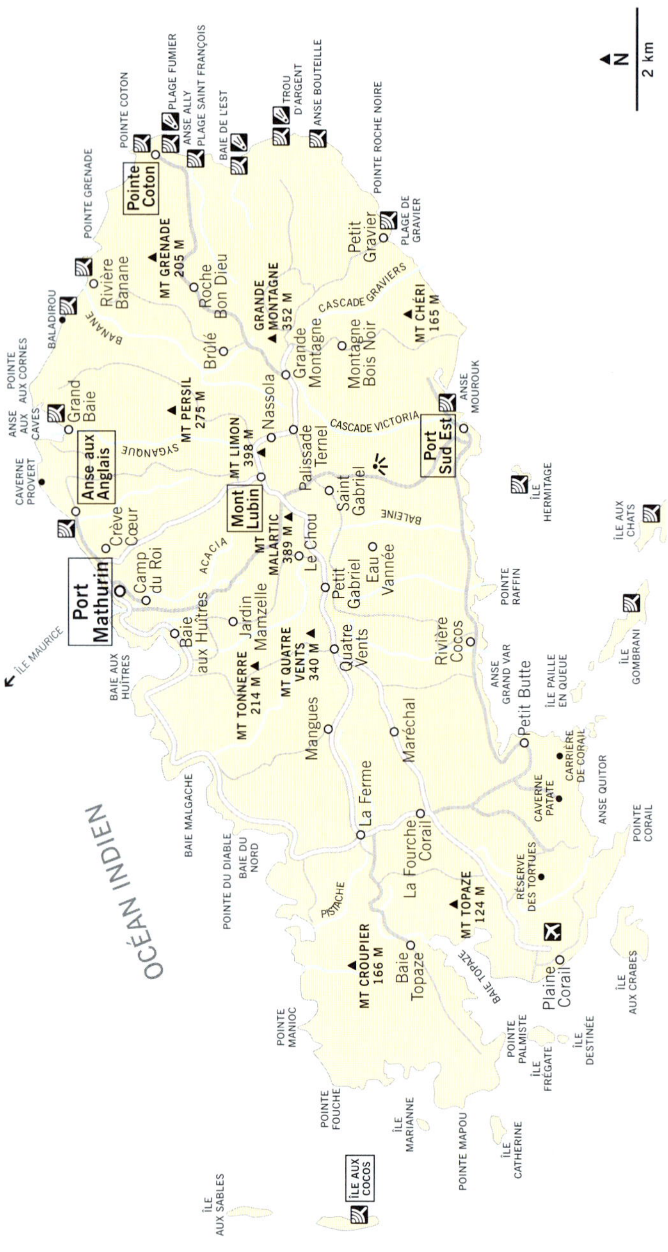

N
2 km
OCÉAN INDIEN
ÎLE MAURICE
Port Mathurin
Anse aux Anglais
Pointe Coton
Mont Lubin
Port Sud Est
Île aux Cocos
Caverne Provert
Anse aux Caves
Pointe aux Cornes
Baladirou
Pointe Grenade
Pointe Coton
Plage Fumier
Anse Ally
Plage Saint François
Baie de l'Est
Trou d'Argent
Anse Bouteille
Pointe Roche Noire
Plage de Gravier
Anse Mourouk
Île Hermitage
Île aux Chats
Pointe Raffin
Île Gombrani
Anse Grand Var
Île Paille en Queue
Carrière de Corail
Anse Quitor
Pointe Corail
Caverne Patate
Réserve des Tortues
Île aux Crabes
Île Destinée
Île Frégate
Pointe Palmiste
Île Catherine
Pointe Mapou
Île Marianne
Pointe Fouche
Pointe Manioc
Île aux Sables
Pointe du Diable
Baie du Nord
Baie Malgache
Baie aux Huîtres
Grand Baie
Rivière Banane
Banane
Sygangue
Crève Cœur
Camp du Roi
Acacia
MT Grenade 205 M
Roche Bon Dieu
Brûlé
MT Persil 275 M
Grande Montagne 352 M
Grande Montagne
Petit Gravier
Cascade Graviers
MT Chéri 165 M
Montagne Bois Noir
Nassola
MT Limon 398 M
Palissade
Ternel
Cascade Victoria
Saint Gabriel
Baleine
MT Malartic 389 M
Le Chou
Petit Gabriel
Eau Vannée
Jardin Mamzelle
Baie aux Huîtres
MT Tonnerre 214 M
MT Quatre Vents 340 M
Quatre Vents
Rivière Cocos
Petit Butte
Mangues
Maréchal
La Ferme
La Fourche Corail
Pistache
MT Topaze 124 M
MT Croupier 166 M
Baie Topaze
Baie Topaze
Plaine Corail

Rodrigues compte près de quarante mille habitants (soit 3% de la population mauricienne), presque tous créoles. Ceux-ci sont les descendants des esclaves malgaches et africains. L'atmosphère y est donc différente (d'aucuns disent "plus authentique") de celle de Maurice. Sur le plan économique, Rodrigues fait figure de parent pauvre vis-à-vis de Maurice, ce qui lui vaut le surnom de "Cendrillon des Mascareignes". Pas d'usine sucrière, pas d'atelier textile, peu de devises étrangères... L'agriculture est pastorale et la pêche, artisanale. De plus, sécheresses et cyclones marquent durement l'économie. Conséquence de ce sous-développement, les Rodriguais émigrent à Maurice pour gagner leur vie. Mais depuis quelques années, maisons et tables d'hôtes fleurissent et les habitants sont fiers de partager leur mode de vie préservé avec les visiteurs. L'île a connu son oiseau apténien, à l'instar du dodo de Maurice : le solitaire, également disparu, éradiqué par l'homme à la fin du XVIIe siècle. Contrairement à Maurice, l'île n'abrite aucun singe.

VERS UN TOURISME VERT Malgré une faible superficie (18km de longueur sur 8km de largeur), Rodrigues offre des paysages assez variés, verts et vallonnés dans le centre, secs, sauvages et désolés sur la côte. Son lagon étale ses eaux turquoise sur une étendue de 200km^2, ponctuée de dix-huit îlots sauvages. Il est riche en corail et bien mieux conservé que celui de Maurice. Les plages ne sont pas nombreuses, mais l'île offre largement de quoi satisfaire les amoureux de la nature, du calme, de la marche et de la plongée. Le tempérament chaleureux, généreux et gai des Rodriguais rend l'île encore plus attachante. La destination a connu une hausse de la fréquentation touristique jusqu'en 2003, mais depuis lors, le tourisme est en crise en raison de l'augmentation du prix des billets d'avion. Les conséquences sont lourdes pour l'économie rodriguaise car le tourisme en est le moteur principal. Il reste que l'association des opérateurs de tourisme de Rodrigues (Arto) a le mérite de favoriser le tourisme vert, en encourageant la promotion des pensions, gîtes, chambres et tables d'hôtes. Nous vous recommandons chaleureusement cette formule, qui permet de découvrir l'île sans artifices tout en faisant directement bénéficier les insulaires des fruits du tourisme. Quoi qu'il en soit, à l'hôtel ou chez l'habitant, les visiteurs doivent veiller à consommer l'eau avec modération. Rodrigues subit régulièrement de graves sécheresses et les coupures d'eau sont parfois inévitables. Le camping est admis sur l'île.

GASTRONOMIE La cuisine rodriguaise se démarque de la cuisine mauricienne par l'emploi de produits locaux : le maïs, qui doit cuire longtemps, la patate douce, avec laquelle on prépare de délicieux beignets sucrés, les haricots rouges, les oignons, les piments rodriguais, de petite taille mais très forts, et le fameux *limon* (citron vert), bien plus savoureux qu'à Maurice et dont on fait des achards succulents. Le porc et le poulet, élevés en semi-liberté, donnent une chair très parfumée. Mais c'est surtout l'ourite, poulpe pêché par les "piqueuses d'ourites", qu'on peut voir à l'œuvre notamment à Port Sud Est, Anse aux Anglais et Rivière Banane, que l'on vient chercher dans les assiettes rodriguaises. Cuisinée en salade, rougail ou cari, sa chair caoutchouteuse fait la renommée de l'île, même si son exploitation tend à se raréfier. Autre fruit de mer : le *cono cono* (ou *kono kono*), coquillage aux vertus prétendument aphrodisiaques. En dessert, nous vous conseillons de goûter la tourte rodriguaise, mélange de coco, d'ananas et/ou de papaye. Ce dessert, comme la plupart des plats rodriguais, demande une longue préparation et n'est servi que sur commande. Pour "manger local", n'hésitez pas à vous rendre à une table d'hôtes. La réservation par téléphone est impérative (de préférence la veille pour le lendemain), et on vous demandera ce que vous désirez goûter. Nous vous recommandons de vous en remettre à la maîtresse de maison ! Pour finir, impossible de partir sans un pot de miel de Rodrigues, l'un des meilleurs au monde. Évitez de l'acheter dans des bouteilles de rhum : les normes de stérilisation risquent fort de ne pas être respectées.

SÉGA KORDÉON ET BAL RANZARIKO On vous dira souvent que les meilleurs chanteurs et groupes de séga viennent de Rodrigues (par exemple Ras Natty Baby, Racine et Édouard Doyal, les plus connus). Variante du séga mauricien, le "séga kordéon" se joue à un rythme plus rapide et utilise l'accordéon diatonique comme instrument principal. Le "séga tambour", encore plus entraînant, met l'accent sur les percussions. Pour vous en faire une idée, vous pouvez vous rendre à un "bal ranzariko", bal traditionnel qui se donne le dimanche après-midi aux Cocotiers à Port Mathurin. Vous y rencontrerez surtout de vieux Rodriguais, mais il arrive aussi que la jeunesse locale s'y retrouve. Curieusement, les danses qui accompagnent le séga sont fortement imprégnées des traces de danses européennes, introduites voilà près de trois siècles par les colons : le *kotis* (scottish, danse écossaise), le *mazok* (mazurka), la polka, la *laval* (valse). Les Bretons trouveront même un petit air de gavotte à certains pas de danse… Toutefois les Rodriguais sortent assez peu et les pistes de danse se comptent sur les doigts de la main. Le vendredi et le samedi soir, on peut néanmoins se mêler aux jeunes dans quelques lieux de fête, comme certains hôtels. Mais mieux vaut appeler au préalable pour se faire confirmer le programme.

ACTIVITÉS Oubliez le ski nautique ! Un accord tacite passé entre les hôtels préserve l'île de toute activité nautique motorisée. En revanche, avec ses vents réguliers qui soufflent plus de trois cents jours par an, Rodrigues satisfera pleinement les amateurs de kitesurf et de planche à voile (spots à l'est et au sud de l'île). Côté pêche au gros, l'île présente là encore un potentiel extraordinaire (renseignez-vous avant le départ). Côté plongée,

Tableau kilométrique

	Port Mathurin	Mont Lubin	Anse aux Anglais	Pointe Coton
Mont Lubin	4			
Anse aux Anglais	2	3		
Pointe Coton	12	4	7	
Port Sud-Est	9	3	11	8

l'île, préservée du tourisme de masse, conserve une faune riche et des fonds marins intacts. Difficile de conseiller des sites : Rodrigues est d'un bout à l'autre exceptionnelle, mais le spectacle est absolument prodigieux à Karlanne et au Canyon. Enfin, avec sa petite superficie, ses vallons et ses panoramas étonnants sur la côte, l'île se prête tout à fait à la marche à pied. Mais en l'absence de balisage et de circuits pédestres fléchés, il vous faudra vous débrouiller seul. Les Rodriguais vous indiqueront volontiers votre chemin, et il est facile de se repérer, la mer étant toujours visible. Les agences de voyages organisent pour la plupart des randonnées avec guide. Cette formule n'est pas utile dans la partie est, mais recommandée dans le centre de l'île, où les sentiers sont mal tracés.

PORT MATHURIN

Adossée à la montagne Fanal, la capitale de Rodrigues n'est qu'un petit bourg endormi, bourré d'échoppes et de bric-à-brac. C'est ici que toute l'île se retrouve, le samedi matin, à l'occasion du marché ou, plus épisodiquement, lors de l'arrivée des bateaux qui relient le port à l'île Maurice, à 560km au large. En dehors de ces temps forts, le bourg s'assoupit et replonge doucement dans la torpeur… Port Mathurin rassemble tous les services de l'île : banques, station-service, agences de voyages. Si vous devez y séjourner, sachez toutefois que la bourgade n'offre ni plage, ni front de mer où flâner le soir et que, à la nuit tombée, ses rues sont désertes !

UN PEU D'HISTOIRE L'histoire de Rodrigues commence à Port Mathurin. Après le passage du navigateur portugais Diego Rodrigues (qui donna son nom à l'île) en 1528, et les rapides incursions des Hollandais de 1601 à 1611, Port Mathurin accueillit, en 1691, François Leguat et une poignée de colons, les premiers habitants de l'île. Exil pénible pour ces huguenots français, qui avaient fui la France après la révocation de l'édit de Nantes et qui quittèrent Rodrigues après deux années de souffrance et de solitude. La ville naît véritablement en 1725, à l'initiative des Français, qui décident d'y fonder une colonie chargée d'approvisionner Maurice en tortues, appréciées pour leur chair et leurs écailles. Dans son récit de voyage, François Leguat n'en avait-il pas décrit les populations, si nombreuses qu'il fallait marcher sur leurs carapaces pour atteindre le rivage ? Quelques officiers et une vingtaine d'esclaves malgaches et africains débarquent sur l'île, qui sera occupée de manière permanente à partir de 1735. En 1807, l'Angleterre s'en empare et l'utilise comme base d'opération pour l'invasion de Maurice, en 1810. L'île passe alors sous contrôle britannique jusqu'à l'indépendance de Maurice, en 1968. Les rues de Port Mathurin ont d'ailleurs gardé le nom des administrateurs coloniaux de Sa Très Gracieuse Majesté. Depuis novembre 2002, l'île, rattachée à Maurice, dispose d'une assemblée régionale, constituée de députés insulaires.

MODE D'EMPLOI

accès depuis l'île Maurice

EN AVION

Air Mauritius relie l'île Maurice à Rodrigues 2 à 3 fois/j. (1h30 de vol, pas de décalage horaire). En raison de la grande affluence, nous vous conseillons de réserver votre vol à l'avance. Comptez env. 7 200Rs (env. 180€).

Aéroport Rodrigues dispose d'un aéroport récent (avec banques, boutiques duty free, artisanat), qui succède à un hangar minuscule... Le car Supercopter fait la navette avec Port Mathurin sans arrêt (150Rs). D'autres cars rejoignent la capitale en marquant des arrêts (env. 60Rs AR). Plusieurs agences de voyages (cf. ci-après) envoient également des minibus à l'arrivée de chaque vol mais les tarifs sont plus élevés. En taxi, comptez 600Rs le trajet. ***Plaine Corail*** *Tél. 832 7300 ou 832 7888*

Air Mauritius (plan 9, A2) ***Port Mathurin*** *Rue Max Lucchesi Tél. 831 1558 ou 831 1632* ***Plaine Corail Aéroport*** *(Rodrigues) Tél. 831 7700* ***Port Louis*** *(Maurice) President John Kennedy Street Tél. 207 7575 reservations_mru@mauritius.com*

EN BATEAU

Le *Mauritius Pride* relie l'île Maurice à Rodrigues 2 à 4 fois/mois. La traversée dure 36h à l'aller et 24h au retour. Aller-retour à partir de 5 790Rs/pers., repas compris. Un autre bateau, le *Trochetia*, plus luxueux, assure également la liaison avec Maurice, 3 à 5 fois/mois (à partir de 9 200Rs/pers. AR). La durée de la traversée reste la même.

MSC Rodrigues (plan 9, A2) *Rue François Leguat* ***Port Mathurin*** *Tél. 831 0640 msclrod@intnet.mu*

MSC Coraline Services *Nova building 1, Route militaire* ***Port Louis*** *Tél. 217 2285*

informations touristiques

Office de tourisme de Rodrigues Il se trouve en face de l'ancienne résidence des gouverneurs de Rodrigues, une belle maison coloniale de 1873. On y trouve un bon plan de l'île et diverses brochures. Utiles, la liste des chambres et tables d'hôtes, et celle des agences de voyages pour visiter l'île aux Cocos. Bon accueil. *Rue de la Solidarité Tél. 832 0866 www.tourism-rodrigues.mu Ouvert lun.-ven. 8h-16h, sam. 8h-12h*

agences de voyages

C'est par leur intermédiaire que l'on se rend sur l'île aux Cocos et à la caverne Patate (cette dernière peut se visiter aussi en indépendant). Toutes proposent peu ou prou les mêmes excursions, à la journée ou la demi-journée : circuit complet (env. 1 300Rs) ou partiel de l'île, randonnées... Il est conseillé de réserver plusieurs jours à l'avance afin qu'elles puissent constituer des groupes. Les agences louent aussi des voitures (env. 1 200Rs/j.), des motos, parfois des appartements, et assurent le transfert à l'aéroport à l'arrivée et au départ.

Rod Tours (plan 9, B1) Des tarifs sensiblement plus chers qu'ailleurs, mais vous bénéficierez des prestations sérieuses d'un tour-opérateur reconnu (Mauritours). Excursions variées sur l'île (île aux Cocos, 1 400Rs/pers.), tour de l'île (de Port Mathurin à la caverne Patate, 1 350Rs/pers. sans le repas), location de voitures avec ou sans chauffeur, et vélos, pêche au gros (800€/bateau), transfert aéroport (1 000Rs AR). *Hotel Pointe Vénus Tél. 832 0104 ou 876 7989 www.mauri-tours.com Ouvert lun.-ven. 9h-16h, sam. 8h-11h*

2000 Tours (plan 9, A2) Excursions sur Rodrigues : vers les îles aux Chats

Plan 9 Port Mathurin

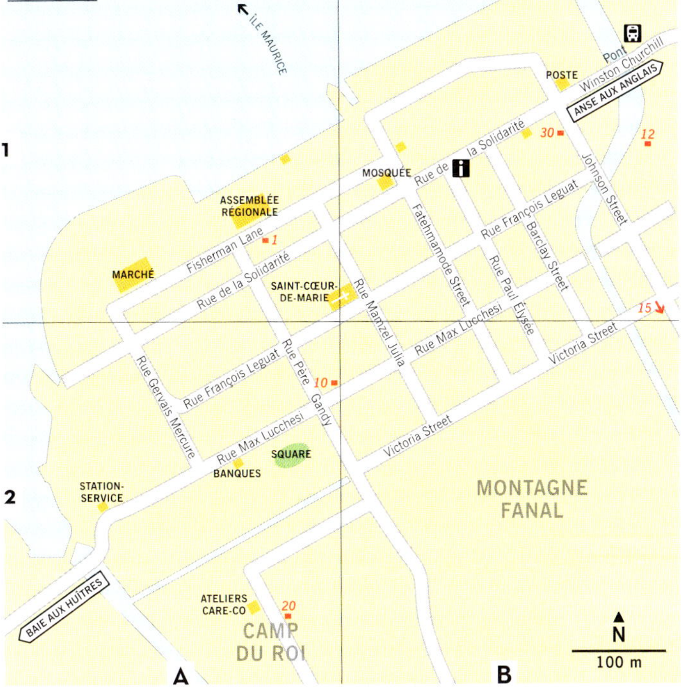

Restauration (n°1)
Le Restaurant du quai-chez Ram ____ **1** A1

Hébergement (n°10 à 15)
Ciel d'été ____ **12** B1
Escale Vacances ____ **15** A1
Fatehmamode ____ **10** A2

Lieu de sortie (n°20)
Les Cocotiers* ____ **20** A2

Shopping (n°30)
Care-Co* ____ **30** B1

*À RETROUVER DANS LA PARTIE DÉCOUVRIR

et Hermitage (1 400Rs/pers., repas compris), journée sur l'île aux Cocos (1 400Rs/pers., repas inclus), randonnées pédestres entre Pointe Coton et Trou d'Argent (1 200Rs/pers.), tour de l'île complet en voiture avec chauffeur-guide (3 000Rs la journée). Autres prestations : location de voitures (à partir de 1 400Rs/j.), de motos (1 000Rs/j.) et de scooters (800Rs/j.). Transfert aéroport (600Rs/pers.). *Rue Max Lucchesi (en face d'Air Mauritius) Tél. 831 4703 ou 831 1894 ou 877 4896 www.rodrigues-2000tours.com Ouvert lun.-ven. 8h30-20h, sam. et j. fér. 8h30-16h, dim. 8h-12h*

Patriko (plan 9, B1) Cette agence tenue par deux frères loue des scooters et des motos (750Rs/j.) ainsi que des pick-up (à partir de 1 200Rs/j.). Attention, certaines assurances ne couvrent pas le conducteur en cas d'accident. Transfert à l'aéroport et excursions. L'agence propose aussi des bungalows non loin de Port Mathurin. *Rue François Leguat (presque à l'angle de Johnson Street)*

Tél. 831 2044 ou 831 2575 ou 875 2575 Ouvert lun.-ven. 7h30-16h, sam. 7h30-13h30

adresses utiles

Pharmacie (plan 9, B1) *Rue de la Solidarité (face à la poste) Tél. 831 2279*
Supermarché Le Comptoir (plan 9, A1) Le seul supermarché de la capitale. *Rue Père Gandy Ouvert lun.-ven. 7h-17h, sam. 7h-14h, dim. 8h-11h*
Station AEL DDS (plan 9, A2) La seule station-service de l'île se trouve à l'entrée ouest de Port Mathurin. *Rue Max Lucchesi Ouvert lun.-sam. 6h-18h, dim. 6h-12h*
State Bank (plan 9, A2) Distributeur et bureau de change. *Rue Max Lucchesi (sur la place au kiosque) Tél. 831 1642 Ouvert lun.-ven. 9h-15h*
MCB (plan 9, A2) Distributeur et bureau de change. *Rue Max Lucchesi (sur la place au kiosque) Tél. 831 1833 Ouvert lun.-jeu. 9h-15h15, ven. 9h-17h*
Barclays (plan 9, B1) Banque. *Angle rue de la Solidarité et Morrison Street Tél. 831 1553 Ouvert lun.-jeu. 9h-15h30, ven. 9h-16h*
Poste (plan 9, B1) *Rue de la Solidarité (juste avant la rivière et la gare routière) Tél. 831 2098 Ouvert lun.-ven. 8h15-11h15 et 12h-16h, sam. 8h15-11h45*
Cybercafé Rodnet (plan 9, B1) Connexion 3Rs/min. Bâtiment DHL *Pl. François Leguat Tél. 831 0747 Ouvert lun.-ven. 8h15-16h sam. 8h15-12h*

transports intérieurs

Affublés de noms exotiques (Princess of the Road, Concorde, Supercopter, Turbo), les cars desservent toute l'île. Avec des passages environ toutes les 30min, c'est une option efficace et économique (généralement pas plus de 25Rs le trajet), et un bon moyen de saisir l'ambiance rodriguaise. Premiers départs à partir de 6h et retours à 18h... officiellement (malgré de réels efforts, les horaires restent aléatoires). Nous vous recommandons de prévoir le dernier car à 16h30-17h (un peu plus tôt le week-end), surtout si vous êtes loin de Port Mathurin. L'île compte aussi une bonne vingtaine de taxis (liste à l'OT ; pas de station, il faut les appeler). Ultime solution de déplacement, l'auto-stop est pratiqué sans problème par les Rodriguais.
Taxi Limock *Port Mathurin Tél. 875 2387*
Taxi Prudence *Aéroport Tél. 875 4511*

location de voitures et deux-roues

L'île se découvre très bien à pied mais, si vous ne disposez pas d'assez de temps, louez une moto ou une voiture : on vous proposera un pick-up avec option 4x4, assez utile vu l'état des chemins et des track-roads (bandes parallèles de béton). Le vélo peut aussi être une solution, mais attention au relief vallonné de l'île. Pour la location, consultez les agences de voyages ci-dessus.

fêtes et manifestations

Fête Banané (nouvel an) *1er jan.*
Fête du poisson Régates, grillades, fêtes culturelles à travers toute l'île, à l'occasion de l'ouverture de la saison de la pêche à la senne. Le jour d'ouverture, on pêche le poisson roi : le mulet. Les pirogues de pêcheurs, rassemblées en cercle dans le lagon pour emprisonner le poisson dans leurs filets, offrent un spectacle splendide. *1er-10 mars*
Fête de la musique *Juin*
Fête de l'autonomie Dans un village différent chaque année. *12 oct.*
Festival Kreol Danses, chants, manifestations pour la valorisation de la culture et de la cuisine créoles. *1er w.-e. de déc.*

DÉCOUVRIR
Port Mathurin

☆ **Les essentiels** L'église Saint-Cœur-de-Marie, le marché du samedi matin
Découvrir autrement Baladez-vous vers Pointe Grenade à l'est de la ville, goûtez la saveur unique du miel d'eucalyptus Lacaz

Pas besoin de chaussures de marche, ni de boussole, pour arpenter les quatre ou cinq rues de Port Mathurin. Les échoppes en bois de Ricard Street ou les bric-à-brac de Gordon Street se découvrent en flânant. Quelques maisons créoles tiennent encore miraculeusement debout, notamment dans Barclay Street. L'architecture coloniale est représentée par la Résidence, une élégante demeure blanche coiffée de bardeaux… et gardée par un canon gris. Cette ancienne résidence des gouverneurs britanniques, bâtie en 1873, accueille désormais l'office de tourisme.

☆ **Église Saint-Cœur-de-Marie (plan 9, A1)** Il faut entrer dans cette église pour en admirer la charpente en bois, prête à rompre, et le toit en tôle, prêt à s'envoler ! *Angle rue François-Leguat et rue Mamzel-Julia*

☆ **Marché (plan 9, A1)** Rendez-vous tôt le samedi matin, vers 8h, à Fisherman Lane (près de la gare maritime), pour voir le "bazar" battre son plein. Toute l'île vient faire ses courses et les premiers arrivés sont les premiers servis. À 10h, on ne trouve plus grand-chose. Outre les fruits et légumes (*limons* et piments rodriguais en tête), on peut acheter des vanneries (les frères Léopold, bien connus, tiennent un étal) et des achards, vendus en bouteille. *Ouvert sam. 5h-12h*

● Où acheter du miel ?

☺ **Care-Co (plan 9, B1 n°30)** Care-Co vend le meilleur miel de Rodrigues (voire du monde !), celui d'eucalyptus Lacaz. Depuis 1994, le précieux nectar enchaîne les récompenses et a reçu à plusieurs reprises la médaille d'argent au Festival mondial du miel, qui se tient tous les ans à Londres. Derrière l'enseigne Care-Co (anciennement Craft Aid Shop) se cache une association qui favorise l'insertion sociale et professionnelle des handicapés rodriguais par le travail artisanal, comme la production de miel et la fabrication d'objets et de parures en coco. On peut aussi visiter l'atelier, où est également vendu le miel. *Rue de la Solidarité (en face du restaurant Capitaine) Tél. 831 1766 Ouvert lun.-ven. 8h-15h30, sam. 8h-11h30* **Atelier (plan 9, A2)** *Camp du Roi (derrière la caserne des pompiers) Ouvert lun.-ven. 8h-15h30 (boutique lun.-ven. 8h-16h, sam. 8h-12h)*

● Où danser le séga kordéon ?

Les Cocotiers (plan 9, A2 n°20) Cette discothèque accueille chaque dimanche après-midi le "bal ranzariko". Ici, on danse encore le *kotis*, la valse et la mazurka inspirées des danses traditionnelles de la lointaine Europe. Attention, après 16h la musique devient plus moderne et perd de son intérêt. Tenue longue (robe ou pantalon) de rigueur. *Camp du Roi (face à la caserne de pompiers) Tél. 875 9293 Ouvert ven. 21h-2h, sam. 21h-3h, dim. 12h-18h*

Les environs de Port Mathurin

À l'ouest de Port Mathurin (Baie aux Huîtres, Baie Malgache, Baie du Nord), la côte est bordée de palétuviers, plantés pour lutter contre les ravinements dus à la pluie, et nocifs pour le corail. Ce programme de combat contre l'érosion est nécessaire, mais la mangrove rend la baignade impossible. En revanche, le coin constitue un terrain propice à de belles balades, notamment celle de la **Montagne Tonnerre** (départ de Baie aux Huîtres), qui permet de découvrir de petits villages créoles et des cascades (4h de marche). À l'est de la capitale, les collines se fendent en ravines qui descendent doucement dans la mer. Vers **Pointe Grenade**, de hautes falaises gardent la côte, dans un paysage proche de l'Irlande ! Vous pouvez néanmoins poser votre serviette sur quelques plages : Anse aux Anglais, Grand Baie, Baladirou et Rivière Banane (p.242).

CARNET D'ADRESSES

Restauration, hébergement

très petits prix

Fatehmamode (plan 9, A2 n°10) Le confort et les prestations varient beaucoup d'une chambre ou d'un appartement à l'autre dans cet établissement du centre-ville. Mieux vaut donc visiter avant de poser ses valises. Toutefois, l'ensemble reste propre et fonctionnel, et ne réserve pas de mauvaises surprises. Restaurant sur place. Transfert aéroport 600Rs/pers. AR ; tour de l'île 400Rs. Chambre standard 300Rs/pers., en demi-pension 750Rs/pers., appartement ventilé de 400 à 500Rs/pers. *Rue Max Lucchesi* ***Port Mathurin*** *Tél. 831 2607 ou 875 3486 mahmood@ intnet.mu www.hebergement-fatehmamode.com*

Ciel d'été (plan 9, B1 n°12) Les propriétaires de cette pension de famille sont catégoriques : c'est ici exactement que François Leguat, le premier habitant de l'île, a construit sa petite cabane en 1691, avant de repartir deux ans plus tard. Quinze chambres sobres et fonctionnelles (douche/WC, ventilateur), donnant sur le petit jardin. Il faut compter environ 800Rs/2 pers. avec petit déjeuner. *Coin François Leguat 1691* ***Port Mathurin*** *(juste après le petit pont Winston-Churchill, dir. Anse aux Anglais) Tél. 831 1587 Fax 831 2004*

prix moyens

Le Restaurant du quai-chez Ram (plan 9, A1 n°1) La meilleure adresse à Port Mathurin. La maison s'est fait une spécialité de la cuisine au beurre d'ail : crevettes, calamars, langoustes et autres fruits de mer, tout y passe. La grande carte propose aussi des recettes chinoises. Plats à partir de 145Rs, repas environ 400-500Rs/pers. Réservation conseillée midi et soir. *Fisherman Lane* ***Port Mathurin*** *Tél. 831 2840 Ouvert mar.-dim. midi et soir*

prix très élevés

Escale Vacances (plan 9, A1 n°15) Voici sans doute l'adresse la plus confortable de Port Mathurin. À 500m du centre-ville, cet immeuble moderne abrite un bar, un restaurant et une piscine. La décoration florale soignée apporte une note fraîche aux 23 chambres, parfaitement confortables (clim., TV, minibar) et calmes. On jouit d'une belle vue sur les collines de Fond la Digue, survolées à la nuit tombée par d'impressionnantes chauves-souris indigènes. Piscine, billard, accès wifi gratuit. Organisation d'excursions, transfert à l'aéroport. Double avec petit déj. 115€ (137€ en demi-pension). 2 nuits minimum. Réservation nécessaire. *Fond la Digue* **Port Mathurin** *Tél. 831 2555 ou 427 1060 escal.vac@intnet.mu www.escale-vacances.com*

ANSE AUX ANGLAIS

Cette petite anse paisible, dotée d'une plage hélas peu profonde, regroupe la quasi-totalité des infrastructures hôtelières de l'île. En d'autres temps, des hommes fouillèrent aussi son sol, à la recherche du… trésor d'un pirate ! Le flibustier Olivier Le Vasseur, dit La Buse, aurait en effet caché ici un butin prélevé en rade de Saint-Denis de La Réunion sur un navire portugais, en 1721. Mythe ou réalité ? Le pactole de la Buse suscita en tout cas jusqu'au siècle dernier une véritable chasse au trésor, que J. M. G. Le Clézio évoque dans *Le Chercheur d'or et Voyage à Rodrigues*.

MODE D'EMPLOI

accès

À un quart d'heure de marche au nord-est de Port Mathurin.

DÉCOUVRIR

Anse aux Anglais et ses environs

☆ **Les essentiels** La plage, les piqueuses d'ourites **Découvrir autrement** Promenez-vous le long de la côte nord-est jusqu'à Pointe Coton

Outre la petite ☆ **plage** publique, l'intérêt d'Anse aux Anglais réside dans ses piqueuses d'ourites : vous pourrez les voir travailler le matin, à marée basse, dans les eaux peu profondes du lagon, armées de leurs foënes (harpons métalliques). Les poulpes ainsi capturés seront ensuite séchés avant d'être vendus, notamment sur le marché de Port Mathurin.

● Où admirer les œuvres de peintres locaux ?

Galerie Rodrigues Meunier-Auberge Lagon Bleu Christophe Meunier, le propriétaire de l'Auberge Lagon bleu, est aussi peintre à ses heures. Il expose ses tableaux, ceux de sa femme et d'une dizaine d'artistes de l'île. Également des peintures sur panier en vacoas. ***Caverne Provert*** *Tél. 499 4442*

Partir en randonnée

Grand Baie et Pointe Coton Les plages de **Baladirou** et de **Rivière Banane** constituent de beaux buts de balades sur cette portion de la côte. De la plage sauvage et retirée de Grand Baie, comptez 1h de marche jusqu'à Baladirou. Cette plage de sable, agréable pour la baignade, est déserte en semaine mais assez fréquentée le week-end. Un peu plus loin, on atteint Rivière Banane et sa plage encadrée de petites falaises noires. Un véritable bout du monde... Ici, la plongée en apnée permet d'admirer les poissons du petit aquarium naturel. Attention cependant aux courants, assez forts. On rejoint ensuite Pointe Coton (hôtel Cotton Bay) en un peu plus de 1h, en passant par Pointe Grenade. La côte présente alors un visage plus sauvage et accidenté, les ravines faisant place aux falaises. ***Départ*** *Grand Baie, à moins de 2km à l'est d'Anse aux Anglais* ***Durée*** *2h30 AS, mais prenez plutôt votre journée afin de profiter des plages traversées* ***Parcours*** *retour à Grand Baie par le car de Pointe Coton La balade peut évidemment se faire dans l'autre sens* ***Difficulté*** *niveau facile*

RODRIGUES

Pêcher le marlin

Rod Fishing Club Ce club sérieux tenu par Yann Colas se targue d'avoir décroché sept records du monde, notamment en pêche au marlin bleu (561,5kg) et au thon à dents de chien (104,5kg). Les prestations vont de la sortie à la journée 10h environ à la sortie XXTREME de 89h avec 4 nuits en mer. Comptez environ 950€ le bateau à la journée pour 5 pêcheurs maximum, repas et matériel compris, 6 000€ les 89h. Réservation conseillée plusieurs mois à l'avance. *Jeantac Tél. 875 0616 contact@rodfishingclub.com www.rodfishingclub.com*

CARNET D'ADRESSES

Restauration

petits prix

Chez Ram-la Flore Rodriguaise Le patron du restaurant du Quai (Port Mathurin) a ouvert cette annexe chic (voire un rien pompeuse), peu avant Anse aux Anglais. La carte est encore plus large qu'à Port Mathurin : plats chinois, indiens, créoles, etc. Évitez le crabe au beurre d'ail, un peu décevant. Animation séga en fin de semaine. Plat env. 180-280Rs. *Baie Lascar (entre Port Mathurin et Anse aux Anglais) Tél. 832 0736 Ouvert jeu.-mar. midi et soir*

prix moyens

Le Récif Un panorama splendide sur le lagon s'offre de la terrasse de ce restaurant perché au-dessus de l'hôtel Les Cocotiers. Les serveurs, de bon conseil, vous orienteront vers les spécialités maison – ourites safranées au lait de coco (255Rs, délicates à défaut d'être copieuses), langouste grillée et salade de cono cono. La carte propose aussi des en-cas et des plats chinois. Dîner dansant certains vendredis soir en haute saison (en fonction du nombre de clients). L'animation est généralement assurée par des groupes de qualité. Comptez de 500 à 600Rs. ***Anse aux Anglais*** *Tél. 831 1804 lerecifhotel.com Ouvert tlj. midi et soir*

Hébergement

très petits prix

Gîte Beau séjour Ces 5 chambres spartiates blotties au-dessus d'une épicerie (pratique pour se ravitailler) conviendront aux petits budgets pas trop regardants sur le confort (sol carrelé, murs nus, ventilateur). La plage est de l'autre côté de la route mais, curieusement, une partie des chambres regarde vers l'arrière. On prend tout de même son petit déjeuner sur la terrasse, face à l'anse. Comptez 1 000Rs/2 pers. avec petit déj. ***Anse aux Anglais*** *Tél. 831 1753 jraffaut@yahoo.com gite-beau-sejour.com*

Auberge Lagon bleu Les baroudeurs trouveront leur bonheur dans l'une des 4 chambres tenues par Christophe et Estelle Meunier. Ce n'est pas le grand luxe à l'intérieur, mais l'on jouit d'une vue superbe sur le lagon (belles plongées en apnée derrière le récif, en face de la location). Comptez 20€ la double sans petit déj. (plus 15€/pers. en demi-pension). Nous vous conseillons aussi la table d'hôtes de Mme Lise Meunier. Pour 500Rs, soupe aux crabes, cari d'ourites, tourte rodriguaise et punch maison font partie des réjouissances. Christophe organise des excursions à la voile vers l'île aux Cocos (1 250Rs/pers. repas et boissons compris), des sorties de pêche à la palangrotte et à la traîne. Location de motos, scooters (18 à 20€/j.) et voitures (30€/j.). ***Caverne Provert*** *(à la sortie d'Anse aux Anglais, juste après le restaurant Le Récif, petit chemin qui monte sur la droite) Tél. 831 0614 ou 499 4442 www.aubergelagonbleu.com* ***Table d'hôtes*** *ouverte tlj. sur rés.*

petits prix

Auberge Anse aux Anglais Pas de vue sur la mer, mais une piscine et 21 chambres bien entretenues (clim., ventilateur, tél.). La déco de l'hôtel a été rafraîchie dans les tons bleus, tant mieux : l'atmosphère y est bien plus joyeuse. Autres services : restaurant, excursions sur l'île, location de véhicules, transfert aéroport (17€). Double 27€/pers. en demi-pension. ***Anse aux Anglais*** *Tél. 831 2179 http://aubergehung.free.fr*

Villa Mon-Trésor Marie-Louise Roussety, fin cordon-bleu qui tient une table d'hôtes (midi et soir), loue 3 chambres colorées à l'étage de sa maison. Toutes donnent sur la belle ravine et offrent un confort rudimentaire (ventilateur portatif), mais suffisant. Une petite chambre au 2e étage accueille les enfants (pratique pour les familles). Puisqu'on est chez l'habitant, on en profitera pour se régaler des plats créoles faits maison : maïs, haricots, poisson sauce concombre, soupe "kirikou", ourites (très appréciées) et, en dessert, la crème de

GAMME DE PRIX	RESTAURATION	HÉBERGEMENT
Très petits prix	moins de 200Rs	moins de 1000Rs
Petits prix	de 200 à 450Rs	de 1000 à 1700Rs
Prix moyens	de 450 à 700Rs	de 1700 à 2700Rs
Prix élevés	de 700 à 1300Rs	de 2700 à 4000Rs
Prix très élevés	plus de 1300Rs	plus de 4000Rs

patate douce, la tourte rodriguaise ou le pain d'épices au miel et limon de Rodrigues (comptez 12€/pers.). Le nom de la maison fait référence au trésor du pirate La Buse, qui serait précisément enterré sous la villa... Double en demi-pension 30€/pers. Marie-Louise propose aussi des cours de cuisine. ***Anse aux Anglais*** *(prendre la route qui passe devant Les Filaos, puis à gauche de la fourche 100m plus loin : c'est la première maison) Tél. 831 1660 ou 832 0059*

prix moyens

Ti Pavillon À 150m de la plage, cet ensemble très coloré regroupe 12 chambres et appartements dans un petit jardin. Accueil chaleureux de la jeune famille Meunier, qui habite sur place. Confort très honnête dans les chambres (clim., ventilateur, parfois TV), toutes simples mais très gaies (choisissez les plus récentes). Bonne ambiance au moment de l'apéritif et du repas pris en commun avec les autres clients. Double avec petit déj. 45€, studio 43€. Transfert depuis l'aéroport 30€ AR. ***Anse aux Anglais*** *(derrière les Filaos, à côté de la Villa Mon-Trésor) Tél. 832 1567 ou 875 0707 tipavillon@orange.mu www.tipavillon.com*

Auberge Les Filaos Quatorze chambres assez simples (4 climatisées) à l'entrée d'Anse aux Anglais. Les petits bâtiments de deux étages mériteraient un coup de peinture, et les chambres un peu de couleur. Cependant, l'ensemble est propre et l'on ne manque pas d'espace. Hélas, on doit se passer d'une vue sur la mer. La plage est à deux pas mais on préférera la piscine ou, à 5min à pied, la plage des Cocotiers. Propositions d'excursions (caverne Patate, île aux Cocos 1 000Rs repas et tickets de visite inclus, tour de l'île 600Rs tickets non inclus). Comptez de 1 800 à 2 200Rs/2 pers. avec petit déj. (plus 200Rs en demi-pension). ***Anse aux Anglais*** *Tél. 831 1644 filaos@intnet.mu www.rodrigues-eco-evasion.com/rodrigues-filaos.htm*

prix très élevés

Les Cocotiers Ce 3-étoiles planté sur la plage d'Anse aux Anglais présente un visage harmonieux avec ses toits de tôle bleue, ses lambrequins et ses murs saumon. La mer n'est pas toujours visible des 42 chambres climatisées, mais les cocotiers du jardin et les deux piscines forment un cadre agréable. Activités nautiques, sorties en mer, animations presque tous les soirs au restaurant face à la mer. De 72 à 111€/pers. en demi-pension. ***Anse aux Anglais*** *Tél. 831 1058 reservation@blue-seasons-hotels.com www.blue-season-hotels.com/hotel-ile-rodrigues-hotels-hotel-les-cocotiers.html*

Dans les environs

petits prix

☺ **Gîtes Bellevue** Quelle vue ! Perchés à 40m, les 7 studios avec terrasse et l'appartement (6 pers.) lorgnent tous vers le lagon turquoise de Port Mathurin et de l'île aux Fous. Longues heures de contemplation en perspective... Simplicité et hygiène impeccable dans les studios (la moitié sont neufs et climatisés), tous dotés de bons lits. Prix défiant toute concurrence : 35€ le studio (2 pers.). Ajoutez 10€/pers. pour la demi-pension : Monette aux fourneaux vous concocte une cuisine 100% rodriguaise, à base de maïs, haricots rouges et rougailles variés... Repas 10€ pour les non-résidents. Dernier plus : Gérard fourmille d'idées de balades et d'excursions, à pied, en bateau (à l'île aux Cocos) ou sous la mer (plongée en apnée). Location de voiture (30€/j.) et de moto (20€/j.). **Crève Cœur** *(au-dessus de l'hôtel Pointe Vénus, cf. ci-dessous) Tél. 831 1665 ou 875 4514 gerard07@intnet.mu gitebellevue-rodrigues.com*

prix moyens

Le Cactus À quelques minutes d'Anse aux Anglais, cet ensemble récent (2008) offre de bonnes prestations : le studio au confort impeccable conviendra à un couple seul (60€), l'appartement voisin fera le bonheur d'un couple avec enfant (65€/2 pers. en demi-pension) tandis que 3 chambres toutes neuves complètent l'ensemble (60€/2 pers. en demi-pension). Partout, TV, excellente literie, peintures du propriétaire et, pour l'appartement, une belle terrasse donnant sur le goulet de Grand Baie. Un cousin loue, juste en face, un studio (TV, cuisine) pimpant avec ses murs pistache, dans la maison des propriétaires. Location de motos. Seul bémol : la plage de Grand Baie a peu de fond, mieux vaut se baigner à celle des Cocotiers. ***Grand Baie*** *Tél. 875 8080 ou 831 1094 cactus@intnet.mu www.lecactus-rodrigues.com*

☺ **Chez Claude et Benett Augustin** Une bonne adresse entre Anse aux Anglais et Grand Baie. Au 1er étage, les 3 chambres jouissent d'un panorama splendide sur le lagon échancré de la côte nord. On se sent vite à l'aise sur la terrasse ou à l'intérieur, où les meubles de fabrication locale, les lits à moustiquaire et divers autres petits détails contribuent à donner une touche fraîche et colorée. Chaque chambre dispose d'une salle de bains privée impeccable. Pour ses hôtes, Benett, qui officie aux fourneaux, mitonne (le soir uniquement et sur réservation) une cuisine rodriguaise et quelques plats créatifs, qu'on partage autour d'une grande table avec les autres convives (750Rs/pers.). Les clients non-résidents y sont acceptés s'il reste de la place. Double avec petit déj. 1 800Rs. Claude et Benett réservent un excellent accueil, et organisent des excursions en mer pour 6 pers. minimum, sur l'île aux Cocos (1 600Rs et 115Rs pour le permis d'entrée sur l'île), des plongées (palmes, masque, tuba) 700Rs et des parties de pêche au gros (350€) ou au lancé. ***Terre Rouge*** *Entre Anse aux Anglais et Grand Baie (après l'hôtel Les Cocotiers, à gauche au carrefour, puis la route qui monte sur la droite : c'est à côté de l'école Terre Rouge) Tél. 831 0033 ou 875 7570 chezclaudebenet@yahoo.fr ile-rodrigues-hebergement.com/gite-claude-benett.htm*

Auberge du Lagon Les Meunier (propriétaires du Ti Pavillon à Anse aux Anglais, ci-dessus) ont ouvert fin 2012 l'Auberge du Lagon à Jeantac (côte est). Bâties sur une petite falaise surplombant le lagon, 18 chambres toutes simples ayant toutes vue sur la mer, avec une terrasse. Table d'hôtes le soir. Double avec petit déj. 48€, en demi-pension 70€/2 pers. ***Jeantac*** *(5min à pied de la plage de Grand Baie et de Caverne Provert)*

☺ **Résidence Foulsafat** Qu'on recherche la tranquillité, l'authenticité, la gastronomie ou la convivialité, on trouvera son bonheur dans cet excellent gîte-chambres-table d'hôtes. La maison, située sur les hauteurs, peu avant Grand Baie, abrite 8 chambres indépendantes (douche/WC, ventilateur portatif). Dans un bâtiment annexe a été aménagé un beau gîte avec cuisine équipée, salon TV, 3 chambres doubles et une chambre d'enfant (qu'on peut aussi louer partiellement si on veut bien cohabiter avec les autres clients). Deux adorables petites maisons typiques, une en bois et en tôle (notre préférée avec sa varangue et sa vue sur la mer, pour 4 pers.), et une en pierre (pour 2 pers.) complètent l'ensemble, parfaitement tenu. Côté table (prévenez au moins la veille pour la restauration), on déguste une cuisine savoureuse et saine : volailles de la ferme, confitures maison, etc. Accueil extrêmement chaleureux d'Antoinette et de Benoît Jolicœur, un ancien ministre de Rodrigues. Chambre 30€/pers. en demi-pension, gîte (4 chambres) 70€, maisonnette 40€. Wifi gratuite. ***Jeantac*** *(1km avant Grand Baie) Tél. 831 1760 www.residencefoulsafat.com*

Le Ravenal Les logements rutilants de cette adresse jouissent d'une très belle situation, légèrement en hauteur de façon à dominer le lagon nord quelle que soit la formule choisie : chambre simple climatisée en demi-pension (1 500Rs), double avec petit déj. (2 000Rs), en demi-pension (2 400Rs), bungalow jusqu'à 5 pers. (2 200Rs sans le repas). Même la piscine au bout du jardin contemple la mer. Notre préférence va au studio de plain-pied, dans les tons vert pomme et jaune pâle. Le Ravenal fait aussi table d'hôtes pour les résidents, dans un décor coloré assez moderne. ***Jeantac*** *(après Anse aux Anglais en venant de l'ouest) Tél. 831 0644 ou 831 0600 ou 875 7893 ravenal@intnet.mu www.ile-rodrigues-hebergement.com/gite-ravenal.htm*

prix très élevés

Pointe Vénus Hôtel & Spa Le premier 3-étoiles de Rodrigues toise, depuis 2005, le lagon des hauteurs du mont Vénus, ainsi nommé depuis que l'abbé Pingré y étudia en 1761 la trajectoire de Vénus pour calculer la distance entre la Terre et le Soleil. L'hôtel est encore à des années-lumière du grand luxe des palaces de Maurice, mais ses 54 chambres, toutes avec vue sur la mer, respirent le confort moderne (TV, clim., minibar, coffre), mais la décoration manque hélas de personnalité. Deux restaurants, un bar, un cybercafé, un spa et une piscine dont le carré d'eau bleu clair se détache joliment sur le bleu azur de l'océan. De 98 à 150€/pers. en demi-pension (chambre standard). Bel appartement familial de 292 à 420€ en demi-pension (2 adultes et 2 enfants). Location de vélos, excursions variées sur l'île avec Rod Tours, présent sur place. ***Mont Vénus*** *Tél. 832 0104/06 reservation@blue-seasons-hotels.com www.blue-season-hotels.com/hotel-ile-rodrigues-hotels-pointe-venus-hotel-et-spa.html*

GAMME DE PRIX	RESTAURATION	HÉBERGEMENT
Très petits prix	moins de 200Rs	moins de 1000Rs
Petits prix	de 200 à 450Rs	de 1000 à 1700Rs
Prix moyens	de 450 à 700Rs	de 1700 à 2700Rs
Prix élevés	de 700 à 1300Rs	de 2700 à 4000Rs
Prix très élevés	plus de 1300Rs	plus de 4000Rs

POINTE COTON ET LA CÔTE EST

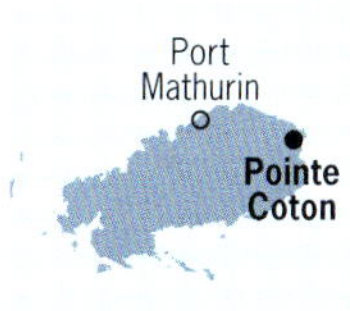

C'est le long de la côte est, à partir de Pointe Coton, que se succèdent les plus belles (et quasiment les seules) plages de l'île : Anse Ally, Anse Bouteille, Trou d'Argent... Ici, le sable est plus fin qu'ailleurs, l'eau plus claire, les plongées plus spectaculaires. Entre Pointe Coton et Gravier, un sentier côtier ombragé de filaos conduit à des plages et à des criques de rêve. Loin de la mer, la région présente un aspect assez sec et aride. L'hiver, les vents soufflent fort le matin et en fin d'après-midi.

MODE D'EMPLOI

accès

Pointe Coton est située à 12km à l'est de Port Mathurin, et accessible par un seul chemin : la route qui sillonne l'intérieur de l'île. Cette partie du littoral étant relativement isolée, il est conseillé de louer une voiture pour ne pas vous retrouver bloqué ou dépendant des transports collectifs. De Port Mathurin, des **cars** se rendent chaque demi-heure à Pointe Coton, chaque heure à Saint François.

DÉCOUVRIR

Pointe Coton et la côte est

☆ **Les essentiels** Les plus belles plages de l'île : Trou d'Argent, Anse Bouteille et Anse Ally **Découvrir autrement** Explorez en apnée ou avec bouteilles les fonds marins, parcourez à pied le littoral entre Pointe Coton et Gravier où se succèdent des paysages paradisiaques

L'Aquarium En face de l'hôtel Cotton Bay (Pointe Coton), on distingue un halo turquoise dans le lagon : c'est là que se trouve un bel aquarium naturel, à découvrir avec masque et tuba. Lorsque la mer n'est pas trop houleuse, on y admire anémones de mer, perroquets, poissons-clowns, poissons-trompettes et rougets par bancs entiers. On trouvera les mêmes caractéristiques et le même spectacle aquatique sur d'autres sites du littoral, comme à Trou d'Argent, Anse Ally, Rivière Banane (au nord-est) et Coussoupa (près de l'hôtel Mourouk).

☆ **Trou d'Argent** Avec ses falaises de basalte noir et sa grève de sable fin, Trou d'Argent est l'une des plus belles plages de l'île. Les criques voisines, tout aussi encaissées et spectaculaires, valent aussi le déplacement. Gare aux remous en abordant la barrière de corail qui protège la crique !

Plonger avec des bouteilles

Cotton Dive Center Ce club sérieux (affilié CMAS et PADI) vous fera découvrir en plongée avec bouteilles les plus beaux tombants et grottes de l'île : le **Canyon**, la **Passe Saint François**, le **Sec des Tortues**, la **Basilique** (45min à l'intérieur de la barrière de corail), **Karlanne** (grande variété d'espèces)... Réservation obligatoire. Baptême 49€, plongée avec matériel fourni 45€, forfait 10 plongées (peut être partagé à 2) 400€, plongée de nuit 55€. *Hôtel Cotton Bay* ***Pointe Coton*** *Tél. 831 8001 ou 875 6800 cottonb@intnet.mu diverod@intnet.mu Fermé sam. et juil.-août*

Randonner de plage en plage

Côte est Le littoral oriental offre sans aucun doute la plus agréable balade de l'île : les plages de rêve et les criques paradisiaques se succèdent entre Pointe Coton et Petit Gravier, au sud. En partant de la plage de **Gravier**, un chemin longe la côte vers le nord jusqu'à Saint François en passant par les plages adorables de ☆ **Anse Bouteille**, **Anse aux Vacoas**, **Trou d'Argent** et **Anse Philibert**. Prévoyez des pauses baignades en particulier à Trou d'Argent et Anse Bouteille (très beaux fonds marins). Après la longue plage de **Saint François**, le chemin remonte vers le nord. On croise alors ☆ **Anse Ally** (vaste étendue de sable), **Fumier** et enfin **Pointe Coton**. Ces dernières plages peuvent se rejoindre directement en voiture (le bitume relie Saint François à Pointe Coton). Attention, le week-end on rencontre beaucoup plus de monde en chemin. Les non-marcheurs pourront rejoindre Pointe Coton et Saint François en car ou en taxi. ***Durée du parcours*** *3h Si vous faites la balade de bout en bout, il est préférable de partir de Gravier : le dernier car quitte plus tard Pointe Coton et vous n'aurez pas le soleil dans les yeux. De plus, si vous le manquez, il reste toujours l'hôtel Cotton Bay pour appeler un taxi. Attention, le sentier n'est pas toujours bien balisé...* ***Difficulté*** *Sentier assez sportif : il faut contourner ou descendre dans les criques* ***Conseils*** *Prévoir chaussures de sport, eau et chapeau*

CARNET D'ADRESSES

Restauration, hébergement

petits prix

Chez Madame Larose Ce petit restaurant occupe une modeste maison, à deux pas de la plage. Les ourites sont déclinés en salade ou en cari. Les langoustes et poissons grillés valent le détour, tout comme le rougaille saucisses ou le cari de calamar. Comptez 550Rs. Pensez à réserver, il n'y a que 6 tables en terrasses. ***Pointe Coton*** *(juste avant la plage, dans un virage) Tél. 831 8542 ou 876 1350 ou 743 7680 Ouvert tlj. midi (le soir sur rés.)*

prix moyens

Chez Claudine Située juste devant la plage, la petite maison à colombage de Claudine ne fait presque plus table d'hôtes, hélas (car on y mangeait fort bien) ! Reste l'hébergement : 4 chambres avec sdb et WC à partager, et surtout 2 studios tout orange, propres et quasi neufs. Là encore, pas de climatisation (dur de tenir la journée) mais de bons lits et une vue très "palmeraie marocaine" de la terrasse. Trois autres studios à disposition. Chambre et studio 1300Rs/pers. en demi-pension. ***Saint François*** *Tél. 831 8242 cbmoneret@intnet.mu*

Domaine Décidé - Les Plages Postés sur la plage de Saint François, ces bâtiments récents aux toits de tôle turquoise raviront les visiteurs motorisés en quête de paix. Jolie déco dans les 4 chambres (sur l'avant, avec vue sur la mer) et les 6 studios (sur l'arrière) : douche en ardoise, bois de pin. Confort et hygiène irréprochables. Également une villa climatisée de 3 chambres, munie d'une varangue. Le personnel en uniforme prépare des repas sur demande (y compris avec vos propres produits), fait le ménage tous les jours, propose un service de lingerie et peut vous déposer en voiture où vous voulez (pratique pour randonner). Bref, du vrai service ! Double de 50 à 70€, studio 60€, villa 110€ (petit-déj. en plus : 5€). Transfert depuis l'aéroport 50€ (jusqu'à 6 pers.) Pêche en haute mer, dans le lagon, excursions dans les îles du lagon, balades équestres, location de véhicules. Les propriétaires louent aussi, dans la montagne, à Batatrant, deux belles maisons créoles avec piscine : Domaine Décidé - Les Collines (maisons de 4 chambres pouvant accueillir 8 pers. chacune : 90€). ***Saint François*** *(à côté de Chez Claudine) Tél. 831 8752 ou 728 7159 domainedecide@hotmail.com www.villarodrigues.com*

La Belle Rodriguaise Depuis 2009, Françoise et Laval Baptiste, excellents connaisseurs de l'île, louent 12 chambres d'hôtes et deux cases créoles les pieds dans l'eau, à Graviers (double 50€/pers. en demi-pension). Françoise, qui a publié un livre consacré à la cuisine rodriguaise, régale ses hôtes : charcuterie locale, ourites, maïs, gratin salé à la papaye, tourte rodriguaise... Bref, l'une des 70 recettes de son livre ! Transfert aéroport, organisation de randonnées et de diverses activités, repas avec tisane et cours de cuisine proposés par Françoise. Les Baptiste louent aussi 3 gîtes avec cuisine, sanitaires et balcon privé à 350m d'altitude, à Grande Montagne (15€/pers.). ***Gravier*** *Tél. 831 4607 www.labellerodriguaise.com Table d'hôtes tlj. midi et soir sur rés.*

prix très élevés

Cotton Bay Les toits en tôle turquoise du Cotton Bay (totalement rénové en 2012) se confondent joliment avec le bleu du lagon. Posé sur la plage de Pointe Coton, ce petit complexe hôtelier de 60 chambres et villas familiales fournit un grand confort en plus d'une belle situation. Les clients apprécient généralement le petit déjeuner américain, assez copieux. Outre les plongeons dans la piscine, les activités et les loisirs ne manquent pas : spa , tennis, sorties en mer, excursions à cheval, sports nautiques, spectacles de séga tambour... L'hôtel accueille également

GAMME DE PRIX	RESTAURATION	HÉBERGEMENT
Très petits prix	moins de 200Rs	moins de 1000Rs
Petits prix	de 200 à 450Rs	de 1000 à 1700Rs
Prix moyens	de 450 à 700Rs	de 1700 à 2700Rs
Prix élevés	de 700 à 1300Rs	de 2700 à 4000Rs
Prix très élevés	plus de 1300Rs	plus de 4000Rs

l'un des meilleurs clubs de plongée de l'île (p.248). Le restaurant de plage est ouvert aux non-résidents. Selon la saison, double de 122 à 144€/ pers. en demi-pension. *Pointe Coton Tél. 831 8001 reservation@cottonbay.intnet.mu www.cottonbayhotel.com*

MONT LUBIN ET LE CENTRE

À Rodrigues, tous les chemins mènent à Mont Lubin, nœud routier d'où vous pouvez gagner le nord, le sud, l'est et l'ouest de l'île. Si le village, perché dans la montagne, ne présente guère d'intérêt, il offre l'avantage d'être central. Un bon point de départ pour randonner sur les versants nord (vers Baladirou et Rivière Banane) et sud de l'île. À ne pas manquer, la route superbe qui descend à Port Sud Est : chaque virage découvre un point de vue inouï sur le lagon et les îlots du Sud. Vous ne vous lasserez pas d'admirer la mer changer de couleur, en passant par toutes les nuances du bleu.

MODE D'EMPLOI

accès

À 4km au sud de Port Mathurin.

DÉCOUVRIR

Le centre de l'île

☆ **Les essentiels** Le panorama du haut du Mont Limon, les randonnées au départ de Mont Lubin et de Grande Montagne **Découvrir autrement** Soyez témoin de la ferveur lors de la messe du dimanche matin à Saint Gabriel, faites un peu de shopping à l'atelier des frères Léopold

☆ **Mont Limon** La région centre offre un visage verdoyant avec ses collines cultivées en terrasses. Le sommet de l'île culmine à… 398m d'altitude. Son "ascension" s'effectue en 10min par un petit chemin raide qui part du panneau View Point Mont Limon. En haut, le panorama balaie presque toute l'île. *Sur la route entre Mont Lubin et Grande Montagne (à 500m de Mont Lubin, se garer en bord de route)*

Église de Saint Gabriel Cette église se targue d'être la plus grande de l'océan Indien. Ses hauts murs de pierre peuvent accueillir 1 730 fidèles assis et 250 debout. En 1939, sa construction mobilisa toute l'île. D'un point de vue architectural, ce vaste édifice coiffé de tôle verte ne présente que peu d'intérêt. Nous vous conseillons plutôt de venir à la messe du dimanche matin pour entendre les chants fervents entonnés par les Rodriguais mis sur leur trente et un. Le cimetière du village se tient de l'autre côté de la route. ***Saint Gabriel*** *(dir. aéroport)*

Randonnées à Rodrigues

Où trouver de la vannerie rodriguaise ?

Atelier des frères Léopold Les spécialistes de la vannerie rodriguaise vendent paniers, sacs (ou "tentes"), petites valises, chapeaux et sets de table en feuilles de vacoas, d'aloès et de vétiver. Du beau travail. Les frères tiennent aussi un étal au marché de Port Mathurin, chaque samedi matin. ***Palissade Ternel*** *(après Mont Lubin, dir. Pointe Coton) Tél. 474 7394 ou 875 3227 Ouvert lun.-ven. 8h-16h30*

Étoile de l'Est Cette coopérative féminine vend des souvenirs en vétiver et en vacoas (chapeaux, plateaux, éventails), des piments et du miel d'eucalyptus. ***Trèfles*** *(entre Roche Bon Dieu et Grande Montagne) Tél. 831 8046 Ouvert tlj. 7h-17h*

Partir en randonnée

☆ **Vallées du centre** La région offre plusieurs possibilités de randonnées, mais les sentiers sont mal tracés : nous vous conseillons de bien vous faire indiquer le chemin ou, mieux, de prendre un guide, se renseigner auprès des agences de voyage de Port Mathurin (p.236). Du village de **Grande Montagne** (à 2km à l'est de Mont Lubin), quelques balades sympathiques descendent les vallées du centre jusqu'à la mer. L'une mène à **Anse Mourouk**, à 2km au sud, en passant par le mont Chéri ; l'autre à **Rivière Banane**, à 5km au nord. Au départ de **Mont Lubin**, signalons l'excursion vers Grand Baie (4km). Une autre randonnée, superbe, part du village du **Chou** et rejoint Baie aux Huîtres (à 5km au nord) via Jardin Mamzelle : passage en forêt de ravine et vue splendide sur le lagon...

CARNET D'ADRESSES

Restauration, hébergement

prix moyens

☺ **Fantaisie Rodrigues** Dans un coin de montagne verdoyante, ces gîtes sont aussi sympathiques que reposants. De ce bout du monde (accessible par un long "track road"), impossible de se lasser de la vue, qui embrasse tout le lagon de Mourouk et les îlots du sud. Magique... La maison de 2 chambres au toit en tôle jaune joue la carte rustique de qualité. À côté, l'appartement spacieux est parfait pour un couple (bonne literie, cuisine équipée, coffre et terrasse), tout comme le pavillon, avec son plafond en ravenala et sa mezzanine. Quant à la case créole, son toit en vétiver, ses quatre murs en tôle et sa terrasse en bois lui donnent des airs de cabane de Robinson. Elle jouit d'un panorama splendide sur l'horizon turquoise. Également une villa avec piscine privée, anciennement occupée par les propriétaires. Une adresse conviviale et pleine de cachet. Maison 85€/4 pers., appartement 60€/2 pers., pavillon 50€/2 pers., case créole 45€/2 pers et villa 130€/6 pers. Les prix incluent le petit déj. et le ménage. Possibilité de repas sur demande. Réduction de 20% pour 7 nuits et plus sur tous les hébergements. Arrêt de bus à 1km. ***Eau Vannée*** *(de Mont-Lubin, dir. Citron Donis) Tél. 832 6100 ou 875 3595 fantaisie@intnet.mu www.fantaisierodrigues.com*

☺ **Le Tropical-Chez Jeannette** Jeannette ne quitte jamais son chapeau en vacoa... ni son sourire. Cette ambassadrice de la cuisine rodriguaise mérite la visite tant sa table d'hôtes est accueillante. Ici, tout est cuit au feu de bois : excellent cari de poisson, salade "zourites", poulet à la cannelle... En dessert, ruez-vous sur le flan à la vanille, le *mapinba* (pudding à la patate douce) ou la compote d'ananas, de papaye et de pêche. Comptez de 400 à 600Rs le repas. Jeannette tient aussi 6 chambres simples mais propres, avec TV, ventilateur et bonne literie. Quatre d'entre elles, toutes neuves, sont tournées vers le lagon et les collines vertes. Préférez la chambre à l'étage avec sa grande terrasse donnant sur le jardin et les vallons du centre de l'île. Calme garanti pour 60€/2 pers. en demi-pension. ***Montagne Bois Noir*** *(de Mont-Lubin, tourner à droite à Palissade Ternel) Tél. 831 5860 ou 875 7387 www.gite-letropical.com*

La Collinière Dans leur grande maison nichée sur les hauteurs de l'île, Fifi et Jacky Degrémont ont aménagé 3 chambres d'hôtes profitant d'un beau panorama : trois vallées qui descendent vers la mer, une nature exubérante arrêtée par le lagon... Superbe ! Pas besoin de climatisation ni de ventilateur, les nuits sont plus fraîches que sur la côte. Une 4e chambre sans vue conviendra à des enfants. Accueil convivial et décontracté. Petit déj. copieux, ti punch récurrents et, à table, une cuisine créole matinée de touches thaïes et laotiennes (les origines de Fifi). Propositions d'excursions. Demi-pension 33€/pers. ***Brûlé*** *(dir. Pointe Coton, puis Rivière Banane ; sur la droite, juste avant la grande descente) Tél. 831 8558 ou 875 6824 lelangoustier@intnet.mu Fermé juil.-août*

prix très élevés

Cases à Gardénias La seule véritable adresse de charme de l'île. Marie-Line Commarmond apporte un soin extrême à ses 3 chambres et à sa table d'hôtes. Tout est d'un goût très sûr, dans une veine bourgeoise

GAMME DE PRIX	RESTAURATION	HÉBERGEMENT
Très petits prix	moins de 200Rs	moins de 1000Rs
Petits prix	de 200 à 450Rs	de 1000 à 1700Rs
Prix moyens	de 450 à 700Rs	de 1700 à 2700Rs
Prix élevés	de 700 à 1300Rs	de 2700 à 4000Rs
Prix très élevés	plus de 1300Rs	plus de 4000Rs

et sophistiquée réussie, quoique assez éloignée du style rodriguais. Les chambres donnent sur le jardin, où Marie-Line a installé ses jolies ruches. Cette touche-à-tout confectionne elle-même les produits qui garnissent sa table et composent une cuisine coloniale revisitée : terrine froide de papaye, crumble de goyave, liqueur de fenouil maison, vin de framboise vinifié sur place... Table d'hôtes 17€/pers., 450Rs/enfant. Double 115€ avec petit-déj., 150€/2 pers. en demi-pension. Transfert à l'aéroport gratuit. ***Montagne Bois Noir*** *Tél. 832 5751 casesagardenias@hotmail.com www.casesagardenias-rodrigues.com Table d'hôtes tlj. sur réservation*

PORT SUD EST ET LA CÔTE SUD

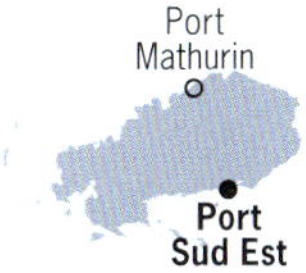

La route fantastique qui descend en lacet de Mont Lubin vers la côte sud et Port Sud Est mérite à elle seule le voyage. Dispersés dans la mer, les îlots du Sud (Chats, Hermitage, Gombrani...) font l'objet d'excursions en bateau, avec barbecue sur la plage, pêche à la traîne et plongée en apnée. N'oubliez pas vos masques et tubas, le plus beau spectacle des îles se déroule sous l'eau ! À Port Sud Est, village paisible, vous apercevrez le matin, sur la plage, les piqueuses d'ourites et les pêcheurs venus relever leurs casiers dans le lagon. La région invite à de belles excursions jusqu'à Petit Gravier, en passant par l'anse Mourouk – et pourquoi ne pas pousser jusqu'aux criques ravissantes de la côte est ? Plus à l'ouest, deux sites à visiter : la caverne Patate et les carrières de corail.

MODE D'EMPLOI

accès

À une dizaine de kilomètres au sud de Port Mathurin.

DÉCOUVRIR

La côte sud

☆ **Les essentiels** La route de Mont Lubin à Port Sud Est, la réserve des Tortues géantes, la caverne Patate **Découvrir autrement** Essayez-vous au kitesurf avec le club Osmosis

Le sol de la pointe sud de l'île (qu'on appelle **Plaine Corail**) tire son origine d'un vaste plateau de corail poussé du fond du lagon jusqu'à la surface de l'eau par la tectonique des plaques. Plusieurs carrières exploitent ce matériau, dont on fait des briques pour le bâtiment. La caverne Patate est l'une des nombreuses grottes calcaires de la région.

☆ **Réserve des tortues et des grottes François-Leguat** En débarquant à Rodrigues en 1691, l'explorateur français François Leguat découvre une île couverte de forêts et peuplée de tortues. "Il y a dans cette île une si grande abondance de tortues que l'on en voit quelquefois des groupes de deux ou trois mille, de sorte que l'on peut faire plus de cent pas sur leur carapace sans mettre le pied à terre", écrit-il. Un siècle plus tard, l'île ne compte plus un seul reptile… Créée en 2007 par le fondateur de la Vanille-Réserve des Mascareignes (à Maurice), la réserve François-Leguat s'est fixée pour objectif de ressusciter 19ha de nature, telle qu'elle apparut aux premiers visiteurs de l'île. Une forêt d'arbres endémiques et indigènes (près de quarante espèces différentes) a déjà été plantée, où gambaderont à terme près de mille tortues géantes d'Aldabra issues de l'élevage. Le projet n'est pas encore achevé, mais la visite guidée permet de se familiariser avec la forêt primaire (bois d'ébène, bois d'olive) et les vénérables mastodontes à carapace. Le circuit prévoit aussi la visite d'une longue grotte, bien mieux mise en valeur que celle de la caverne Patate, à défaut d'être plus spectaculaire, ainsi qu'un passage dans la volière aux chauves-souris endémiques à Rodrigues. En fin de parcours, un musée s'attarde sur les animaux disparus de Rodrigues (le solitaire, mais aussi des variétés de gecko, pigeon, perroquet, etc.). Restaurant-snack et boutique de souvenirs. ***Anse Quitor*** *Route principale vers Plaine Corail, puis dir. Dans Cocos 1km avant l'aéroport Tél. 832 8141 www.tortoisecavereserve-rodrigues.com Ouvert tlj. 9h30-17h Visites guidées à 10h30, 12h30 et 14h30 Tarif 285Rs, réduit 140Rs*

☆ **Caverne Patate** La principale attraction du sud de l'île. Au milieu de la garrigue, un trou béant marque l'entrée de cette grotte naturelle, long tunnel de près de 1km. La galerie regorge de stalagmites et de stalactites de corail calcaire aux noms évocateurs : "King Kong", les "dents de la mer", la "discothèque"… Certaines salles atteignent 25m de profondeur. Dans l'une d'elles, on retrouva les restes d'un oiseau aujourd'hui disparu : le solitaire, cousin rodriguais du dodo. Visite de 45min. Prévoyez chaussures de marche ou tennis et, si possible, une lampe torche – le guide en fournit de médiocres. *De La Fourche Corail, prendre la route qui descend vers la côte sud Visites à 9h, 11h, 13h et 15h Tarif 57Rs, réduit 45Rs*

Carrière de corail En sortant de la caverne Patate, descendez vers la mer. Arrivé en bas de la route, suivez le chemin de terre qui part sur la droite. Au bout se trouve une carrière de corail fossile, d'où l'on tire des blocs importants, utilisés dans la construction des maisons. Avec un peu de chance, vous assisterez à la découpe, à l'aide d'une longue scie tenue à chaque extrémité par deux hommes.

Pratiquer le surf ou le kitesurf

Osmosis Le lagon de Mourouk, très étendu et peu profond, se prête parfaitement aux sports de glisse (surtout de juin à octobre). Avec Osmosis, club sérieux réputé pour ses sorties encadrées, tout le monde y trouvera son compte : les amateurs de surf (60€ la session à la passe Jimmy, pour confirmés : vagues de récifs, balade encadrée de Stand Up Paddle 25€) et de kitesurf (cours de 2h, 65€). Réservation nécessaire par courriel. ***Mourouk** (à 50m de l'hôtel Mourouk Ebony) Tél. 832 3051 osmosis@intnet.mu www.osmosis-rodrigues.com*

● Plonger à l'anse Mourouk

Bouba Diving Centre Trois types de plongées : dans la passe, dans le tombant externe de la barrière de corail (grottes, canyons) et vers les hauts fonds (réservés aux niveaux 2). Essayez la plongée Sav-heol (au lever de soleil) : magique ! Plongée 1830Rs, baptême 2800Rs, plongée de nuit 2130Rs. *Hôtel Mourouk Ebony **Mourouk** Tél. 832 3063 ou 875 0573 www.boubadiving.com Ouvert sept.-juil.*

CARNET D'ADRESSES

Hébergement

prix très élevés

Hôtel Mourouk Ebony Malgré le poids des ans, il reste le "fleuron" de l'hôtellerie rodriguaise, avec le Cotton Bay. Seulement 3 étoiles, mais une situation imprenable sur l'anse Mourouk et les îles Hermitage, aux Chats et Gombrani. Coiffées d'un toit en tôle rouge colonial, la trentaine de chambres offrent toutes la vue sur la mer, et les clients résistent difficilement à la tentation de plonger dans la belle piscine à débordement qui surplombe l'anse. Le Mourouk dispose aussi d'un restaurant de poisson assez apprécié. Les hôtes peuvent profiter des clubs Osmosis (kitesurf) et Bouba Diving (p.255). Excursions (île aux Cocos, île aux Chats, Trou d'Argent) et spectacles traditionnels de séga tambour (mer. et sam.). Double 185€/2 pers. en demi-pension. ***Mourouk** Tél. 832 3351 ebony@intnet.mu www.mouroukebonyhotel.com*

★ L'ÎLE AUX COCOS ET LA CÔTE OUEST

Injustement oublié des brochures touristiques, l'ouest de l'île réserve à ceux qui s'y aventurent de splendides paysages de bout du monde. La plaine pelée qui mène à Pointe Mapou peut aisément se parcourir à pied, le long de la côte au large de laquelle s'égrènent les îles Catherine, Frégate et Marianne. L'absence d'arbres et l'herbe rase tondue par les troupeaux de vaches et de moutons évoqueraient presque l'Écosse, n'était la couleur émeraude du lagon. La réserve naturelle de l'île aux Cocos nous ramène à une image plus classique : celle d'un banc de sable paradisiaque perdu dans le lagon.

MODE D'EMPLOI

accès

La pointe Mapou, extrémité occidentale de Rodrigues à 15km environ de Port Mathurin, est desservie par une petite route, au départ de La Ferme.

DÉCOUVRIR

L'ouest de l'île

☆**Les essentiels** L'île aux Cocos **Découvrir autrement** Arrêtez-vous à la table d'hôtes d'Éliane Prudence, "reine de la tourte rodriguaise", avant de poursuivre jusqu'à la cascade Pistache pour y admirer le coucher du soleil

Cascade Pistache Environ 2km après La Ferme (le village où le pape Jean-Paul II célébra une messe en 1989 devant plus de dix-sept mille personnes – 95% de la population rodriguaise est de confession catholique), en direction de Baie Topaze, la route passe le long d'un cirque verdoyant, arrosé par une cascade. Le promontoire offre un beau point de vue et, en fin de journée, un magnifique **coucher de soleil**. Une belle **randonnée** part de Baie Pistache en passant par la cascade, avant de rejoindre la côte sud à Rivière Cocos.

☆ **Île aux Cocos** Pas de cocos mais des oiseaux par milliers ! Cette réserve naturelle de 1,5km de longueur sur 200m de largeur abrite trois espèces : les mandarins au plumage noir (on distingue les "malènes" des "macouacs"), les sternes (ou "yéyés", oiseaux migrateurs) au plumage blanc et noir, et les goélettes (ou "vierges") au plumage blanc immaculé. Ils sont beaucoup plus nombreux pendant la saison des amours (déc.-fév.) et en fin de journée… lorsque les bateaux partent ! Après avoir observé les volatiles, on pose sa serviette et on lézarde sur le sable blanc, entouré d'eau claire et turquoise. Mais hélas ! On n'est pas tout seul et l'île est petite. Il faut accepter de passer la journée en compagnie de groupes plus ou moins bruyants, réunis autour de l'inévitable barbecue. Pour se rendre sur l'île, il est recommandé de passer par une agence de voyages (p.236). Départ vers 9h, retour en milieu d'après-midi. Attention, le temps passe très vite : une visite guidée de l'île, le barbecue, un saut dans l'eau et on repart ! Ceux qui veulent vraiment tenter l'aventure par eux-mêmes doivent d'abord acheter un permis d'entrée (100Rs plus TVA) au bureau Rodrigues Discovery (face à l'office de tourisme de Port Mathurin), puis trouver une barque en vérifiant que le batelier est bien autorisé à débarquer sur l'île protégée (les lettres "PCR" de Pleasure Craft doivent apparaître sur sa coque). L'île aux Sables, voisine, ne se visite pas.

● Où acheter du miel ?

Patricia Collet Le miel d'eucalyptus de Patricia Collet est un véritable régal. Il soutient facilement la comparaison avec le fameux nectar Lacaz du Care-Co de Port Mathurin (p.239). Également un surprenant miel au *limon* ! Petit pot à partir de 50Rs, grand pot 200Rs. ***Baie Topaze*** *(entre La Ferme et Baie Topaze) Tél. 831 7558 Ouvert tlj.*

● Randonner vers la côte nord-ouest

Côte nord-ouest Deux petites randonnées permettent d'arpenter les terrains arides, grillés par le soleil, de la côte nord-ouest : la première part de **Mangues** et rejoint **Baie Malgache** en 1h15, la seconde relie **Quatre Vents** à **Baie aux Huîtres** en 1h30.

CARNET D'ADRESSES

Restauration

prix moyens

John's Resto Pub Même si la mer n'est pas toute proche, on trouve dans ce restaurant de bons poissons et des coquillages de première fraîcheur. Grand plateau de fruits de mer 1 300Rs pour goûter aux langoustes, *cono cono*, ourites, crabes et autres délices marins. Nous vous recommandons aussi la mourgate et le calamar croustillant (245Rs), la salade d'ourites sèches ou de *cono cono* (265Rs). Repas env. 450-500Rs. Un autre "John's Resto" a aussi ouvert sur les hauteurs de Port Mathurin (route de Mont Lubin, ouvert tlj. midi et soir). ***Mangues*** *Tél. 831 6306 Ouvert tlj. midi (rés. conseillée) et soir sur réservation*

Chez Éliane Prudence La "reine" de la tourte rodriguaise tient une table d'hôtes loin de tout, à Maréchal, près de La Ferme (demandez votre route, tout le monde la connaît). Au menu, une cuisine créole de qualité : beignets de manioc, fruits de mer grillés ou à la vapeur, daube de poulet, gratin de giraumon ou de calebasse... et l'incontournable tourte coco-ananas-papaye. Goûtez aussi au "caramel banane". Le repas s'achève par l'infusion locale et le jus de *limon* ou de grenadine. Un festin autour de 550Rs. ***Maréchal*** *Tél. 831 6560 Ouvert lun.-sam. midi (appeler la veille pour réserver)*

GAMME DE PRIX	RESTAURATION	HÉBERGEMENT
Très petits prix	moins de 200Rs	moins de 1000Rs
Petits prix	de 200 à 450Rs	de 1000 à 1700Rs
Prix moyens	de 450 à 700Rs	de 1700 à 2700Rs
Prix élevés	de 700 à 1300Rs	de 2700 à 4000Rs
Prix très élevés	plus de 1300Rs	plus de 4000Rs

Temple chinois, fréquenté par les Sino-Mauriciens, qui représentent 3% de la population.

Marché de Port Mathurin (p.239), bocaux de piments.

GEODOCS

EN SAVOIR PLUS

V

EN SAVOIR PLUS

BIBLIOGRAPHIE

histoire et société

Aventure du Sucre (L') Claude Fauque, Éd. Beau Plan, Maurice, 2002 (disponible à l'Aventure du Sucre)
Créole mauricien de poche (Le) Arnaud Carpooran, Éd. Assimil, Paris, 2002
Goût de Maurice (Le) Mercure de France, 2010
Histoire de la colonie : Isle de France, île Maurice, 1721-1968 Amédée Nagapen, édité par le diocèse de Port Louis (disponible localement)
Identité et politique culturelle à l'île Maurice : regards sur une société plurielle D. Martial, L'Harmattan, Paris, 2002
Île Maurice, 500 cartes postales anciennes André de Kervern, Yvan Martial, Éditions du Pacifique, Paris, 2012
Île Maurice Bernard Lehembre Karthala, 2001
Île Maurice aujourd'hui (L') J.-P. Durand, H. Masson, J. Durand, P. Argo, Éd. J.A., 2001
Île Maurice, une société multiraciale T. Arno, C. Orian, L'Harmattan, 2001
Incognito Maurice-Rodrigues-Mauritius Dominic Sansoni, Éd. Vizavi, Port Louis, 2011
Littérature de langue française à l'île Maurice (La) Wasley Ithier, Slatkine, 2001
Maurice. L'Île de France avant La Bourdonnais Marcelle Lagesse (disponible localement)
Mémoires de couleurs Claude Pavard, Oasis production, 1994
Naufragés de Dieu : aventure d'un protestant et de ses deux compagnons exilés en deux îles désertes de l'océan Indien (Les) François Leguat, Phébus, Paris, 1995
Voyage à l'île de France : un officier du Roi à l'île Maurice, 1768-1770 Bernardin de Saint-Pierre, La Découverte, 2001

cuisine

Cuisine de l'île Maurice (La), collectif, Éd. Orphie, 1996
Île Maurice Roland Bénard, coll. Les meilleures recettes du monde, Éd. Orphie, 2009

littérature

Appanah-Mouriquand, Nathacha *Les Rochers de Poudre d'Or*, Gallimard, Paris, 2003 ; *Blue Bay Palace*, Éd. Gallimard, Paris, 2004 ; *Le Dernier Frère*, Éd. de l'Olivier, Paris, 2007
Bernardin de Saint-Pierre *Paul et Virginie*, coll. "Folio classique", Gallimard, 2004
Cabon, Marcel *Namasté, Contes et nouvelles*, Éd. de l'océan Indien, Port Louis, 1981
Chazal, Malcolm de *Sens Plastique*, coll. "L'Imaginaire", Gallimard, Paris, 1990 ; *Pensées*, Exils, Paris, 1999 ; *Petrusmok*, Éd. Leo Scheer, 2004 ; *Les Contes de Morne Plage*, Vizavi Éd., Port Louis, 2012
Devi, Ananda *Ève de ses décombres*, coll. "Continents noirs", Gallimard, Paris, 2006 ; Indian Tango, Folio Gallimard, 2007 ; *Les Jours vivants*, Gallimard, 2013 ; *Moi l'interdite*, Éd. Dapper, Paris, 2000 ; *La Noce d'Anna*, Folio Gallimard, 2005 ; *Pagli*, coll. "Continents noirs", Gallimard, Paris, 2002 ; *Soupir*, coll. "Continents noirs", Gallimard, Paris, 2001 ; *Le Sari Vert*, Folio Gallimard, Paris, 2009
Dormann, Geneviève *Le Bal du Dodo*, Éd. Albin Michel, Paris, 1989

Gordon-Gentil, Alain *Quartiers de Pamplemousses*, Éd. Julliard, Paris, 1999 ; *Le Voyage de Delcourt*, Éd. Julliard, Paris, 2001 ; *Devina*, Éd. Julliard, Paris, 2009
Hart, Robert-Edward *Les Voix intimes*, Éd. Jouve, Paris, 1920
Humbert, Marie-Thérèse *À l'autre bout de moi*, Éd. Stock, Paris, 1979 ; *La Montagne des signaux*, LGF, Paris, 1996 ; *Amy*, Éd. Stock, 1998
Koombes, Henri *La série des Tikoulou* (albums pour enfants de 7-11 ans), Vizavi Éd., Port Louis, 1999-2012
Lagesse, Marcelle *La diligence s'éloigne à l'aube*, Éd. Océan Indien, Paris, 1959 ; *Une Jeune femme au mont Limon*, IPC, Port Louis, 1993 ; *Le Vingt Floréal au matin*, Éd. Océan Indien, Paris, 1994
Le Clézio, Jean-Marie *Le Chercheur d'or*, Éd. Gallimard, 1985 ; *La Quarantaine*, Éd. Gallimard, 1995 ; *Voyage à Rodrigues*, Éd. Gallimard, 1986 ; *Sirandanes*, Éd. Seghers, Paris, 1990
Martial, Arthur *Grand Port* (réédition), Éd. Finnegans, Maurice, 2002
Masson, Loys *L'Étoile et la clef*, Gallimard, Paris, 1945 ; *Les Tortues*, Éd. Robert Laffont, Paris, 1985 ; *Le Notaire des Noirs*, Éd. Robert Laffont, Paris, 1982
Maunick, Édouard J. *Anthologie personnelle : poésie*, Éd. Actes Sud, Arles, 1989 ; *Paroles pour solder la mer*, Éd. Gallimard, Paris, 1988
Nirascou, Gérard *Les Enfants terribles de l'île Maurice. Baudelaire et Bernardin de Saint-Pierre*, Éd. Delville, Paris, 2003
O'Brian, Patrick *Expédition à l'île Maurice*, Pocket, 2000
Patel, Shenaz *Le Portrait Chamarel*, Éd. Grand Océan, Saint-Denis, 2001 ; *Sensitive*, Éd. de l'Olivier, Paris, 2003 ; *Le Silence des Chagos*, Éd. de l'Olivier, Paris, 2006
Pyamootoo, Barlen *Bénarès*, Éd. de l'Olivier, Paris, 2006 ; *Le Tour de Babylone*, Éd. de l'Olivier, Paris, 2002 ; *Salogi's*, Éd. de l'Olivier, Paris, 2008
Sewtohul, Amal *Histoire d'Ashok et d'autres personnages de moindre importance*, coll. "Continents noirs", Gallimard, Paris, 2001 ; *Les Voyages et aventures de Sanjay, explorateur mauricien des anciens mondes*, coll. "Continents noirs", Gallimard, Paris, 2009
Souza, Carl de *Le Sang de l'Anglais*, Éd. Hatier, Paris, 1993 ; *Les Jours Kaya*, Éd. de l'Olivier, Paris, 2000 ; *La Maison qui marchait vers le large*, Éd. du Rocher, Paris, 2006 ; *En chute libre*, Éd. de l'Olivier, Paris, 2012
Unnuth, Abhimanyu *Sueurs de sang*, Éd. Stock, Paris, 2001

beaux livres

De Chazal, Un génie dans l'île joyeuse H. Baligadoo, Éd. Mauritiana, Grand Baie, 2009
Île Maurice, aquarelles Sophie Ladame et Yvan Martial, Éditions du Pacifique, 2004
Île Maurice derrière la carte postale (L') Éd. Magellan et Cie, 2005
Île Maurice, L'âge de pierre Jano Couacaud, Totem Editions, Curepipe, 2012
Maurice, le Temps d'une île Éditions du Pacifique, 1993
Sur la route des épices, l'île Maurice : 1598-1810 Marie-Ange et Denis Piat, Éditions du Pacifique, 2005
Vie en Varangue (La) Isabelle Desvaux de Marigny, Henriette Valentin Lagesse, Christian Saglio, Jean-François Koenig, Éditions du Pacifique, 1989

GEOPLUS

Lexique, glossaire

Petite conversation en créole

Bonjour Bonzour
Au revoir Salam
S'il vous plaît Si ou plé
Comment ça va ? Ki manière ?
Je vais bien, merci Mo bien, mersi
De rien Padkwa
Pardon Sori, Eskize moi
D'accord/ça va Korek
Je suis français Mo ene francé
Je suis monsieur... Mo missié...
Je suis ici en vacances Mo la pou vacance
Je suis un(e) touriste Mo enn touris
Où est- ce ? Kote sa ?
Il fait chaud à cette période de l'année Fer so sa période la
Il ne fait pas trop chaud ces jours-ci Pa fer tro so astère
C'est bon Li bon
Pas de problème Pena problème
Restons calmes Pas colère
Quelle heure est- il ? Ki lère la ?
Aujourd'hui Azordi
Où sommes- nous ? Kot nou été ?
Je t'aime Mo content toi
Le marché Bazar
C'est combien ce t- shirt ? Comié sa t- shirt la ?
C'est cher Li ser
Avez- vous quelque chose de moins cher ? Ou éna kiksoze moins sère ?
Je regarde simplement Mo pé zisse guetté
Il y a... Ena...
Il n'y a pas... Péna...
Pourquoi pas ? Kifer non ?
À tout à l'heure Taler
À l'instant Fek- la
Pourquoi ? Kifer ?
Où ? Ki koté ?
En face de Lot koté
Canne à sucre Dilo diboute

Culture et société

Laboureur Travailleur des champs de canne Le mot vient de labour ("travail" en anglais).
Piqueuse d'ourites Métier encore exercé par les femmes de Rodrigues, qui cherchent les poulpes à l'aide de foënes (harpons métalliques).
Séga Forme d'expression artistique qui allie musique, chant en créole et danse. Né au XVIIe siècle à l'initiative des esclaves africains, il s'est enrichi au fil des siècles de diverses influences (musiques du sud de l'inde, danses européennes...). C'est aujourd'hui un mouvement musical populaire très vivant qui intègre de nombreuses influences et variantes
Sirdar Nom indien du contremaître qui surveille les laboureurs dans les champs de canne à sucre.

Gastronomie

Achards Légumes émincés et confits dans du vinaigre épicé.
Alouda Boisson indienne à base de lait frais aromatisé au basilic indien (graine appelée localement "tocmaria").
Bilimbi Fruit acide et âcre employé comme condiment
dans les achards.
Bol renversé Riz truffé de viande, légumes et oeufs (plat d'origine chinoise).
Brèdes Feuilles de plantes potagères diverses.

Bringelle Aubergine
Biryani (ou briani) Plat musulman du nord de l'Inde à base de riz sauté garni de légumes, de poisson et parfois de viande.
Camaron Grosse crevette d'eau douce.
Carambole Fruit acide dont les tranches ont la forme d'étoiles.
Cari Plat de viande ou poisson mijoté dans une sauce épicée.
Chatini (ou chutney) Fruits ou légumes finement hachés avec des piments et oignons.
Chouchou Christophine, cucurbitacée proche de la courgette.
Combava Citron vert au goût amer.
Cono cono (ou kono kono) Bulot.
Dal Légumes secs (pois chiches, lentilles jaunes).
Dim sum Assortiment de raviolis vapeur chinois.
Dholl puri Galette à base de farine de lentilles jaunes, aux légumes et à la sauce au curry.
Faratas Galette épaisse dont la garniture est proche de celle du dholl pur.
Giraumon Potiron.
Grains Légumes secs (lentilles, haricots).
Kulfi malai Crème glacée indienne, souvent à la vanille, à la pistache ou à la mangue.
Lassi Boisson indienne crémeuse à base de lait caillé, servie sucrée, parfois salée.
Limon Citron vert.
Marlin Poisson proche de l'espadon fréquemment consommé en salade, fumé, grillé ou en sauce.
Meefoon Vermicelle.
Mines frits Nouilles frites.
Naan Galette ovale à base de pâte levée, fourrée ou non.
Pomme d'amour Petite tomate locale.
Ourite Poulpe.
Rasmalai Dessert indien. Crème à base de lait caillé.
Roti Galette fine fourrée de divers légumes, de curry et d'achards.
Rougail (ou rougaille) Plat de viande ou poisson mijoté dans une sauce rouge à base de tomates, piment, gingembre, etc.
Samoussa Beignet triangulaire fourré à la viande ou aux légumes.
Sizzling De l'anglais to sizzle, "grésiller". Souvent employé dans les cartes de restaurants chinois à propos des plats de boeuf ou de canard.
Tandoori Spécialité indienne préparée dans un four en terre cuite (tandoor).
Tektek Gros bigorneau.
Vindaye Plat cuisiné à base de safran et de graines de moutarde. Se consomme froid.

Habitat

Bardeaux Petites tuiles de bois.
Campement Maison bâtie sur le littoral. Jadis, lieu de villégiature des familles aisées qui y passaient l'hiver loin de la fraîcheur du plateau central.
Lambrequins Frise dentelée en bois ou en tôle décorant les auvents des maisons.
Varangue Véranda ou terrasse couverte courant le long d'une maison.

Nature

Alamandas Fleurs jaunes très répandues, utilisées pour les décorations florales des hôtels et dans les offrandes lors de fêtes religieuses hindoues.
Badamier Grand arbre aux épaisses feuilles ovales. Il produit des fruits en forme d'amande prisonniers d'une coque très résistante.

GEOPLUS

Banian (ou multipliant) Cet arbre impressionnant s'étend grâce à ses branches qui, tombant vers le sol, s'enracinent, formant autant de troncs supplémentaires.
Bagasse Tige fibreuse de la canne à sucre dont on ne peut plus extraire de sucre. Utilisée comme combustible pour la production d'électricité.
Dodo Gros oiseau pataud endémique à l'île. Il en demeure le symbole. Incapable de voler, il fut exterminé à la fin du XVIIe siècle par les colons hollandais.
Filao Pin de plage. Appelé aussi casuarina.
Flamboyant De novembre à février, cet arbre se pare de superbes fleurs rouge vif. Son nom lui vient de cette spectaculaire floraison.
Gecko Petit lézard translucide qui peuple les coins d'ombre des maisons mauriciennes.
Mangrove Forêt de palétuviers caractéristiques de certains rivages tropicaux.
Mélasse Résidu sirupeux non transformable en sucre. Utilisée dans les distilleries pour la fabrication du rhum.
Ravenala (arbre du voyageur) Arbre dont le feuillage en forme d'éventail sert encore à couvrir le toit des maisons.
Tamarinier Grand arbre exotique à fleurs en grappes.
Vacoa Arbre fréquent à Maurice et Rodrigues. Coupées et tressées, ses feuilles couvraient jadis le toit des maisons. On en fait aujourd'hui des articles de vannerie.
Vétiver Plante indienne présente à Rodrigues. Ses feuilles sont employées en vannerie.

AIDEZ-NOUS À CONSTRUIRE DES GEOGUIDE QUI RÉPONDENT ENCORE MIEUX À VOS ENVIES !

Merci de nous retourner ce questionnaire à l'adresse suivante :

Questionnaire **GEOGUIDE** – BP 67 – 59053 Roubaix Cedex 1

VOS VOYAGES

● **Combien de séjours à but touristique effectuez-vous chaque année ?**

En France ❑ 1 ❑ 2 ❑ 3 et +
À l'étranger ❑ 1 ❑ 2 ❑ 3 et +

● **Vous partez pour** (plusieurs réponses possibles, hors visite parents et amis) **:**

La France ❑ 1 semaine ❑ 2 semaines ❑ 3 semaines et +
L'étranger ❑ 1 semaine ❑ 2 semaines ❑ 3 semaines et +

● **Combien de week-ends à but touristique effectuez-vous chaque année ?**
(hors visite parents et amis)

En France ❑ 1 ❑ 2 ❑ 3 et +
À l'étranger ❑ 1 ❑ 2 ❑ 3 et +

● **Vous partez** (plusieurs réponses possibles) **:**

	Voyage en France	Voyage à l'étranger	Week-end
Seul	❑	❑	❑
En couple	❑	❑	❑
En famille	❑	❑	❑
Avec des amis	❑	❑	❑
En voyage organisé	❑	❑	❑

VOS GUIDES DE VOYAGE

● **Quand vous partez, combien et quel type de guides achetez-vous ?**

	Voyage en France	Voyage à l'étranger	Week-end
Guides pratiques *	......	......	......
Guides culturels **	......	......	......

*axés sur les informations pratiques et les adresses, contenant plus de texte et de cartes que de photographies
**axés sur l'histoire et la culture, contenant beaucoup de photographies et d'illustrations

● **Combien de temps avant votre départ achetez-vous votre (vos) guide(s) ?**

	Voyage en France	Voyage à l'étranger	Week-end
Entre 3 et 6 mois avant	❑	❑	❑
Dans le mois qui précède	❑	❑	❑
Sur place	❑	❑	❑

● **Avec les guides de quelles collections partez-vous le plus souvent ?** (plusieurs réponses possibles) ....

....

● **Cherchez-vous de l'information sur votre destination ailleurs que dans les guides de voyage ?**
❑ Oui ❑ Non

Si oui, où :
❑ presse magazine
❑ forums de voyageurs
❑ voyagistes en ligne
❑ sites internet des offices de tourisme
❑ offices de tourisme (sur place)
❑ autre : ....

VOTRE GEOGUIDE

● Si vous avez acheté ce guide vous-même, pourquoi avez-vous choisi GEOGUIDE ?
(plusieurs réponses possibles) :

- ❏ conseil de votre entourage
- ❏ conseil de votre libraire
- ❏ publicité
- ❏ vous l'avez découvert sur votre lieu d'achat
- ❏ article de presse
- ❏ confiance dans les guides Gallimard
- ❏ confiance dans le magazine GEO

Dans ce dernier cas, qu'est-ce qui a motivé l'achat de ce GEOGUIDE ?

- ❏ format
- ❏ couverture
- ❏ rabat proposant des cartes dépliantes
- ❏ photographies couleur
- ❏ présentation intérieure en couleurs
- ❏ contenu pratique
- ❏ contenu culturel
- ❏ volume d'information
- ❏ prix
- ❏ autre : ....

● Que pensez-vous de votre GEOGUIDE et de ses différentes rubriques ?

Concernant les informations culturelles, vous avez trouvé GEOGUIDE :

❏ Très fiable ❏ Fiable ❏ Assez fiable ❏ Pas du tout fiable

Concernant les informations pratiques (horaires, coordonnées...), vous avez trouvé GEOGUIDE :

❏ Très fiable ❏ Fiable ❏ Assez fiable ❏ Pas du tout fiable

Votre opinion sur la sélection d'adresses :

	Qualité des adresses		**Nombre d'adresses**	
	Suffisante	Insuffisante	Suffisant	Insuffisant
Hébergement	❏	❏	❏	❏
Restauration	❏	❏	❏	❏
Monuments, sites	❏	❏	❏	❏
Balades et randonnées	❏	❏	❏	❏
Activités de loisirs	❏	❏	❏	❏
Shopping	❏	❏	❏	❏

● Avez-vous des remarques et suggestions ? ....

....

....

● Repartirez-vous avec un GEOGUIDE ? ❏ Oui ❏ Non

VOUS

● Vous êtes : ❏ un homme ❏ une femme

● Votre âge : ❏ - de 25 ans ❏ 25-34 ans ❏ 35-44 ans ❏ 45-64 ans ❏ 65 ans et +

● Votre profession :

❏ agriculteur ❏ profession libérale ❏ cadre supérieur ❏ encadrement et technicien
❏ employé ❏ ouvrier ❏ retraité ❏ sans activité professionnelle ❏ étudiant

● Êtes-vous lecteur du magazine GEO ? ❏ Oui ❏ Non

Quel est votre magazine préféré ? ....

Merci de nous indiquer votre adresse

Nom : ....

Adresse : ....

Code postal : .... Ville : .... Pays : ....

Acceptez-vous d'être contacté(e) par mail sur les nouveautés GEOGUIDE ? ❏ Oui ❏ Non

Adresse mail : ....

INDEX

INDEX

P

Q

R

LÉGENDES DES CARTES ET DES PLANS

Cartes

- Aaa — Ville ou site étape
- Autoroute et 2x2 voies
- Route principale
- Route secondaire
- Autre route
- Limite de parc naturel
- Zone urbaine
- Liaison maritime
- Récif corallien
- ● Site remarquable
- Panorama
- ▲ Sommet

Plans

- Axe urbain
- Zone urbaine
- Espace vert
- Cimetière
- Liaison maritime
- Office de tourisme
- Aéroport
- Gare routière
- Plage
- Site de plongée

TITRES DÉJÀ PARUS

GEOGUIDE France

- Alsace
- Ardèche Drôme
- Auvergne
- Balades à Paris
- Bordelais Landes
- Bourgogne
- Bretagne Nord
- Bretagne Sud
- Charente-Maritime Vendée
- Châteaux de la Loire
- Corse
- Corse des villages
- Côte d'Azur
- Guadeloupe
- Languedoc
- Marseille
- Martinique
- Basse-Normandie
- Haute-Normandie et Côte fleurie
- Paris
- Paris la nuit
- Pays basque
- Périgord Quercy Agenais
- Provence
- Provence des villages
- Pyrénées
- Réunion
- Roussillon Pays cathare
- Tahiti Polynésie française
- Volcans d'Auvergne
- Week-ends bio en France

GEOGUIDE Étranger

- Andalousie
- Argentine
- Barcelone
- Belgique
- Crète
- Croatie
- Cuba
- Égypte
- Espagne, côte est
- Fès, Meknès
- Florence Sienne
- Grèce continentale
- Îles grecques et Athènes
- Irlande
- Istanbul
- Italie du Nord
- Italie du Sud
- Lacs italiens
- Lisbonne
- Londres
- Maroc
- Marrakech et le sud marocain
- Maurice
- Mexique
- New York
- Pays basque
- Portugal
- Québec
- Rome
- Sénégal
- Seychelles
- Shopping à Londres
- Shopping à New York
- Sicile
- Toscane Ombrie
- Tunisie
- Turquie
- Vallée du Nil
- Venise

AUTEURS
GEOPANORAMA Vincent Noyoux
GEOPLUS La population mauricienne Claude Fauque
GEOPRATIQUE Vincent Noyoux
GEORÉGIONS Vincent Noyoux, Soraya de Zorzi
CRÉDITS PHOTOGRAPHIQUES Couverture et 3 © John Frumm/hemis.fr. **6** © Wilfried Louvet/Diaporama. **8** © Stephano Scata/Sime/Photononstop. **122-123** © John Frumm/hemis .fr. **124-125** © Antoine Lorgnier/Diaporama.**126-127** © Claude Pavard/Hoa-Qui. **128-129** © D. Brandelet/Diaporama. **130-131** © A. Folley/Diaporama. **132** © Yves Talensac/Photononstop. **133** © Marion Fridel/Rapho. **134-135** © Simeone/Photononstop. **136-137** © Marc Dozier/hemis.fr. **138-139** © F. Lescouret/Hoa-Qui. **184 haut** © G. Giuglio/hemis.fr. **bas** © Pierre Hausherr. **230 haut** © Pierre Hausherr. **bas** © Pascal Kobeh/Bios. **258 haut** © Wilfried Louvet/Diaporama. **bas** © Antoine Lorgnier/Diaporama.
CARTOGRAPHIE INFOGRAPHIQUE Édigraphie.
REMERCIEMENTS Claude Fauque (conseiller scientifique), Frédéric Denhez (plongée), Ronald Bégué, Edwige Gufflet, Véronique Leroi, Caroline Semonella, Ado Vallet, Cristina Cherrier-Moebes, Roselyne Haucher, Christian Bossu-Picat
MISE À JOUR 2013 Soraya de Zorzi
PUBLICITÉ Régie publicitaire LM la Pub 112 bis, rue Cardinet 75017 Paris.
Responsable de clientèle Laurence Ountzian Tél. 01 44 29 04 66.
GALLIMARD LOISIRS 5, rue Gaston-Gallimard 75328 Paris Cedex 07.
Tél. 01 49 54 42 00 contact@geo-guide.fr www.geo-guide.fr

 Premier dépôt légal Octobre 2003.
Dépôt légal Septembre 2013. **Numéro d'édition** 250221. **ISBN** 978-2-74-243395-7.
Photogravure ARG (Gentilly). **Impression** Grafica Veneta (Italie).

Maurice
OCÉAN INDIEN
ÎLE AUX SERPENTS
ÎLE RONDE
ÎLE PLATE
ÎLOT GABRIEL
COIN DE MIRE
CAP MALHEUREUX
Pereybère
B13
POINTE AUX CANONNIERS
Grand Baie
Petit Raffray
Grand Gaube
Mont Choisy
A4
A5
Goodlands
ÎLE D'AMBRE
Trou aux Biches
Triolet
Fond du Sac
Poudre d'Or
B16
Mapou
POINTE AUX PIMENTS
BAIE AUX TORTUES